W0184810

PRENDS MA MAIN

DOLEN PERKINS-VALDEZ

PRENDS MA MAIN

Traduit de l'anglais (États-Unis)
par Emmanuelle Aronson

ÉDITIONS DU SEUIL
57, rue Gaston-Tessier, Paris XIXe

Titre original : *Take My Hand*
Éditeur original :
© Dolen Perkins-Valdez, 2022
International Rights Management : Susanna Lea Associates

ISBN 978-2-02-150192-6

© Éditions du Seuil, 2023, pour la traduction française

Le Code de la propriété intellectuelle interdit les copies ou reproductions destinées à une utilisation collective. Toute représentation ou reproduction intégrale ou partielle faite par quelque procédé que ce soit, sans le consentement de l'auteur ou de ses ayants cause, est illicite et constitue une contrefaçon sanctionnée par les articles L.335-2 et suivants du Code de la propriété intellectuelle.

www.seuil.com

Pour Elena et Emilia

« Ben, n'oublie pas de jouer *Take My Hand, Precious Lord* au service, ce soir. Joue-le vraiment bien. »

Dernières paroles de Martin Luther King Jr,
le 4 avril 1968

PARTIE I

UN

Memphis
2016

Il ne se passe pas un an sans que je pense à elles. India. Erica. Leurs prénoms sont cousus dans chaque blouse blanche que je porte. Je raconte cette histoire afin d'inscrire leurs prénoms dans tes vêtements aussi. Pour ne pas oublier. La médecine m'a appris, véritablement appris je veux dire, à accepter les choses que je ne peux pas changer. C'est une prière de la sérénité difficile à avaler. Je n'essaie pas de changer le passé. Je raconte cette histoire pour que les fantômes reposent en paix.

Tu peins avec ferveur comme maman. Et pourtant tu as la détermination de papa. Tes qualités défient sans aucun doute toute notion de patrimoine génétique. Je t'observe en cet instant : ton diplôme en poche, tu es rentrée à la maison et tu es dans ce moment de flottement, comme tous les jeunes gens de ton âge, entre trouver ta voie ou glisser lentement sur la pente de l'incertitude. Tu es assise sur la véranda et tu cajoles le chien, un pitbull gris qui a bien failli être euthanasié une fois parce qu'il avait cherché à mordre un homme au visage. Depuis six ans que nous l'avons, il a toujours été plus nerveux que féroce, comme s'il savait au fond de lui qu'un seul regard de travers pourrait sceller son sort. J'ai fini par comprendre aujourd'hui que ce type de certitude, aussi tragique soit-elle, est un don.

Tandis que tu cherches le bon endroit à gratter, le chien grogne de plaisir. J'aimerais qu'on me gratte ainsi. Je suis fourbue de fatigue. J'aurai soixante-sept ans cette année, mais l'heure a sonné. Je suis prête à travailler dans mon jardin, à sentir la terre humide entre mes doigts, à m'asseoir avec mes souvenirs telle une de ces pies aux ailes qui ne fonctionnent plus comme autrefois. Ces temps-ci, je me réveille et je n'ai qu'une envie : me retourner et me rendormir encore un peu. Oui, l'heure a sonné.

Il y a deux semaines, j'ai appris qu'India était très malade. Je ne sais pas exactement ce qu'elle a mais j'y vois un signe : il est temps d'aller dans le Sud. Ce n'est pas ce que tu crois, même si ça en a l'air. Non, je ne vais pas la sauver. Non, je ne nourris pas l'idée illusoire qu'elle sera la première et la dernière patiente de ma carrière. J'ai prié à ce sujet. S'il te plaît, Seigneur, montre-moi ce que j'ai dans le cœur.

Je t'appelle, et tu te retournes pour regarder à travers la moustiquaire de la cuisine. Tu as l'habitude que je sois sur ton dos, même si année après année tu as moins besoin de moi, ce que je regrette. Bientôt je serai seule à la maison avec le chien : une vieille femme marmonnant et radotant comme le font ceux qui ont des animaux de compagnie quand il n'y a personne pour les entendre.

Mais avant que nous n'entamions toutes deux ce nouveau chapitre, il faut que je te parle. Nous avons toujours été honnêtes l'une envers l'autre, toi et moi. Dès que tu as été assez grande pour t'interroger, je t'ai raconté tout ce que je savais sur tes parents biologiques. Je t'ai raconté comment tu es entrée dans ma vie, quel cadeau tu as été pour notre famille.

Je t'ai parlé de l'histoire de tes parents mais pas de ton héritage. Je ne t'ai pas précisé comment tu en es venue à exister. Comment tu es issue d'une longue succession d'événements défiant la biologie. Ce que je veux dire, c'est que ton histoire est liée à ces deux sœurs. La raison pour laquelle je t'ai accueillie dans ma vie, pour laquelle j'ai décidé de ne pas me marier, de ne pas faire d'enfant est complexe. Je me suis efforcée de ne pas te transmettre ce fardeau, mais je commence à croire qu'en te cachant la vérité, en te laissant arpenter cette terre sans véritablement comprendre pleinement cette histoire, je ne t'ai pas rendu service.

Je mets la main dans la poche de ma robe et en sors le papier. Sans l'ouvrir, je sais ce qu'il y est écrit parce que j'ai mémorisé l'adresse, consulté l'itinéraire sur mon portable. Je sais quelle route je vais prendre. Le plein est fait et j'ai prévu un pique-nique dans un sac à dos. Les quelques tenues à peu près correctes qui me restent sont soigneusement pliées dans une valise qui attend derrière la porte. La seule chose que je n'ai pas faite, c'est te dire où je vais et pourquoi. Tu connais un peu l'histoire des sœurs, tu as entendu parler de l'affaire qui a secoué le pays, mais tu ne sais pas tout. Et il est temps que je te raconte.

– Anne ?

Je t'appelle encore. Cette fois, je te fais signe de rentrer.

DEUX

Montgomery
1973

Nous étions huit. Quand je me remémore l'époque où je travaillais à la clinique, je ne peux m'empêcher de buter sur ce chiffre. Qu'est-ce que ça aurait pu changer ? Qu'aurait-il pu se passer ? Aucune de nous ne le saura jamais. Je me poserai encore la question quand je serai sur le bord de ma tombe, j'imagine. Mais à l'époque, tout ce que nous savions, c'était que nous avions une mission à accomplir. Soulager le poids de la misère. La piétiner à pieds joints. Juguler la douleur avant qu'elle n'explose. Ce que nous ignorions, c'est que tout le monde y laisserait des plumes.

En mars 1973, neuf mois après avoir obtenu mon diplôme, j'ai été recrutée pour travailler à la clinique du Planning familial de Montgomery. Mon premier emploi. Le jour où j'ai commencé, il y avait deux autres nouvelles infirmières comme moi, Val et Alicia. Tels des soldats répondant à l'appel, nous étions toutes les trois tirées à quatre épingles. Cheveux soigneusement attachés. Blouses immaculées.

Chaussures cirées. Coiffes impeccables. Il n'y avait rien à dire, ma chérie.

Notre responsable était une grande femme qui s'appelait Linda Seager. Elle avait un troisième œil, je te jure. Rien ne lui échappait. Malgré son air revêche, je ne pouvais m'empêcher, au fond de moi, de l'admirer. Après tout, elle était blanche et travaillait dans une clinique publique au service des femmes noires pauvres. Elle essayait de bien faire. Et ce genre de travail exige un certain dévouement.

– Félicitations. Maintenant vous êtes officiellement des employées de la clinique du Planning familial de Montgomery.

Et notre formation s'est arrêtée là. Une semaine. Un manuel d'une cinquantaine de pages, dont la moitié était consacrée au nettoyage des chambres et des toilettes, et à l'organisation de la réserve. Nous avions passé trois jours rien que sur cette partie. Assez longtemps pour se demander si nous avions été embauchées comme femmes de ménage ou infirmières. Le quatrième jour, nous avions finalement abordé la question des dossiers médicaux à tenir et du protocole à respecter. En remarquant notre air abattu dans la salle de repos, les infirmières déjà en poste avaient promis de nous aider les premières semaines. Nous étions toutes dans le même bateau après tout.

Avant de nous libérer, Mme Seager a pointé un doigt dans ma direction :

– Civil ?

– Oui, madame Seager ?

En désignant mes ongles, elle a fait la moue, avant de s'éclipser dans son bureau. J'ai regardé mes doigts. Il fallait que je me coupe les ongles. J'ai fourré les mains dans mes poches.

Toutes les trois, les nouvelles recrues, nous nous sommes engouffrées dans la salle de repos pour prendre nos sacs à main sur l'étagère. L'une de mes collègues m'a donné un petit coup de coude. Plus tôt dans la semaine, elle m'avait dit comment elle s'appelait : Alicia Downs. Elle avait à peu près mon âge, et elle était née et avait grandi dans une bourgade près de Huntsville, dans le nord de l'État. J'avais connu des filles comme elle quand j'étais étudiante à Tuskegee, des filles de la campagne au visage joufflu et aux grands yeux innocents, une apparence qui tranchait avec mon allure plus citadine.

– Ça m'étonnerait que ce soit des vrais, a-t-elle affirmé.

– De quoi ?

Elle a désigné sa propre tête.

– Ses cheveux. Enfin l'espèce de casque rouge qu'elle a sur la tête. Ils n'ont pas bougé d'un millimètre en cinq jours.

– On dirait un engin spatial, ai-je soufflé.

Alicia a plaqué une main sur sa bouche et j'ai surpris une étincelle dans son regard. Depuis une semaine, elle jouait un rôle devant Mme Seager. Alicia venait peut-être de la campagne mais elle était tout sauf timide.

– Je te parie que si on plante un doigt dedans, il devient difforme, a-t-elle dit.

L'autre infirmière nous a lancé un coup d'œil, et j'ai repris un air sérieux. Val Brinson avait au moins dix ans de plus qu'Alicia et moi.

– Tu es folle, Alicia Downs, lui ai-je lancé en sortant. Si ça se trouve, elle t'a entendue.

– Tu as regardé ton dossier ?

J'ai sorti l'enveloppe jaune de mon sac. On m'avait attribué une visite à domicile : deux jeunes sœurs. D'emblée, rien ne m'a paru anormal sinon l'âge d'une des deux filles : pourquoi diable une gamine de onze ans aurait-elle besoin d'un contraceptif ? Selon leur dossier, les deux petites avaient eu leur première injection trois mois plus tôt et devaient recevoir la deuxième.

– Tu as eu un cas intéressant ? m'a demandé Alicia.

J'ai eu envie de lui répondre que c'était une question idiote. Nous n'étions pas là pour repérer des talents. Alicia avait appris son métier d'infirmière au Good Samaritan Hospital à Selma. C'était une belle fille, d'une beauté simple et naturelle ; qui avait toujours l'air sur le point de sourire. À un moment, Mme Seager lui avait demandé : *Qu'est-ce qu'il y a de si drôle, mademoiselle Downs ?* et Alicia avait répondu : *Rien, madame. J'ai envie d'éternuer, c'est tout.* Après quoi elle avait pris un air impassible et Mme Seager l'avait fusillée du regard avant de revenir aux consignes en matière de nettoyage de toilettes dans un établissement médical.

– Pas vraiment.

Je ne savais dans quelle mesure nous pouvions parler des cas que nous avions en charge. Mme Seager n'avait pas beaucoup évoqué le respect de la vie privée.

– Deux gamines sous injection contraceptive.

– Moi, j'ai une femme avec six enfants.

– Six ?

– Tu as bien entendu.

– Bah, tu ferais bien de te dépêcher d'y aller avant qu'il y en ait un septième.

– Tu m'étonnes. Allez, à bientôt.

Alicia m'a saluée d'un signe de la main et je l'ai imitée.

Je vais être honnête avec toi : à une époque j'étais arrogante. Je ne vais pas mentir là-dessus. Mon père m'a élevée dans l'idée qu'il fallait être fier de soi-même. Nous habitions Centennial Hill, juste à côté d'Alabama State University, et toute ma vie j'ai été entourée de gens éduqués. Notre arrogance était un bouclier contre le mépris qui empêche ne serait-ce que de concevoir qu'une personne noire soit intelligente. Nous parlions de Fanon et Baldwin à table le soir, débattions de Du Bois et Washington, évoquions avec admiration Angela Davis. Lorsqu'une personne noire comme Sammy Davis Jr. apparaissait à la télévision, toute la famille se rassemblait devant l'écran.

Mais quand j'ai rencontré Alicia, elle a ignoré mon air hautain et m'a parlé spontanément. En la regardant s'éloigner, j'ai compris que nous deviendrions vite amies.

Je m'étais garée à plus d'un pâté de maisons de là, dans Holcombe Street, pour cacher ma voiture. Papa m'avait offert pour mon diplôme une Dodge Colt flambant neuve, et je n'avais pas trop envie qu'on la remarque à la clinique. La plupart des infirmières prenaient le bus. Mme Seager m'avait attribué deux patientes qui habitaient en pleine cambrousse parce que j'avais un moyen de locomotion fiable, elle le savait.

– Civil ?

Oh Seigneur, que voulait-elle maintenant ? Je me suis tournée vers Mme Seager.

– Je peux vous parler une minute ?

– Oui, madame.

Elle est repartie dans le bâtiment en laissant la porte à moustiquaire claquer dans son dos. Une bouffée d'air chaud m'a enveloppée. C'était à croire que cette femme crachait du feu quand elle parlait. J'avais eu des professeurs effrayants à Tuskegee, elle n'était donc pas le premier dragon que je rencontrais. Le Pr Boyd nous avait affirmé que si nous avions ne serait-ce que deux minutes de retard, il nous enlèverait des points. Le Pr McKinney avait divisé la classe en deux, d'un côté les femmes, de l'autre, les hommes, et nous avait mis au défi d'oser jeter un coup d'œil du côté opposé. Je savais gérer ce genre de méchanceté. Ce qui me gênait avec Mme Seager, c'était que j'avais toujours l'impression d'être sur le point de faire une bourde.

À l'intérieur, le comptoir d'accueil était vide. J'ai réajusté ma coiffe et lissé le devant de ma robe avant de frapper. Elle avait non seulement pris la peine de regagner son bureau mais elle avait en plus fermé la porte derrière elle.

– Entrez, a-t-elle lancé.

La clinique avait été autrefois une simple maison avec trois chambres. Mme Seager avait installé son bureau dans la plus petite. Les deux autres servaient de salles de consultation. L'ancienne cuisine était désormais une salle de repos pour le personnel, et le salon et la salle à manger une réception et une salle d'attente. À l'arrière de l'édifice, on entendait le vrombissement de la circulation sur la nouvelle autoroute.

Dans le bureau de Mme Seager, des étagères de livres s'alignaient d'un côté, et de l'autre des classeurs à tiroirs. Sur le mur derrière sa table de travail étaient suspendus au moins une douzaine de prix d'excellence pour son exemplarité au service d'autrui. Armée du Salut. Junior League. Tout était méticuleusement rangé. Sur la table trônait un pot à crayons, pointes soigneusement taillées vers le haut. Mme Seager tenait un dossier.

– Asseyez-vous.

– Oui, madame Seager.

J'ai obtempéré. La fenêtre était ouverte et un moineau gazouillait à tout-va.

– Si je comprends bien, votre père est médecin en ville, n'est-ce pas ?

Je me suis rendu compte que ce qu'elle avait entre ses mains était mon dossier de candidature. J'ai ouvert la bouche pour parler mais j'ai été prise d'une quinte de toux.

– Êtes-vous malade ?

– Non, madame.

– Parce que dans notre profession, il faut rester en bonne santé pour aider les autres. Il faut vous reposer et toujours manger correctement.

– Oui, madame.

– Très bien. Donc, votre père est médecin.

Cette fois ce n'était plus une question mais une affirmation.

Et je savais ce qu'elle allait ajouter. Mes professeurs à Tuskegee m'avaient tous tenu le même discours en apprenant que mon père et mon grand-père étaient médecins. *Vos notes sont remarquables. Naturellement, en tant que femme, vous avez d'autres problèmes à considérer. Fonder une famille, par exemple. Vous avez sagement choisi le métier d'infirmière, mademoiselle Townsend.* Je n'avais jamais su quoi leur répondre quand ils me faisaient ce genre de sermon. Ça commençait comme un compliment et finissait toujours par devenir aussi cinglant qu'une insulte. D'ordinaire, je marmonnais quelques mots inintelligibles avant de me demander si je n'étais pas tout simplement trop sensible.

– Oui, madame.

– Nous sommes mandatées par le gouvernement fédéral pour accomplir notre devoir. Nous devons prendre notre mission très au sérieux. Une roue ne peut pas tourner sans ses rayons. Nous sommes les rayons de cette roue.

Alicia avait raison. Les cheveux de mon interlocutrice ne bougeaient pas d'un pouce.

– Ce que je suis en train de vous dire, Civil, c'est que vous êtes une fille intelligente. C'est pour ça que je vous ai engagée. Je mise beaucoup sur vous parce que je crois que vous deviendrez une très bonne infirmière. Je ne veux pas que vous vous fassiez des idées.

Elle venait de me faire un compliment, mais il résonnait bizarrement à mon oreille.

– Des idées sur quoi, madame ?

Elle a fait la moue et, l'espace d'un instant, j'ai eu peur de m'être montrée insolente.

– Sur votre rôle dans tout ça. Vous devez travailler avec vos collègues. Notre mission est d'aider les pauvres gens qui ne peuvent pas s'occuper d'eux-mêmes.

– Oui, madame.

J'ai gardé le silence, pour digérer ce qu'elle venait de me dire. Mon père avait fait en sorte que je m'instruise dans les livres et les manuels mais il s'était aussi attaché à me faire respecter ce qu'il appelait le code qui régissait nos vies dans l'Alabama. C'est-à-dire, savoir quand il fallait se taire. Choisir ses combats. Laisser les autres penser ce qu'ils voulaient parfois parce qu'on ne pouvait rien changer à certains points de vue. La leçon avait été difficile à apprendre, mais je m'y étais suffisamment employée pour obtenir plusieurs des choses que je désirais dans l'existence. Comme ce travail, par exemple. *Cette femme essaie de te faire un compliment, Civil, c'est tout. Montre-lui que tu es capable de l'accepter avec reconnaissance.*

– Oui, madame. Je ne vous décevrai pas, madame Seager.

Elle a opiné du chef.

– Et Civil ? N'oubliez pas de vous couper les ongles.

– Oui, madame.

J'avais eu envie de travailler dans le domaine de la santé dès le lycée. Même si mon père voulait que je fasse médecine, je savais que les infirmières occupaient une place importante auprès des patients. La médecine était hiérarchisée, et les infirmières étaient en bas de l'échelle. J'allais participer à l'essor du peuple noir, et ce poste dans ce Planning familial serait le parfait tremplin pour y parvenir. Mme Seager aurait pu faire autre chose mais elle avait choisi d'aider les jeunes femmes noires. Le fait qu'elle m'adoube signifiait beaucoup pour moi. Notre travail ferait la différence.

C'était ainsi que j'envisageais la chose. Il y avait toutes sortes de façons de venir en aide à autrui. Au sein d'une église par exemple. Aider les autres, c'était se mettre à leur service. Ce travail consistait à se mettre au service des jeunes femmes noires.

Le vent soufflait sur ma coiffe. J'ai accéléré le pas et aussitôt arrivée à ma voiture, j'ai ôté les épingles qui la maintenaient en place et l'ai enlevée. Je te jure, j'étais convaincue à l'époque que je travaillerais dans ce Planning familial aussi longtemps qu'ils me garderaient. J'avais une nouvelle amie. Un nouvel emploi. J'étais diplômée de Tuskegee University. J'étais fin prête.

À peine rentrée à la maison, j'ai demandé à ma mère si nous pouvions échanger nos voitures. J'avais assez attiré l'attention comme ça, et sa Pinto était beaucoup plus vieille que ma Colt. J'étais déterminée à ne pas décevoir Mme Seager. Ce dragon allait me manger des bonbons dans la main avant d'avoir eu le temps de dire ouf.

TROIS

Il faut que je t'avoue quelque chose avant d'aller plus loin. Quelque chose que je n'ai jamais dit à personne, et je prie pour que tu comprennes.

Je me suis fait avorter au printemps 1972.

J'avais vingt-trois ans, j'étais élève infirmière à deux mois du diplôme, sur le point de démarrer ma vie. À l'époque, je voulais travailler dans un hôpital, peut-être en chirurgie. Quand j'ai repéré les premiers signes de grossesse, je n'ai pas voulu y croire. J'étais censée être plus qu'une épouse et une mère. Même si c'était Tyrell Ralsey, le père du bébé, mon meilleur ami d'enfance, je n'étais pas prête, ni lui non plus. Après l'intervention, il a fait le voyage en voiture jusqu'à Tuskegee pour venir voir comment j'allais. On a échangé quelques mots en mangeant un bol de soupe aux choux. Après quoi il est rentré chez lui et on n'en a plus parlé pendant des mois.

Je voulais que les choses soient différentes pour mes patientes. Grâce aux miracles de la contraception, elles prévoiraient leurs grossesses. Si Ty et moi avions pris nos précautions, nous ne nous serions pas retrouvés dans cette situation. La plupart de nos patientes au Planning avaient déjà appris cette leçon à leurs dépens. Elles avaient déjà eu des bébés ou fait des fausses couches. Et oui, dans certains cas, subi un avortement. Elles se présentaient d'ordinaire sans rendez-vous, résignées à parler de leur intimité afin d'obtenir l'aide dont elles avaient besoin.

Par ailleurs, il y avait le travail de proximité. Nous rendions visite à certaines patientes chez elles parce qu'il avait été établi que si nous n'allions pas sur le terrain, certaines femmes ne bénéficieraient jamais de notre aide. Au début, chaque nouvelle infirmière se voyait attribuer un dossier de visite à domicile. Le nombre de dossiers en charge pour chacune d'entre nous augmenterait au bout des six premiers mois. Mes deux patientes en l'occurrence habitaient la campagne et ce dossier me faisait peur. Comment étais-je censée parler de sexualité et de contraception dans un salon ? En plus, elles étaient mineures. Les parents me regarderaient-ils faire l'injection à leurs filles ? Rien que l'idée de faire une visite à domicile me faisait froid dans le dos.

Tu sais, j'ai toujours eu foi dans la mission du Planning familial, bien avant d'avoir envie d'y travailler. Le taux de grossesse chez les jeunes femmes célibataires à Montgomery était considérable, je le savais. Plus tôt cette année-là, la Cour suprême des États-Unis avait voté la légalisation de l'avortement dans certaines circonstances, mais l'Alabama n'avait pas encore adopté cette loi. Et même si des avortements se pratiquaient désormais à l'hôpital en toute sécurité, l'intervention restait coûteuse et hors d'atteinte pour la plupart des femmes pauvres. La meilleure solution avait toujours été la prévention. Et si dans mon esprit il n'existait pas d'enfant non-désiré, j'étais convaincue qu'il y avait des grossesses non-désirées – et j'étais bien placée pour le savoir.

Le lundi matin, je suis partie pour le Planning au volant de la voiture de ma mère alors que j'aurais pu m'y rendre à pied. Ce n'était qu'à trois kilomètres de chez nous, mais papa insistait pour que je prenne la voiture. Il ne voulait pas que je me fasse importuner dans la rue à cause de mon uniforme. C'était peut-être vrai, mais il voulait aussi que je conduise, je crois, parce qu'il en tirait une certaine fierté. Posséder une voiture était une preuve supplémentaire de notre statut social. J'ai baissé la vitre et laissé le vent balayer mon visage.

Je suis arrivée à la clinique tôt ce matin-là, mais je n'étais pas la seule. Mme Seager s'affairait déjà à vérifier le bon fonctionnement des lumières. Quand elle a allumé la salle d'attente, l'ampoule de la lampe a grillé et, comme satisfaite de cette découverte, elle s'est éloignée d'un pas décidé vers le placard à fournitures pour aller en chercher une neuve.

La fille de l'accueil laissait le carnet de rendez-vous ouvert à la page du jour sur le comptoir afin qu'on puisse le consulter en arrivant. D'habitude, il n'y avait pas beaucoup de noms inscrits. Comme je le disais, la plupart des femmes se présentaient sans rendez-vous. Une fois la patiente enregistrée, l'infirmière de l'accueil plaçait son dossier dans le support en plastique à l'extérieur de la salle de consultation. Nous travaillions par roulement. La suivante prenait le dossier et entrait en salle de consultation. Pendant notre formation, j'avais levé la main et posé une question : *les patientes ne se sentiraient-elles pas plus à l'aise si elles avaient affaire à la même infirmière à chaque fois qu'elles venaient ?* Mme Seager s'était contentée de me regarder, l'air contrarié.

Les cas ne paraissaient pas compliqués ce jour-là – principalement des femmes qui venaient pour la contraception.

L'une d'entre elles se plaignait de douleurs urinaires. J'ai prié pour que ce ne soit pas une maladie vénérienne. Elle portait un chemisier en satin et une jupe, une tenue qu'une secrétaire aurait pu porter. Une tenue de femme active dans une ville où beaucoup de Noires portaient des tabliers. L'examen a finalement révélé une infection urinaire.

La clinique ne s'occupait pas du tout des hommes, et pendant notre première semaine Mme Seager avait répété que ce n'était pas notre mission. *Mais la planification familiale ne concernait-elle pas aussi les hommes ?* Après m'être fait rembarrer une seconde fois, je n'avais plus ouvert la bouche pour le restant de la formation.

À la mi-journée, il était temps que j'aille voir mes patientes à domicile, mais je redoutais tellement cet instant que je me suis arrêtée en chemin au cabinet de papa. Initialement, le cabinet se trouvait à quelques pâtés de maisons du Planning. Beaucoup d'entreprises tenues par des Noirs étaient implantées dans Holt Street, mais le projet autoroutier avait chamboulé tout le quartier et papa était parti s'installer sur Mobile Road. Il se plaignait encore de l'aménagement urbain ; pour lui, ça avait nui aux affaires dans Holt Street. Tandis que Montgomery s'étendait de plus en plus, les Noirs se faisaient balader à droite et à gauche, se lamentait-il. Il n'avait pas tort mais sans représentant politique, on ne pouvait pas faire grand-chose à l'époque.

Lorsque je suis arrivée, Glenda était assise à l'accueil ; elle mangeait. C'était une métisse au teint clair avec un sourire qui illuminait son visage. Depuis que je la connaissais, Glenda ne s'était jamais absentée pour maladie. Elle arborait toujours la même coiffure bouffante, les mêmes robes larges. Papa l'appelait « notre bonne vieille Glenda ». Elle faisait tout : soins infirmiers, accueil, administration. Glenda était si dévouée à mon père que je me sentais coupable, en tant que fille unique, de ne pas travailler dans le cabinet paternel.

– Tu déjeunes tard ?

– On n'a pas arrêté. Ça m'étonnerait que ton père ait eu une minute pour avaler quoi que ce soit. Quand il sortira de là, tu pourras lui donner ce sandwich, s'il te plaît ?

Je me suis emparée du sandwich emballé dans du papier d'aluminium, et en appuyant sur le bouton de commande Glenda m'a ouvert la partie privée du cabinet. Au bout du couloir, la porte du bureau de papa était ouverte. Il y avait des livres partout. Même s'il aimait les sciences, mon père était passionné de littérature. En particulier de poésie. Il avait une étagère entière de recueils de poèmes. Il faisait partie d'une génération où l'on apprenait par cœur des poèmes, et dans mon enfance il me récitait quelques vers le soir avant que je m'endorme. Nous aimions parler de la politique en Alabama et quand on l'interrogeait sur l'état du pays, il n'était pas impossible de l'entendre répondre : « Si c'est ça la paix, cette chose morte et pesante / Mieux vaut les odieux tourments, la douleur cinglante. » La moitié du temps, je ne savais pas de quoi il parlait mais j'ai toujours aimé écouter la musique de la langue dans sa bouche.

« Revenez me voir si ça ne va pas mieux », l'ai-je entendu dire. Il terminait toujours ses consultations de la même manière : en élevant un peu la voix et en y ajoutant quelque chose de définitif. J'avais certainement fait pareil avec mes premières patientes ce matin-là. Après tout, j'étais la fille de mon père.

Je me suis installée dans le canapé. Le mur était tapissé de photographies de moi à des âges différents. Le mur d'une enfant unique. L'un des clichés, que j'avais oublié, a attiré mon attention. J'y étais allongée sur le dos, sur la table de la salle à manger. Maman m'avait posée là sur une nappe en dentelle et un ami à elle, photographe, avait immortalisé le moment en noir et blanc. Il avait saisi le rayon de soleil qui filtrait par la fenêtre et m'inondait le visage. Je redécouvrais chaque détail de cette photo. Gamine, je l'avais longuement contemplée, en songeant à l'amour que ma mère avait dû éprouver pour moi durant ses tout premiers jours de jeune maman. Mes cheveux étaient cachés sous un petit bonnet et mes yeux fermés.

La porte de la salle de consultation s'est déclenchée automatiquement. En entendant papa traîner ses semelles en cuir sur le lino et demander à Glenda de préparer une ordonnance de 250 milligrammes de quelque chose, j'ai décroché la photo du mur. Et l'ai flanquée sous le canapé. Seul restait un clou solitaire dans le carré décoloré sur la cloison, là où quelques secondes plus tôt était encore suspendu le cliché.

Papa a ouvert la porte.

– Civil, qu'est-ce que tu fais là ? Tu n'es pas censée travailler ?

J'ai à moitié déballé le sandwich et le lui ai tendu. Il s'est assis près de moi dans le petit canapé et a posé un pied sur la table basse. L'odeur salée du salami m'a chatouillé les narines.

– Je vais faire ma première visite à domicile.

– Où ça ?

– En dehors de la ville, sur Old Selma Road.

– Tu as de l'essence dans la voiture ? Fais attention.

– Attention à quoi, papa ? Aux serpents à sonnettes ?

Je savais ce qu'il voulait dire mais le formuler était en quelque sorte déplacé. Papa traitait des patients issus de tous les milieux sociaux ; il s'occupait même de ceux qui ne pouvaient pas payer. Mais il n'avait aucune envie d'aller sur la route, aucune envie de se salir les mains ni de faire face au manque de confort de certains. C'était précisément ce que je voulais faire ; voilà pourquoi je refusais de travailler dans son cabinet.

– En arrivant là-bas, klaxonne d'abord et attends qu'on vienne te chercher. Ne rentre pas dans la maison.

– Mais, papa, comment veux-tu que je travaille si je ne rentre pas ?

– Occupe-toi de ce que tu as à faire sur le pas de leur porte.

– Mes patientes sont deux sœurs de onze et treize ans.

– Sous contraceptif ?

– J'ai pensé la même chose que toi.

– Elles ont des enfants ?

– Pas que je sache.

– Docteur Townsend ? Glenda a frappé à la porte avant de brièvement passer la tête sans attendre dans l'entrebâillement. Votre prochain patient est là.

Papa aurait pu cracher en l'air en lui affirmant qu'il pleuvait, elle l'aurait cru. En grandissant, j'avais compris très tôt l'adoration dont les médecins font l'objet.

Il a fermé les yeux, comme si ces quelques secondes équivalaient à une sieste. Et les paupières encore closes, il a dit :

– Onze ans et elle a des rapports sexuels ?

– Je suis là pour les aider, papa. Pas pour mettre le nez dans leurs affaires. L'État compte sur nous pour que ces filles ne ruinent pas leur vie.

J'ai évité son regard. Je ne voulais pas qu'il sache que j'avais presque ruiné la mienne. Mes deux parents ignoraient complètement que Ty et moi étions sortis ensemble, et ils savaient encore moins que je m'étais fait avorter.

– Tu ne sais rien de ces gens, Civil.

– *Ces gens* ont des noms.

– Sois sûre de repartir avant le coucher du soleil.

– Tu crois que je risque de me faire tuer ou quoi ? Ce sont des gens comme nous, papa.

Il a ouvert les yeux et a paru un peu plus alerte qu'auparavant.

– Tu devrais dormir plus, lui ai-je fait remarquer.

– Je ne serais pas tout le temps si fatigué si tu avais fait médecine et que tu étais venue travailler avec moi.

– Papa, la santé sexuelle, c'est aussi la santé. En plus, je ne voudrais pas détourner l'attention de ton adoratrice.

J'ai pointé un pouce vers la porte.

– Civil, sois gentille.

– Elle passe plus de temps avec toi que maman.

Il a froissé le papier aluminium et l'a lancé dans la corbeille.

– Je suis fier de toi, Civil. Tu as fait de très bonnes études. Ne te laisse pas dominer par cette attitude suffisante et tout ira bien.

Il a ouvert la porte et ses épaules se sont raidies. Comme si une autre personne prenait possession de son corps. Quand il s'apprêtait à voir des patients, il restait certes lui-même mais en même temps il devenait quelqu'un d'autre. Mon père était petit, tout juste un mètre soixante-dix, mais il était costaud donc il en imposait.

Il a refermé le battant derrière lui, et j'ai soupiré. Il n'avait pas remarqué qu'une photo avait disparu, et heureusement, car je ne pouvais pas expliquer pourquoi je l'avais cachée. Si papa était le roc de la famille, j'étais pour ma part fragile, lâche face à cette blessure dont je n'arrivais à parler avec personne. Le cliché de moi bébé m'avait perturbée, m'avait déchiré les entrailles. Mon bébé m'aurait-il ressemblé ? J'ai glissé la main sous le canapé pour le récupérer et je l'ai fourré dans mon sac.

QUATRE

L'Alabama. Le cœur de ce qu'on appelle aux États-Unis la « Bible Belt », les États du Sud baptistes et conservateurs. Une zone dans laquelle vivaient à une époque près d'un demi-million d'esclaves. Je suis née et j'ai grandi en Alabama et jusqu'au moment où j'ai rencontré les Williams, ma vie à Montgomery se limitait à ma petite communauté du quartier de Centennial Hill. Mama était une Link. Et Papa un Boulé. J'avais quatre ans quand l'église baptiste de Dexter Avenue a embauché un pasteur de vingt-cinq ans qui s'appelait Martin Luther King Jr. Peu après, il a été nommé chef de file du boycott des bus, avant de finalement défiler en tête de la marche pour le droit de vote des Afro-Américains qui a mené les manifestants jusqu'au pied du capitole de Montgomery. Quand papa m'a emmenée voir le Dr King, il a désigné la foule et a dit : *tu vois ces gens ? Il faut que tu te fasses une place parmi eux.*

Je sais, tu as envie de dire qu'il n'y a pas *une* communauté noire, que nous ne sommes pas un seul bloc. Mais à l'époque, quand nous parlions de communauté, c'était bien réel, c'était quelque chose fondé sur ce que nous vivions tous. Évidemment ça ne veut pas dire que nous n'avions pas nos failles. À commencer par celle qui séparait les Noirs instruits et ceux qui ne l'étaient pas, les Noirs pauvres et ceux qui n'étaient pas si pauvres. En vérité, la seule fois où je me rappelle être allée à la campagne avec mes parents c'était pour un pique-nique organisé par l'église, ou quelque chose comme ça. Jamais nous ne sommes allés chez des gens, jamais nous ne sommes rentrés dans leurs maisons. Ça, c'était une tout autre histoire. Maintenant, quand je dis *campagne*, je parle de la campagne, la vraie. Là où il n'y a pas l'eau courante. Où les toilettes sont à l'extérieur. Où les routes sont en réalité des chemins. Ceux qui habitaient sur Old Selma Road n'étaient pas si loin de chez moi, physiquement parlant, mais ils auraient tout aussi bien pu vivre sur une autre planète.

En arrivant sur place, j'ai d'abord cru que les sœurs Williams vivaient dans la proprette maison de plain-pied en brique devant laquelle étaient garées deux camionnettes. Un épais nuage de poussière a tourbillonné autour de la petite voiture de ma mère, et lorsque j'y ai vu plus clair, j'ai aperçu deux petits Blancs debout sur la véranda. J'ai baissé ma vitre, entièrement, dans l'espoir qu'ils voient mon uniforme.

– Je cherche la famille Williams ?

J'étais certaine d'avoir lu le bon numéro sur la boîte aux lettres.

L'un des garçons a pointé un doigt vers l'arrière de la maison et j'ai compris. J'ai enclenché la marche avant pour contourner les camionnettes et j'ai suivi les traces de pneus. La Pinto a avancé tant bien que mal malgré les ornières ; ça bringuebalait tellement que j'ai eu peur de me cogner la tête. J'ai prié pour ne pas rester bloquée. La dernière chose que j'avais envie de faire, c'était de retourner à pied vers cette maison pour demander aux garçons d'aller chercher leur père. Heureusement, il n'avait pas plu depuis un moment et le sol était sec.

Les arbres se sont faits plus rares et la pente s'est accentuée. Au sommet de la colline se trouvait une petite maison en bois. Le moteur a toussé mais j'ai appuyé sur l'accélérateur et j'ai fini par arriver là-haut. Le terrain était redevenu plat, et les traces de pneus se perdaient dans les broussailles. Sur ma gauche s'étendait un vaste champ de grandes tiges vertes. Je n'y connaissais rien en agriculture, mais n'importe qui aurait su dire que c'était du blé qui poussait là. Des vaches paissaient près de la grange. Une poule solitaire m'observait tout en avançant dans les herbes hautes. De plus près, la petite maison ressemblait plus à une cabane en bois qu'à autre chose. On l'aurait dite fatiguée, comme si le vent à force de souffler avait fini par la faire pencher et qu'elle n'avait plus l'énergie de se redresser. Un chien noir efflanqué se grattait le dos dans la poussière. En regardant dans le rétroviseur, j'ai remarqué que j'avais les lèvres sèches. J'ai léché le pourtour de ma bouche pour les humidifier et j'ai senti les gerçures sur ma lèvre inférieure me picoter la langue.

Quand je suis sortie de voiture, un nuage de moucherons m'a assaillie. L'air sentait le bois brûlé. Quelque chose me disait que les filles ne pouvaient pas être à l'école. Si elles y allaient, ce n'était pas tous les jours en tout cas. Elles devaient m'attendre mais il n'y avait pas le téléphone chez elles et je n'avais pas pu vérifier si elles étaient bien au courant de notre rendez-vous. On leur avait attribué initialement une autre infirmière qui avait quitté son poste un mois plus tôt. J'étais là pour prendre la relève.

Une petite fille en pantalon crasseux et tee-shirt orange a surgi, la main en visière. Je distinguais mal son visage dans l'ombre.

– Bonjour. Je m'appelle Civil Townsend, du Planning familial.

Ça n'avait pas de sens pour nous de venir là en uniforme, mais Mme Seager insistait. Nous étions au mois de mars, il faisait frais et j'avais laissé mon pull dans la voiture. Le vent m'a soufflé sur la nuque.

Je me suis approchée un peu. Quelqu'un avait essayé de natter les cheveux de la fillette mais les racines étaient tellement pleines de poussière que seul le bout des mèches pouvait être tressé. J'ai serré le dossier sous mon bras en m'efforçant de me rappeler ce que j'avais lu.

– Tu t'appelles India, c'est ça ?

Le chien est venu se frotter contre ma jambe, et j'ai pris sur moi pour ne pas le repousser. Il s'est éloigné lentement. J'ai baissé les yeux et bien sûr il avait laissé une traînée marron sur mes collants blancs.

– Elle parle pas.

J'ai sursauté. Je n'avais pas vu l'autre fillette debout derrière la porte à moustiquaire. Je me suis souvenue du contenu du dossier. La plus jeune sœur était muette. J'étais passée rapidement sur ce détail mais il me revenait à présent.

– Ah, oui. Je m'appelle Civil Townsend. Je suis infirmière et je viens pour faire votre piqûre.

– Elle est où l'autre ?

– Je… je ne sais pas, ai-je balbutié.

Le départ de ma collègue m'avait surprise moi aussi. Le travail lui avait peut-être paru trop exigeant. Peut-être avait-elle trouvé un emploi mieux rémunéré. Il y avait plus agréable que venir ici, dans cette ferme. Et pourtant, ce n'était pas comme si les postes de fonctionnaires foisonnaient, comme s'il suffisait d'en demander un pour l'obtenir.

– Est-ce que votre papa est là ?

– Non, madame.

J'ai cligné des yeux en me remémorant leur histoire. Mace Williams, père, trente-trois ans. S'occupait des vaches et des terres, et faisait tout ce que le Blanc lui demandait en échange de cette cabane et d'un salaire de misère. Constance Williams, mère, décédée. Patricia Williams, grand-mère, soixante-deux ans. Au loin, les silhouettes sombres des vaches en train de brouter ont vacillé dans la lumière.

– Votre grand-mère est là ?

– Grand-mère, l'infirmière est là !

Je me suis efforcée de sourire, sans trop savoir si mon expression pouvait passer pour de la politesse. Devais-je demander à entrer ou était-ce mieux d'attendre la grand-mère dehors ? Je m'interrogeais.

L'aînée a répondu à mes questions. Je me suis alors rappelé qu'elle s'appelait Erica.

– Entrez si vous voulez.

Elle m'a ouvert la porte. La moustiquaire se détachait de son cadre en bois ; pas idéal pour se protéger des insectes. Les gonds ont grincé. Je ne sais pas si je te l'ai déjà dit mais entrer dans cette maison a changé ma vie. Et ça a changé la leur aussi, oui. Je suis entrée sans hésiter, comme une grande, avec mon dossier et ma sacoche, prête à sauver quelqu'un. Petite madame Je-sais-tout d'un mètre soixante-cinq.

La première chose qui m'a frappée, c'est l'odeur. Une odeur d'urine. De transpiration. De chien. Le tout mélangé aux effluves d'un plat salé qui mijotait dans une casserole. Il n'y avait qu'une seule pièce, dont les murs en planches de bois étaient en triste état. Une seule fenêtre avec un drap en guise de rideau. Il faisait sombre. Quelques rais de lumière filtraient malgré tout à travers la porte à moustiquaire et les fissures dans les murs. En m'habituant à la pénombre, j'ai remarqué que des vêtements étaient entassés sur le lit, comme si quelqu'un s'était arrêté devant et les avait laissés tomber là. Casseroles, poêles et chaussures traînaient sur le sol, à même la terre battue. Des mouches volaient en cercle. Quatre personnes vivaient dans une seule pièce, une toute petite pièce. Beaucoup de gens en Alabama n'avaient pas l'eau courante, mais ce que j'avais sous les yeux allait bien au-delà. J'ai pris sur moi pour ne pas vomir.

Au milieu de tout ça, la grand-mère, assise, remuait quelque chose dans une grande casserole. Je me suis approchée d'un trou creusé à même le sol au centre de la pièce. Une grille métallique le recouvrait et la casserole était posée dessus. La chaleur qui s'élevait de ce foyer réchauffait l'air ambiant, par ailleurs plutôt frais. De près, la grand-mère semblait avoir plus de soixante-deux ans mais elle était encore belle, avec un teint cuivré et des pommettes saillantes. Ses yeux étaient noisette, sans éclat ; et le blanc autour opaque et jauni.

– Vous voulez manger quelque chose ? Même si vous m'avez pas l'air d'être trop affamée.

En Alabama, les commentaires sur ma corpulence ne se voulaient pas insultants d'ordinaire. Le poids était signe de prospérité. Mais ils me mettaient mal à l'aise lorsque j'étais avec des personnes que je connaissais mal.

La vieille femme a essuyé ses mains sur sa robe. Elle avait des auréoles sous les aisselles. Elle a entrouvert la bouche : il lui manquait des dents.

J'ai tendu la main.

– Bonjour, madame Williams. Je m'appelle Civil Townsend. Je suis la nouvelle infirmière. C'est moi qui vais m'occuper d'India et d'Erica maintenant. Je viens pour leur faire leur piqûre.

– Ça veut dire que vous voulez pas de mon ragoût, j'imagine.

– Je serais très heureuse de revenir une autre fois pour le goûter, madame. Mais je dois me dépêcher de retourner à la clinique. J'ai essayé de venir après l'école pour être sûre que les filles soient là.

Je parlais vite. C'était précisément le genre de situation que je redoutais. Refuser de manger ou de boire quelque chose chez quelqu'un pouvait paraître désobligeant.

La grand-mère n'a rien dit ; elle s'est contentée de m'observer, avec curiosité.

– Je dois signer un journal de bord, ai-je ajouté.

– Un journal de quoi ?

– Un journal de bord.

Elle a plissé les yeux avant d'éclater de rire.

– Vous habitez par ici ?

– Oui, madame. Enfin, non, madame. J'habite en ville.

– Et vous vous appelez comment déjà ?

– Civil.

– Sybil ?

– Civil.

– Bah, ravie de vous rencontrer, mademoiselle Civil.

Elle a brandi un doigt déformé.

– Faites de la place pour que la dame s'assoie.

– Merci.

Les deux sœurs se sont installées sur les vêtements. Je me suis assise sur le lit à côté d'elles, sur un short d'homme. Ma gorge s'est serrée. Une intense odeur m'a envahi les narines. Ces fillettes ne s'étaient pas lavées depuis des semaines. Il devait pourtant bien y avoir une pompe dehors, non ?

J'ai respiré par la bouche, puis j'ai commencé à leur poser des questions pour les mettre à l'aise.

– Alors, vous êtes allées à l'école aujourd'hui ?

– Non, madame, a répondu l'aînée. Elle avait un grand front couvert d'acné, des pommettes saillantes et un menton en pointe. Quand elle parlait, on ne voyait pas ses dents, les mots émergeaient tout juste de sa bouche entre ses lèvres pincées ; elle marmonnait en fait. Elle avait l'air abattue et j'ai eu envie de la faire parler.

– Pourquoi ?

– On n'y va pas.

– Ton papa ne vous envoie pas à l'école ?

– Non, madame.

Les parents en Alabama qui n'envoyaient pas leurs enfants à l'école pouvaient avoir des problèmes. D'après ce que je savais, l'époque où les enfants abandonnaient l'école pour travailler au champ était révolue.

C'était difficile de faire ce que j'avais à faire sans table, mais j'ai poursuivi et enlevé le capuchon de la seringue. La plus grande des deux sœurs a remonté sa manche ; son biceps était bien musclé.

– Ça va peut-être te piquer un peu, ai-je dit. Mais la fillette s'est contentée de me regarder. L'aiguille s'est facilement enfoncée dans sa chair. Après quoi, les filles ont permuté et Erica a enlacé sa petite sœur par la taille. La peau d'India était du même marron soyeux et profond que celle d'Erica mais son visage était plus rond, ses traits plus doux. Ses cheveux étaient soigneusement tirés et attachés avec des élastiques, et de minuscules boutons blancs bordaient le haut de son front. Elle n'a pas sourcillé quand j'ai enfoncé l'aiguille.

Une fois l'opération terminée, elles sont sorties et j'ai accepté une tasse de bouillon. J'essayais de ne pas trop penser à la misère qui m'entourait. Le bouillon était bon ; il fallait le reconnaître.

– C'est délicieux, madame Williams.

– C'est moi qui fais pousser les carottes.

Satisfaite de m'avoir nourrie, la femme aux yeux noisette est sortie à son tour et je me suis retrouvée seule. Une vague de honte m'a submergée, sans que je sache à qui cette honte appartenait ; à moi ou à elles ?

Les filles sont rentrées au moment où j'ouvrais ma sacoche posée à mes pieds.

– Est-ce qu'il vous en faut plus ?

– De quoi ?

– Des serviettes hygiéniques.

– C'est quoi ?

– Ce que vous mettez dans votre culotte quand vous avez votre cycle. Votre infirmière avant ne vous en laissait pas un peu chaque mois ?

– Ah, si. J'en ai eu. Mais au bout d'un moment, ça marche plus.

– Comme ça, ça ne marche plus ?

– Le sang passe au travers.

– Mais tu les changes, non ?

Erica n'a pas répondu.

– Erica, il faut changer de serviette au bout de quelques heures. Tu ne peux pas garder la même toute la journée. Si tu as un flux abondant, il faut que tu la changes plus souvent. Tu comprends ce que je te dis ?

– Oui, madame.

– L'autre infirmière ne t'a pas expliqué ?

La fillette a gardé le silence.

– Ne t'inquiète pas. Prends celles-ci et je t'en apporterai d'autres, d'accord ?

– Oui, madame.

J'avais envie de leur demander comment elles se lavaient, s'il y avait une pompe ou un ruisseau sur le terrain. Mais je me suis abstenue. J'aurais du temps plus tard pour voir tout ça. J'ai rassemblé mes affaires. En arrivant à ma voiture, je me suis aperçue qu'Erica m'avait suivie dehors.

– Mademoiselle Townsend ?

– Appelle-moi Civil.

– Je n'ai pas assez de serviettes, je crois.

– Ne t'inquiète pas. Je t'en rapporterai d'autres la prochaine fois.

– Mais en fait… en vérité… Je saigne tout le temps.

– Comment ça tout le temps ?

– Enfin. Presque tous les jours.

– Tu saignes tous les jours ? Tu saignes aujourd'hui ?

– Oui, madame.

Pas étonnant qu'elle sente si fort. Je lui ai répondu que je reviendrais très vite avec d'autres garnitures pour elle et sa sœur.

– Ma sœur ne saigne pas encore.

– Elle ne saigne pas encore ? Tu veux dire qu'India n'a pas encore ses règles ?

Elle a secoué la tête. Avant de rentrer dans la cabane, elle s'est retournée et m'a regardée. Je me suis installée dans la voiture et j'ai agrippé le volant à deux mains. Je tremblais tellement qu'il fallait que je m'accroche à quelque chose. On avait placé cette gamine sous contraceptif et elle n'avait même pas ses règles. Pire, je venais de lui faire une injection. J'ai fixé le dos lisse de mes mains, dans l'espoir de digérer tout ça. Avec les mauvaises odeurs que les fillettes m'avaient laissées dans les narines, j'arrivais à peine à respirer.

CINQ

Été
2016

Je conduis cette Volvo depuis que je l'ai achetée neuve il y a quinze ans. Je n'habite pas très loin de l'hôpital donc elle n'a que quatre-vingt mille kilomètres au compteur. Tu m'as suggéré de louer une voiture neuve pour ce voyage. J'ai refusé. *Tu verras quand tu seras dans les bourgs paumés au milieu de la campagne où tu capteras mal la radio*, as-tu dit. *Je préfère le silence*, t'ai-je répondu. *Et comment tu chargeras ton téléphone ? Dans l'allume-cigare, comme je l'ai toujours fait. Tu t'es occupée de la vidange ? Ne t'inquiète pas, ma chérie.*

Pour aller de Memphis à Montgomery je pourrais passer par Olive Branch et être dans ma ville natale en un peu moins de cinq heures, mais j'ai des choses à faire avant. Des trucs qu'il faut que je règle. Des gens à voir. J'ai téléphoné et envoyé des textos aux personnes en question. Je n'aime pas les surprises, je n'ai jamais aimé ça. Donc je fais attention à ne pas surprendre les autres.

Je fais le plein et me passe du gel hydroalcoolique sur les mains. Comme je m'installe derrière le volant, mon téléphone sonne. C'est le Dr James, celui qui me remplace à l'hôpital. Il a une question sur un patient. Je l'informe aimablement qu'avant de partir j'ai laissé toutes les informations dans chaque dossier médical. Je lui propose de me connecter sur l'intranet de l'hôpital quand j'arriverai à mon hôtel mais il a compris.

– Profitez bien de votre voyage, dit-il. Vous allez où en vacances au fait ?

Je garde le silence une seconde avant de répondre :

– Chez moi. Dans ma ville natale, à Montgomery.

En prononçant ces mots, je me souviens avec tristesse que je ne suis pas retournée à Montgomery depuis dix ans. Depuis que mon père est mort et que ma mère est venue vivre à Memphis, j'ai peu de raisons d'y aller. Et appeler cela des vacances, c'est y aller un peu fort en besogne. Ce qui m'attend ne va pas être de tout repos.

Je reprends l'autoroute et pousse un peu la Volvo. Je pense à ma vieille Dodge Colt, le cadeau de mon père. Qu'est-ce que j'ai aimé cette voiture et l'ai regrettée quand je l'ai vendue. J'ai songé à t'acheter une voiture quand tu as eu ton diplôme mais je me suis abstenue. J'ai essayé de ne pas compenser outre mesure après t'avoir adoptée alors que j'étais célibataire. Quelle folie. C'est lourd de rester à tout prix célibataire même si tu sais que c'est la meilleure solution. Maman me dit souvent : *ta culpabilité pèse sur cette enfant, Civil.* Dans ces moments-là, je reste silencieuse. Une mère peut dire beaucoup de choses qui blessent son enfant, même lorsque l'enfant est adulte depuis belle lurette.

Encore trois heures avant d'arriver à Jackson. Avant de retrouver Alicia. Si nos contacts ont été sporadiques ces dernières années, elle est peut-être la seule personne qui comprend le chemin que j'ai choisi. Lorsqu'il devient évident qu'une femme d'un certain âge ne va ni se marier ni avoir d'enfant, les gens ont vite fait de croire que quelque chose ne tourne pas rond chez elle. Comme si nous ne pouvions pas trouver l'amour ou laisser tragiquement l'horloge biologique aller à son terme. Je m'attendais à ce que les gens réagissent ainsi. Le mythe de la vieille fille est tenace. Mais quand tu as commencé à me poser des questions, Anne, ça m'a perturbée.

Je veux que tu saches quelque chose. Bien sûr, j'ai eu des occasions de trouver l'amour. Ça n'a pas marché mais ce n'est pas comme si je n'avais jamais été aimée. C'est vrai, je m'en suis protégée avec plus de persévérance que de n'importe quel autre aléa matériel. Je voulais que les choses soient ainsi. Il n'y a pas de droit plus fondamental pour une femme que d'avoir le choix. Et j'ai exercé ce droit. Pleinement et en conscience.

Je suis heureuse de voir Alicia en premier. Sa constance devrait apaiser mon esprit. Je me demande de quoi elle aura l'air. C'est de ma faute si notre lien s'est délité. Les fois où nous nous sommes parlé, c'était toujours elle qui me faisait signe. C'est vrai que je ne suis sur aucun réseau social, contrairement à certains de ma génération. Cela aurait peut-être fait la différence. La dernière fois que j'ai vu Alicia, j'étais sur le point de finir mes études de médecine et je rendais visite à mes parents à Montgomery. Elle est passée à la maison et je lui ai demandé des nouvelles des Williams. Depuis, ils ont été le ciment entre nous au fil des ans ; je demandais des nouvelles à Alicia et elle m'en donnait. Qui aurait pensé qu'elle serait celle qui resterait en contact avec nous tous ? Il faut croire qu'elle a toujours su faire l'intermédiaire entre les gens. Je vais la remercier. J'espère même qu'elle viendra avec moi. Alicia, la seule qui sait vraiment ce qui s'est passé à l'époque, est peut-être l'unique personne capable de comprendre toute cette histoire.

Le moteur ronronne tandis que je double un semi-remorque en jetant un coup d'œil aux chiffres qui défilent lentement sur le compteur. Plus j'accélère, plus les kilomètres me semblent longs.

SIX

Montgomery
1973

– Et ensuite elle a dit : « Il faut rester en bonne santé si on veut aider les autres. Il faut se reposer et toujours manger correctement. »

Nous avons éclaté de rire toutes les deux. Alicia soufflait toujours bruyamment par le nez lorsqu'elle riait. L'espace d'un instant j'ai cru qu'elle allait cracher dans son café.

– Je te jure, elle est tellement stricte cette Mme Seager, a-t-elle remarqué. Alicia a piqué un morceau de pancake avec sa fourchette et l'a enfourné dans sa bouche. Elle avait commandé une double portion.

– Mais elle a l'air d'avoir le cœur au bon endroit. J'ai reçu ma première patiente hier et la femme n'avait jamais vu de brassard de tensiomètre. Tu imagines ?

J'ai secoué la tête et avalé une gorgée de café.

– Bon, dis-moi, Alicia, comment tu t'es retrouvée à faire ce boulot ?

Nous étions assises près de la vitrine du Regent Cafe. Le Regent était sur Jackson Street depuis toujours mais Alicia n'y était jamais entrée. En prenant place à l'intérieur, je lui ai raconté que c'était l'endroit où Martin Luther King et ses amis pasteurs s'étaient retrouvés pour évoquer leur stratégie. Je connaissais la moitié des personnes présentes, principalement des amis de mes parents.

Alicia a posé sa fourchette.

– J'ai été élevée dans une église.

– OK, tout le monde en Alabama a grandi dans une église ou une autre. Qu'est-ce que ça a à voir avec le fait d'être infirmière ?

J'avais invité Alicia à prendre le petit déjeuner parce que je voulais lui parler des sœurs Williams, mais une fois assises face à face dans un box, la conversation est passée d'un sujet à l'autre. C'était si facile de discuter avec elle.

– Non, je veux dire littéralement *dans* une église. Dedans, je passais plusieurs jours par semaine dedans. L'église était quasiment ma famille. Mais quand j'ai eu seize ans j'ai découvert que ma mère fricotait avec lui.

J'ai posé ma tasse de café.

– Avec qui ?

– Le pasteur.

– Comment tu t'en es rendu compte ?

– Je suis tombée sur eux par hasard.

– Tu rigoles ?

Elle a secoué la tête, comme si le souvenir était encore frais dans sa mémoire.

– J'ai menacé ma mère de tout raconter à mon père, mais elle m'a suppliée de ne pas le faire. Elle a dit que papa pourrait assassiner le pasteur. Et si j'ai gardé le secret c'est parce que je l'ai crue. Je ne voulais pas que mon père aille en prison. Mais c'était un secret horrible.

– J'imagine.

– Vous désirez autre chose ?

Notre serveuse, Irene, avait fréquenté le même lycée que moi. À l'époque, on tombait toujours sur des gens qu'on connaissait dans ce quartier de Montgomery. Elle a observé Alicia avec curiosité. Un nouveau visage suscitait toujours l'intérêt.

– Tout va bien. Merci, Irene.

– Je veux bien encore du sirop d'érable, a articulé Alicia, la bouche pleine de pancake.

Alors qu'Irene s'éloignait, nous avons poursuivi.

– Que s'est-il passé ensuite ?

– Après ça, j'ai décidé de mettre cette église et cette ville derrière moi. Je suis venue ici vivre ma vie parce que je ne pouvais plus porter ce secret.

– Alicia, tu sais que ce n'est pas à toi de porter ce fardeau.

– En fait, c'est difficile d'oublier les sermons de ce vieux menteur. Je veux bien faire. Je suis toujours croyante, mais prouver que Dieu existe, ça dépend de moi et de mes choix.

Elle a levé le menton. Les sourcils d'Alicia étaient dessinés au crayon et elle les a haussés tels des croissants de lune. Puis, elle a détourné le regard et j'ai observé son visage rond, les ombres sur ses joues. Elle n'avait rien dit à son père et maintenant elle portait la blessure paternelle.

– Alors tu as décidé d'être infirmière pour remettre les choses dans l'ordre, ai-je murmuré.

Elle a essuyé une larme sur sa joue et j'ai posé une main sur les siennes.

– Ne t'en fais pas. Je comprends. Mais pourquoi le Planning familial de Montgomery ?

– Oh, ça, c'est une question plus facile.

Elle a fait un grand sourire et son visage s'est éclairé.

– J'ai accepté ce travail parce que jusqu'à preuve du contraire c'est pas comme si on proposait du boulot à tous les coins de rue !

Si Alicia ne voulait pas retourner chez elle, cela signifiait qu'elle ne pouvait compter que sur elle-même à Montgomery. Les choses étaient différentes pour moi. Si ça ne fonctionnait pas, je pouvais toujours aller travailler avec mon père, même si avoir ce filet de sécurité ne me rassurait en rien. Pour moi, travailler dans son cabinet n'avait jamais constitué un vrai travail.

J'ai bu une nouvelle gorgée de café.

– Alicia, je voudrais avoir ton avis sur quelque chose.

– Vas-y. Je t'écoute.

– On m'a attribué une famille, tu sais, les deux petites patientes… Tu te souviens, celles du dossier dont on a parlé ? Je suis allée les voir cette semaine et il y en a une qui n'est même pas encore réglée.

– Comment ça ?

– Alicia, j'ai injecté un contraceptif à cette gamine et elle n'a pas encore eu ses premières règles.

– Pourquoi diable tu lui as fait une piqûre alors ?

– Je n'ai appris qu'après qu'elle n'était pas réglée. C'est ce que j'essaie de te dire. (J'ai baissé la voix.) Ça ne figure pas dans le dossier.

– Il faut que tu le dises à Mme Seager. Une infirmière a dû merder.

C'était comme si l'infirmière précédente avait considéré la chose acquise. Piètre, inexcusable interprétation médicale de la part de quelqu'un qui n'y connaissait manifestement rien.

– La petite n'a que onze ans, ai-je précisé. Même si Mme Seager ne sait pas qu'elle n'a pas ses règles, c'est n'importe quoi quand même de mettre une gamine de onze ans sous contraceptif, non ?

– Je ne sais pas, Civil. Certaines de ces jeunes filles sont très précoces. Elles commencent de plus en plus tôt maintenant. Surtout…

– Surtout quoi ? Les pauvres ?

– Ce n'est pas ce que je dis.

– Qu'est-ce que tu dis alors ?

Derrière elle, j'ai vu la porte s'ouvrir. Ty avait dû nous voir par la vitrine parce qu'il a foncé droit sur nous.

– Qu'est-ce que tu fais là ?

J'avais parlé malgré moi d'un ton revêche.

– Tu ne me présentes pas ton amie ?

– Non, je n'en avais pas l'intention.

– Enchanté ! Je m'appelle Ty.

– Alicia.

En la voyant lui sourire, j'ai tout de suite compris qu'elle le trouvait mignon. J'ai détourné les yeux. Je ne l'avais pas vu depuis que j'étais revenue en ville plusieurs mois plus tôt, et nous étions là, tous les deux, à faire comme si rien ne s'était passé entre nous. Je connaissais Ty depuis la maternelle. Ses parents étaient de très bons amis de mes parents. Après le lycée, Ty était resté à Montgomery et s'était inscrit à Alabama State, juste à côté de chez lui. Il avait fait de l'athlétisme, couru des sprints et fait des courses de haie à l'université mais lorsqu'il était venu me rendre visite à Tuskegee j'avais été surprise de voir à quel point il s'était développé physiquement. C'était un garçon dans un corps d'homme, m'étais-je dit. Jusqu'à ce qu'il m'embrasse et que je comprenne que c'était un homme dans un corps d'homme en fait. Il était venu me voir une fois, puis trois fois, puis plusieurs fois. En moins de temps qu'il ne fallait pour le dire, on s'était mis ensemble.

– Alors ça consiste en quoi votre nouveau boulot ? Il vous faut vraiment une clinique pour distribuer des préservatifs ?

Je suis devenue rouge écarlate. Il ne manquait pas d'air de parler ainsi. Alicia s'est mise à énumérer des statistiques sur les grossesses chez les adolescentes.

– Soixante-cinq pour cent des mères célibataires en Alabama sont noires. Il faut qu'il y en ait moins. Donc, a-t-elle expliqué, on leur administre un contraceptif qui s'appelle le Depo-Provera. Comme ça, elles n'ont pas besoin de se rappeler de prendre la pilule.

– Tiens donc, voyez-vous ça.

Le mot *préservatif* lui était sorti de la bouche avec une désarmante facilité pour quelqu'un qui n'en avait pas utilisé. En vérité, je l'avais laissé faire aussi. Notre longue amitié m'avait aveuglée. Il n'était pas un inconnu. Ty était mon meilleur ami. Mon premier petit copain. Je n'ai pas pensé une seconde qu'en m'abandonnant à mes sentiments dans ses bras ma vie allait changer.

– Bref, qu'est-ce que tu fais là ? ai-je demandé.

Il a désigné mon assiette.

– Je suis venu prendre mon petit-déjeuner.

Il m'a piqué un morceau de saucisse avant que je puisse l'en empêcher, et s'est remis à parler la bouche pleine.

– De toute façon, les filles, vous ne devriez pas fricoter avec les garçons. On ne vous a jamais parlé de la ceinture de chasteté ?

Alicia a éclaté de rire mais je suis restée de marbre. Le jour où je l'avais appelé pour lui annoncer que j'étais enceinte, il m'avait calmement proposé de m'épouser ; j'avais cru qu'il plaisantait. En comprenant que ce n'était pas le cas, j'avais répondu : *tu es dingue ou quoi ?* avant de raccrocher. Je sentais qu'en l'occurrence il m'observait derrière son sourire. Il a fait signe à Irene et lui a demandé d'apporter notre addition.

– C'est vachement gentil de payer notre petit-déjeuner, a dit Alicia.

– Je ne suis pas un crétin comme elle le pense, a-t-il répliqué.

– Tais-toi, Ty.

J'ai levé les yeux au plafond.

Alicia nous a regardés à tour de rôle.

– Ah, je vois, il y a un truc entre vous.

Il a secoué la tête.

– Civil a besoin de changer d'attitude.

Il a réglé notre note et nous sommes sortis. Deux garçons passaient à vélo. Ils ont salué Ty de la main. « Hé, n'allez pas faire les malins ! » leur a-t-il crié. En roulant sur la chaussée, un camion a soulevé un nuage de poussière. J'ai éternué en serrant mon pull que je portais sur les épaules.

– À tes souhaits. Hé, ça vous dit de venir chez moi demain soir ? Ma mère va cuisiner, c'est dimanche. Et je suis sûr qu'elle voudra tout savoir sur la clinique, a dit Ty, en me regardant.

– Je ne peux pas. Je suis déjà prise, ai-je répondu.

– Tu n'es pas venue dîner à la maison depuis au moins un an, Civil. Tu vas vexer ma mère à la fin.

– J'ai quelque chose de prévu, je te dis.

– Tu veux venir, Alicia ?

– Vas-y, ai-je dit avant qu'elle ne refuse. Il faut que tu rencontres des gens et la maman de Ty connaît tout le monde.

– Bon, d'accord. Tu habites où ?

Comme Alicia fouillait dans son sac en quête de quelque chose sur quoi écrire, je les ai salués d'un signe de tête et j'ai traversé la rue pour rejoindre ma voiture. J'ai évité de me retourner une dernière fois, sans quoi j'en aurais révélé plus à Alicia qu'elle n'en savait déjà.

L'agence de planification de Montgomery était prise en sandwich entre une laverie et un magasin de donuts, lieu improbable pour un service public, mais du coup c'était plus facile à trouver. Je m'y étais déjà rendue une fois, le jour où j'avais présenté ma candidature pour le poste d'infirmière au Planning familial. L'agence supervisait notre clinique et j'avais eu un entretien là-bas.

Dans les locaux, les tables de travail étaient alignées en rangs. La seule personne à posséder un bureau personnel était le directeur. Je me souvenais de lui. Il parlait constamment de ses petits-enfants. Seules trois des tables de travail étaient occupées. Deux femmes tapaient à la machine et une troisième, qui avait des sourcils broussailleux se rejoignant au-dessus de son nez, parlait au téléphone. Elle a plaqué le combiné sur sa poitrine et m'a demandé si elle pouvait m'aider. En voyant son air contrarié, j'ai compris que j'interrompais quelque chose d'important.

– Bonjour… euh, madame. Je m'appelle Civil Townsend.

Je parlais vite. Comme je n'avais pas pu faire part de mon plan à Alicia, j'avais pensé aller de l'avant et agir avant de changer d'avis.

– Je suis infirmière à la clinique du Planning familial. Je voudrais me renseigner sur les possibilités de logement social pour une famille dont je m'occupe et qui habite sur Old Selma Road.

– Est-ce qu'ils touchent déjà des allocations ?

– Oui, madame.

Techniquement, les services de la clinique relevaient de l'aide sociale mais je n'avais aucune idée de ce dont ils bénéficiaient par ailleurs. Les Williams n'avaient en quelque sorte pas un radis, comme aurait dit mon père. S'il existait des personnes éligibles aux allocations, c'était bien eux.

– Asseyez-vous, mademoiselle.

Elle a repris son combiné. Je me suis installée dans l'une des deux chaises en plastique face à son bureau et j'ai attendu.

Sa conversation terminée, elle s'est tournée vers un petit classeur à tiroirs à côté de sa table de travail.

– Est-ce que cette famille a une assistante sociale qui s'occupe d'elle ?

Je n'avais pas songé à cette question. J'avais foncé tête baissée dans l'idée de trouver un véritable appartement aux Williams, mais s'ils touchaient l'aide sociale, il semblait logique qu'il y ait une assistante sociale en charge de leur dossier.

– Oui, madame, je crois.

– Bien. Il faudra que l'assistante sociale remplisse les papiers. Vous connaissez son nom ?

– Non, madame.

Elle a observé le document sur son bureau comme si son esprit était déjà ailleurs.

– Dites à l'assistante sociale de venir ici, et on pourra lancer la demande.

– Si vous me donnez les papiers, je peux m'occuper de les faire remplir. Je la verrai la semaine prochaine en principe.

Bon, j'étais carrément en train de mentir. L'existence d'une assistante sociale était une déduction logique. L'idée de la voir en revanche relevait du mensonge pur et simple.

– C'est une famille de combien de personnes ?

– Quatre.

– Donc vous cherchez un trois-pièces ?

– En fait, non, il faudrait un quatre-pièces, avec trois chambres. La grand-mère vit avec eux.

Elle a fait la grimace.

– Nous n'avons pas beaucoup d'appartements de cette taille. La demande est forte, et certaines familles sont beaucoup plus grandes que la vôtre.

– Oui, madame, naturellement.

– Voyez-vous, nous avons des familles de cinq personnes dans des trois-pièces. C'est tout ce qu'on peut faire. Maintenant, il y a des projets de construction pour les années qui viennent. On pourrait peut-être mettre cette famille sur liste d'attente…

– Non, l'ai-je coupée.

Les cliquetis de la machine à écrire au fond de la pièce ont cessé, et j'ai baissé d'un ton.

– Enfin… vous savez… ces gens vivent vraiment dans la misère, madame… (J'ai lu le nom sur la plaque posée sur son bureau.) Madame Livingston. Ils habitent dans une cabane délabrée à l'arrière d'une ferme.

Mon audace m'a surprise moi-même. Je faisais preuve d'autant d'insistance que Diahann Carroll dans cet épisode de *Julia* où elle convainc le Dr Chegley d'autoriser une famille à payer la note de soins de leur fils en nature.

– Je comprends. Mais nous avons aussi des familles qui n'ont pas du tout de toit, mademoiselle…

– Townsend.

J'ai décroisé et recroisé les jambes.

– C'est comme si ces gens n'avaient pas de toit. On peut à peine appeler l'endroit où ils vivent une cabane. C'est plein de trous. Il faudrait que vous veniez voir. Et la grand-mère, je ne sais même pas comme elle fait, pour supporter les courants d'air.

Oui, j'aurais pu être actrice, sauf qu'en l'occurrence tout était vrai. Tout, sauf le supposé rendez-vous avec l'assistante sociale. La femme s'est à nouveau penchée vers son classeur à tiroirs.

– Prenez ça, demandez à l'assistante sociale de le remplir et faites-le signer par la famille.

J'ai pris le formulaire.

– Oui, madame. Merci. Je vais m'en occuper. Merci beaucoup.

En regagnant ma voiture, je tenais les papiers devant moi pour ne pas les abîmer. J'avais fait un premier pas pour aider cette famille et ça faisait du bien. En leur obtenant un appartement digne de ce nom, j'effacerais peut-être l'erreur que j'avais faite en injectant à cette fillette un contraceptif. Si j'avais pris ce poste à la clinique, c'était seulement pour ça. Je voulais être comme Alicia : je voulais bien faire, prouver que Dieu existait bel et bien.

SEPT

Obtenir le nom de l'assistante sociale s'est avéré plus ardu que je ne l'avais imaginé. Personne n'était mentionné dans le dossier médical des Williams. Hormis retourner à l'agence pour qu'on m'indique son nom, il ne me restait qu'une seule solution : demander à la grand-mère, Pat Williams. Si je le faisais, elle chercherait probablement à savoir ce que j'avais en tête, et je ne voulais rien lui dire tant que je n'étais pas certaine d'obtenir ce que je désirais. Il fallait que je trouve une alternative.

Cette semaine-là, tandis que nous faisions le ménage dans la clinique, j'ai demandé à Val si elle savait comment je pourrais trouver le nom de cette assistante sociale. Elle m'a conseillé d'essayer à St Jude, un hôpital qui prenait en charge les personnes plus pauvres à Montgomery.

– J'ai autre chose à te demander.

J'ai arrêté de passer la serpillière. Nous étions dans la salle de consultation numéro 2. Val a aspergé le lit de détergent avant d'essuyer la housse plastique.

– Pourquoi Mme Seager n'a pris que des infirmières noires à ton avis ? Il n'y a pas d'infirmières blanches en Alabama ?

– Chut, ça va pas. Tu veux perdre ton boulot ou quoi ?

Val avait fait une école d'infirmières après avoir élevé ses enfants. Quand son mari était mort, elle avait hérité de l'assurance-vie de ce dernier, et elle s'était servie de cette somme pour reprendre ses études. En fait, elle était convaincue que l'esprit de son défunt mari l'avait guidée sur ce chemin. D'après ce que j'avais compris, elle détestait que quiconque critique quoi que ce soit. Cette femme était la gratitude incarnée.

– Je m'interroge, c'est tout.

– Excuse-moi, Civil. Je ne voulais pas être méchante. À mon avis, ils pensent que c'est plus facile pour nous de gérer ces familles. Mais c'est pas si facile, pas vrai ? La patiente que j'ai vue hier s'est débattue comme un chat sauvage sur le canapé de son salon. Cette jeune femme d'à peine vingt-deux ans a déjà trois enfants.

– Elle s'est débattue ? Pourquoi ?

– Elle ne voulait pas de la piqûre. C'est sa mère qui l'oblige.

J'ai dévisagé Val un instant, puis j'ai ouvert les tiroirs pour m'assurer qu'ils étaient bien rangés. À gauche : les seringues, les fioles, les pansements, les lingettes désinfectantes, les gants en latex. À droite : les préservatifs, le spéculum, l'écarteur, la curette, les piluliers en plastique.

– Moi, les deux patientes que je vais voir chez elles sont tellement jeunes, ai-je remarqué. Tout juste onze et treize ans. Je savais qu'il faudrait aller en dehors de la ville, dans la cambrousse, mais franchement ces deux gamines vivent dans des conditions déplorables. Ce n'est pas humain de vivre comme ça.

– Ouais, il y en a beaucoup qui vivent sur les terres d'un Blanc. Mais rassure-moi, ma belle, tu savais que ça existait quand même ?

– Oui, ai-je menti.

Papa ne m'avait pas rendu service en me faisant vivre dans un cocon au cœur de Centennial Hill. Il avait eu beau affirmer que nous n'étions pas différents des nôtres, il m'avait malgré tout tenue à l'écart.

– Ah, d'accord. J'ai cru un instant que tu ignorais que ça arrivait encore par ici. Le fermier les paye sûrement trois fois rien. Si tu veux mon avis, c'est comme les pauvres métayers qui louaient leurs terres avant.

– C'est dur de les voir vivre comme ça. Si tu savais l'odeur qu'elles dégagent. C'était à pleurer. Il faut que je les sorte de là.

J'ai attendu de voir sa réaction.

Elle est restée impassible. Pourtant, elle m'avait entendue, j'en étais certaine. Elle s'est penchée pour essorer la serpillière.

– Dis-moi, comment le père va faire pour garder son travail s'il déménage ?

Je n'avais pas poussé ma réflexion si loin.

– Écoute, ma petite, le mieux que tu puisses faire, c'est de t'assurer que ces gamines ne tombent pas enceintes. Pense à comment elles vivent, et essaie d'éviter qu'elles infligent ça à un bébé.

– Évidemment, c'est le minimum. Tu crois que je ne le sais pas ? Mais il y a sûrement autre chose à faire. Je ne peux pas aller chez elles comme si je ne voyais pas la souffrance.

– Civil, a-t-elle dit. Les gens doivent faire avec ce que Dieu leur donne.

Nous avons terminé la pièce. Comme nous étions les deux dernières, il nous fallait éteindre les lumières et fermer la clinique. Alors que j'attendais Val sur le pas de la porte, mon sac à main sur l'épaule, elle m'a rejointe et m'a tendu un dossier.

– Jette un coup d'œil là-dessus.

J'ai ouvert le document. *Gertie Sims. Âge : 14. Bébé de 3 mois. Père : inconnu. Mère : Daisy Sims, 37 ans. Hystérectomie complète il y a 11 ans. Possibilité d'alcoolisme. Frères et sœurs : Carolyn Sims, 17 ans, trois enfants, 18 mois, 3 et 4 ans.*

– On fait un boulot important, d'accord ? Tu n'es peut-être pas capable de changer la donne pour ces gens. Il n'y a que Dieu qui puisse le faire. Mais en revanche, ce qui est en ton pouvoir, c'est de t'assurer que ces gamines n'aient pas de bébé. Tu comprends ?

Elle avait raison. Je m'étais concentrée sur le mauvais cheval. J'ai tenté d'imaginer un nourrisson dans ce taudis avec tous ces gens, et rien que l'idée m'a retourné le cœur. Erica ne saurait pas quoi faire d'un bébé, et leur grand-mère gérait déjà beaucoup plus de choses que ce qui était humainement possible. Mon travail consistait à leur injecter un contraceptif et voilà tout.

Je me suis efforcée de suivre le conseil de Val et de laisser tomber mon idée de trouver à cette famille un autre logement. Depuis ma dernière visite, j'avais appris que lorsque les patientes étaient sous injections contraceptives, les saignements fréquents étaient courants. J'étais étonnée que personne n'en ait parlé à Erica. Ou à moi. Un jour, je suis passée chez les Williams sans avoir rendez-vous. Lorsque je suis arrivée en voiture, les fillettes jouaient dehors dans la poussière.

– Bonjour, comment ça va ? Vous faites quoi ?

– Rien.

Je me suis accroupie et j'ai montré à Erica ce que j'avais dans un sac en papier.

– Je t'ai apporté des Kotex. Tu t'es servie de celles que je t'avais laissées la dernière fois ?

Elle a opiné du chef.

– Ta grand-mère est là ?

Elle a désigné la maison du bout de son bâton. J'ai remis mon sac à main sur mon épaule et je me suis approchée de la porte. J'ai fait de mon mieux pour ne pas regarder à l'intérieur sans y avoir été invitée mais j'ai aperçu le chien couché au milieu de la pièce et un homme à côté, en train de lui caresser le dos. L'homme m'a fait signe d'entrer. Je suis restée muette quelques instants. Jamais je n'avais vu de visage masculin aussi beau. À travers la moustiquaire, j'avais mal distingué ses traits mais je me rendais compte à présent qu'il ressemblait à sa mère – le même teint, la même forme de visage. Des sourcils noirs et épais coiffaient ses lourdes paupières. Il y avait tout juste assez de lumière pour révéler l'éclat vert de ses yeux.

– Vous êtes d'où ? a-t-il demandé.

– Je suis infirmière à la clinique.

– Infirmière.

Il a continué de caresser l'animal.

– Excusez-moi de débarquer comme ça. Je suis venue apporter des affaires pour les filles et pour vous demander si je peux les emmener faire un tour. Quelques heures seulement.

J'ai regardé par la fenêtre pour voir si je voyais Mme Williams, la grand-mère. Je voulais lui demander le nom de l'assistante sociale.

L'homme s'est levé lentement comme s'il était perclus de douleur. Il s'est dirigé vers moi et je me suis rendu compte qu'il boitait un peu. J'ai reculé d'un pas et mon dos a heurté la porte. J'ai eu l'impression d'être dos au mur, littéralement.

– Civil Townsend.

J'ai tendu la main, et il l'a serrée brièvement.

– Vous êtes une nouvelle.

– Une nouvelle quoi ?

– Une nouvelle dame du gouvernement.

Je n'ai pas su quoi répondre. Je ne m'étais jamais perçue comme une dame du gouvernement même si la clinique dans laquelle je travaillais était financée par des fonds publics. J'ai songé à toutes les personnes qui s'étaient présentées avant moi pour les interroger sur leur vie, sur ce qu'ils mangeaient, sur les maladies dont ils souffraient éventuellement, tout ce qui justifiait une prise en charge de l'État. Bien sûr, je savais ce qu'il voulait dire par *une dame du gouvernement*, mais ça m'a mise mal à l'aise.

– Vous êtes M. Williams, n'est-ce pas ?

Il a ri. Il avait la voix de sa mère – une voix profonde et gutturale. La seule et unique chose qui m'empêchait de contempler son visage, c'était que, comme ses filles, il sentait mauvais. Je ne comprenais pas pourquoi. La puanteur de la maison était peut-être tout simplement trop forte pour que se laver suffise à éliminer les odeurs corporelles.

– Alors je peux emmener les filles ou pas ?

– Vous les emmenez pour leurs piqûres ?

– Non, monsieur. Je les emmène pour… eh bien, en vérité, je voulais les emmener faire des courses.

– Je croyais que vous étiez infirmière ?

– Je le suis.

– Des courses pour acheter quoi ?

– Des choses de base.

– Vous voulez pas vous asseoir d'abord ?

La maison n'était pas plus propre que la dernière fois que j'étais venue. Il n'y avait que deux chaises et elles étaient toutes deux encombrées d'affaires. Il a dû voir mon expression parce qu'il s'est empressé de ramasser les vêtements entassés sur l'une d'entre elles. La chaise a craqué lorsque je me suis assise dessus. J'ai même senti un ressort s'enfoncer dans mon postérieur.

– Excusez-moi pour le désordre, a-t-il dit en farfouillant autour de lui jusqu'à ce qu'il mette la main sur un bocal vide qui servait de verre. (Il l'a essuyé avec un tee-shirt.) M. Adair, c'est pas un patron digne de ce nom. Et maman est pas douée pour prévoir le temps qu'y fera.

Il a désigné la petite branche fichée dans l'un des trous de la paroi qui servait de baromètre. Il est sorti, le verre à la main, et en revenant il l'avait rempli d'eau. Il y avait donc bien un robinet pas loin.

– Merci.

Je n'avais pas envie de boire dans ce bocal mais il m'observait. J'ai fermé les yeux et avalé une longue gorgée. L'eau avait un goût de fer mais ça m'a rafraîchie. Pour me donner une contenance, j'ai croisé les chevilles. Je portais mon uniforme avec un grand gilet bleu par-dessus. L'initiale de mon nom de famille était cousue sur la poche. J'ai remarqué qu'il la regardait.

– Vous travaillez aujourd'hui ?

Il a incliné la tête.

– Pas exactement.

– Comment ça ?

Il a soulevé son pied nu et a tiré sur l'ourlet de son pantalon : il avait une grosseur au mollet.

– Vous avez ça depuis combien de temps ?

Je me suis penchée pour toucher mais il a brusquement reculé.

– C'est rien.

– Vous l'avez montré à un médecin ?

Je pensais déjà au pire, une tumeur par exemple.

Il a fait la moue.

– Pas besoin de médecin. J'ai une mauvaise jambe, c'est tout. Pour répondre à votre question, M. Adair a dit qu'il embauchait une société pour travailler à la ferme, donc que j'ai pas besoin de travailler aujourd'hui.

– Vous voulez dire qu'il vous a renvoyé ?

Son expression s'est soudain adoucie, comme s'il révélait une autre part de lui-même.

– Vous êtes rusée comme un renard, vous, pas vrai ?

J'ai posé le verre par terre un peu vite et de l'eau a giclé.

– Bon, je peux emmener les filles ou pas ?

– Hé, on se calme. Je vous taquine, c'est tout.

J'essayais de rassembler mes esprits.

– S'il faut que vous habitiez ailleurs, j'ai une idée. Je pensais que je pourrais vous aider à obtenir un logement social. On dirait que vous allez devoir bientôt déménager.

– Mais de quoi diable vous parlez ?

– D'un appartement neuf. Vous touchez des allocations, non ? C'est le gouvernement qui paiera le loyer.

Il a croisé les jambes et son pied a heurté le mien.

– On touche plein d'aides. Toutes les semaines, il y a quelqu'un qui vient ici pour nous proposer de nous aider avec un tas de trucs.

– Ça devrait marcher alors.

J'ai ouvert mon sac à main et j'ai fouillé à l'intérieur. J'avais encore les papiers que Mme Livingston m'avait donnés.

– Il vous suffit de signer ici. Et de me donner le nom de l'assistante sociale qui s'occupe de vous pour être sûr de faire les choses dans l'ordre.

Il a baissé les yeux vers le formulaire, puis il m'a regardée.

– Cette dame vient plus. Elle avait l'air d'avoir peur ou quelque chose.

J'ai cherché un stylo.

– Vous vous souvenez de son nom ? Tout ce que vous avez à faire, c'est signer ici et je m'occupe du reste. Je suis désolée mais… vous auriez un stylo ?

– Nan, j'ai pas de stylo.

Je me suis efforcée de sourire.

– OK, bon, j'en apporterai un en ramenant les filles tout à l'heure. Si vous voulez garder les papiers pour y jeter un coup d'œil pendant que je suis partie, il n'y a pas de problème.

Il n'a pas bougé d'un pouce.

– Monsieur Williams ? Tenez.

Sa lèvre tremblait et, l'espace d'un instant, ma main est restée suspendue dans le vide. J'ai eu envie de me flanquer une gifle quand j'ai compris ce qui se passait. Il ne savait pas lire, et j'étais en train de le mettre dans l'embarras.

Pour me donner une contenance, j'ai ramassé mon verre et l'ai vidé. J'avais les mains qui tremblaient en rangeant les papiers dans mon sac.

– Je vais tout simplement les reprendre et vous les signerez une autre fois.

Il restait silencieux.

– Je ne sais pas encore exactement combien vous devrez payer, mais ça ne sera pas beaucoup. Je vais aussi voir pour vous trouver un travail. Combien de temps vous donne M. Adair ?

En m'entendant parler, je me suis demandé ce que je racontais. J'étais infirmière. Je faisais des piqûres. Je n'étais pas une bonne fée.

– Merci d'être venue, mademoiselle Sybil.

Il avait prononcé le « mademoiselle » d'une voix plus aiguë qu'auparavant, et il avait marqué une pause, avant d'ajouter mon prénom, l'air moqueur.

– C'est *Civil.*

– Oui, madame.

– Je ramènerai les filles vers dix-neuf heures. Ça vous va ?

– Allez-y, prenez les filles. Je n'ai jamais rien refusé à mes filles. Mais vous n'avez qu'à emménager dans votre… appartement. (Il a lancé le mot avec une telle force qu'il en a postillonné.) Vous-même.

J'ai trébuché en franchissant le seuil défoncé de la maison. *Papa m'a dit de rester dans la voiture.* J'aurais dû l'écouter. Klaxonner. Dire aux fillettes de sortir et leur faire leurs piqûres dehors. Et ensuite me tailler de là.

Ce satané fermier n'avait pas à s'inquiéter ; je ne ferais plus rien pour lui. Ce n'était qu'un vieux reptile, avec son eau dégoûtante et sa chaise cassée. J'ai appelé India et Erica, et une fois tout le monde installé en voiture j'ai claqué ma portière. J'ai baissé les vitres pour évacuer l'odeur. Je me contenterais de faire ce que je pouvais pour ces petites. Leur papa et leur grand-mère pourraient s'occuper d'eux-mêmes.

HUIT

La réaction du père m'avait secouée mais je n'ai rien montré aux filles. Il avait eu honte de ne pas savoir lire, voilà tout. Je pouvais gérer ça. Je lui expliquerais le contenu des documents quand je le reverrais. Je serais indulgente, tout comme mon père l'était avec les patients qui ne comprenaient rien à son jargon médical. Quand j'étais à l'école d'infirmières, nous évoquions souvent le sujet. Les infirmières se devaient de faire preuve de respect envers leurs patients, sans quoi ces derniers se sentaient jugés et se refermaient comme des huîtres. Ce n'était pas ce qu'il avait ressenti, je l'espérais, mais je redoutais le contraire.

– Vous nous emmenez où, mademoiselle Civil ? a demandé Erica.

Pleine d'espoir, elle a tendu le menton vers moi. Dans le rétroviseur, j'ai remarqué la même expression sur le visage d'India.

– On va chez Kmart pour vous acheter de nouveaux vêtements.

– Où ça ?

– Chez Kmart. Vous n'en avez jamais entendu parler ? C'est un nouveau magasin à Montgomery.

– Qu'est-ce qu'ils ont nos vêtements ?

Erica a observé son chemisier et son short.

– Vous n'avez pas besoin de sous-vêtements et de trucs comme ça ? (J'ai pris East South Boulevard.) C'est quand la dernière fois que vous êtes allées faire des courses ?

Elle a secoué la tête, presque imperceptiblement. J'ai doublé la mise. Je venais à nouveau de me mettre en mauvaise posture, et je les avais elles aussi mises mal à l'aise. Il y avait des vêtements partout dans cette maison, mais qui semblaient tous être de vieilles nippes. Et défraîchies en plus. Mitées, décolorées, élimées. Dans la mesure où ils ne lavaient pas correctement le linge, je savais que tout ce que je pourrais acheter finirait par terre comme le reste.

– On va chez Kmart et ensuite je vous emmène chez moi. Vous pourrez prendre un bain dans ma baignoire et je vous coifferai. Je vous ferai à manger. Ça vous dit ?

Pour la première fois depuis que je la connaissais, Erica a esquissé un sourire, et j'ai remarqué que ses dents étaient jaunes. Je pourrais commencer par lui acheter une brosse à dents et une fois que j'aurais trouvé le nom de l'assistante sociale, je saurais si les filles avaient déjà consulté un dentiste. Elles ne tarderaient pas à avoir des caries, si ce n'était pas déjà le cas.

Je me suis garée sur le parking et les filles ont bondi de la voiture. J'ai regardé dans mon sac. J'avais glissé de l'argent dans la poche intérieure ce matin-là mais je n'avais pas pris la peine de compter.

– Vous êtes riche, mademoiselle Civil ?

Erica m'a dévisagée par la vitre. India était restée à l'écart, à sautiller sur un pied.

– Non, bien sûr que non, ai-je répondu, en fermant mon sac avant de sortir de voiture. Ma petite fille, si j'étais riche je passerais mon temps avec Billy Dee Williams.

– Qui ?

– Tu ne sais pas qui est Billy Dee Williams ?

Elle a fait non de la tête tandis que nous pénétrions dans le bâtiment blanc. J'avais opté pour Kmart plutôt que Loveman's au Normandale Shopping Center parce que le magasin était nouveau. Avec plus de neuf mille mètres carrés de surface, c'était le plus grand commerce de la ville. À l'intérieur, tout était blanc et propre, et les rayons étaient si larges qu'on avait toujours de la place. Au-dessus de nos têtes, des rangées de néons tapissaient le plafond. Meubles, cosmétiques, matériel électronique, jouets, vêtements, chaussures, et même une pharmacie. Tout ça sous le même toit. Si une fée ailée avait fait son apparition devant nous, je parie que les filles auraient trouvé ça normal.

– Bon. (J'ai pointé un doigt en direction du panneau rouge et blanc annonçant les rayons enfant.) Commençons par les sous-vêtements. Vous avez des soutiens-gorge ?

Ni l'une ni l'autre n'en portaient, même si Erica était plus que prête.

Au lieu de me suivre, Erica a filé vers le comptoir du fast-food. J'y avais mangé une fois. Hot-dogs. Nachos au fromage. India est partie dans la direction opposée, droit vers un cheval de manège miniature. Elle s'est mise à faire des sons, entre cris et grognements. C'était bruyant et surprenant. Elle a tapé le flanc du cheval.

– Tu veux monter dessus ?

Je savais qu'India entendait mais je ne savais pas à quel point elle comprenait ce que l'on disait.

– Ce truc est bien trop petit pour toi, s'est exclamée Erica en revenant vers nous.

– Grimpe.

India s'est hissée sur le cheval et j'ai glissé une pièce dans la machine. Les lumières se sont allumées et une petite musique, qui rappelait celle des vendeurs de glace ambulants, a retenti. Le cheval s'est élevé. India a fait de drôles de bruits métalliques avec son arrière-gorge, tellement sonores que des gens se sont arrêtés, surpris. Certains clients s'écartaient en arrivant à notre hauteur à cause de l'odeur. J'évitais de croiser le regard de quiconque. Quand le cheval s'est arrêté, j'ai remis une pièce et India a basculé la tête en arrière. J'ai encore glissé une pièce. Et encore une autre, jusqu'à ce que je sois à sec. Plus elle poussait ses cris perçants, plus les gens nous observaient. Je me suis rendue au comptoir après-vente et j'ai demandé à faire de la monnaie sur un dollar. Le plaisir manifeste que prenait India faisait rire Erica pendant que de mon côté j'espérais que personne ne me fasse de réflexion.

– Iiiiii ! Yiii iiiiii ! !

Une fois nos achats terminés, je les ai emmenées chez moi. Même si rien ne me l'interdisait, je savais que cela déplairait à Mme Seager si elle venait à l'apprendre. Je me suis promis de ne plus jamais recommencer. J'ai garé la voiture de maman derrière ma Colt dans l'allée du garage et fait entrer les filles par la porte de derrière.

Tandis qu'elles pénétraient dans la cuisine, les yeux écarquillés, je suis devenue affreusement consciente des bruits que faisaient les appareils électroménagers. Le vrombissement du climatiseur à la fenêtre. Le ronronnement du réfrigérateur. Les filles ne disaient pas un mot mais elles regardaient avec avidité ce qui les entourait. Maman laissait toujours les rideaux ouverts. Elle détestait plus que tout la pénombre si bien que notre maison de plain-pied était constamment baignée de lumière du jour. Les petites scrutaient tout, en prenant bien soin de rester discrètes, comme si nous nous étions introduites dans la maison d'un inconnu.

– On dirait une maison de Blancs, a déclaré Erica quand nous sommes entrées dans ma chambre. Vous vivez ici avec votre mari ?

– Je n'ai pas de mari. Je ne vous l'avais pas dit ?

Elle a secoué la tête. Je me suis rendu compte que je ne leur avais pas beaucoup parlé de moi, alors que je savais tant de choses sur elles et sur leur vie. Tout était faussé. Nous confier en détail leurs vies privées était la condition *sine qua non* pour bénéficier de l'aide publique. Dites-nous tout sur vous et en retour nous vous donnerons une part du gâteau américain. Entre-temps, nous ne vous dirons rien, pas même ce que nous avons l'intention de faire pour vous. Soudain, je me suis sentie moins mal à l'aise de les avoir emmenées chez moi.

– Je vis ici avec mes parents. Je suis fille unique. (J'ai glissé une main sous mon lit pour en sortir un album photo.) Asseyez-vous là et regardez ça pendant que je vous fais couler un bain.

J'ai apporté une des chaises de la salle à manger afin qu'elles puissent s'asseoir toutes les deux à mon bureau. C'était précisément le bureau où j'avais révisé mes cours quand j'étais au lycée et, en les voyant ainsi assises à parcourir l'album photo, quelque chose est monté en moi : une détermination à toute épreuve, je ne peux l'expliquer autrement. Je les remettrais sur le chemin de l'école. Je leur dégotterais un appartement. Je ferais tout pour les aider.

Je me suis assise sur le rebord de la baignoire. Aucun doute, j'en faisais plus que ce qui m'était demandé dans ce dossier. J'ai décidé que je n'en dirais rien à personne, pas même à Alicia. Je ne voulais pas perdre ma place, et Mme Seager deviendrait folle si elle découvrait ce que j'étais en train de faire. Une fois le bain prêt, j'ai sorti des serviettes propres du placard du couloir et les ai suspendues derrière la porte. J'ai trouvé du shampoing et un beurre capillaire sous le lavabo. Leur démêler les cheveux n'allait pas être une sinécure. Si j'arrivais à leur passer un coup de peigne, ça serait déjà bien. J'allais peut-être leur faire des tresses. On pourrait se mettre sur la véranda et je m'activerais jusqu'à la tombée de la nuit pour séparer les mèches avec un peigne queue de rat ou le bout de mon ongle rose.

– Si vous voulez, vous pouvez prendre le bain ensemble, ai-je proposé en coupant les étiquettes des vêtements et des sous-vêtements neufs. Vous tiendrez toutes les deux dans la baignoire, je crois.

India a sauté dans l'eau la première. Depuis le tour sur le cheval à Kmart, elle était plus chaleureuse à mon égard. Elle m'avait même pris la main à un moment.

Leurs cheveux se sont révélés trop emmêlés pour faire quoi que ce soit. Et même si j'ai détesté ça, j'ai dû couper les nœuds. Erica a réussi à convaincre India qu'il fallait le faire, mais sa petite sœur s'est mise à pleurer quand elle a vu ses cheveux tomber par terre dans la salle de bain. Pour finir, j'ai opté pour une coiffure afro. J'ai posé la main d'India sur sa tête pour qu'elle sente la douceur de ses cheveux frisés.

– Je n'ai pas coupé tant que ça, ai-je précisé.

– Notre grand-mère va devenir dingue quand elle va nous voir.

J'aurais pu me maudire. Elle avait raison. Sa grand-mère allait me tuer. Leur couper les cheveux sans demander la permission était d'une imbécillité à toute épreuve. En plus, les afros ne plaisaient pas toujours à tous. À commencer par mon père par exemple. Les mains tremblantes, j'ai rangé les ciseaux dans le tiroir. Tout ce que je peux dire, c'est que ce soir-là, m'occuper de leurs cheveux m'avait semblé primordial. Comme une question de vie ou de mort. Si je pouvais y remettre de l'ordre, je pourrais faire le ménage dans leur vie aussi.

Dans ma chambre, India s'est installée par terre devant moi et j'ai divisé ses cheveux en plusieurs sections. Les séparer ainsi, tracer des raies bien droites, dessiner la topographie de son crâne telle une carte ancestrale comme le font toutes les filles noires, nous a soudées. Du bout de l'ongle j'ai gratté son cuir chevelu. Ses boucles étaient denses et serrées. J'ai effleuré les boutons dans sa nuque.

– Ça te gratte là ? ai-je demandé.

Elle a acquiescé et j'ai pensé que je pourrais acheter un shampoing antifongique pour éliminer la mycose.

– C'est quoi ?

Erica s'est assise sur mon lit en désignant du doigt le sol à côté d'elle.

– Des disques. Vous avez déjà écouté des disques ?

Erica a secoué la tête. Elle et sa sœur étaient des extraterrestres et j'étais leur guide sur cette planète. J'étais là pour leur montrer ce qu'on mangeait, ce qu'on écoutait, qui étaient nos stars de cinéma. J'ai parcouru mes disques pour en choisir un neuf : Gladys Knight & The Pips. Le premier morceau était « Neither One of Us ». La musique a aussitôt changé l'atmosphère, et Erica s'est mise à me parler de sa mère. Elle s'exprimait lentement mais elle était intelligente, ça s'entendait.

– On avait une radio avant. Maman s'en servait pour écouter de la musique. Elle aimait bien.

– Tu te souviens de ta mère ?

– On vivait dans une autre maison. Une vraie maison. Les choses ont plus jamais été pareilles après sa mort. Même papa n'est plus le même.

Elle a prononcé le mot *mort* sans émotion apparente. Le monde avait endurci ces fillettes.

– En parlant de votre père, il n'a pas l'air de beaucoup m'aimer.

– Pourquoi vous dites ça ?

Erica a posé son menton dans sa paume. Étendue de tout son long en travers de mon lit, elle portait ses nouveaux vêtements. Un papillon jaune prenait son envol dans le dos de son chemisier. Dès qu'elle l'avait vu dans le magasin, elle s'en était emparée et l'avait présenté devant elle comme pour m'interdire de dire non.

– C'est juste qu'il… je ne sais pas.

– Papa est tout sauf méchant. Il n'aime pas les gens du gouvernement, c'est tout.

Lorsque Erica s'est retournée, je me suis aperçue qu'elle tenait à la main la photo de moi bébé. Elle avait dû la trouver sous mon lit. Avant que je puisse la lui reprendre, elle a demandé :

– C'est votre bébé ?

– Non, ai-je répondu, en déglutissant. C'est moi.

– C'est vous bébé ?

J'ai acquiescé.

– Z'étiez drôlement mignonne, a-t-elle dit.

India s'est penchée pour voir.

Il fallait que je rapporte cette photographie au cabinet de mon père. J'ignorais pourquoi je la conservais.

– Tout le monde dit que je suis mon papa tout craché, ai-je remarqué.

– Il paraît qu'India ressemble à notre maman. Moi, plus à grand-mère. Je serais jolie je crois avec des yeux clairs comme eux.

– Tes yeux sont très beaux comme ils sont, ai-je soufflé.

Erica m'a fixée.

– Mademoiselle Civil, vous allez rester dans ce travail ou vous allez partir ?

– Comment ça ?

Comme elle gardait le silence, j'ai poursuivi, calmement :

– Je ne vais nulle part, en tout cas pas dans l'immédiat, Erica. Et si ça arrive, tu seras la première à en être informée. Je te le garantis.

Cette réponse a paru la satisfaire. Elle s'est approchée de la pile de disques posée contre le mur.

Ensuite, nous sommes allées dans la cuisine et je leur ai fait cuire du riz et réchauffé un reste de rôti. Elles se sont installées à table et elles ont tout dévoré. J'aurais aimé leur servir un meilleur repas mais je n'avais pas le temps de cuisiner autre chose. Je ne savais pas quelle heure il était exactement mais il se faisait tard.

– Je ferais mieux de vous ramener chez vous maintenant.

Maman est entrée par la porte de derrière, un trait de peinture jaune lui barrant la joue.

– Bonjour, a-t-elle lancé en filant vers le couloir comme si elle n'avait même pas remarqué que deux fillettes étaient assises à sa table de cuisine.

– C'est votre maman ? a murmuré Erica comme si elle venait de voir un fantôme.

– En chair et en os, ai-je répondu, les yeux rivés vers la porte au cas où celle-ci réapparaîtrait. Ne voyant rien venir, je me suis emparée des sacs qui contenaient les vieux vêtements des filles.

– Allez, on y va.

India a mis les assiettes dans l'évier. Puis elle s'est approchée de moi et m'a tapoté le bras plusieurs fois, assez fort, comme pour me faire comprendre quelque chose.

– Qu'est-ce qu'elle dit ? ai-je demandé à Erica.

– Je sais pas.

– Allez, India. Tu reviendras un autre jour, d'accord ? ai-je dit à la petite. Devant sa réaction, j'ai compris que je parlais trop fort. Je ne savais toujours pas comment m'y prendre pour m'adresser à elle. Vêtues de neuf, le ventre plein, les filles, qui sentaient le beurre de cacao, sont montées dans la voiture de maman.

NEUF

J'étais peut-être une fille à papa, mais ce n'était pas par choix. J'avais toujours rêvé d'avoir une maman qui m'aurait lu une histoire le soir et embrassée le matin avant d'aller à l'école. Malheureusement, June Townsend n'a jamais été de ces mères-là. D'après l'histoire familiale, lorsqu'elle est tombée enceinte de moi, papa a transformé le cabanon derrière notre maison en atelier parce que selon lui les émanations de peinture dans la maison n'étaient pas bonnes pour un bébé. Il a placé une poubelle métallique dans un coin pour les chiffons pleins de peinture à l'huile, installé un système d'aération à la fenêtre afin que l'espace soit bien ventilé. Un long comptoir en bois courait le long du mur d'un côté de la pièce et au bout se trouvait un évier en inox. Papa avait lui-même agencé la tuyauterie pour que maman puisse avoir l'eau courante.

En grandissant, j'ai commencé à penser que papa avait peut-être aussi construit ce cabanon pour une autre raison. On ne nous avait pas parlé de la dépression post-partum à l'école d'infirmières mais je me dis maintenant qu'avoir un enfant n'a fait que détériorer la santé mentale de maman. Quand j'étais petite, maman peignait pendant des heures, elle en oubliait parfois de me donner à manger. J'ai appris très tôt où se trouvait le pain et comment me faire un sandwich au salami.

Maman disposait des jouets par terre pour que je m'occupe pendant qu'elle travaillait. J'avais ma propre boîte de peinture à l'eau mais je ne m'y suis jamais vraiment intéressée. Je préférais découper les aimants du rideau de douche et les coller sur les surfaces métalliques que je trouvais dans l'atelier. Pendant ce temps, dans l'autre partie de la pièce, maman était perdue dans ses pensées. Dire qu'elle était *préoccupée* est un euphémisme. Elle menait deux ou trois projets en même temps. Deux toiles sur des chevalets. Un carré de tissu suspendu sur un support au mur.

Avant d'avoir l'âge d'aller au lycée, j'avais appris à construire un cadre et fixer une toile sur un châssis, après avoir soigneusement coupé le bois à la scie et assemblé les tasseaux. Je pensais que cela nous rapprocherait. Et pendant un moment, ça a été le cas. J'aimais bien le faire et maman m'avait même demandé de signer mes cadres. Mais un jour, en rentrant de l'université pour les vacances et en m'apercevant que maman se débrouillait très bien toute seule – qu'elle coupait le bois avec beaucoup plus de précision que je n'aurais jamais su le faire –, je n'ai plus jamais recommencé.

J'avais du mal à imaginer ma mère sans ses pinceaux, ses couleurs et ses vêtements tachés de peinture. Parfois, papa allait la chercher dans l'atelier pour la ramener à la maison. Il la portait littéralement, et lorsqu'il m'arrivait d'apercevoir leurs silhouettes par la fenêtre, je m'imaginais qu'il la sauvait. Tête blottie contre son épaule, pieds pendant d'un côté, maman ressemblait à une poupée de chiffon dans ses bras.

Le lendemain du jour où j'avais amené les filles à la maison, je me suis assise dans l'atelier et je l'ai observée, à l'œuvre. Elle portait son rouge à lèvres rouge fétiche, qu'elle appliquait toujours négligemment sur sa bouche. Maman s'en mettait systématiquement après s'être brossé les dents le matin. Même si elle avait dormi dans l'atelier et n'avait pas pris de douche, elle se brossait religieusement les dents, s'aspergeait le visage d'eau et mettait du rouge à lèvres. Qui avait tendance à déborder aux coins de sa bouche et à tacher ses dents lorsqu'elle mangeait. Cette coquetterie était la seule touche qu'elle apportait à son apparence physique dont elle ne prenait par ailleurs pas du tout soin.

Elle s'est essuyé le pouce sur le devant de sa chemise. Maman peignait toujours dans la même tenue : une chemise tachée et une vieille salopette. Y compris en hiver. Papa n'avait pas installé de chauffage, par crainte d'un incendie. Maman affirmait qu'elle aimait qu'il fasse frais, même si elle avait coupé le bout des doigts d'une paire de gants pour s'en faire des mitaines qu'elle portait certains soirs plus froids.

– Ça va, Civil ?

Elle ne m'a pas regardée.

– Tu sais que j'ai commencé un nouveau travail ?

– Aujourd'hui ?

– Il y a trois semaines.

– Tu ne me l'avais pas dit.

– Tu as vu les petites filles qui étaient là hier ? Ce sont mes patientes.

Papa avait rapporté à la maison des travers de porc pour célébrer mon nouvel emploi mais maman n'avait pas fait le lien. Elle excellait dans ce domaine, je l'avais appris très tôt : cette capacité à être distraite faisait partie de son excentricité.

– Tu aimes ?

Elle s'est écartée d'un pas de son chevalet.

– C'est fini ?

En prononçant ces mots, j'ai aussitôt réalisé que j'avais parlé sans réfléchir. En vérité, j'avais toujours eu du mal à comprendre le travail de maman. Elle laissait de larges espaces vides, et là où il y avait de la couleur, il y en avait beaucoup ; j'avais souvent observé ses toiles en cherchant à saisir quelque chose sur cette mère si secrète.

– Pas ma peinture. Est-ce que tu aimes ton travail ?

– En fait, c'est de ça dont je voulais te parler. Ces fillettes qui étaient là hier, elles ont perdu leur mère il y a quelques années.

Du bout d'un ongle, elle a gratté la couleur dans le coin droit, en bas de la toile.

– C'est triste.

Elle s'est exprimée d'un ton si monocorde qu'encore une fois j'ai eu du mal à savoir si elle faisait référence aux fillettes privées de leur mère ou à la toile posée devant elle. J'ai poursuivi.

– Je trouve aussi. Elles vivent dans une cabane derrière une ferme, avec leur père et leur grand-mère. J'essaie de leur dégotter un appartement.

– Mmm.

J'ai farfouillé dans une boîte de blocs de bois miniatures pour attirer son attention. Elle s'est tournée et m'a regardée.

– Je voulais te demander de l'aide, ai-je dit.

– Avec quoi ?

– Avec ce que j'essaie de faire.

– Est-ce que c'est le boulot de tes rêves, Civil ?

Maman m'avait toujours plus ou moins posé cette même question, depuis aussi loin que je me souvenais. Lorsque je n'arrivais pas à choisir entre Tuskegee, l'université où mon père avait fait ses études, et Fisk que maman aimait particulièrement, elle m'avait demandé : « Est-ce que tu rêves d'aller à Tuskegee, Civil ? » Une fois en élémentaire, j'avais gagné le concours d'orthographe de mon école et papa avait insisté pour braver la ségrégation de notre ville en m'inscrivant au concours municipal. Comme nous quittions le bureau des inscriptions installé à la mairie, un petit garçon blanc m'avait craché sur les chaussures avant de prétendre qu'il ne l'avait pas fait exprès. La veille du concours, j'avais vomi deux fois. Le lendemain matin, j'étais assise dans la cuisine à manger mes céréales quand maman m'avait demandé : « Est-ce que tu rêves d'aller à ce concours ? » En vérité, j'en avais rêvé oui, mais je me suis abstenue de le lui dire. Je lui ai répondu que non et elle a accepté que je reste à la maison.

– J'adore être infirmière, ai-je articulé.

– Bien.

– La question, c'est… comment je peux faire pour leur obtenir un appartement ? Est-ce que tu connais quelqu'un qui pourrait m'aider à pousser leur dossier pour qu'ils obtiennent un logement social ?

– Je connais une femme aux Links qui siège à la commission du nouveau projet immobilier de Dixie Court. Tu veux que je lui parle ?

– Tu pourrais ?

Je me suis avancée vers elle pour la toucher. Elle a dû percevoir mon intention parce qu'elle a fait un pas de côté et s'est emparée d'un pinceau.

– Rappelle-le-moi demain. J'ai la tête comme une passoire ces temps-ci.

– D'accord, maman. Compte sur moi.

Je l'ai regardée travailler. Je voulais passer encore un moment avec elle. Même distraite, maman avait de la présence.

Quand on était près d'elle, c'était comme rester dans le halo lumineux d'une bougie.

– J'aime bien ce jaune.

Elle a observé sa toile.

– Oui, il est bien sorti, n'est-ce pas ?

DIX

Le dimanche suivant, j'ai finalement accepté l'invitation de Ty de dîner chez les Ralsey. Depuis qu'elle l'avait rencontré, Alicia était déjà allée deux fois chez Ty pour le dîner dominical, et même si c'était moi qui l'avais suggéré, ça ne me plaisait pas beaucoup. Ty ne serait pourtant certainement pas allé jusqu'à sortir avec une de mes amies. Je n'avais rien dit à Alicia de mon histoire avec lui, donc je ne pouvais pas lui en vouloir. En m'asseyant face aux deux, j'ai fait le tri en silence dans ce que je ressentais.

Tout comme moi et la plupart des gens de notre âge à Montgomery, Ty vivait encore chez ses parents. Le plus souvent, on allait à la faculté en Alabama parce que les campus noirs y étaient plus nombreux que dans n'importe quel autre État du pays. Talladega. Stillman. Selma. Miles. Oakwood. Tuskegee. La liste était longue. Si l'on avait assez d'argent pour vivre sur le campus, on revenait à la maison après avoir obtenu son diplôme ou jusqu'à ce qu'on trouve un travail ou, parfois, jusqu'à ce qu'on se marie. Avant que Ty ne me demande sur un coup de tête de l'épouser, je ne pensais pas qu'un jour il se caserait. Pour moi, il avait toujours été le genre de garçon à vivre chez papa et maman aussi longtemps que possible.

Ty et sa famille habitaient un pavillon avec trois chambres. Il y avait des plantes vertes partout. Quand on était à l'intérieur, on se serait cru dans un jardin, et M. Ralsey se plaisait à parcourir les pièces, armé d'une paire de ciseaux, à l'affût de la moindre feuille jaunie à faire disparaître. Au beau milieu d'une conversation, il lui arrivait de se pencher et de planter un doigt dans la terre du pot le plus proche. Mais c'était Mme Ralsey qui avait un besoin insatiable de plantes. Alors qu'il n'y avait plus de place depuis belle lurette, elle rentrait le dimanche à la maison avec une nouvelle pensionnaire et se mettait en quête d'une étagère, d'une table ou d'un comptoir où elle pourrait l'installer. Le moment venu, Ty sortait la plante dans le jardin pour vérifier si les racines avaient encore de la place dans le pot. Il aimait surtout sauver les plantes qui semblaient sur le point de mourir. Comme tous les autres membres de sa famille, Ty traitait ces plantes avec tendresse.

Ty et moi étions tous deux enfants uniques, et parce que nous étions nés la même année, nous avions grandi ensemble. Je me souviens qu'un jour, j'avais onze ans environ, il était entré dans ma chambre pour me demander si je connaissais la différence entre les monocotylédones et les dicotylédones. Je l'avais accusé de me ressortir des mots qu'il était allé pêcher dans l'encyclopédie pour faire son malin, et il s'était mis en colère avant de me traiter de négrillonne. Je lui avais écrabouillé le pied en représailles et il avait foncé se plaindre à sa mère.

– Eh bien, je suis heureuse de te revoir enfin, Civil. Je commençais à m'inquiéter et à me dire que Ty et toi vous

vous étiez disputés ou quelque chose comme ça, m'a lancé Mme Ralsey après le dîner.

J'ai souri, un peu nerveuse, et lancé un coup d'œil à Ty en me demandant s'il avait dit à ses parents que nous étions sortis ensemble l'année précédente. Même si ce n'était pas le cas, Mme Ralsey l'avait peut-être compris d'elle-même. Cette femme était extrêmement futée. C'était la seule femme noire en ville à avoir fondé son propre cabinet d'avocat. Quelques années auparavant, son mari avait quitté son emploi pour travailler avec elle. Jadis, avant que nous ne naissions Ty et moi, il n'y avait que très peu d'avocats noirs à Montgomery et les Ralsey faisaient partie de ceux-là.

Ce n'était pas seulement sa passion pour les plantes et son métier d'avocate qui rendaient Mme Ralsey intéressante. Elle était aussi une cuisinière hors pair. Et je ne plaisante pas quand je te dis que cette femme était une reine des fourneaux. Elle était tellement différente de ma mère, qui aux fourneaux aurait été capable de faire brûler de l'eau au fond d'une casserole.

– Je vais aller chercher le dessert !

J'ai bondi de ma chaise avant qu'elle ait le temps d'objecter quoi que ce soit. Ty m'a suivie dans la cuisine.

J'ai posé une pile de coupelles sur le comptoir tandis que Ty sortait le pudding à la banane du réfrigérateur. Ty était du genre à manger sa tarte à la cuillère et son pudding à la fourchette. À émietter les meringues. À picorer d'abord les noix de pécan de sa part de tarte. Tout en l'observant, je me suis soudain dit que je n'aurais pas dû accepter l'invitation de Mme Ralsey. Je me suis retenue au comptoir pour ne pas perdre l'équilibre, mais même ma main dodue me rappelait les doigts potelés d'un bébé.

À l'école d'infirmières, je me réfugiais dans les livres. Durant les deux premières années, je n'ai fréquenté personne, et personne n'a semblé s'intéresser à moi. Je ne savais pas trop pourquoi personne ne me faisait la cour. Certes, bon nombre de garçons préféraient les filles à la peau plus claire, et la mienne était foncée. J'avais le nez de mon père, et il fallait s'y habituer comme on dit. Mais je possédais aussi certains attributs très prisés. J'étais solide, j'avais une taille généreuse, un visage plaisant – les dents bien alignées, la peau assez uniforme pour ne pas avoir besoin de me maquiller – et de longues et grandes jambes.

Trois de mes meilleures amies vivaient dans la résidence universitaire, mais en troisième année elles avaient toutes des petits copains et donc moins de temps pour moi. C'était précisément à cette époque-là que Ty avait commencé à venir voir ses copains à Tuskegee le week-end. J'ai dansé avec lui une fois, à une soirée, et il m'a embrassée dans la pénombre. C'était la première fois que j'embrassais aussi naturellement quelqu'un. Même si notre relation était émaillée de chamailleries dignes d'un frère et d'une sœur, lorsque nous avons franchi le pas et sommes sortis ensemble, ça s'est fait très facilement. Peut-être parce que nous nous connaissions tous les deux si bien. Il faisait partie de moi, il avait toujours fait partie de moi. Avant le deuxième semestre de ma dernière année, j'étais enceinte.

– Qu'est-ce que tu penses d'Alicia ? ai-je soudain lancé.

– Pourquoi tu me demandes ça ?

– Je m'interroge, c'est tout.

– Je comprends pourquoi tu l'aimes bien, a-t-il dit. Elle a bon cœur.

– Ouais, elle est sympa.

C'était moi qui avais rompu avec Ty, donc ce qu'il pouvait penser d'Alicia n'aurait pas dû avoir d'importance à mes yeux, je le savais très bien.

– Civil, il faut qu'on parle.

– De quoi ?

Il s'est appuyé contre le comptoir.
– Tu sais de quoi.
– Qu'est-ce qu'il y a à dire de plus ?
J'ai croisé les bras. Il m'a pris la main et m'a attirée vers lui.
– Est-ce que tu l'as dit à quelqu'un ?
– Et toi ?
– Non.
– Bien, parce qu'il n'y a rien à dire.
– Ce n'est pas vrai et tu le sais.
– Je n'ai pas envie d'en parler maintenant.
Je me suis dégagée et j'ai brusquement ouvert le tiroir. Les couverts se sont entrechoqués.
– D'accord, d'accord, comme tu voudras. (Il a reculé tout en continuant de me regarder avec le plus grand sérieux.) Tu sais que tu peux me parler d'autre chose aussi.
– Ouais, comme quoi par exemple ?
– Alicia m'a dit que tu étais pas mal secouée à cause des injections que tu dois faire à ces gamines.
– Elle t'a raconté ça ?
Pour quelqu'un qui voulait à tout prix ne rien dire du secret de sa maman, elle avait la langue bien pendue.
– Ouais, ces produits que vous utilisez, Civil, ils ne sont pas sans risque.
– Tu parles du Depo-Provera ?
– Oui. On a trop peu d'informations sur ce médicament. Si ça se trouve, ça fait du mal à toutes vos patientes, donc à ces gamines, ça va sans dire.
– Mais qu'est-ce que tu en sais, toi, de la contraception ? Le sujet ne t'a jamais intéressé que je sache.
Chaque fois que je regardais le visage de Ty, je me demandais si notre bébé lui aurait ressemblé, si nous aurions eu un garçon ou une fille, s'il aurait été un bon père.

– Tu es injuste et tu le sais. En plus, je croyais que tu ne voulais pas en parler.

– Non.

– Écoute, j'ai appris que le Depo n'a pas été approuvé par l'Agence de sécurité des médicaments et des produits de santé, a-t-il déclaré.

– Ce n'est pas vrai, ai-je rétorqué sur la défensive.

– Si, c'est vrai.

– Comment tu le sais ?

– J'ai fait des recherches et j'ai lu des trucs là-dessus.

– Tu ne lis jamais.

– Tu ne sais pas ce que je fais. (Il m'a pris les fourchettes des mains et les a posées sur le comptoir.) Civil, je ne suis plus le petit garçon qui faisait des nœuds avec tes lacets. Je suis un homme maintenant.

– Je le sais.

– Alors arrête de me parler comme ça.

Ty ne comprenait pas. J'avais tellement envie de m'approcher de lui, de le prendre dans mes bras, mais je n'arrivais pas à me le permettre. La douleur était encore trop vive.

– Alicia t'a déjà dit qu'il y avait trop de grossesses non désirées à Montgomery. On ne peut pas tourner le dos à ce problème et faire comme si ça n'existait pas.

J'ai secoué la cuillère et le pudding, telle une boule de coton, a atterri en douceur dans la coupelle. Il avait passé la nuit au réfrigérateur, ça se voyait, parce que les biscuits étaient bien ramollis.

Ty a placé une autre coupelle devant moi.

– Penses-y, Civ. Imagine, si ce médicament fait plus de mal que de bien.

Alicia ne m'avait pas dit qu'ils avaient fait des recherches, je n'arrivais pas à le croire. S'ils avaient discuté avec Ty des dangers potentiels du Depo, ça faisait des semaines qu'elle aurait pu au moins évoquer le sujet avec moi. Je me suis efforcée de dissimuler mon malaise. En effet, j'ignorais que les autorités compétentes n'avaient pas approuvé ce médicament et je tombais des nues.

– Rien ne dit qu'il y a un danger quelconque. Certaines patientes à la clinique sont sous ce contraceptif depuis des années. S'il y avait eu des effets secondaires, on le saurait depuis le temps.

Je me suis souvenue qu'Erica m'avait dit qu'elle perdait du sang tous les jours. Il était normal, d'après les informations disponibles, d'avoir des saignements menstruels irréguliers. Mais de là à saigner tous les jours ? Perdait-elle beaucoup de sang ? Avait-elle aussi des douleurs abdominales ? Je ne lui avais même pas posé la question. J'étais l'infirmière chargée de s'occuper d'elle, j'aurais dû chercher à en savoir plus.

– Tu ne connais pas les effets à long terme, a-t-il riposté.

– Ce n'est pas un médicament très compliqué. Ça empêche l'ovulation, c'est tout…

– Depuis quand tu es experte en la matière ?

– Le Depo-Provera est un médicament simple, Ty.

J'ai rajouté un peu de pudding dans chaque coupelle afin de ne pas avoir à revenir à la cuisine pour un deuxième service. Puis je lui ai emboîté le pas et nous sommes sortis par la porte battante.

La fumée de la cigarette de M. Ralsey flottait dans la pièce et quelqu'un avait allumé la radio. WRMA diffusait du gospel le dimanche, et une voix chantait justement « Just Another Day ». Je connaissais bien ce morceau mais en l'occurrence j'arrivais à peine à entendre les paroles. Je digérais encore ce que Ty venait de me dire.

– De quoi parliez-vous ?

Ty a posé les coupelles sur la table.

– De vous, a répondu Alicia, et Mme Ralsey a éclaté de rire.

Je me suis affalée sur une chaise.

Mme Ralsey a engouffré une cuillerée de pudding.

– Civil, est-ce que Ty t'a dit qu'il a fait un petit discours au nom de sa classe à sa remise de diplôme ?

– Non, madame.

– Devant tout le monde, il a fait bien attention à saluer le doyen de l'université, M. Barnes, mais il n'a pas arrêté de l'appeler M. Bailey. Au début, on ne savait même pas de qui il parlait. On se disait que ça devait être un professeur. Mais quand... (Elle a gloussé.) Ty a invité M. Barnes à le rejoindre sur l'estrade, il s'est tourné et a proclamé d'une voix on ne peut plus solennelle : *Monsieur Bailey, j'ai le plaisir de vous offrir ce cadeau en gage de notre profonde reconnaissance pour tout ce que vous avez fait pour notre classe cette année,* et alors là l'assistance a commencé à murmurer. On avait tous envie d'éclater de rire mais M. Barnes, lui, n'a pas eu l'air de se formaliser. Ni une ni deux, il a filé sur l'estrade pour aller récupérer le luxueux stylo en or que Ty lui tendait.

– Ah, ai-je dit.

– Madame Ralsey, ce pudding à la banane est vraiment délicieux, a remarqué Alicia. On dirait celui de ma grand-mère.

– Merci, Alicia.

Je trouvais le pudding fade. J'ai observé Alicia. Je ne lui avais plus reparlé des sœurs Williams depuis notre petit-déjeuner au café, et entre-temps elle avait mené sa petite enquête dans mon dos avec Ty.

– Madame Ralsey ? (Je me suis tournée vers cette dernière.) Vous avez entendu parler d'un médicament qui s'appelle le Depo-Provera ?

– Le Depo quoi, ma belle ?

– Le Depo-Provera. C'est le contraceptif qu'on administre à certaines de nos patientes à la clinique. On leur fait une injection qui bloque l'ovulation pendant trois mois.

– Non, je n'en ai jamais entendu parler. Pourquoi ?

– Je disais juste à Civil que j'avais lu des trucs là-dessus, est intervenu Ty. Et j'en ai parlé avec un de mes anciens professeurs. Son frère travaille à Washington pour le gouvernement fédéral. Ils sont encore en train de faire des essais avec ce médicament. À mon avis, il n'est pas sans danger mais ils l'utilisent là-bas à la clinique.

– S'il y avait un danger, Ty, ils ne l'injecteraient pas à des patientes. (Mme Ralsey a posé ses deux coudes sur la table.) Sauf si elles sont noires et pauvres. Comme ce qu'ils ont fait à ces hommes à Tuskegee.

Mme Ralsey a pris un air sérieux. Nous avions tous été choqués d'apprendre qu'une étude clinique avait été menée pendant quarante ans sur des hommes à Tuskegee sans que nous n'en sachions rien avant l'été 1972. Il était impensable qu'on ait laissé des centaines d'hommes sans soins, qu'on les ait laissés mourir alors même que la pénicilline avait fait ses preuves depuis des années déjà.

– Ty, qu'est-ce que tu sais exactement ? a demandé Mme Ralsey.

M. Ralsey a surgi sous l'arcade qui séparait le salon de la salle à manger, une cigarette entre les doigts.

– Qu'est-ce qui se passe ?

– Ty dit que le contraceptif qu'ils utilisent à la clinique du Planning familial est dangereux, a répondu sa femme.

– Les études tendent à prouver qu'il provoque le cancer, a précisé Ty.

– Chez les humains ? a demandé son père.

– Chez les souris. Les singes. Ça fait cinq ans qu'ils l'expérimentent. Et l'Agence de sécurité du médicament a refusé de l'approuver pour l'instant.

– Bon, ce ne serait pas la première fois qu'on utilise un médicament non autorisé dans certains cas. Civil, est-ce que tes patientes sont au courant des risques que présente ce contraceptif ?

– Je crois. Enfin, j'imagine.

– Est-ce que vous leur donnez un papier à lire et à signer sur les risques et les effets secondaires ?

Je me suis efforcée de penser aux femmes auxquelles nous avions fait leurs premières injections depuis que j'avais commencé à la clinique. Oui, nous leur avions soumis des documents à signer mais Mme Seager nous avait appris à résumer le contenu de ces documents. *Avec des mots simples. Rien qui puisse les inquiéter.* Les femmes que j'avais vues n'avaient en réalité pas lu ces formulaires. Elles m'avaient écoutée parler, c'était tout, sans douter une seule seconde du résumé que je leur faisais des blocs de mots qui figuraient sur les pages en question. Même celles qui savaient lire n'avaient pas pris la peine de parcourir les documents avant de les signer.

– En fait, j'ai réfléchi, a posément déclaré Alicia, même si le médicament provoque le cancer, ça ne change rien à ce qui compte dans l'immédiat. Il faudra longtemps avant que le cancer se déclare. C'est dans un futur très lointain. Alors qu'un bébé, ça peut arriver du jour au lendemain.

C'était probablement pour ça qu'Alicia ne m'en avait pas parlé. Elle pensait que les grossesses non désirées étaient une préoccupation beaucoup plus urgente et elle était convaincue que nous faisions un boulot primordial.

– Alicia, cet argument n'a pas de sens. (Ty a secoué la tête.) Tu ne peux pas avoir d'enfant si t'es morte.

M. Ralsey, qui jusque-là avait écouté en silence, a pris la parole :

– Ty a raison. S'il est vrai que ce médicament présente des risques réels, ça signifie que vous êtes en train d'expérimenter sur ces femmes des substances tout comme ils l'ont fait sur ces pauvres hommes du Comté de Macon.

Pas seulement sur des femmes. Sur des fillettes aussi. J'ai dégluti. J'avais fait une injection à India Williams et j'avais essayé de l'oublier, j'avais espéré que son système absorbe petit à petit la substance et qu'elle finisse par disparaître. Ensuite, j'avais tenté de leur trouver un appartement pour compenser mon erreur. Mais le cancer ? Ty devait se tromper. Depuis l'étude dont il parlait, ils avaient peut-être mis au point une meilleure formule. Et les études cliniques étaient menées sur des animaux, pas sur des êtres humains.

Même s'il était diplômé en biologie, Ty ne savait pas tout. Mme Seager, elle, avait des années d'expérience. Elle était sévère avec nous, les infirmières, mais jamais elle ne ferait de mal intentionnellement à ses patientes. Elle était là pour les aider, comme chacune d'entre nous. Nous n'avions qu'à lui parler pour dissiper tout malentendu.

– Je vais faire la vaisselle, madame Ralsey.

J'ai débarrassé, en songeant déjà au courage qu'il allait me falloir trouver pour interroger Mme Seager là-dessus.

ONZE

Ty et Alicia avaient lâché une bombe lors de ce dîner dominical et je n'arrêtais pas d'y penser. Je ne pouvais pas parler à Mme Seager avant d'avoir obtenu plus d'informations et je n'aimais pas avoir le sentiment qu'Alicia et Ty poursuivaient leur enquête sans moi. Aussi je les ai appelés cette semaine-là pour leur demander de venir avec moi à Tuskegee. Le week-end suivant, nous sommes tous les trois partis en voiture voir Mlle Pope, la bibliothécaire de la faculté. La première fois que j'avais parlé à Mlle Pope, c'était le jour où elle m'avait coincée entre deux rayons de livres et m'avait fourré dans la main un exemplaire du *Black Power* de Stokely Carmichael. *Venez-me voir pour me dire ce que vous en pensez quand vous l'aurez terminé*, m'avait-elle intimé comme si je n'avais pas le choix. Par la suite, j'avais discuté du livre avec elle autour d'une tasse de déca Sanka dans son bureau et nous étions convenues toutes deux que Carmichael ne prenait pas assez en compte les femmes dans son analyse.

Même si elle ne l'aurait jamais formulé ainsi, Mlle Pope était la première intellectuelle féministe que j'avais eu l'occasion de rencontrer.

C'était elle aussi qui m'avait aidée lorsque j'avais appris que j'étais enceinte. Le jour où je lui avais confié que je n'avais pas l'intention d'aller au terme de ma grossesse, elle m'avait fait asseoir dans son bureau et m'avait demandé si j'avais prié à ce sujet. Nous avions parlé de la situation pendant plus d'une demi-heure et après avoir compris que j'étais déterminée, elle m'avait indiqué le nom d'une femme dans le comté voisin qui avait la réputation de pratiquer des avortements sans risque. Elle m'avait proposé de m'emmener là-bas en voiture lorsque je me sentirais prête. Le jour de l'intervention, j'ai payé cent dollars, et Mlle Pope est restée dans le salon de la femme, une bible sur les genoux, à m'attendre pendant que je m'allongeais sur un lit dans une chambre au fond de la maison. Après quoi, Mlle Pope m'avait ramenée chez elle et s'était occupée de moi pendant une semaine. Avec la grâce d'un ange, elle avait gardé mon secret, sans jamais me demander plus de détails, ni chercher à savoir le nom du père.

Ty savait que Mlle Pope m'avait aidée, mais il avait promis de ne pas aborder le sujet avec elle. Sur le trajet, il resta étrangement silencieux. En arrivant sur le campus, ce que nous appelions « la vallée » sur la gauche était d'un vert printanier éclatant, et je me suis souvenue de la première fois où j'étais venue sur ce campus avec mon père, de toutes les émotions qui m'avaient traversée en découvrant ce lieu chargé d'histoire, la majesté des bâtiments en briques, le toit très incliné de la chapelle. C'était le moment des réunions d'information de l'automne et j'avais vu plein de jeunes femmes en jupes, soigneusement coiffées, les bras chargés de manuels. Je n'avais pas pu m'empêcher de les contempler.

Ty s'est garé devant la bibliothèque et nous sommes tous les trois entrés par la porte principale. Comme nous nous engagions dans les rayonnages de livres, l'éclairage automatique s'est allumé avec un bruit sourd. Le sérieux régnait dans la bibliothèque de Tuskegee, à l'image de Mlle Pope. Nous ne venions pas là pour nous amuser avec nos copains. Lorsque nous lui demandions de l'aide à la dernière minute pour un devoir, elle nous donnait un coup de main de bon cœur, mais non sans nous sermonner au préalable en nous expliquant que notre travail en pâtissait quand nous attendions le dernier moment pour plancher sur un sujet ; et au passage, quand nous aurions terminé, nous n'aurions qu'à mettre les livres dans cette pile, là. Quoi qu'il en soit, au fil des années que j'ai passées à Tuskegee, j'ai découvert que cette femme était autre chose que son abord un peu strict. Mlle Pope avait une vie bien remplie – elle ne se contentait pas de travailler ou de participer à des lectures de la Bible, elle parcourait aussi le pays en voiture. Elle ne s'était jamais mariée et avec sa sœur, elles avaient visité trente-deux des cinquante États d'Amérique, ce qui n'était pas une mince affaire à l'époque pour deux femmes noires voyageant seules.

– Quand tu m'as téléphoné pour me dire ce que tu cherchais, j'ai pris la liberté de sortir quelques dossiers qui pourraient vous intéresser. Tu ne m'as pas laissé beaucoup de temps, en m'appelant comme si je n'avais rien à faire de mon week-end.

– Merci, mademoiselle Pope, de vous être rendue disponible aujourd'hui, ai-je dit. On vous a apporté une belle plante verte pour votre bureau.

Nous avions pris une plante chez Ty pour la remercier de son aide. Ce n'était pas une de celles que la mère de Ty chérissait – comme tous les amoureux des plantes, elle avait ses préférées. Ty l'avait replantée dans un pot en céramique très coloré. Le pot était si beau que je soupçonnais Ty de vouloir aussi la remercier d'avoir été là pour nous l'année précédente en lui en faisant cadeau.

Elle a pris la plante et a désigné des chaises que quelqu'un n'avait pas remises en place.

– Jeune homme, va me ranger ces chaises comme il faut, je te prie. Je ne sais pas qui m'a laissé du bazar comme ça.

– Oui, madame.

Ty l'a dévisagée un instant avant de s'exécuter.

Alicia a mis une main devant sa bouche. Je me suis efforcée de ne pas la regarder pour ne pas rire. Mlle Pope pourrait changer d'avis et ne plus nous aider si elle pensait que nous nous moquions d'elle.

Les yeux de la bibliothécaire scrutèrent la robe d'Alicia.

– Est-ce que tu travailles dans la même clinique que Civil ?

– Oui, madame.

Même si nous étions samedi, nous avions enfilé nos uniformes car je savais que cela plairait à Mlle Pope. Elle était toujours fière de voir d'anciens étudiants en tenue professionnelle. J'avais rencontré une fois le premier policier noir de Birmingham dans le bureau de Mlle Pope. Un jeune homme qui sortait de Tuskegee. Elle était tellement en admiration devant lui qu'elle en avait presque trébuché à ses pieds. Si Mlle Pope adhérait au travail de militantes comme Jo Ann Robinson et Mary Fair Burks, elle croyait tout autant en l'ascension sociale et économique. On ne pouvait pas faire changer les choses si on ne mangeait pas à sa faim. Mange d'abord. Et ensuite manifeste. Un jour, nous avions organisé un débat à la bibliothèque autour de cette question : comment parvenir à s'acheter de quoi manger avant d'aller protester quand personne ne voulait nous embaucher ? Il fallait manifester d'abord, avions-nous affirmé. Faites les deux en même temps, avait rétorqué Mlle Pope. Ah, ça, Mlle Pope, c'était quelque chose.

Elle nous a accompagnées jusqu'à une grande table au centre de la salle.

– Vous savez, certaines personnes pensent que les cliniques de planification familiale c'est comme un génocide organisé. En 1967, le Congrès des peuples noirs organisé par Amiri Baraka a adopté une résolution contre le contrôle des naissances.

– Je n'ai jamais entendu parler de ça, a remarqué Alicia.

– Comment avez-vous dit que vous vous appeliez déjà ?

– Alicia, madame.

– Eh bien, tu devrais te renseigner sur le sujet. Tu sais qui est Shirley Chisholm au moins, celle qui est élue au Congrès ? Quand elle s'est présentée à la présidence l'année dernière, alors là j'étais aux anges, vous m'entendez ? Cette femme est une révolutionnaire. Elle a proclamé que les attaques contre les centres de planification familiale n'étaient rien d'autre que de la rhétorique phallocrate. Du prêchi-prêcha.

– Mademoiselle Pope, nous sommes extrêmement reconnaissants du temps que vous nous accordez aujourd'hui, ai-je dit.

– Vraiment ? Eh bien, la prochaine fois, appelle-moi un peu plus tôt. Deux jours avant, c'est court. Allez, maintenant, au boulot. Au téléphone, tu m'as dit que vous vouliez en savoir plus sur le Depo-Provera. Ils utilisent ce médicament dans votre clinique ?

– Oui, madame. Et je ne crois pas que l'Agence de sécurité des produits de santé l'ait approuvé. Des études ont montré qu'il provoquait le cancer de l'utérus chez des animaux.

– Oui, c'est ce que tu m'as dit au téléphone. (Elle a opiné du chef.) C'est courant de se servir de médicaments qui n'ont pas été approuvés ? Je veux dire, est-ce que ça a déjà été fait avant ?

– Ça arrive, mais je ne dirais pas que c'est courant. Nous sommes particulièrement inquiets parce que ces injections sont pratiquées sur des mineures, ai-je expliqué.

– Bon, je n'ai pas beaucoup d'informations. Mais une chose est sûre, vous feriez mieux d'en parler à quelqu'un, de faire quelque chose. D'après ce que vous me racontez, ça ne sent pas bon votre histoire.

Elle a réajusté sa perruque. Elle portait toujours le même style de coiffure : des cheveux brun courts et bouclés. Lorsque sa perruque glissait et tombait sur le bord de ses lunettes, elle la repoussait en arrière comme s'il s'agissait d'une casquette.

– On peut toujours revenir demain, si vous avez besoin de plus de temps.

Ty s'est assis à côté d'Alicia à la table.

– Fiston, je ne travaille pas le dimanche. Vous n'avez jamais entendu parler de l'église, ou quoi ?

– Si, madame. Pardon.

– Du mauvais sang, a-t-elle dit.

– Du mauvais quoi ? ai-je fait.

– C'est ce qu'ils ont dit aux hommes. Ils leur ont dit que leur sang était mauvais. Et après ils ont juste laissé ces hommes souffrir et mourir.

Je me suis assise à mon tour et nous l'avons attendue tandis qu'elle est repartie dans son bureau. En revenant, elle portait une pile de classeurs et de livres. La pile était si grande qu'elle dissimulait son visage. Ty s'est levé et l'a soulagée de son fardeau.

– Je ne peux pas vous dire grand-chose sur le Depo. Mais ce que je vous ai trouvé, c'est l'historique des expériences médicales sur les Noirs. Et tous les articles que j'ai pu dénicher sur l'étude de la syphilis qui a été réalisée ici, dans notre jardin, derrière.

– Par le service de Santé publique, c'est bien ça ? a demandé Ty.

– Ils en étaient, oui. Vous avez lu des articles dessus ? C'est une honte. Ils ont fait croire à ces pauvres types qu'ils les soignaient. Et ils leur ont affirmé que leur sang était mauvais.

– Il y avait combien d'hommes, mademoiselle Pope ?

Alicia a ouvert l'un des livres.

– Oh, environ six cents, je crois.

– Six cents ? Oh, mon Dieu.

– Malheureusement, Alicia, Dieu ne les a pas assez aidés en l'occurrence. La plupart de ces hommes sont morts maintenant. Et encore, ça ne leur a pas suffi. Ils ont autopsié les corps après pour continuer d'étudier la maladie.

– Après tout ça, ils les ont disséqués ?

La voix de Ty est devenue stridente. J'ai posé une main sur son bras. Il s'est ratatiné sur sa chaise comme si c'était son propre corps que l'on attaquait au scalpel.

– Comment ont-ils convaincu ces hommes de participer à cette étude ? ai-je demandé à Mlle Pope.

Nous aurions tout le temps de nous indigner plus tard.

– Oh, ils les nourrissaient, leur payaient le transport ; ce genre de choses. Il faut bien comprendre que la plupart de ces gars n'avaient jamais mis les pieds sur ce campus avant. Ils sont donc venus ici en pensant qu'ils recevraient ce qui se faisait de mieux en matière de soins. Quand l'étude a commencé, on se soignait encore avec des remèdes de grand-mère. On passait un peu d'huile sur les rougeurs. On appliquait des feuilles de chou sur la tête pour soulager les migraines. Vous les jeunes, vous ne savez rien de tout ça.

– Comment ont-ils trouvé ces hommes ? Ils sont allés les chercher à la campagne ?

J'ai repensé à la première fois où je m'étais rendue à la ferme Adair pour voir la famille Williams.

Mlle Pope nous a regardées fixement, moi et Alicia.

– On les a aidés.

– Comment ça, *on* les a aidés ? a riposté Ty.

– Vous avez déjà entendu parler d'Eunice Rivers ? Elle a fait ses études ici, à Tuskegee. Une femme bien, intelligente avec ça. Quand j'ai appris qu'elle était au courant, j'ai eu du mal à le croire.

– Une Noire ? ai-je demandé.

Mlle Pope a poursuivi.

– Elle pensait bien faire sûrement. La syphilis était une maladie grave, et ces Blancs sont venus ici en affirmant qu'ils voulaient trouver un traitement et que Tuskegee les y aiderait. À mon avis, elle a cru le gouvernement fédéral.

– Pendant quarante ans ? me suis-je étonnée.

Les lumières se sont éteintes et personne n'a bougé. La lampe sur le bureau principal était restée allumée, mais nous nous sommes contentés de nous regarder à tour de rôle dans la pénombre. Ty, crispé sur sa chaise, avait les deux mains posées à plat sur la table. Alicia semblait avoir vieilli.

– Mais la pénicilline avait fait preuve de son efficacité après la guerre. Pourquoi est-ce qu'ils ne les ont pas soignés avec ? ai-je demandé.

– Lisez les articles. (Mlle Pope a tapoté la pile de documents avant de se pencher.) Parce qu'ils voulaient en savoir plus sur la manière dont la maladie évoluait quand elle n'était pas traitée.

Nous avons tous gardé le silence. Incapables de trouver quoi que ce soit à dire. Quelque chose d'insupportable s'est abattu sur moi et un voile gris m'a brouillé la vue.

Mlle Pope a murmuré :

– Maintenant, vous savez ce que pensent certains Blancs du corps des Noirs. Ils se disent qu'on supporte mieux la douleur qu'eux. Selon quelques-uns de ces articles, il y en avait même qui croyaient que la syphilis ne pouvait pas nous tuer. Il s'agissait aussi bien de mener des recherches sur les effets de la maladie que d'utiliser des Noirs comme cobayes comme seuls des Blancs détraqués rêveraient de le faire.

J'ignorais ce que se disaient Ty et Alicia mais pour ma part, je pensais aux familles. Aux femmes. Aux enfants. Nous n'avions appris l'existence de cette étude que l'été précédent, et même si ce scandale avait été le sujet de toutes les conversations dans les foyers noirs de Montgomery, la plupart des membres de ma communauté ne connaissaient pas directement les victimes. J'avais déjà eu mon diplôme et quitté Tuskegee lorsque cette histoire était sortie dans la presse en 1972. Je n'avais donc pas encore eu le temps d'assimiler ce que ça signifiait pour notre petite communauté sur le campus.

Quoi qu'il en soit, je ne parvenais pas à me faire à l'idée qui m'était venue à l'esprit : le gouvernement fédéral ne pouvait tout de même pas être en train de refaire la même chose avec le Depo et les femmes noires.

– Vous travaillez ici, ai-je déclaré. Sans vouloir vous manquer de respect, mademoiselle Pope, comment se fait-il que vous n'ayez rien su ?

Mlle Pope a ouvert le premier dossier de la pile.

– Ma petite chérie, je n'arrête pas de me poser cette question. Comment tout ça a pu se passer juste sous mon nez ? Mais quand j'ai enfin appris l'existence de cette étude, je me suis mise à rassembler tout ce que je pouvais trouver là-dessus. Vous devriez commencer avec ça. C'est une publication clandestine qui circulait à Washington, DC, il y a quelques années.

Un certain Bill Jenkins, un statisticien noir, avait entendu parler de cette étude et essayait de tirer la sonnette d'alarme. Vous savez pourquoi personne n'a réagi ?

– Non, pourquoi ? ai-je soufflé.

– Parce que même si l'opinion publique n'était au courant de rien, le monde médical lui savait. À certains égards, l'État faisait ça au vu et au su de tous. Les chercheurs publiaient des articles sur le sujet dans des revues médicales. Alors, soit ils n'y voyaient pas de mal, soit personne ne se souciait des pauvres hommes de couleur du fin fond de l'Alabama.

– Ou ils pensaient bien faire, ai-je ajouté.

Alicia s'est frotté un œil. Ty demeurait immobile, sa silhouette était si sombre que je n'arrivais pas à distinguer son visage.

Mlle Pope a poussé la pile vers nous.

– Restez aussi longtemps qu'il faudra. J'ai déjà mangé.

DOUZE

Jackson
2016

De toutes les histoires de défense des droits civiques qui me hantent encore aujourd'hui, l'assassinat de Medgar Evers est peut-être celle qui m'a le plus marquée. Chaque fois que je passais en voiture par Jackson, j'imaginais son corps ensanglanté gisant dans l'allée de son garage, sa femme et ses enfants accroupis et terrorisés dans la salle de bain. Je me souviens avoir vu Medgar Evers à la télévision et m'être dit qu'il était courageux et charismatique. J'avais treize ans quand il est mort, et la nouvelle de sa disparition m'avait fait franchir le seuil de l'âge adulte. Ceux qui vivaient dans ce qu'on appelle le Sud profond des États-Unis se faisaient très peu d'illusions sur les dangers qu'il y avait à militer. Les gens s'y engageaient à fond ou bien y renonçaient complètement. Certains se contentaient d'observer la chose de loin parce qu'ils redoutaient de perdre leur emploi, voire pire. Même avec tout ce que nous avions traversé en Alabama, le Mississippi restait à part. Nina Simone ne s'est pas trompée quand elle a chanté

« Mississippi Goddam ». Dans ce delta du Mississippi, Evers est carrément allé frapper aux portes des cabanes isolées éparpillées au beau milieu des vastes étendues de terre agricole pour inscrire les gens sur les listes électorales.

J'ai toujours cru qu'il fallait être un dingue pour devenir leader d'un mouvement de défense des droits civiques. Comme cet intrépide Fred Shuttlesworth. Je te jure, cet homme venait d'une autre planète. Ça va peut-être te surprendre mais j'ai cru qu'on avait franchi un cap dans les années 1970. Je savais que le racisme existait encore mais j'espérais que le Black Power et l'éducation nous soutiendraient et nous en protégeraient. Nous avions connu l'enfer et nous en étions revenus, donc les années 1970 ne pouvaient qu'être meilleures.

Quand j'arrive à Jackson, je ne pense pas seulement à Evers, je pense aussi à Fannie Lou Hamer et son expression « l'appendicectomie du Mississippi » dont je n'avais jamais entendu parler avant de faire médecine et de rencontrer une brillante professeure noire qui pour la première fois l'avait prononcée devant moi. En assimilant ces mots, une douleur intense m'avait aussitôt traversé le corps. Hamer avait été stérilisée à son insu en 1961, et cette pratique était si courante à l'époque que les femmes lui avaient trouvé un nom. J'aurais aimé connaître ce terme quand j'avais ton âge, Anne. J'aurais aimé qu'on nous l'apprenne à l'école d'infirmières à Tuskegee. Ça aurait peut-être changé la donne.

Je roule depuis six heures et demie du matin et j'ai besoin de boire un café, mais j'ai tellement hâte de voir Alicia que je ne m'arrête pas. Je m'aperçois que le lotissement où elle habite n'est pas très loin du centre commercial ; un panneau en briques rouges à l'entrée indique *Riverwood Plantation*. Je me demande si cette idée de vivre dans une « plantation » gêne Alicia ou si peu lui importe.

Les maisons en briques de Riverwood Plantation sont neuves. Celle d'Alicia est la quatrième sur la droite. Trois voitures et une camionnette sont garées dans l'allée circulaire devant la bâtisse. Le mari d'Alicia possède un atelier de carrosserie. Ils ont trois grands enfants – trois garçons qui ont tous fait des études et qui se sont mariés. Deux à Mississippi State. Un à Tougaloo. Ils ont six petits-enfants. Son mari est diacre et Alicia missionnaire. Le rêve américain du Sud.

Lorsque Alicia a cessé d'être infirmière après la naissance de ses enfants, ça ne m'a surprise. À l'époque, beaucoup de femmes noires dans le Sud aspiraient à devenir femmes au foyer. On appelait ça « se poser ». Alicia avait toujours été traditionnelle, et toujours désiré fonder une famille. Je n'avais pas eu la même enfance qu'elle. Maman n'avait jamais travaillé, si bien qu'en grandissant j'avais toujours voulu avoir un métier.

Je sonne et Alicia ouvre la porte presque immédiatement. Elle devait guetter mon arrivée à la fenêtre. Je suis pile à l'heure, quelques minutes en avance peut-être. Je remarque d'emblée ses sourcils, toujours dessinés au crayon – noirs et impeccables. Avant que je puisse l'observer plus longuement, elle me prend dans ses bras. Elle porte une grande blouse à fleurs rouges et une odeur citronnée m'enveloppe.

– Seigneur, c'est bien toi, souffle-t-elle. Waouh, tu as carrément perdu du poids. On dirait une plume.

Elle me serre contre elle et je m'abandonne ; je ne m'étais pas préparée à autant de chaleur. D'une main, elle m'entraîne dans une grande pièce au plafond voûté. Les fauteuils sont à motif floral. Les rideaux aussi. Au-dessus de la cheminée encombrée de fleurs artificielles est accroché un écran plat. Un caniche nain blanc couché sur le canapé lève les yeux vers nous.

– C'est Coco. Elle a dix-sept ans et elle ne se lève presque plus et sort encore moins.

– Je ne savais pas que tu avais un chien.

C'est tout ce que je trouve à dire. Je commence ensuite à lui parler du chien que j'ai adopté dans un refuge mais je me dis que j'en fais trop, si bien que je me tais. Nous nous installons l'une à côté de l'autre dans le canapé, et de là où je suis j'aperçois la cuisine. Je me tourne vers Alicia. Elle me regardait observer sa maison.

– Moi aussi, je me demande comment c'est chez toi, dit-elle.

– J'habite dans une maison de plain-pied, avec trois chambres, dans le centre de Memphis. Il y a une belle véranda. Et un jardin derrière. C'est parfait pour moi, Anne et maman.

– Comment va ta maman ?

– Bien. Après la mort de papa, je l'ai emmenée vivre à Memphis avec moi. Elle peut voir tante Ros plus souvent maintenant.

– Ma mère vit près d'ici avec le vieux grincheux.

Les rares fois où nous nous étions donné des nouvelles, j'avais appris que la maman d'Alicia, après vingt ans de relation extraconjugale, avait finalement divorcé pour épouser son pasteur.

– Tu ne leur as toujours pas pardonné ?

– J'ai pardonné mais je n'oublie pas, répond Alicia après un instant de réflexion. Papa est beaucoup plus généreux que moi. Il a épousé une institutrice à la retraite. Ils sont partis vivre en Floride.

– Tant mieux pour lui, dis-je.

– Comment va Anne ?

– Elle vient d'avoir son diplôme. En anthropologie. Tu sais, les jeunes maintenant… ils font des études pour le plaisir.

Elle rit, d'un rire franc et sonore.

– J'ai dit à mes garçons que je me fichais de ce qu'ils feraient comme études tant qu'ils revenaient travailler avec leur père.

– Comment ils vont ?

En vérité, je pense que ce n'est pas du tout la bonne façon d'élever ses enfants. Ça me rappelle combien j'ai hésité à choisir le domaine médical, en partie à cause de la pression que me mettait papa. Je m'efforce de me concentrer. Ça a toujours été facile de juger Alicia.

– Ils vont bien. Il y en a un qui sera là dans une minute. Il nous apporte des croquettes de poisson pané du restaurant que gère sa femme. Je me suis dit qu'après toute cette route, tu aurais faim. T'as pas déjà mangé au moins ?

– Non, mais des croquettes de poisson pané au petit-déjeuner ?

– Et alors ? Les croquettes de poisson pané et le gruau de maïs, y a rien de mieux pour démarrer une journée.

– Tu rigoles, ou quoi ?

– Houlà ! Votre attention mesdames, messieurs. Le Dr Townsend est parmi nous.

Nous éclatons de rire et la glace se brise. Son fils arrive pour apporter à manger mais il n'entre pas ; je suis bien contente que l'on reste toutes les deux. Je commence à mettre la table et nous nous installons.

– C'est une très bonne idée, ce poisson. Il est délicieux.

– Je te l'ai dit, réplique-t-elle.

Notre repas terminé, Alicia s'enfonce dans sa chaise et se tapote la bouche avec sa serviette. Une traînée de rouge à lèvres lui barre le menton. Je ne me maquille plus, je n'ai donc plus à me préoccuper de ce genre de choses. En revanche, je fais attention à ce que je mange désormais.

– Il paraît qu'India est sortie de l'hôpital hier. Elle est rentrée chez elle, dit-elle, changeant brusquement de sujet de conversation.

– Qu'est-ce que les médecins ont diagnostiqué ?

– Un cancer.

– Un cancer, je répète à mi-voix. Quel stade ?

– Je ne sais pas. Elle est en traitement.

Je réprime mon sentiment de culpabilité. J'ai laissé passer trop d'années.

– Ça fait longtemps que je voulais te poser la question, Civil : tu crois que le cancer a quelque chose à voir avec les injections de Depo ?

Alicia parle à mi-voix comme s'il s'agissait d'un secret.

Je secoue la tête.

– C'est peu probable ; elle a eu deux injections seulement. Enfin, je ne pense pas.

Alicia se lève et commence à mettre les assiettes dans l'évier. J'ouvre le lave-vaisselle et elle allume le robinet. Elle rince ; je charge. Une fois notre tâche accomplie, je fais du café. Avec deux grandes tasses, nous nous installons dans le canapé du salon. Sur la sienne, il est inscrit *I am Black History*. Sur la mienne, il n'y a rien.

– Pourquoi est-ce que tu as disparu, Civil ?

– J'ai fait médecine.

Je sais que j'ai l'air un peu sur la défensive ; c'est instinctif.

– Ils ont le téléphone à Meharry, non ?

– Arrête, Alicia. Tu sais combien il faut travailler.

– Tu as fait exactement ce que tu disais ne jamais vouloir faire.

De quoi parle-t-elle ? D'avoir voulu protéger ma santé mentale ? D'avoir essayé de ne pas empirer les choses plus qu'elles ne l'étaient déjà ?

– As-tu revu leur papa aux yeux verts ? Tu avais le béguin pour lui, je le sais.

Évidemment je n'ai jamais recontacté Mace. Elle le sait pertinemment. Elle cherche à me torturer un peu, c'est tout, et je le mérite. Je ne peux pas lui expliquer pourquoi j'ai dû m'éloigner de Montgomery. Je ne sais pas comment dire ça sans paraître égoïste. J'ai honte d'avoir déserté notre amitié, mais je crois aussi que si je devais recommencer je prendrais la même décision.

– Pardonne-moi, Alicia, de n'avoir pas pu faire mieux.

Elle balaie mes paroles d'un geste de la main.

– Épargne-moi tes excuses. (Puis elle se penche en avant.) Attends une minute. C'est donc ça ? C'est pour t'excuser que tu es venue ?

– Non, bien sûr que non.

– Écoute-moi bien, tu fais peut-être ce voyage pour tourner définitivement la page, mais dire que tu regrettes ne t'aidera pas à le faire.

– Je ne comprends pas de quoi tu parles.

– Si, tu le sais très bien. Qu'est-ce que tu te demandes, Civil ? Qu'est-ce que tu veux comme réponse ?

– Tu parles comme ma tante Ros.

Elle reste silencieuse, le visage impassible. Soudain, je pense à l'ancienne Alicia. Le courant ne passe plus entre nous comme autrefois. J'ai sous-estimé le poids de quarante années.

– Je t'envie. Cette maison. Cette vie que vous vous êtes forgée. J'ai passé toute ma carrière à essayer de redresser mes torts.

– Pourquoi tu dois te sentir responsable, Civil ?

– Tu sais pourquoi.

– Tu as bientôt soixante-dix ans, bon sang ! Tu n'as pas besoin de te trimballer toutes ces casseroles.

– Tu appelles ça des casseroles, ce qui est arrivé à ces gamines ?

– Tout le monde a appris à vivre avec ce qui s'est passé. Pourquoi pas toi ?

– Je n'y arrive pas, c'est tout.

– Et pourquoi ?

– Parce que je n'arrête pas de penser que j'aurais pu faire plus. Est-ce qu'on aurait tous pu faire plus ? *Avions-nous raison ?*

Alicia croise les bras et s'enfonce dans le canapé.

– C'est toi le médecin, Civil Townsend. Et d'après ce que j'ai lu en ligne, tu es un bon médecin. Donc tu sais très bien où ce genre d'interrogations va te mener.

– Tu n'as pas répondu à mes questions.

Elle se contente de me regarder. J'ai envie de lui demander de venir avec moi car elle est la seule à véritablement comprendre. Mais je garde le silence.

TREIZE

Montgomery
1973

Après en avoir plus appris sur ce qui s'était produit à Tuskegee en parcourant les documents de Mlle Pope, j'ai commencé à penser que je me trouvais peut-être dans la même situation délétère qu'Eunice Rivers. J'avais besoin de m'entendre dire que ce n'était pas la même chose. Mme Seager était-elle au courant des dangers de ce médicament, et y avait-il d'autres patientes mineures qui le prenaient ? Enregistrait-elle quelque part ce que vivaient les patientes sous Depo ? Le seul endroit où j'étais susceptible de trouver des réponses, c'était dans les dossiers des patientes en question. Je me suis portée volontaire pour fermer la clinique le lundi suivant mais Mme Seager avait déjà demandé à deux autres infirmières de le faire. J'allais devoir fouiner pendant que la clinique serait encore ouverte.

Mme Seager conservait les dossiers des patientes dans un classeur à tiroirs de son bureau. Lorsqu'une patiente se présentait, l'infirmière à l'accueil, d'ordinaire Lori, était chargée, si la patiente en question était déjà venue, d'aller chercher son dossier. L'infirmière de l'accueil était la seule personne à avoir accès aux dossiers. Fouiller dans le bureau de Mme Seager pendant qu'elle se trouvait dans une autre pièce était tout bonnement suicidaire, mais je ne pouvais m'y soustraire.

Je connaissais déjà quelques éléments. Par exemple, que nous ne faisions pas d'injections de Depo-Provera à toutes nos patientes. Qu'un certain nombre d'entre elles étaient sous contraceptif oral et venaient le chercher tous les mois. Que nous prescrivions des médicaments pour des maladies sexuellement transmissibles, des infections urinaires et des mycoses vaginales. Que nous pratiquions également des examens du col de l'utérus. Il fallait d'abord que je parcoure les dossiers afin de trouver ceux des patientes auxquelles nous administrions du Depo-Provera. La chose promettait d'être difficile. La seconde gageure serait de mettre la main sur les notes de Mme Seager. Elle tenait sans aucun doute un journal de bord ou un registre dans lequel elle consignait ses réflexions. Mon père tenait un journal médical, donc je pensais que Mme Seager devait faire pareil.

Mme Seager avait été responsable des archives médicales au Professional Hospital avant d'arriver au Planning familial, et elle s'était vantée une fois pendant notre formation de n'avoir jamais, en plus de vingt ans, égaré le moindre dossier. Je n'avais jamais eu l'occasion d'aller chercher quoi que ce soit dans son classeur à tiroirs et j'imaginais qu'il serait probablement verrouillé. Elle était du genre à mettre ses affaires sous clé. Je ne m'étais pas trompée mais je fus surprise de trouver si facilement la clé en question – sous la sonnette en porcelaine sur son bureau.

Je l'entendais parler dans la pièce à côté. Elle essayait de convaincre une femme, mère de six enfants, de se faire ligaturer les trompes. Mme Seager travaillait sur le cas de cette femme depuis des mois, et l'une des infirmières, Fiona, avait souligné le matin même qu'à chaque fois que la femme venait, Mme Seager passait au moins une demi-heure à lui parler de ce qu'elle avait à gagner en optant pour une ligature des trompes. Lori trouvait tout ça triste parce que la femme était venue un jour à la clinique avec ses six enfants, avait-elle raconté, et comme ils avaient tous l'air affamé, Lori leur avait donné à se partager ce qu'elle avait apporté pour son déjeuner. Évidemment, il y avait eu à peine assez pour tout le monde.

Je percevais chaque mot de Mme Seager à travers les fines parois.

Si vous vous faites opérer, vous n'aurez plus besoin de vous soucier de prendre un moyen de contraception. Vous pourrez vous consacrer aux enfants que vous avez déjà.

Je comprends, mais Dieu m'a promis un mari. Comment je ferai si je veux avoir un bébé avec mon mari ?

Mais vous avez déjà six enfants. N'importe quel mari vous dira que ça suffit, non ?

La dernière fois que j'avais vérifié, il n'y avait pas de patiente dans la salle d'attente. Toutes les infirmières étaient parties ; il ne restait plus que Lori. Je venais de la voir dans la salle de repos où elle se faisait chauffer de l'eau. Elle en aurait pour quelques minutes au moins.

La clé a tourné sans peine. J'ai glissé un ongle entre deux chemises, en ai sorti une avant de prendre un point de repère sur la suivante pour savoir où remettre en place la première. Mary. 13 ans. Injections de Depo-Provera administrées le 01/05/72, 04/06/72. Patsy. 16 ans. Depo-Provera. Stérilet. Yolanda. 14 ans. Épileptique. Depo. J'ai parcouru d'autres dossiers, en quête de signatures parentales et de formulaires de consentement. Compte tenu des adresses indiquées, la plupart des patientes habitaient dans le quartier de la clinique.

Quelques-unes vivaient en dehors de la ville, à la campagne, peut-être pas très loin des Williams, ou dans Clayton Alley.

En bas des dossiers, les infirmières avaient consigné le genre de remarques qu'on nous apprenait à faire : la patiente se plaint de saignements abondants ; la patiente n'a pas de menstruations ; la patiente souffre de crampes abdominales ; la patiente a des sécrétions vaginales ; la patiente tolère bien le traitement – pas d'effets secondaires.

L'une des infirmières – c'était la même écriture difficile à déchiffrer – ponctuait ses notes de points d'exclamation : la patiente est en retard pour son injection ! La patiente ne comprend pas pourquoi elle doit avoir sa dose ! Gonflement au point d'injection ! Elle n'avait pas écrit ses initiales dans le dossier. Or nous étions censées inscrire nos initiales et dater chaque fois que nous faisions une remarque.

Comment voulez-vous que je travaille ? Qui va s'occuper des enfants ? Ma mère est incapable de le faire.

Ce n'est pas une excuse, insistait Mme Seager.

Il y avait d'autres notes moins claires : un peu désorientée mais sans plus, constitution robuste avec quelques signes de fatigue, capacité de compréhension réduite, mauvaise candidate pour les contraceptifs oraux, inapte.

Inapte ? Nos patientes étaient en règle générale jeunes, pauvres et sans instruction. Mais cela ne faisait que souligner l'importance de notre travail. Elles avaient besoin de nous.

Après l'intervention, vous pourrez prendre des cachets qui vous aideront avec la douleur. S'il vous plaît. Signez ce formulaire, c'est tout, et je pourrai lancer la procédure.

Ma main était restée suspendue dans le vide au-dessus du tiroir. Que voulait-elle dire exactement par inapte ?

C'est pour toujours ? Enfin, si je fais ça, est-ce que je pourrai changer d'avis ensuite ?

Oui, évidemment. Ils peuvent faire l'inverse. C'est facile. Signez là.

Je ne trouvais aucune trace d'une éventuelle conspiration jusqu'au sommet de l'État, du moins pas dans les dossiers. Mme Seager faisait peut-être tout simplement son travail. De plus, le Depo-Provera était utilisé partout dans le pays, pas seulement ici. Ce n'était pas comme ce qui s'était passé à Tuskegee.

Allons, allons. Ne pleurez pas. Vous prenez la bonne décision.

J'ai remis le dossier à sa place et fermé le tiroir. Qui a grincé lorsque j'ai tourné la clé.

Signez juste ici. Mmm-hmm. Oui, je viendrai vous chercher pour vous emmener à l'hôpital. Ne vous inquiétez pas.

J'ai soudain entendu s'ouvrir la porte de la salle de consultation.

Je n'allais pas avoir le temps de sortir. *Réfléchis, et vite, Civil.* Je pourrais m'asseoir et faire semblant de l'attendre. J'ai replacé la clé là où elle se trouvait initialement, puis j'ai entrouvert la porte du bureau et jeté un coup d'œil à l'extérieur. La main sur la poignée de porte de la salle de consultation, Mme Seager me tournait le dos. Je suis discrètement sortie de son bureau. Encore deux pas et j'aurais l'air de marcher tout simplement dans le couloir. Elle s'est tournée vers moi, méfiante l'espace d'un instant.

– Civil, j'aurais besoin que vous fassiez analyser cet échantillon au laboratoire puisqu'on dirait que vous n'avez rien d'autre à faire. Vous pouvez y aller pour moi, s'il vous plaît ?

– Oui, madame.

J'espérais avoir rangé correctement les dossiers que j'avais manipulés. J'avais dû réagir si vite que je ne me souvenais plus de ce que j'avais fabriqué exactement.

J'ai fait volte-face.

– Madame Seager ?

– Oui ?

– Je… Une de mes patientes, une des filles que je vais voir à domicile. Eh bien, je voulais vous demander quelque chose à ce propos.

– Oui ?

J'avais parlé vite et j'ai brusquement perdu mon sang-froid.

– Elle n'a que onze ans, madame Seager. Et j'ai découvert qu'elle n'avait même pas encore eu ses premières règles. Je ne l'ai appris qu'après lui avoir fait son injection. L'infirmière avant moi a certainement dû faire une erreur. Il n'y avait rien d'indiqué dans le dossier.

Elle n'a rien dit, et j'ai attendu. En m'apercevant que je n'avais pas posé de question en réalité, j'ai ajouté :

– Je l'ai rajouté. Je ne lui en administrerai plus.

– Tenez-la bien à l'œil, Civil. Ne laissez pas cette petite passer entre les mailles du filet. Elle aura ses règles bien assez tôt, et il faudra que vous soyez là pour la protéger.

– Oui, madame, ai-je répliqué d'une voix aiguë.

Elle s'est approchée de moi et, comme si elle ne voulait pas que sa patiente l'entende, elle m'a chuchoté :

– Civil, nous devons travailler ensemble pour aider ces femmes, vous le comprenez, n'est-ce pas ? Nous travaillons pour le bien commun. Elles ont besoin de nous. Nous sommes comme… une main divine qui les guide.

Elle a inspiré brièvement avant de souffler par le nez.

– Oui, madame.

Une fois dans ma voiture, j'ai soupiré profondément. Mme Seager considérait qu'India et Erica avaient des rapports sexuels ou que ça ne tarderait pas à être le cas. Avais-je fait la même chose ? Je me suis rendu compte que oui. J'ai commencé à pleurer avant de m'empresser de sécher mes larmes. Je n'avais pas le temps pour ça. Je devais agir vite si je voulais comprendre ce qui se passait exactement.

Ty m'avait donné un papier. Je l'ai sorti de mon sac à main et l'ai déplié. Macaques rhésus. Beagles. Deux espèces différentes, oui, mais le cancer de l'utérus s'était déclaré à chaque fois. J'ai relu ce que j'avais sous les yeux. Chose que j'avais déjà faite encore et encore la nuit précédente. Le laboratoire Upjohn. Le Dr Harold Upjohn. Le médicament avait d'abord été mis sur le marché en 1960 aux États-Unis pour traiter les risques de fausses couches et les fausses couches récurrentes. Ainsi que l'endométriose, une maladie gynécologique très douloureuse. Upjohn était le médecin chef de cette compagnie pharmaceutique. Les singes et les chiens n'étaient pas de la même espèce, avait-il affirmé, on ne pouvait donc pas en conclure qu'il se produirait la même chose chez les humains.

Mais ils ne pouvaient pas en être sûrs à cent pour cent. Mme Seager n'était peut-être même pas impliquée. Il n'était pas impossible que l'État se serve de nos patientes pour mener une étude clinique grandeur nature. Exactement comme à Tuskegee. Si le médicament était dangereux, il faudrait des années avant de savoir s'il était à l'origine d'un cancer. Et alors, il serait trop tard pour faire le lien entre le Depo et la maladie. Les patientes seraient trop vieilles, voire mortes. Pouvions-nous croire le gouvernement fédéral ? Diable, je travaillais pour la fonction publique. Qui bernais-je ? J'avais envie de parler à mon père mais j'avais peur qu'il me dise de quitter le Planning familial avant que je ne puisse essayer d'en savoir plus. Je pourrais parler à Alicia. Elle savait autant de choses que moi. Il fallait que je sache si nous injections du poison à nos patientes.

La pauvreté poussait souvent au crime dans cette ville. Le désespoir. Le racisme. Le manque de perspectives. Nous n'aidions pas seulement ces familles. Nous étions des travailleurs sociaux en quelque sorte. Mieux valait intervenir avant que la situation ne dégénère. En permettant aux patientes d'avoir un moyen de contraception, nous leur évitions d'avoir à faire des choix plus graves. Mme Seager avait raison de s'inquiéter.

J'ai pensé à India et Erica, à leurs cheveux frais lavés et à leurs nouveaux vêtements. J'ai pensé à quel point elles avaient aimé écouter mes disques, à quel point le saphir et le son qu'il faisait en glissant sur le sillon les avaient émerveillées.

QUATORZE

J'écoutais « Behave Yourself » de Booker T. & The M.G.'s lorsque maman est entrée dans ma chambre. Il me restait encore six semaines avant de devoir faire une autre injection à Erica mais chaque fois qu'une femme quelque part devait se faire injecter ce médicament, j'en étais malade. Je ne savais pas quoi faire.

Maman a remué la tête en rythme et je me suis souvenue de la fougue avec laquelle elle dansait jadis. Une fougue qui n'avait rien à voir avec le petit mouvement mélancolique qu'elle venait d'avoir, non, elle dansait autrefois en brandissant les bras et en se déhanchant avec entrain. Quand j'étais petite, ma mère dansait tout le temps. Je me réveillais parfois la nuit parce que j'entendais ses pieds glisser sur le sol du salon tandis que mon père sifflait en tapotant en cadence sur les accoudoirs du fauteuil.

J'ai remarqué qu'elle tenait dans une main un papier blanc. Qui avait été plié trois fois, on aurait dit une enveloppe recyclée.

– Ton père et moi, on est allés voir Booker T. & The M.G.'s au Coliseum à Memphis il y a des années. On créchait chez ta tante Ros mais personne n'a fermé l'œil. On a fait la fête et veillé toute la nuit. Le batteur s'appelait Al Jackson Jr. Il est sorti avec nous, ce soir-là, après le concert. Ros les connaissait tous.

– Mais, maman, tu ne m'as jamais dit ça ! J'étais où ?

– Dans une colo chrétienne.

J'ai ri.

– Alors comme ça vous faisiez tous la bringue pendant je sauvais mon âme.

J'avais envie que mes parents dansent encore, fument des joints, jurent et se comportent comme des jeunes gens. Maintenant qu'ils avaient réussi leur vie, ils méritaient de lâcher prise. Je voulais qu'ils en profitent.

Maman a observé la peinture accrochée au mur derrière moi, qui représentait une femme pénétrant des flammes, le tout dans les tons verts. D'après mon souvenir, c'était une des rares œuvres figuratives que ma mère ait peintes. Cette toile m'avait toujours attirée, et lorsque j'étais tombée dessus par hasard au fond de son placard, elle avait accepté en haussant les épaules que je la récupère. Concentrée, les lèvres pincées, elle l'observait désormais comme pour la réévaluer. Je la regardais faire en l'admirant. Ma mère était d'une beauté si délicate et éthérée ; j'avais toujours pensé que ce n'était pas le genre de beauté qui se transmettait à un enfant. Elle avait le visage ciselé, la peau fine et tendue, les os saillants. Elle était aérienne, spectrale.

– C'est quoi ce papier ?

– Hein ? Ah, j'avais oublié. C'est pour toi.

J'ai sursauté, en comprenant de quoi il s'agissait. J'ai parcouru le document : *Nous prenons en compte votre demande de logement social, un quatre pièces, à Dixie Court. Sous réserve d'accord.* Je me suis élancée vers elle pour l'enlacer. Elle a reculé si vite que j'en ai presque perdu l'équilibre.

– Ça veut dire quoi en fait ?

– J'ai vu ces petites quand tu es venue ici avec elles. Elles avaient l'air tellement tristes. Elles ont perdu leur mère, c'est ça ?

Elle avait semblé à peine les voir, et je n'avais pas cru qu'elle ferait quoi que ce soit. Il n'était jamais évident de savoir ce que maman percevait exactement. Les filles étaient si jolies ce jour-là, mais j'imaginais sans peine qu'elles aient pu paraître encore malheureuses malgré leur bain et leurs nouveaux vêtements. Je leur avais tant bien que mal coupé les cheveux, mais le visage d'Erica était couvert d'acné et India avait les lèvres sèches et gercées.

– Comment tu t'es débrouillée ? Ça fait à peine un mois.

– Cette lettre signifie juste qu'elles sont en priorité sur la liste. Il faut encore que leur dossier soit approuvé. Je t'ai dit que mon amie Delia siégeait au comité. Elle a accéléré le processus, c'est tout.

– Donc je n'ai pas besoin de contacter l'assistante sociale ?

Elle a secoué la tête.

– Oh, maman, c'est tellement bien ! Il faut que je leur dise.

J'ai enlevé mon pantalon de survêtement et enfilé une jupe. Dans la penderie pleine à craquer de ma chambre, j'ai réussi à trouver un chemisier pas trop froissé. C'était samedi, et je n'étais jamais allée voir les Williams le week-end. Je me devais d'être comme il faut mais pas trop habillée non plus pour faire face au terrain accidenté de cette colline.

– Est-ce qu'ils ont des meubles, des assiettes et ce genre de choses ?

– Est-ce qu'ils ont quoi ?

– De quoi meubler l'appartement s'ils l'obtiennent. Ça m'étonnerait que ce qu'ils possèdent dans cette cabane, s'ils possèdent quoi que ce soit, fasse l'affaire, a déclaré ma mère.

Je me suis baissée pour récupérer mes mocassins dans le bas de la penderie.

– Prends ça.

– C'est quoi ?

Je me suis redressée.

– Va à l'Armée du Salut voir s'ils ont des trucs bien. Et ne prends rien si c'est trop vétuste. Essaie de trouver des choses assorties. Et si tu achètes un canapé, n'oublie pas de t'asseoir dedans d'abord.

Elle a ouvert se paume ; elle tenait des billets pliés en quatre.

– Maman, tu n'as pas besoin de faire ça. J'ai un travail.

– Je sais.

– Et je n'avais pas l'intention de leur acheter quoi que ce soit. Leur père, il…

Elle a glissé les billets dans mon sac suspendu à ma chaise de bureau.

– Je comprends. Elles ont un papa. Trouve le moyen de faire ce qu'il faut sans le mettre en porte-à-faux.

– Merci, maman.

J'ai rentré mon chemisier dans ma jupe.

Ma mère m'a caressé les cheveux avant de faire la grimace comme si une souffrance inaccessible se dissimulait dans son corps.

– Demande à Ty et à ses amis de venir chercher les meubles à l'Armée du Salut.

Là-dessus, elle a tourné les talons. J'ai hésité, avant de me baisser à nouveau pour mettre mes mocassins. Ty. Toujours Ty. Il était sacré pour mes parents. Si je leur avouais que nous étions sortis ensemble, ils m'en voudraient probablement d'avoir rompu. J'ai plié la lettre. Il fallait que je m'occupe de la paperasse. Si les Williams pouvaient éviter une nuit de plus dans cet affreux taudis, il n'y avait pas de temps à perdre. Dormir par terre dans un nouvel appartement vaudrait toujours mieux que cette prétendue maison.

Ma mère avait de curieuses manières de montrer son amour, et obtenir cet appartement était le genre de geste qui venait me le rappeler.

QUINZE

Lorsque j'ai fait part de la lettre à Mace Williams, il n'a pas été impressionné.

– Allons remplir les papiers pour l'appartement, ai-je lancé. Il faut que vous restiez en haut de la liste des demandes.

– J'ai du travail aujourd'hui.

– Vous n'avez pas l'air d'être en train de travailler.

– Il faut que je sois là au cas où M. Adair me cherche. Je ne peux pas aller me balader comme ça avec une folle.

– Je ne suis pas une folle.

– Bah, moi, je vous trouve folle.

– Mace, va avec elle, est intervenue Mme Williams.

Elle était assise sur une chaise de l'autre côté de la pièce. Elle reprisait un pantalon de son fils. Et d'ailleurs, à la manière dont elle manipulait l'aiguille, il était manifeste qu'elle avait besoin de lunettes.

– Cette dame prend le temps de venir jusqu'ici pour voir comment toi et tes enfants vous allez. Va avec elle pour comprendre de quoi elle parle, c'est la moindre des choses. Je m'occuperai de M. Adair s'il vient ici.

– Maman, on ne peut pas se permettre d'avoir un appartement. Comment veux-tu que je travaille pour M. Adair si je vis là-bas à Dixie Court ?

– M. Adair t'a dit qu'il y avait plus de travail pour toi ici. Va falloir qu'on parte tôt ou tard et tu le sais très bien, lui a-t-elle répondu en le regardant droit dans les yeux.

– Comme j'ai dit, vous n'aurez rien à payer pour l'appartement. Du moins, dans l'immédiat, jusqu'à ce que vous trouviez un emploi. Ils vont vous mettre en contact avec une agence de placement.

– J'ai déjà parlé avec ces gens des placements. Ils ont pas de travail pour moi.

Il n'avait pas beaucoup essayé, c'était le fond de ma pensée, mais je me suis abstenue de dire quoi que ce soit. Il était peut-être trop coincé dans la vie à la ferme.

– Bon, écoutez, si vous voulez rester ici et vous apitoyer sur votre sort, grand bien vous fasse ! ai-je rétorqué. Mais les filles et leur grand-mère ont le droit de vivre dans un bel appartement, avec ou sans vous.

Il était évident que vivre dans une seule pièce avec toute sa famille – devoir s'habiller, manger, dormir tous ensemble dans le même endroit – devait être insupportable. C'était quoi son problème à cet homme ?

Mme Williams a ri en brandissant l'aiguille devant elle. Elle avait réussi, je ne savais comment, à passer le fil dans le chas.

– Pfff, a-t-il fait avant d'aller jeter du bois dans le feu mourant.

Il faisait froid dans la maison, peut-être encore plus froid qu'à l'extérieur. L'air d'avril ne s'était pas encore réchauffé, et les vents printaniers et frisquets soufflaient fort. Un chien couché sur une pile de vêtements a levé la tête pour aboyer en direction du courant d'air qui chahutait la porte.

– Va chercher ! a crié Mace au chien qui s'est levé lentement, a étiré ses pattes et est sorti.

Mace a donné un coup de pied dans la pile de vêtements et s'est emparé d'une chemise. Il l'a reniflée, a ôté le durag qui lui couvrait la tête et a ouvert la porte du fond. Avant que le battant ne se referme, je l'ai entraperçu enfilant sa chemise. Même si je m'efforçais de ne pas regarder, j'ai bien vu qu'il était musclé et que sa peau était tannée par le soleil.

– Je vais attendre dans ma voiture, ai-je dit à sa mère.

J'aurais voulu savoir si India et Erica étaient restées coiffées et bien habillées depuis la dernière fois que je les avais vues, mais elles n'avaient pas l'air d'être là. Elles n'avaient pourtant pas d'autre endroit où aller. Les voisins les plus proches habitaient à trois bons kilomètres. J'ai fait demi-tour pour que nous soyons prêts à descendre la pente lorsque Mace me rejoindrait dans la voiture. Ce faisant, je me suis promis de ne pas le laisser me déstabiliser. En sortant, il portait une chemise bleue relativement propre. Une brosse à cheveux dans la main, il s'est approché en boitant de la voiture. Au moins, il n'avait pas trop l'air de sortir de sa cambrousse. Comme nous passions devant la maison de M. Adair, Mace a salué de la tête, en faisant aussi un petit signe de main, un Blanc assis sur le capot d'une camionnette. L'homme nous a fixés sans toutefois lui répondre.

– C'est lui ?

– Lui-même.

– Il vous traite bien, vous et votre famille ?

Mace n'a pas répondu. Il a regardé par la vitre, c'est tout. J'ai pensé qu'il n'avait pas envie de parler, donc je me suis tue. Nous n'avions pas besoin d'être amis. Le bonhomme me prenait pour une enquiquineuse mais peu importe, je ne faisais pas ça pour lui. Je le faisais pour les petites. D'une main je tenais le volant, et de l'autre la lettre sur laquelle figurait l'adresse : 3501 Dixie Court. Le samedi, le bureau de location était ouvert de dix heures à dix-huit heures ; nous avions donc tout notre temps. La voiture filait sur l'autoroute. Les parasites sur la radio se sont dissipés et la voix de Carla Thomas a résonné dans les haut-parleurs.

– Hé, a-t-il fait.

– Quoi ?

– Vous savez que vous n'avez presque plus d'essence ?

J'ai regardé la jauge. J'étais déjà sur la réserve ; j'allais tomber en panne sèche. Je n'avais pas pensé une seule seconde à mettre de l'essence tant j'avais l'habitude que mon père s'en occupe. Heureusement, une station-service a surgi devant nous. Comme je ralentissais pour m'arrêter à la pompe, un homme en bleu de travail assis sur une chaise nous a dévisagés.

– Je vais vous faire le plein, a dit Mace.

J'ai plongé la main dans mon sac pour lui donner de l'argent. Mace a payé l'homme, puis est revenu et a soulevé le pistolet. Je l'observais dans le rétroviseur. Il fixait les chiffres qui défilaient. J'ai songé à sa femme défunte : s'étaient-ils connus à l'adolescence ?

– Vous avez déjà été en dehors de l'Alabama ? m'a-t-il demandé, une fois de retour dans la voiture. J'ai redémarré.

– Bien sûr.

– Où ? a-t-il répliqué, comme s'il avait l'impression que je mentais.

– Eh bien, j'ai...

J'étais sur le point de lui dire ce que je racontais aux gens lorsqu'on m'interrogeait d'ordinaire sur les voyages que j'avais pu faire : que mon père m'avait emmenée à La

Nouvelle-Orléans pour mon seizième anniversaire. Que ma tante Ros vivait à Memphis et que nous allions parfois lui rendre visite à Noël. Qu'une fois j'avais emmené mon père en voiture à Nashville pour une conférence et que j'étais allée me balader sur le campus de Fisk, l'université où avait étudié ma mère. Mais alors que les mots allaient franchir mes lèvres, je me suis ravisée et j'ai gardé le silence un instant. Peut-être à cause de son air. On aurait dit qu'il se méfiait de ce que j'allais lui révéler.

– Je suis allée à Memphis, ai-je fait. Ma tante habite là-bas.

– C'est comment, Memphis ? a-t-il demandé comme s'il s'agissait d'une contrée lointaine.

– Il y a un fleuve, comme à Montgomery. Sauf que le Mississippi est beaucoup plus large que l'Alabama River.

– Un jour, je montrerai l'océan à mes filles. Il faut qu'elles voient ça.

– C'est facile. Vous conduisez ?

La plupart des hommes en Alabama apprenaient à conduire très jeunes, que ce soit une camionnette ou un tracteur. Ma question en réalité, c'était de savoir s'il possédait une voiture. Je savais qu'il était inhabituel pour une même famille de disposer de trois voitures, comme c'était le cas chez moi, mais je ne savais pas trop si un homme dans sa situation avait ne serait-ce qu'un véhicule.

– Évidemment que je conduis. Ma camionnette est en panne en ce moment. J'ai un copain qui me la répare.

– Ah. (J'ai décidé de revenir aux voyages.) Vous êtes né ici, vous ?

Il a acquiescé.

– Pas très loin de la ferme des Adair. En fait, mon père a travaillé dans la ferme d'un homme qui s'appelait Philips pendant des années. Quand il est mort, maman et moi on n'a pas pu rester dans cette maison sans travailler et moi j'étais trop jeune pour remplacer mon père. Une fois assez grand, je me suis fait embaucher dans une autre ferme. J'ai rencontré ma femme et on s'en est pas mal sortis pendant un temps. Mais après sa mort, tout est allé de travers. Les récoltes ont rien donné. Les poulets sont morts. Tout est devenu merdique.

La disparition de sa femme pesait sur la famille tel un linceul ; je m'en rendais bien compte à la manière dont ils en parlaient tous. J'ai tenté à nouveau de changer de sujet.

– Il paraît qu'ils embauchent à l'usine de cornichons de Whitefield Road.

– J'ai été me présenter une fois. Ils ont pas voulu de moi.

– Il faut réessayer.

– Combien de boulots vous avez eus, vous ?

Eh bien, c'est mon premier, ai-je eu envie de lui répondre, mais quel intérêt ? Je ne comprenais pas son pessimisme systématique. Il faisait comme si le monde entier était contre lui. J'avais du mal à faire le distinguo entre cette manie et ce qu'il était vraiment.

– Regardez, je crois qu'on approche. Regardez le panneau.

Sur le panneau publicitaire qui annonçait Dixie Court, il y avait la photographie d'une Noire avec deux jeunes enfants devant un bâtiment de plain-pied en briques. Pas de père. J'ai quitté l'autoroute et pris une rue sur ma gauche. Certains logements étaient encore en construction mais il n'y avait pas d'ouvriers en vue. La rue faisait un U et j'ai continué de rouler pour enfin arriver devant le bureau de location. Je me suis garée et nous sommes sortis de voiture. Mace a regardé autour de lui, sceptique.

Sur la porte du bureau était accroché un petit mot sur lequel il était écrit à la main : *De retour dans 5 minutes.*

– Y aura rien à payer vous avez dit ?

– Non, jusqu'à ce que vous trouviez un emploi. Quand vous travaillerez, il faudra payer un loyer. Mais ça ne sera pas beaucoup.

– J'espère que vous avez pas donné de l'espoir à ma mère pour rien.

– Je peux vous aider ? a lancé une femme blanche qui se dirigeait vers nous sur le trottoir. Elle portait une robe jaune cintrée et printanière même s'il faisait encore frais dehors. Quand on portait une robe comme celle-ci, on faisait forcément quelque chose de bien pour le monde, ai-je songé.

– Oui, madame. (Je lui ai tendu la lettre.) Nous sommes venus pour l'appartement de la famille Williams.

– Vous êtes assistante sociale ? m'a-t-elle demandé en me prenant la lettre. J'ai été frappée qu'elle n'envisage pas un instant que Mace et moi pouvions être mariés.

J'ai hésité.

– En fait, non. Pas exactement. Je suis infirmière, et les filles de monsieur sont mes patientes.

La femme a opiné du chef et a souri.

– Ah, je vois. J'espère qu'on vous a dit que nous n'avions pas d'appartement en rez-de-chaussée dans l'immédiat.

– Pardon ?

– Avez-vous une patiente en chaise roulante ?

– En chaise roulante ? s'est étonné Mace.

J'ai secoué la tête.

– Non, madame. Nous n'aurons pas besoin d'un appartement en rez-de-chaussée. Je ne suis pas ce genre d'infirmière. Mais il faudra bien trois chambres comme il est précisé dans la lettre. À moins que vous ayez un appartement avec quatre chambres disponibles.

– Pas avec quatre chambres, non, je regrette. Laissez-moi aller chercher la clé et je vais vous accompagner.

– Merci.

Tandis que nous attendions, Mace s'est approché de moi et a murmuré :

– Qu'est-ce qu'elle dit cette lettre ?

– Que l'État vous aidera si vous n'arrivez pas à payer le loyer. Ne vous inquiétez pas.

– C'est facile à dire. Cette cabane à la ferme, ça a peut-être l'air de rien pour vous, mais c'est un toit.

– Monsieur Williams, est-ce que je peux vous appeler Mace ?

– Je peux vous appeler Sybil ?

– Je ne m'appelle pas Sybil. C'est...

– Ce n'est qu'à quelques minutes d'ici, s'est exclamée la dame du bureau de location comme elle verrouillait derechef la porte derrière elle.

Elle a ouvert la marche, sa robe étincelant dans le soleil.

– Je suis Mme Lacey. Si vous avez besoin de quoi que ce soit, vous n'aurez qu'à me passer un coup de fil. Mon mari a manifesté aux côtés du Dr King en 1966. Il s'est fait passer à tabac comme il faut, une nuit. Ça ne l'a pas arrêté. Moi non plus, d'ailleurs. Ces pasteurs noirs nous ont donné envie à mon mari et moi de nous rendre utiles. Voilà pourquoi je travaille ici maintenant.

Bons nombres de Blancs qui s'étaient joints au mouvement venaient d'ailleurs, mais il y en avait aussi quelques-uns de Montgomery. Mme Lacey faisait manifestement partie de ceux-là. Nous l'avons suivie jusqu'à un bâtiment à un étage avec des parpaings qui traînaient encore devant la façade. À l'étage, elle a ouvert la porte de l'appartement. Le salon sentait la peinture fraîche. L'électricité n'était pas complètement terminée ; des fils pendaient du plafond. Le revêtement sur le sol était tellement neuf que l'odeur de colle était encore prégnante.

Sur les carreaux des fenêtres, les autocollants du fabricant n'avaient pas été enlevés. Les prises électriques n'avaient pas encore de caches.

– Je ne sais pas quand vous avez l'intention d'emménager mais comme vous pouvez le voir il reste deux ou trois choses à faire.

Avec un élan que je ne lui connaissais pas, Mace s'est éloigné pour voir le reste de l'appartement. J'ai jeté un coup d'œil à la cuisine. Elle était étroite. Avec de l'électroménager jaune et le même lino que dans les autres pièces. La fenêtre donnait sur la cour. J'ai imaginé des rideaux jaunes, quelque chose dans les tons de la robe de Mme Lacey.

– Est-ce que l'eau et l'électricité sont comprises dans le loyer ? me suis-je renseignée.

– Oh oui, tout est inclus, sauf le téléphone. S'ils veulent une ligne de téléphone, il faudra qu'ils la payent de leur poche.

J'ai souri. *Ce serait bien s'ils avaient le téléphone*, ai-je songé, *comme ça je pourrais les appeler pour prendre des nouvelles des filles.*

Mace a réapparu dans l'embrasure de la porte.

– Qu'est-ce qui faut qu'on fasse ? a-t-il lancé. J'ai compris en l'entendant respirant plus vite qu'à l'ordinaire que l'endroit lui plaisait déjà.

– Il faut que vous remplissiez la demande. Je l'ai apportée avec moi.

Mace lui a pris le document des mains, est allé directement à la dernière page et a tracé un grand X au bas de la page. Il lui a tendu à son tour le papier et elle a hoché la tête, un peu décontenancée.

– Je vais m'assurer qu'ils vous le rapportent une fois rempli, madame Lacey, suis-je intervenue en le lui reprenant des mains.

Une fois tous de retour sur le trottoir, elle s'est tournée vers Mace :

– Si tout va bien avec la paperasse, vous pourrez passer directement chercher les clés. Je suis au bureau tous les jours. N'hésitez pas à m'appeler si vous avez besoin, d'accord ?

Elle nous a souri chaleureusement, a fait volte-face et a repris le chemin de son bureau.

Mace m'a saisi une main. Son contact m'a surprise.

– Hé, mademoiselle Sybil. Vous croyez que vous pourriez m'emmener voir les gens du placement lundi ?

Je devais travailler le lundi mais je me suis surprise à acquiescer.

– Bien sûr. Mais je m'appelle Civil. Avec un *v*.

Il s'est contenté de sourire.

SEIZE

Le déménagement a pris deux semaines. Ty a enrôlé deux de ses copains de fac pour l'aider à aller chercher avec Mace les meubles à l'Armée du Salut. Alicia et moi nous sommes improvisées décoratrices d'intérieur, inspectant couvertures et draps comme si vous faisions des achats pour des gens riches. J'ai même fait le tri dans leur cabane, en essayant de sauver ce qui pouvait encore l'être. Mme Williams semblait prête à laisser derrière elle la plupart de leurs affaires. « On le laisse », décidait-elle quasiment chaque fois que je lui posais la question. Le seul objet auquel elle paraissait attachée, c'était son fauteuil à bascule. Ils ont laissé dans la cabane presque assez de choses pour la famille suivante. Même si le vieil Adair avait renvoyé Mace, nous étions convaincus qu'il louerait les lieux à une autre famille dans le besoin. C'était comme ça dans l'Alabama.

Nous avons fait tout ce que nous pouvions pour rendre accueillant l'appartement de Dixie Court. Alicia a collé du papier dans les tiroirs de cuisine, en découpant soigneusement les coins au cutter. Mace a installé des lampes et mis des ampoules aux plafonniers. Pour le coin repas, j'ai dégoté un lustre auquel il ne manquait qu'un cristal. J'ai trouvé aussi un canapé en tissu, propre, avec un cadre en bois sculpté. Une petite table basse en verre. Maman a peint des roses rouges sur les deux petites dessertes blanches. Nous avons trouvé des matelas et des sommiers de qualité correcte. Nous n'avions pas assez d'argent pour ajouter les têtes de lit mais j'ai malgré tout pu acheter aussi une commode en bois massif. Leur linge ne traînerait plus par terre. Dans la chambre des filles, nous avons installé deux lits jumeaux. Une commode à partager. Un tapis vert un peu passé mais propre. Des rideaux d'un blanc immaculé ornés de papillons. Après avoir passé des années dans ce taudis, je voulais que les Williams puissent inviter chez eux qui ils voulaient.

Alicia et moi n'avions pas réussi à mettre la main sur un service de vaisselle complet, si bien que maman a donné un service dont nous ne nous servions pour ainsi dire jamais. Elle avait pris la peine d'envelopper soigneusement dans du papier journal chaque pièce avant d'éviter la casse pendant le transport. Lorsque Mme Williams a déballé l'ensemble, j'ai bien compris en la voyant scruter les assiettes qu'elle ne voudrait pas les utiliser.

– Elles sont faites pour manger, madame Williams, ai-je dit.

– Mace est tellement maladroit. Il va les faire tomber et les casser.

– Vous avez des tapis pour amortir les chocs.

L'idée qu'elle ne se serve pas de ces assiettes m'a dérangée. Je voulais qu'elle profite de chaque instant de sa nouvelle existence. En montant sur une chaise, Mme Williams a délicatement rangé les assiettes sur l'étagère la plus haute de la cuisine. Après avoir mis une toile cirée sur la vieille table, Alicia l'a convaincue de mettre le couvert comme si elle avait des invités à dîner. L'idée l'a ravie. Elle a ressorti les assiettes de leur perchoir et a mis la table pour quatre. Nous avons disposé au centre un bouquet de roses artificielles roses.

– Civil, tu as besoin d'autre chose ?

L'un des copains de Ty avait un visage poupin mais il était très costaud lorsqu'il s'agissait de déplacer des meubles. Il s'appelait Vince et il s'était habillé tout en blanc. Quelle idée ! Miraculeusement, à part la transpiration, il était resté propre.

Vince s'est appuyé contre le mur.

– C'était bien la fac à Tuskegee ? Il paraît que les professeurs sont stricts là-bas.

– C'était sympa.

– Hé, laisse la copine de Ty tranquille et viens nous aider ! s'est exclamé l'autre copain de Ty en traversant la pièce.

– Que les choses soient bien claires : je ne suis pas la copine de Ty, ai-je précisé alors que nous entrions tous dans le salon.

Dans l'embrasure de la porte, Mace nous a observés. Je me suis demandé ce qu'il pensait. Alicia s'est effondrée dans le fauteuil à bascule de Mme Williams. Je lui ai fait comprendre en silence qu'elle ne pouvait pas s'asseoir là et elle est partie se réfugier dans le canapé.

– Merci à tous pour votre aide, ai-je déclaré en donnant à Ty et ses copains un billet de cinq dollars chacun, de la part de June Townsend.

– Madame Williams, n'hésitez pas si vous avez à nouveau besoin de nous, a dit Ty.

– Entendu, fiston. Il va falloir tous revenir pour goûter mon gâteau au 7Up.

Elle a glissé dans la main de chacun d'entre eux un sandwich au fromage enveloppé de papier.

En murmurant « merci, mesdames », ils ont tous les trois pris le chemin de la sortie. Ty s'est retourné vers moi.

Alicia s'est levée.

– Ma belle, je suis claquée. Je vais rentrer avec les garçons. On se parle demain, OK ?

Je l'ai enlacée et j'ai fermé la porte derrière eux.

– Je suis un peu fatiguée aussi, a dit Mme Williams. Je vais aller m'allonger. Vous avez besoin de quelque chose, Civil ?

– Non, madame.

Mace se tenait debout sur le seuil de la pièce. Il s'est décalé pour laisser passer sa mère. Le soleil avait commencé à décliner, et l'ombre de Mace s'étirait sur le mur.

– Alors, c'est votre petit ami, Ty ?

– Non, ai-je rétorqué tout en replaçant les coussins du canapé.

Le coin entre le canapé et le fauteuil était vide. J'y aurais bien vu un poste de télévision, ce qui était bien au-delà de mes moyens. J'ai essayé de chasser cette idée. Je ne pouvais pas du tout me permettre d'acheter un téléviseur à cette famille – et même si ça avait été le cas, ce n'était pas à moi de le faire. Des meubles à l'Armée du Salut, c'était une chose. Une télé, ça dépassait les bornes.

– Comment c'était votre première semaine dans votre nouveau travail ? ai-je demandé.

Il s'est assis dans le canapé et m'a fait signe de m'installer à côté de lui en tapotant le coussin voisin, mais je n'ai pas bougé d'un pouce.

– C'est pas dur, si c'est ce que vous voulez savoir. Rien à voir avec les travaux à la ferme. Et les cornichons, ça pue pas autant que je croyais. Hé, j'ai oublié de vous dire que j'ai été à St Jude. Ils ont dit que la grosseur sur ma jambe, c'était rien. Ils ont planté une aiguille dedans et maintenant c'est fini.

– Ils ont drainé le liquide ? Mmm, ça devait être beau à voir.

Il a ri.

– Vous arrivez à aller travailler en bus ?

– Je pars très tôt, mais ça va tant que le bus est à l'heure. Ma camionnette devrait être réparée la semaine prochaine. Je peux enfin payer le gars.

– Tant mieux, Mace. Je suis contente pour vous.

Il était vraiment agréable à regarder. Il avait fait un réel effort pour son nouvel emploi, il s'était lavé comme il fallait.

– Eh bien, c'est l'heure d'aller chercher les filles. Je peux les récupérer et les ramener ce soir, ai-je proposé.

India et Erica n'avaient pas encore vu l'appartement. Mace voulait leur faire la surprise.

– Je vais venir avec vous.

– Ce n'est pas la peine. Je suis…

– Ce sont mes filles.

Une fois dans la voiture, il a reculé son siège et basculé son dossier autant que possible avant de fermer les paupières.

– Pourquoi venir avec moi si c'est pour dormir pendant tout le trajet ?

– Je peux vous tenir compagnie même si je ferme les yeux, a-t-il répondu sans rien changer.

– D'habitude, quand on tient compagnie au conducteur, on lui parle.

Il s'est soulevé sur un coude.

– D'accord, mademoiselle Civil. De quoi vous voulez parler ?

– Qu'est-ce que les filles diront, vous croyez, quand elles verront l'appartement ?

– Bah, ma mère n'arrête pas de remercier Dieu depuis qu'elle a vu comment c'était. Je lui dis : « Maman, tu veux manger quoi ce soir ? » et elle me répond : « Je n'ai pas faim, Dieu m'a déjà comblée. »

– Eh bien, elle a raison. Heureusement que ma mère a pu faire ce qu'il fallait pour que vous soyez en premier sur la liste d'attente.

Il a ensuite parlé si doucement qu'avec le bruit du moteur j'ai eu du mal à l'entendre :

– Vous savez, on avait une vie avant de vous rencontrer. J'apprécie tout ce que vous avez fait, mais arrêtez de vous prendre pour le Messie. Vous autres, qui travaillez pour le gouvernement, vous croyez toujours qu'on doit vous embrasser les pieds.

– OK. Pourquoi vous devez toujours faire ça ?

– Faire quoi ?

– Gâcher les bons moments.

Un camion est passé en rugissant et je n'ai pas compris ce qu'il répondait. C'était tant mieux parce que je ne me sentais pas de faire face à ses sautes d'humeur. Cet homme était tellement sur la défensive. Tout ce que je disais tombait à côté, le moindre compliment faisait chou blanc.

Comme le bruit de la circulation diminuait, j'ai à nouveau pu l'entendre :

– Vous savez, c'est dur, disait-il, d'accepter de l'aide pour mes filles. Je suis leur père. Je suis censé être capable de subvenir à leurs besoins tout seul. J'ai promis à leur mère sur son lit de mort de le faire.

Sa voix s'est brisée. Le soleil commençait à baisser et il y avait moins de lumière dans la voiture, mais je distinguais encore son visage. Il fixait le plafond. J'avais du mal à imaginer comment c'était pour lui. J'essayais juste de faire tout ce que je pouvais pour eux. Mais je me suis souvenue que ma mère m'avait recommandé de ne pas le mettre en porte-à-faux.

Lorsque nous sommes arrivés à leur ancienne maison, les filles étaient assises sur la véranda.

– Papa, a crié Erica. J'ai éteint le feu mais c'est encore chaud.

– Ça va aller.

Mace est entré et j'ai demandé aux filles s'il y avait encore des choses qu'elles voulaient emporter avec elles.

India a ramassé une poupée par terre. C'était une poupée blanche ; son visage était sale et ses cheveux un amas de nœuds. Elle l'a serrée contre sa poitrine en y enfouissant le visage.

– Elle est à toi ? ai-je demandé doucement. India avait onze ans et elle était grande pour son âge. Le fait qu'elle tienne autant à une poupée m'a étonnée.

– Ouais, c'est la sienne, a répondu Erica à sa place.

– Eh bien, ça fera bien dans votre chambre. Tu pourras la mettre sur ton lit. Et les chiens ? ai-je demandé à Mace comme il sortait de la maison.

– Ils sont pas à nous.

– Je déteste leurs chiens, a soufflé Erica tandis que nous nous dirigions vers la voiture.

– Pourquoi ?

Elle a désigné son menton en le soulevant. Dans le jour déclinant, j'ai aperçu une cicatrice.

Quand India a compris que nous n'emmenions pas les chiens, elle est ressortie de la voiture et s'est approchée de l'un d'entre eux. Elle l'a enlacé en collant sa joue sur le cou de l'animal. Le chien lui a léché la peau.

– Allez, viens maintenant, a lancé Mace.

India a regagné la voiture et j'ai vu qu'elle avait les yeux rouges. Elle s'est retournée pour voir le chien une dernière fois pendant que nous descendions la colline. Le temps d'arriver à

Dixie Court, il faisait noir et la rue était sombre car il n'y avait pas d'éclairage. J'ai claqué ma portière et le bruit a résonné dans le vide. Au loin, un chiot a répondu en jappant. India a tourné la tête vers le bruit.

– Allez, allez, a dit Mace en se précipitant vers l'escalier. Il m'avait dit de ne pas me prendre pour Jésus, et voilà qu'il faisait comme s'il avait tout organisé seul.

Je me suis immobilisée. Il était temps que je rentre chez moi. J'avais envie de rester mais les accusations de Mace résonnaient dans ma tête, donc je ne les ai pas suivis dans l'escalier. Mace a dû s'en rendre compte parce qu'il est redescendu aussi sec.

– Hé, mademoiselle. Vous feriez mieux de venir là-haut pour m'aider avec les filles. Elles vont se mettre à pleurer si ça se trouve. Qu'est-ce que je vais faire si c'est ça ?

En m'éloignant vers la voiture, je lui ai crié par-dessus mon épaule :

– Vous êtes leur père comme vous m'avez dit. Dites-leur que je les verrai à leur prochain rendez-vous.

Je n'ai pas réussi à répondre autre chose. Je suis restée assise un moment derrière le volant, à regarder la fenêtre de l'appartement dans l'espoir d'apercevoir les silhouettes des petites à travers les rideaux. J'avais envie de les voir sourire, de savoir si elles aimaient ce que nous avions fait dans l'appartement. Ça m'avait coûté de refuser de monter.

Mais je n'ai rien vu, et je me suis rendu compte qu'il faisait complètement nuit. Une légère brise a soufflé par la vitre ouverte ; le chiot continuait de japper, encore et encore.

DIX-SEPT

Le temps a filé et le moment est venu d'aller chercher les filles pour leur nouvelle injection de Depo. Cette fois, j'étais censée les emmener à la clinique pour un examen du col de l'utérus. Mais j'ai cru que ma tête allait exploser : je ne pouvais pas leur faire à nouveau une piqûre. Nous n'avions pas la possibilité de mettre toutes nos patientes sous pilule à la place, Alicia m'en avait convaincue. C'était un problème de stock. Et Mme Seager le contrôlait soigneusement.

Les filles habitaient dans leur nouvel appartement depuis plus d'un mois, et je ne les avais pas revues depuis le soir où je les y avais déposées. Les familles fraîchement installées avaient laissé des traces de leur présence un peu partout. Un ballon de basket dégonflé dans l'herbe. Les vestiges d'une marelle sur le trottoir. Des caleçons blancs suspendus au fil à linge entre les bâtiments. En montant l'escalier de leur immeuble, j'ai remarqué que quelqu'un avait balayé depuis mon dernier passage. Avant même que je ne frappe à la porte, India a ouvert et m'a enlacé la taille.

– Hé, salut.

Je lui ai embrassé le sommet du crâne et suis entrée. Erica est arrivée dans le couloir, munie d'un sac à main en cuir noir verni dont la bandoulière tenait grâce à une épingle à nourrice. Le salon commençait à avoir l'air habité. On avait plié une couverture orange fatiguée sur le dossier du canapé. À côté, sur la petite desserte peinte, un bouquet de gypsophiles trônait dans un verre d'eau.

– Venez voir notre chambre.

Personne ne leur avait dit que j'avais aidé à la décoration, c'était sûr. Égoïstement, je voulais qu'on reconnaisse ma participation. Après tout Mace avait peut-être raison sur mon compte. India m'a pris la main. La dernière fois que j'étais venue, il n'y avait que les lits et une commode. Désormais, un poster de Diana Ross était accroché au mur. La chanteuse, enveloppée dans une fourrure noire, souriait de toutes ses dents.

– Regardez, a dit Erica, en tirant sur les couvertures de son lit.

– Qu'est-ce que tu fais ?

– Je fais mon lit.

Elle a paru contente d'elle.

– C'est bien.

Sur la commode, elles avaient posé une brosse et un pot de brillantine Royal Crown. La seule chose dont elles avaient encore besoin, c'était d'une lampe, ai-je songé. La lumière du plafonnier éclairait mal et je me voyais à peine dans le miroir au-dessus de la commode.

– Alors comme ça, tu as pris le lit près de la fenêtre ?

– Ouais. India aime pas entendre les voitures et les gens qui parlent. Y avait que du silence avant.

Leur chambre donnait sur la rue. Par la fenêtre, j'ai aperçu le bureau de location à quelques centaines de mètres de là.

– Et vous savez quoi ?

Je me suis retournée.

– Quoi ?

– India a eu ses premières règles.

Erica a regardé sa sœur, manifestement fière.

– Ah bon ? Quand ?

J'avais bien du mal à organiser mes pensées. La mettre sous contraceptif signifiait à présent tout autre chose. Il ne s'agissait plus d'administrer un médicament inutile à une mineure prépubère. Il fallait maintenant se prémunir d'une chose très concrète. Et j'étais bien placée pour le savoir. J'ai observé India. Elle se fichait certainement des garçons. Du moins, je n'avais jamais perçu chez elle le moindre signe d'intérêt en la matière.

Avant qu'Erica puisse me répondre, Mme Williams est entrée dans la pièce en s'essuyant les mains avec un torchon coincé dans la ceinture de sa robe.

– Comment allez-vous, mademoiselle Civil ?

– Bien, et vous ?

J'ai cessé de fixer les filles.

– Pas trop mal.

– Tenez.

J'ai tendu à Mme Williams un sac en papier kraft.

– C'est quoi ?

– Un cadeau de ma maman.

Elle a sorti du sac une bible reliée de cuir blanc.

– Waouh, regardez-moi ça !

– Elle a dit que c'était pour votre salon. Et là. (J'ai désigné les lettres dorées sur la couverture.) C'est écrit « Famille Williams ».

Les yeux de la grand-mère sont devenus brillants. India a tiré sur le livre pour voir. Il allait falloir que j'apporte plus de protections périodiques. Que je lui montre comment les utiliser.

– Ma chère maman avait une bible comme ça. Je me souviens de certains passages qu'elle me lisait. Je peux encore vous les réciter.

Contrairement à son fils, elle s'était exprimée sans avoir l'air de se défendre. La mère de Mme Williams savait lire et écrire, et elle en était fière.

– Ma mère a toujours dit que quand on laisse une bible ouverte chez soi, la maison est bénie, ai-je déclaré.

– Amen. (Elle a glissé l'ouvrage sous son bras.) Chaque fois que vous viendrez, vous verrez qu'on fait tout ce qu'on peut pour honorer ce cadeau qui, grâce à vous et à notre Seigneur, est maintenant entre nos mains. Merci.

– Je vous en prie. (J'ai consulté ma montre.) Vous êtes prêtes, les filles ?

India et Erica ont lacé leurs chaussures et m'ont emboîté le pas. Une fois sur le palier, j'ai saisi la rampe d'escalier. L'annonce de l'arrivée des règles d'India ne pouvait pas tomber plus mal. Si jusque-là la détermination de Mme Seager à mettre India sous contraceptif était contestable, je ne pourrais plus la remettre en cause dès qu'elle apprendrait la réalité de la situation.

Depuis que j'avais découvert les dangers potentiels du Depo-Provera, j'avais fait deux injections supplémentaires à des mères désespérées de pouvoir compter sur un moyen de contraception fiable. Je n'avais pas pu les convaincre de prendre plutôt la pilule. Ce que j'étais chargée de faire aux filles Williams me rendait malade.

Comme nous étions sur le point d'arriver à la clinique, je me suis tournée vers Erica et j'ai dit :

– Il faut que je te demande quelque chose, Erica, et je te pose cette question parce que je suis l'infirmière qui s'occupe de toi. (J'ai stoppé la voiture.) Est-ce qu'un garçon t'a déjà touchée ?

– Comment ça ? a-t-elle dit, mais à son air j'ai tout de suite compris qu'elle savait exactement de quoi je parlais. J'aurais dû l'interroger là-dessus beaucoup plus tôt.

– Est-ce que tu... traînes avec des garçons ?

Elle s'est empressée de faire non de la tête.

Je voulais être sûre qu'elle me comprenne bien.

– Enfin, est-ce que tu fais quoi que ce soit avec des garçons qui pourrait... faire un bébé ?

Elle a secoué la tête derechef.

– Tu sais comment on fait les bébés ?

Elle est d'abord restée silencieuse, puis elle a soufflé :

– Ouais.

– D'accord. Et tu l'as déjà fait ?

Elle a secoué la tête à nouveau.

Je ne savais pas trop quoi penser. Je ne comprenais toujours pas pourquoi on avait initialement décidé de les mettre sous Depo.

– Est-ce que tu as déjà embrassé un garçon ?

– Mademoiselle Civil, vous êtes bizarre.

– Réponds à ma question !

– Mademoiselle Civil, vous avez vu des garçons autour de notre ferme ? En dehors des petits Blancs qui nous jetaient tout le temps des pierres ?

– Tu n'étais pas toujours à la ferme. Tu dois bien voir d'autres enfants de ton âge. Et tu allais à l'école avant.

Elle m'a jeté un coup d'œil, l'air de dire que j'étais folle ou bête, ou les deux.

– Excuse-moi, ma chérie. Allons-y, ai-je dit.

Dans la clinique, les trois salles de consultation étaient occupées ; je leur ai donc demandé de s'asseoir et d'attendre. Lorsqu'une place s'est libérée, je les ai appelées. Les deux sœurs sont allées ensemble aux toilettes faire pipi dans leurs gobelets. Après quoi, je leur ai dit de se déshabiller et d'enfiler des blouses. Pendant qu'elles s'exécutaient, je me suis éclipsée dans le couloir pour disposer le matériel dont j'aurais besoin sur deux plateaux. Spéculum. Spatule. Brosse cervicale. Un second plateau pour l'injection. Alcool. Coton. Seringues. Produit. Pansements.

Quand je me suis fait avorter, la femme m'avait demandé d'enlever juste le bas de mes vêtements, et je me souviens m'être dit que pour le jour le plus important de ma vie je n'allais même pas ôter mon chemisier. Avant que je tombe enceinte, aucun gynécologue ne m'avait jamais examiné le vagin. Mon père avait pensé que c'était inutile, et ma mère et moi ne parlions jamais de sexe.

Je suis retournée dans la salle de consultation et j'ai posé avec précaution le premier plateau sur le comptoir. Les filles sont montées sur la balance chacune leur tour et j'ai pris note de leurs poids respectifs. India s'est hissée sur la table d'examen. J'ai enfilé le brassard pour mesurer sa tension. Impressionnée par le brassard, Erica a écarquillé les yeux en le voyant se gonfler autour du bras de sa sœur.

Quelqu'un a frappé à la porte. Mme Seager a ouvert et glissé la tête dans l'entrebâillement.

– Vérifiez qu'il n'y a pas d'infections ni de maladies sexuellement transmissibles, a-t-elle lancé comme si les filles ne se trouvaient pas là devant elle.

J'ai dissimulé mon visage derrière le dossier.

– Oui, madame.

Elle a refermé la porte et j'ai écarté les étriers. Erica a grimpé sur la table et s'est allongée. Elle a soulevé les genoux. Je me suis entendue respirer bruyamment par le nez. J'ai essayé de déglutir, mais j'avais la gorge nouée et l'impression d'étouffer.

On ne m'avait pas donné d'antidouleur ce jour-là et je n'ai pas vu l'instrument dont la femme s'est servie. Entre mes sanglots, je me souviens avoir entendu Mlle Pope m'appeler d'une voix anxieuse. Quand tout a été terminé, je lui ai été reconnaissante d'être là mais j'ai regretté de ne pas avoir demandé à Ty de venir avec moi. Son absence expliquait en partie pourquoi il ne pouvait pas comprendre. Il n'était pas présent, il n'avait rien vu. Dès l'instant où j'ai été remise, je me suis éloignée de lui et de notre relation. Nous ne pouvions tout simplement plus être ensemble après ça.

– Mademoiselle Civil ?

– Assieds-toi, assieds-toi. (J'ai rentré les étriers sous la table. Je n'arrivais pas à regarder Erica en face.) Écarte ta manche.

J'ai mis de l'alcool sur une boule de coton que j'ai appliquée sur son épaule.

– Alors, pourquoi ils ont décidé de commencer à vous faire ces piqûres ?

Je me suis emparée du flacon qui contenait le produit et j'ai enfoncé l'aiguille dedans. J'ai tiré sur la seringue pour la remplir.

– Cette dame est venue chez nous un jour et a dit à mon père qu'elle nous emmenait à la clinique pour pas qu'on ait des bébés. Je crois bien qu'elle a fait une peur bleue à papa. Il dit toujours qu'il sait pas quoi faire de ses filles sans leur maman.

J'ai expulsé une bulle d'air de la seringue.

– Et est-ce qu'on vous a demandé avant si vous fréquentiez des garçons ?

– Non, madame.

– Votre grand-mère ne vous a jamais interrogées là-dessus ?

– Grand-mère, elle… elle a, disons, abandonné après la mort de maman. Pendant des jours, elle s'est même plus levée.

Erica a fermé les yeux très fort. J'ai maintenu la seringue tout près de son épaule. La première fois que les filles étaient venues à la clinique, Erica avait douze ans et India dix. Et personne n'avait pris la peine de leur demander si elles avaient leurs règles. Je pensais qu'elles étaient encore vierges toutes les deux. Et nous étions là à leur injecter ce qui était peut-être du poison au cas où l'une d'entre elles se mettrait à avoir des rapports sexuels.

Ou si elle se faisait violer. Nous y voilà. Le mot inconcevable. Ma main s'est mise à trembler.

– Est-ce qu'un adulte, un homme… vous a… déjà touchées ou tripotées, ta sœur et toi ?

– Vous me faites peur, mademoiselle Civil.

– India ne peut pas parler, ai-je murmuré. Comment être sûre que personne ne lui a jamais rien fait ?

J'ai rapproché la seringue de son bras.

Erica a secoué la tête et a commencé à pleurer.

– Parce que je le sais, mademoiselle Civil. Je laisserais jamais faire ça.

La fillette croyait vraiment qu'elle pouvait protéger sa petite sœur. Elle croyait tout savoir. Mais aucune de nous ne savait rien. Même pas moi. Puisqu'elle était incapable de formuler quoi que ce soit, India était virtuellement sans défense. Et Erica n'était elle-même qu'une enfant. Ty avait raison. Je n'avais pas posé suffisamment de questions.

– Merde ! ai-je lâché en reposant la seringue sur le plateau avant d'ôter mon gant.

Mme Seager parlait dans l'autre salle mais je ne percevais que du charabia.

India a écarquillé les yeux. D'ordinaire lorsque je croisais son regard, il était tout admiration. Elle avait une totale confiance en moi et souvent je réprimais l'instinct maternel qui me poussait vers elle, un sentiment que je ne m'étais jamais crue capable d'éprouver. Je n'avais jamais rêvé d'avoir un enfant, comme il arrive parfois aux filles quand elles sont petites. Ni de me marier ou d'avoir un mari. Je voulais avoir un métier, me consacrer à une mission autre que la maternité et la vie conjugale. Les choix à l'époque me paraissaient difficiles.

J'ai vidé le contenu de la seringue dans l'évier avant de remplir de produit une seconde seringue pour la vider également dans l'évier.

– Mademoiselle Civil ?

– Il ne faut rien dire à personne. Il faut faire comme si je vous avais fait la piqûre aujourd'hui, c'est compris ?

J'ai parlé vite, en me haïssant de douter de leur innocence et de leur honnêteté, mais en sachant aussi que la décision que je venais de prendre était potentiellement désastreuse pour nous toutes.

Erica a acquiescé.

Ce jour n'a été qu'un début pour moi. Je savais qu'ensuite j'allais devoir convaincre les autres infirmières d'arrêter tout bonnement d'administrer ce produit. Pas seulement aux mineures. Tâche impossible mais nécessaire.

Je me suis emparée de mon porte-bloc à pince et de mon écriture la plus élégante j'ai consigné dans le dossier un tissu de mensonges.

DIX-HUIT

– Il faut qu'on arrête, ai-je dit à Alicia un après-midi, une semaine après la venue des filles à la clinique. Nous étions dans la salle de repos et c'était l'heure de fermer. Je l'avais coincée près de la cafetière.

– Qu'on arrête quoi ?

– D'injecter ce truc à nos patientes. Je ne donne plus aucun contraceptif aux sœurs Williams.

Elle a gardé le silence. Pendant un instant, je me suis demandé comment elle allait réagir. Puis, elle m'a surprise.

– Je pense comme toi. Moi aussi j'ai arrêté.

– Ah bon ?

– Enfin, j'ai mis deux patientes sous pilule. J'ai juste écrit dans leurs dossiers qu'elles voulaient changer.

– Bonne idée.

– Mais tu sais que ça ne va pas marcher. C'est Mme Seager qui passe toutes les commandes. En plus, les femmes adultes arrivent à se rappeler de prendre la pilule, mais les jeunes, c'est moins sûr.

– Alicia, c'est ça le problème. Les petites Williams n'ont même pas de rapports sexuels.

– Pas encore.

– Tu penses comme les Blancs.

– Tu es injuste, et tu le sais.

– C'est vrai. Excuse-moi. Tu as parlé à Ty récemment ?

– Oui, on se parle tout le temps, a-t-elle répondu.

– On dirait que tu lui parles plus souvent qu'à moi.

J'ai épongé les taches de café sur le comptoir.

– Ty m'a dit qu'il avait croisé ton père et qu'il lui avait parlé des études sur le Depo.

– Il paraît. Il essaie de mobiliser les troupes.

– La mère de Ty a promis qu'elle verrait ce qu'elle peut faire, mais elle ne nous a encore rien dit. Je crois qu'elle connaît des gens à Washington.

Val est entrée dans la pièce avec le seau de ménage.

– Qu'est-ce que vous fabriquez là toutes les deux ?

– J'essaie de convaincre Civil de me prêter la coiffe de rechange qu'elle a dans son sac jusqu'à ce que je m'en trouve une autre. J'ai perdu la mienne.

Je n'avais même pas remarqué qu'elle était tête nue.

– Ça m'étonne que Mme Seager n'ait rien dit.

Val s'est emparée d'un torchon dans le seau pour essuyer la table. Elle était de plus en plus maternelle avec les infirmières plus jeunes, comme attentive à ce qu'on reste dans le droit chemin. C'était Val que Mme Seager appréciait le plus, je crois, parce qu'elle s'occupait en partie de la gestion, ce qui la libérait de ce fardeau.

– J'ai essayé de l'éviter, pour pas qu'elle remarque.

Mme Seager s'est arrêtée dans l'embrasure de la porte.

– Qu'elle remarque quoi ? Que vous avez oublié votre coiffe ? Si ça se reproduit, vous aurez un blâme. C'est clair ?

Quand elle a été partie, Val a pointé un doigt vers moi.

– C'est de ta faute. Si tu lui avais tout de suite donné ta coiffe, elle en aurait une sur la tête à l'heure qu'il est.

– Ah ça, on peut dire que tu fourres ton nez partout aujourd'hui, me suis-je exclamée.

– C'est vrai ça, on ne t'a jamais dit de t'occuper de tes oignons ? a renchéri Alicia.

– Alors s'il te plaît, va voir ailleurs si on y est ! ai-je ajouté, et nous avons toutes les deux éclaté de rire.

En voyant Val brandir vers nous un torchon, nous nous sommes calmées.

– Vous croyez tout savoir mais vous ne savez rien. Allez chercher un balai et nettoyez-moi ce sol.

Sur ces entrefaites, Lori est arrivée avec les balais. Elle nous les a tendus, à Alicia et moi, et nous nous sommes mises à l'œuvre.

Après le rendez-vous des filles à la clinique, j'ai pris deux boîtes de pilules contraceptives dans le placard où les stocks étaient rangés, avec l'intention de leur apprendre à les avaler. J'avais peur d'avoir des ennuis si Mme Seager venait à découvrir que je ne leur avais pas fait leurs injections, mais la possibilité qu'elles tombent enceintes me préoccupait aussi beaucoup. Elles n'avaient pas encore de rapports sexuels, mais ça ne durerait pas. Je vais te dire quelque chose, Anne : à ce moment-là je croyais encore à la mission de la clinique. Les femmes avaient besoin d'avoir accès à un moyen de contraception fiable et d'être informées sur leur santé sexuelle. Et pour moi, il était inacceptable qu'une mineure tombe enceinte, quelles que soient les circonstances. J'étais une employée modèle, Mme Seager croyait en moi, je le savais, et j'avais un devoir. Je croyais aussi bien au Dixième talentueux qu'à Booker T. Washington. S'élever soi-même pour élever le peuple noir. Mais aussi travailler d'arrache-pied pour y parvenir sans compter sur personne.

Première tâche : leur trouver une vraie maison pour les sortir de ce taudis.

Deuxième tâche : faire en sorte qu'elles retournent à l'école. Erica avait treize ans et n'était plus scolarisée depuis au moins trois ans, mais j'ai réussi à l'inscrire à des cours d'été. Ce n'était pas la première enfant de la campagne à être scolarisée tard. Je m'étais efforcée tant bien que mal de ne pas juger Mace sur ce point. Après la mort de sa femme, il avait complètement laissé tomber l'éducation de ses filles. C'était une erreur tout bonnement irresponsable, et je brûlais d'envie de le lui dire, mais je tenais ma langue.

Troisième tâche : empêcher les petites de tomber enceintes. La grand-mère et le père avaient dit oui à la contraception, et je me devais de respecter leur décision, n'est-ce pas ? Pourtant j'ai conservé les pilules dans mon sac sans pouvoir me résoudre à les leur donner. Je n'y arrivais pas, c'est tout.

Il a été plus difficile de trouver une école pour India. La semaine qui a suivi leur rendez-vous à la clinique, j'étais allée chercher les papiers pour la faire examiner. Dans la mesure où elle ne parlait pas, j'avais du mal me rendre compte si India avait véritablement des capacités. La femme à l'école m'avait demandé si elle était *capable* d'apprendre et j'avais répondu que je le pensais. J'avais contacté un médecin susceptible de faire l'examen que l'école exigeait ; il m'avait dit que cela coûterait quarante-cinq dollars. Et là-dessus, je lui avais répliqué qu'il ne manquait pas d'air de demander autant d'argent à des gens pauvres ; après quoi, il m'avait rétorqué que ce n'était pas à des gens pauvres qu'il demandait cet argent, c'était à moi. Le vieux renard.

J'ai téléphoné à Ty pour lui demander de m'accompagner chez le médecin pour India. J'avais envie de lui reparler du Depo. Quand il est monté dans ma voiture, j'ai remarqué qu'il portait un costume. J'étais contente qu'il se soit habillé. La tenue vestimentaire des Noirs comptait pour les Blancs.

– Regardez-moi ça ! me suis-je exclamée.

– Mes habits du dimanche, a-t-il répondu.

Lorsque nous sommes passés prendre India, elle a regardé Ty avec méfiance tout en s'installant sur la banquette arrière.

– Tu te souviens de Ty ? Il nous a aidés à déménager vos affaires quand vous êtes partis de la ferme. Je l'ai connu quand j'étais petite fille comme toi. Il va venir avec nous chez le docteur pour le test.

De temps à autre, India paraissait acquiescer quand on lui posait une question, mais ce n'était pas systématique. Je la croyais véritablement capable d'apprendre, sans être toutefois experte en la matière. L'hygiène des filles s'était améliorée depuis qu'elles vivaient dans l'appartement, mais India avait encore besoin de mettre du déodorant. Une odeur d'oignon flottait autour d'elle.

– Alors il paraît qu'Alicia et toi vous n'arrêtez pas de vous parler ? ai-je dit.

– Ouais, on se voit pas mal.

– Vous vous voyez ?

C'était moi qui avais rompu avec Ty, donc je ne voyais pas pourquoi je me sentais un peu jalouse.

– Arrête, t'es complètement dingue.

Sur la banquette arrière, j'ai entendu India faire un bruit. Je l'ai vue dans le rétroviseur qui pointait son doigt vers la vitre. Un essaim d'abeilles pourchassait quelque chose dehors.

– Ah oui, ma chérie, ce sont des abeilles.

J'ai imité le bourdonnement des abeilles et India a essayé de faire pareil. Oui, elle était capable d'apprendre, c'était sûr.

En silence, nous avons pris l'ascenseur pour nous rendre au cabinet du médecin. India a appuyé sur tous les boutons et puisqu'elle n'avait touché que ceux des étages supérieurs, je n'ai rien dit. Les portes se sont ouvertes et elle a hésité avant de sortir, comme si elle pensait que le mécanisme allait se refermer sur elle. Je lui ai pris la main.

– Ça va aller.

Le cabinet se trouvait au bout du couloir. Il n'y avait pas de plaque sur la porte, mais le numéro était bien celui que j'avais griffonné sur un papier que j'avais rangé dans mon sac. En pénétrant à l'intérieur, j'ai été surprise de l'exiguïté du lieu. Une pièce avec une paroi vitrée faisait face à la salle d'attente. Comme il n'y avait personne pour nous accueillir, j'ai appuyé sur le bouton d'une sonnette posée sur une petite table.

Nous avons attendu quelques minutes, puis Ty a demandé :

– On est au bon endroit ?

La porte s'est entrouverte, et un homme aux cheveux grisonnants a passé la tête dans l'entrebâillement, sans écarter entièrement le battant.

– Oui ?

– Nous avons rendez-vous avec le Dr Merle. Je suis infirmière et j'ai amené India Williams pour qu'elle fasse le test d'admission à…

– Vous êtes en retard.

– En fait, monsieur, nous étions à l'heure et j'ai sonné mais…

– Faites-la asseoir dans la salle d'examen.

– Pouvons-nous rester avec elle ? ai-je demandé.

– Bien sûr que non. Vous êtes en mesure de me régler maintenant ? C'est quarante-cinq dollars.

Je n'aimais pas sa manière de me parler, et j'étais sur le point de dire quelque chose lorsque Ty a sorti son portefeuille.

– Voilà, monsieur.

Le médecin a ouvert un peu plus la porte pour prendre l'argent. Puis, il s'est tourné vers India et a déclaré d'une voix plus douce :

– Bonjour, petite demoiselle. Comment t'appelles-tu ?

India s'est contentée de le regarder. Il fallait bien l'admettre, cette enfant restait de marbre avec les inconnus. De toute évidence, ils avaient intérêt à garder leurs distances.

– Elle ne parle pas, monsieur. Je vous l'ai expliqué au téléphone.

Il a fait la moue.

– Je m'en souviens. Laissez-moi faire mon travail, madame.

J'ai emmené India dans la salle et l'ai installée sur une chaise.

– Je serai juste derrière cette vitre pendant que tu fais le test. Ça ne devrait pas être long, tu comprends ?

Elle m'a touché les cheveux, et j'ai arrêté son geste en lui prenant la main.

– C'est juste un test pour que tu puisses aller à l'école. (J'ai répété exactement ce que je lui avais dit dans l'ascenseur.) Ça va aller.

Je me suis rendu compte que j'aurais dû emmener Erica avec moi. Elle aurait pu aider à déchiffrer certaines réponses d'India pour le médecin. Il a pénétré dans la pièce avec une boîte pleine de jouets en plastique et de feuilles de papier. Il a parlé doucement à India, et elle a aussitôt réagi en le regardant dans les yeux avant de prendre le jouet qu'il lui tendait. J'ai eu l'impression que le bonhomme rentrait mieux en contact avec les enfants qu'avec les adultes. Ce n'était pas une excuse. Il aurait quand même pu apprendre les bonnes manières.

Dans l'autre pièce, Ty s'est assis et a commencé à feuilleter *Outdoor Life*.

– Arrête de la fixer par la vitre. Laisse-les travailler, a-t-il dit, sans lever les yeux.

Je me suis assise près de lui et l'ai observé un moment.

– Tu roules sur l'or ou quoi ces temps-ci ? Tu ne m'as pas dit que tu allais payer.

– Puisque tu ne m'as pas laissé payer pour ton petit voyage à Opelika, je me suis dit que tu me croyais fauché ou un truc dans le genre.

– Ty, tu exagères, ai-je fait, sans m'énerver.

Il a tourné la page du magazine et elle s'est déchirée. J'ai mis la main sur son bras. J'avais sous-estimé notre souffrance à tous les deux. Ty n'avait peut-être pas été présent physiquement avec moi ce jour-là, mais son cœur était resté à mes côtés tout du long.

– Merci de m'aider, Ty. Vraiment. Mais je ne sais toujours pas pourquoi tu fais tout ça. J'espère que ce n'est pas pour m'impressionner.

– Pfff, tu rigoles. Je ne pourrais pas te récupérer même si j'essayais. Pas vrai ?

J'ai changé de sujet.

– Est-ce qu'Alicia t'a dit qu'on avait arrêté d'injecter du Depo à nos patientes ?

Il a soupiré bruyamment, comme pour se résoudre à accepter mon obstination.

– Ma mère continue d'essayer d'obtenir plus d'informations. Elle a contacté des amis à Washington.

– J'ai piqué deux patientes depuis que tu m'en as parlé la première fois. C'est quoi mon problème ?

Je me suis essuyé les yeux.

– Viens là, ma belle. (Il m'a attirée vers lui et j'ai posé la joue sur sa poitrine.) Ne t'en veux pas, Civil. Tu essaies juste de faire ton travail.

– Je ne sais plus en quoi consiste mon travail.

– On a peut-être tort. Si ça se trouve on en fait tout un plat mais en fait cette étude ne s'applique pas aux humains.

– Arrête, Ty. Tu es diplômé en biologie. Tu sais très bien qu'on ne peut pas nier ces études sur les animaux jusqu'à ce que des essais cliniques plus approfondis soient menés. Et en l'occurrence, on parle de petites filles noires là. Les règles ne sont pas les mêmes pour nous.

Je me suis redressée sur ma chaise et j'ai jeté un coup d'œil à India par la vitre. Le médecin tenait devant elle un carton, mais je ne distinguais pas ce qu'il y avait de dessiné dessus. India observait le médecin, l'air absent.

Ty a pris ma main dans la sienne.

– J'en ai conscience. On en saura plus bientôt, d'accord ? Je te le promets.

– J'espère. Préviens-moi dès que ta mère a des nouvelles.

– Entendu, Civil. Tu seras la première au courant.

DIX-NEUF

Birmingham
2016

Ses cheveux sont plus grisonnants sur les tempes et un reflet argenté longe ses joues. Son menton est plus doux, ses favoris plus courts. Il a des rides sur le front mais sinon son visage est resté lisse. J'ai trouvé sa photo sur Internet juste avant de partir, mais ce n'est pas pareil de le voir en vrai. Je me sens décalée. Il me tapote le dos en m'enlaçant. Une accolade d'amis. Je le serre un peu plus dans mes bras et il ne résiste pas. C'est culotté mais je suis mon instinct.

Le bureau est traditionnel – table de travail en bois sombre, étagères de livres, table de réunion dans un coin encombrée de piles de papiers. Un ficus trône par terre, et une fougère est posée sur la table. Les étagères en hauteur sont bordées de rhododendrons. Une odeur un peu terreuse flotte dans l'air.

– Tyrell Ralsey. Doyen d'université. Qui l'aurait cru ?

– C'est marrant que tu dises ça. Je n'ai jamais eu de problèmes à t'imaginer chirurgienne.

– Pardon, je ne voulais pas…

– Il n'y a pas de mal.

Au lieu de battre en retraite derrière son bureau, il s'assied sur le fauteuil à côté de moi.

L'administration est située au-dessus du centre pour les étudiants. C'est si différent de mon époque à Tuskegee. Au rez-de-chaussée, il abrite des fast-foods et un café. Le semestre est terminé ; la marée ordinaire d'étudiants s'est donc retirée. Cette petite université baptiste de Birmingham est devenue mixte au début des années 1970, et à présent elle compte près de soixante-dix pour cent de femmes. J'ai tout lu sur le sujet en ligne. J'ai soudain envie que les étudiants soient encore là ; ça ferait diversion, et Ty ne serait pas aussi concentré sur moi.

Sa secrétaire nous apporte deux tasses de café. Je porte une tunique avec un jean, je voulais paraître décontractée. Mais maintenant j'ai peur d'avoir l'air d'un sac. Au moins je suis bien coiffée. Hier soir, j'ai tressé mes dreads et à présent elles tombent, ondulées, sur mes épaules. Ty porte un pantalon beige et une chemise sans cravate. Quelques poils gris émergent de son col entrouvert. Il croise une jambe par-dessus l'autre, vers moi. En posant ma tasse sur son bureau, je m'empare d'un cadre.

– Tu as de beaux enfants. Ils ont quel âge maintenant ?

– Ty Jr a trente ans. Dwanna, trente-six.

– Qu'est-ce qu'ils font ?

Ma mère m'a tout raconté sur ses enfants. Elle appelle encore Mme Ralsey de temps à autre, mais j'ai envie d'entendre Ty m'en parler. Être dans ce bureau, regarder ses enfants – le jeune homme qui ressemble comme deux gouttes d'eau à son père et la jeune femme qui me rappelle tellement la mère de Ty – fait tout remonter à la surface. Je repose le cadre avant qu'il ne se rende compte que je tremble.

– Ty est kiné. Il a fait ses études à Morehouse et il s'est marié avec une éducatrice spécialisée, diplômée de Spelman. Dwanna est avocate. Elle a été à Alabama State. Et elle a épousé un avocat. J'ai deux petites-filles qui sont jumelles et qui ressemblent beaucoup à ma mère.

– Oh, c'est bien, Ty.

– Quand tu seras à Montgomery, tu devrais passer chez mes parents. Ils seraient contents de te voir.

– Ils ont toujours autant de plantes vertes ?

– Tu m'étonnes.

Je pense parfois à ce que signifient ces plantes pour les Ralsey – à leur vitalité qui réaffirme la vie. Au lien qui existe entre tous les organismes vivants dans un pays soumis à la ségrégation. Pour les Ralsey, nous étions tous des créations de Dieu : hommes, plantes, animaux. Ils prenaient tout autant soin de ces plantes que de leurs clients. Nous étions tout simplement comme ça à Centennial Hill.

Je regarde autour de moi pour voir s'il y a des photographies de son ex-femme. En essayant d'être discrète, mais Ty m'a connue à une époque où je savais très mal dissimuler quoi que ce soit. Malgré tout, je suis surprise qu'il me perce encore à jour si facilement.

– Ty Jr me dit qu'avoir des photos de sa mère, ce n'est pas bon pour ma vie amoureuse.

– Je… je ne sais pas quoi dire.

Sa vie amoureuse ? Je me demande s'il fréquente une femme en ce moment.

– Je suis sûr que tu connais plein de gens divorcés. Qu'est-ce que tu leur dis normalement ?

– Ça fait combien de temps ?

– Dix ans. Elle s'est remariée et elle vit avec son nouveau mari pas très loin d'ici. On fréquente la même église.

Il rit.

– Hmm, dis-je. C'est si petit, Birmingham ?

– Non, mais nous restons une famille. On fête Noël ensemble parfois, tous ensemble.

Du Ty tout craché. Si la relation demeure aussi bonne avec son ex-femme, il est certainement le même homme que celui que j'ai connu jadis. Je prenais cette bonhomie pour une faiblesse à l'époque et c'était une erreur.

– Mais assez parlé de moi. (Il me prend la main.) Je suis content de te voir, Civil. J'ai eu du mal à y croire quand j'ai reçu ton email. Ma mère m'a tout dit sur toi et ta fille, Anne.

– Oui, elle vient d'avoir son diplôme à la fac. Elle réfléchit à ce qu'elle veut faire maintenant.

– Et toi ?

– Il n'y a pas grand-chose de plus à dire.

– Tu opères et tu sauves des vies. Tu publies dans toutes les revues médicales qui existent. Je suis sûr que tu n'es pas seulement une mère. Tu es beaucoup plus.

Je lâche sa main.

– Excuse-moi. J'ai dit un truc qui ne va pas ?

– Ça va.

Je regarde mes cuisses.

– Tu as d'autres choses à raconter, c'est tout ce que je voulais dire.

Mais je ne raconte rien d'autre car ça serait malhonnête. Je ne suis pas là pour rattraper quarante ans de silence. En réalité, je ne sais pas exactement pourquoi je suis venue. En tout cas, ce n'est pas pour bavarder de tout et de rien. Alicia a peut-être raison. Suis-je là pour m'excuser ?

Il me cuisine à nouveau, gentiment, m'interroge sur mon métier. Il s'intéresse à Memphis et me demande comment ma mère s'en est sortie après la mort de mon père.

– Tu n'es pas venu à l'enterrement, dis-je.

– Je n'ai pas pu, répond-il. Ma femme et moi, c'était compliqué à l'époque.

– J'aurais bien aimé que tu viennes. Tes parents étaient là.

Il garde un instant le silence et dit :

– Civil, je te mentirais si je te disais que j'ai pensé à toi pendant ces quarante dernières années. J'ai aimé ma femme. J'ai fait de mon mieux pour construire une famille. Et pour de multiples raisons, ça n'a pas fonctionné. Mais je dois avouer que te voir aujourd'hui fait remonter un tas de souvenirs.

La conversation a basculé d'un seul coup, je n'arrive pas à y croire. Nous sommes dans son bureau, bon sang ! En plein jour. Il n'y a pas de bonne musique, pas de vin pour apaiser les sens et libérer la parole. Il me reprend la main et je sens comme des picotements dans mon bras. Je suis en bonne santé. Hormis une pression artérielle un peu élevée, je n'ai quasiment pas de douleurs ou de problèmes quelconques, Dieu merci. Mais je me suis résignée voilà bien longtemps à mener une vie de l'esprit. Mon corps et ses besoins sont secondaires. On a vite fait d'oublier sa propre chair lorsqu'on se concentre sur celle des autres.

– Quand tu m'as quitté, je n'ai pas arrêté de penser que tu me rappellerais, poursuit-il. Je me disais que tu reviendrais à Montgomery et qu'on finirait bien par se croiser et se parler. Mais tu n'es même pas rentrée pour les vacances. J'ai demandé à ton père. Avec ta mère, ils allaient en voiture jusqu'à Nashville pour te voir. Même si tu revenais parfois, je ne l'apprenais qu'une fois que tu étais repartie.

– Dit comme ça on pourrait penser que je vivais dans le cadre d'un programme de protection de témoin, Ty. Ce n'était pas si sérieux.

– Qu'est-ce qui n'était pas si sérieux ? Nous ?

– Je… je… je ne pouvais pas. C'est tout.

J'ai envie au fond de moi de lâcher sa main mais je n'en fais rien. Il serre un peu plus mes doigts, et je sais que je ne parviendrai pas à m'extirper de cette conversation.

– Est-ce que tu as pensé à moi ? demande-t-il d'une voix apaisée.

– Oui.

– Alors pourquoi ne m'as-tu pas téléphoné ?

– Ça fait plusieurs dizaines d'années, Ty. Tu me poses des questions comme si c'était hier. Pourquoi maintenant ?

En prononçant ces mots, je m'avoue à moi-même qu'il est impossible de cautériser la blessure à ce stade de nos vies.

– Le passé ne fonctionne pas comme ça. Tu ne peux pas simplement l'effacer. Tu ne peux pas faire comme si certaines choses n'avaient pas eu lieu.

– Tu ne crois pas que je le sais ? (Il me regarde droit dans les yeux.) Est-ce que tu l'as dit à quelqu'un, Civil ?

– Dit quoi à qui ?

– Allez, arrête. Est-ce que tu penses à notre bébé ?

Comment pourrais-je oublier ce jour où je me suis hissée sur le lit de cette femme qui m'a charcutée avec ses instruments ? Ce souvenir me hante encore parfois.

– Tu ne voulais tellement pas en parler, Civil. Je me suis inquiété quand j'ai appris que tu ne t'étais pas mariée.

Je me demande combien de femmes ont l'occasion de boucler la boucle comme on dit, de parler au père d'un enfant qui n'a jamais vu le jour quelque quarante ans après l'interruption de cette grossesse non désirée.

– Non, je n'en ai jamais parlé à personne. Et toi ? je murmure.

Il opine du chef.

– À ma femme bien sûr.

– C’était quelque chose entre nous, Ty.

– Oui. Mais on n’était pas condamnés à garder ce secret toute notre vie. Civil, comment as-tu fait pour ne jamais en parler à personne ?

Je hausse les épaules mais les larmes coulent malgré tout. Dans le bureau de Ty, à la lumière des néons, je me mets à pleurer et j’ai l’impression d’être une de ses étudiantes. Il me glisse un mouchoir dans la main.

– Civil, Civil.

Je tapote maladroitement le mouchoir sur mon visage. Nous gardons tous les deux nos distances, et je suis bien contente d’avoir de l’espace. Je m’autorise à regarder mes regrets en face. Beaucoup de regrets. Tant de regrets.

VINGT

Montgomery
1973

Ce matin-là, j'ai reçu une lettre du médecin d'India : elle remplissait les conditions requises pour aller à l'école. Erica avait déjà commencé ses cours d'été et même si elle était plus âgée que ses camarades, elle s'y plaisait énormément. J'étais rentrée déjeuner à la maison après avoir déposé une de mes patientes. Une certaine Frida qui n'avait pas d'enfant et avait bien l'intention que les choses restent ainsi. Je lui avais donné trois plaquettes de pilules et une boîte de préservatifs.

– On dirait que tu es heureuse. Tu as eu une bonne nouvelle ? m'a demandé ma mère.

C'était une de ces rares journées où maman ne peignait pas. Elle était habillée normalement, ce qui laissait penser qu'elle allait sortir.

– India a été acceptée dans une école. Je vais aller le lui annoncer quand j'aurai fini de travailler ce soir. Tu veux venir avec moi ? Tu pourrais voir leur appartement et tout ce qu'on a pu acheter avec ton argent.

Elle a noué un petit foulard autour de son cou, avant de le dénouer comme si elle avait changé d'avis. Le temps était agréable à Montgomery en juin mais il faisait quand même chaud.

– Et l'autre sœur ?

– Elle prend des cours d'été. Je pensais lui donner des leçons particulières aussi.

– Des leçons particulières ?

– Ouais, pourquoi pas ? Je pourrais le faire le week-end quand je ne travaille pas.

– Ma chérie, peu importe tout ce que tu feras pour cette famille, tu ne pourras pas changer la donne. C'est Dieu qui distribue les cartes. J'espère que tu le sais.

Elle disait en substance la même chose que Val. Mais elles avaient tort, toutes les deux. Il y avait des choses auxquelles on ne pouvait rien, mais là c'était différent.

– Ne dis pas ça, maman. Regarde comme ils sont plus heureux maintenant qu'ils ont un appartement. C'est grâce à toi. (Je lui ai embrassé la joue et l'ai enlacée par l'épaule.) Tu veux venir le voir ?

– Seigneur, Civil, non. Ces gens ont bien assez de monde qui leur tourne autour. Ce ne sont pas des monstres de foire.

J'ai acquiescé. Elle avait raison, et je regrettais même ma proposition. Je voulais juste passer du temps avec elle.

– Bon, je vais avoir besoin de ma voiture aujourd'hui. Il faut que tu prennes la tienne de temps en temps. Je déjeune avec Louise et j'en entendrai parler jusqu'à la Saint-Glinglin si je vais la chercher avec ta voiture rouge pompier.

– Dis-lui bonjour de ma part.

Je lui ai tendu ses clés.

La porte à moustiquaire a claqué derrière elle, et j'ai débarrassé mon assiette de la table. Le tic-tac de l'horloge au-dessus de l'évier était très sonore. Dixie Court n'était pas du tout dans la direction de la clinique mais j'avais un peu de temps. J'ai pensé que je pourrais passer chez les Williams pour annoncer à India la bonne nouvelle avant de retourner travailler. Ce serait trop dur de garder ça pour moi tout l'après-midi. Nous avions tous fait tellement d'efforts, et je savais qu'India restait toute la journée dans l'appartement avec sa grand-mère maintenant qu'Erica avait ses cours. J'ai finalement décidé qu'il valait mieux que j'aille directement travailler, mais toute la journée je n'ai pas arrêté de regarder l'horloge, trop pressée qu'arrivent cinq heures pour filer à Dixie Court les voir.

Je n'oublierai jamais ; c'était un après-midi de juin magnifique. Ensoleillé, sans un nuage. Dans la voiture, j'ai écouté « You Are the Sunshine of My Life » en chantant en même temps. J'avais baissé les vitres et je marquais le rythme sur le volant. Je ne m'étais pas sentie aussi bien depuis des semaines. J'avais une brochure à donner à India pour qu'elle puisse regarder les photos. Je n'avais pas voulu la lui montrer avant d'être certaine que le test se passe bien. C'était une belle école, avec une grande cour de récréation. St Jude Church avait toujours été ouverte aux Noirs ; ils avaient même fondé un hôpital qui avait été le premier dans la région à soigner des gens de couleur. Mais à l'époque, j'étais surtout contente que l'école accueille des enfants comme India. J'avais trop hâte de l'emmener visiter les lieux pour m'en faire moi-même une idée.

En montant l'escalier menant à leur appartement, brochure à la main, j'ai consulté ma montre : il était 17 h 47. J'avais fait le ménage à la clinique et le trajet jusqu'à chez eux en un temps record. J'étais essoufflée, et étourdie par la nouvelle. Un de mes mi-bas avait glissé sur ma cheville. J'ai frappé à la porte avant de me pencher pour le remonter.

– Mademoiselle Civil, qu'est-ce que vous faites là ?

Mme Williams a ouvert la porte. Elle portait les lunettes que je lui avais achetées. Une odeur salée a émané de l'appartement ; comme si du lard était à frire dans une poêle. On aurait dit que chaque fois que je venais, Mme Williams cuisinait, surtout lorsqu'elle venait de recevoir ses bons alimentaires. En bas de chez elle, il y avait un arrêt du bus et la ligne était directe jusqu'au supermarché A&P.

– Je viens juste dire à India qu'elle a été acceptée à l'école. Ah, vos nouvelles lunettes vous vont très bien. Vous voyez mieux maintenant ?

J'ai essayé de jeter un coup d'œil à l'intérieur par-dessus son épaule.

– Les lunettes sont parfaites. Mais vous n'êtes pas avec les filles ? Elles sont parties tôt ce matin.

– Les filles ? Elles sont parties où ?

– Voyons, l'infirmière est passée les prendre pour les emmener à l'hôpital. J'ai cru que vous étiez avec elles.

– À l'hôpital ? Pour quoi faire ? Est-ce qu'elles sont malades ?

– Non, elles sont allées pour leurs piqûres.

– Leurs piqûres ? (Mes genoux ont commencé à trembler.) Elles sont allées à la clinique vous voulez dire.

– Non, ils ont dit qu'ils les emmenaient à l'hôpital.

– À l'hôpital pour leurs piqûres ?

– C'est ce qu'ils ont dit. Enfin, c'est ce que la femme a dit, je crois. J'en suis pas sûre.

– Quelle femme ?

– Une Blanche. Je sais qu'elle a parlé du Professional Hospital.

– Une Blanche ? Le Professional Hospital ?

– Oui, une Blanche avec des cheveux rouges épais. Je crois que je l'ai rencontrée une fois, mais je me souviens plus très bien.

Je me suis frotté les yeux. Mme Seager était venue à l'appartement. Et elle les avait emmenées au Professional Hospital. C'était un hôpital de Blancs. Ça n'avait aucun sens.

Mme Williams a ouvert la porte en grand et je suis entrée. J'ai fermé derrière moi mais j'ai gardé une main sur la poignée. De l'épaule, je me suis frotté l'oreille.

– Madame Williams, ai-je articulé, avez-vous signé quelque chose ?

– Bien sûr. J'ai fait une belle croix sur le papier qu'elle m'a apporté.

J'ai rouvert la porte et j'ai dévalé l'escalier pour rejoindre ma voiture aussi vite que possible. Il n'y avait pas de documents signés dans le dossier pour les injections de Depo ; il était donc possible que Mme Seager lui ait juste donné quelque chose à signer à ce propos. C'était possible. C'était possible.

Je me suis agrippée au volant avec une telle force que j'en ai eu des crampes aux doigts. En arrivant au Professional Hospital, je me suis précipitée à l'entrée. Je devais avoir l'air assez sérieux avec mon uniforme d'infirmière car personne ne m'a regardée de travers. Je me suis présentée directement au bureau des admissions.

– Je cherche India et Erica Williams. Elles sont arrivées ici avec Mme Seager il y a un petit moment, en provenance de…

– Vous travaillez ici ?

J'ai secoué la tête.

– Non, madame. Je viens de la clinique du Planning familial de Montgomery.

Elle a désigné un épais classeur sur le comptoir.

– Signez ici.

J'ai griffonné mon nom tandis qu'elle parcourait un grand registre.

– Les voilà. Elles sont en post-opératoire au troisième étage. Dans la chambre numéro…

La sonnette de l'ascenseur a retenti et je suis passée devant la personne qui attendait. En sortant de la cabine au troisième étage, je me suis rendu compte que j'étais partie trop vite pour entendre le numéro de la chambre, et je m'en mordais les doigts. Le calme régnait à l'étage, mais j'ai cru entendre quelqu'un gémir. J'ai viré à droite. On aurait dit les bruits qu'India faisait lorsqu'elle cherchait à s'exprimer. Sur la dernière porte, un dossier sortait d'un présentoir en plastique transparent, et j'ai vu le nom *Williams*. J'ai saisi le dossier pour en parcourir à toute vitesse le contenu.

Mon Dieu. J'ai poussé la porte.

Les deux sœurs étaient allongées, chacune dans un lit, India en chien de fusil, la tête contre les genoux, Erica, une main en direction de sa sœur. Quand je suis entrée, Erica s'est tournée vers moi, les yeux en panique.

– Mademoiselle Civil !

Elle a tendu les bras.

– Erica.

Je me suis approchée d'elle et lui ai passé une main sur les cheveux pour dégager son visage. Son front était froid et humide.

– Mademoiselle Civil. Oh, ça fait tellement mal.

– Quoi ?

– J'ai soulevé les draps.

Un pansement plein de sang lui enveloppait l'abdomen.

– Ils nous ont fait quelque chose, mademoiselle Civil. Je croyais qu'on venait pour notre piqûre. Mais ils nous ont fait quelque chose. Ils ont dit qu'on peut plus avoir de bébé.

Une bouffée de chaleur m'est montée à la tête, et la pièce s'est évanouie. J'ai tenu Erica dans mes bras. India sanglotait dans mon dos, sa voix grave et rauque. La chambre sentait le sang, l'urine et le désinfectant.

Erica s'est mise à pleurer.

– Je faisais bien tout comme vous disiez.

– Chut, chut.

Je lui ai caressé le front.

– Chut, ma chérie. Ne parle pas.

Je me suis tournée pour essayer de réconforter aussi India. Elle serrait ses jambes, les paupières vigoureusement fermées.

– Allez, ma petite chérie. Détends-toi. Détends-toi.

Maintenant, vous savez ce que pensent certains Blancs du corps des Noirs. Ils se disent qu'on supporte mieux la douleur qu'eux... Il y en avait même qui croyaient que la syphilis ne pouvait pas nous tuer. J'ai saisi un cordon au bord du lit et j'ai appuyé sur le bouton, encore et encore. Quelques minutes plus tard, une infirmière a passé la tête dans l'entrebâillement de la porte.

– Est-ce que vous avez donné à ces patientes quelque chose contre la douleur ?

Elle a observé ma coiffe qui, même si elle n'était pas si différente de la sienne, était complètement de guingois sur ma tête. Mes deux mi-bas avaient glissé sur mes chevilles.

– Excusez-moi, vous travaillez ici ?

– Appelez le médecin, bon sang ! ai-je hurlé, et elle a déguerpi.

India a lâché ses jambes et s'est détendue ; ses pleurs se sont mués en gémissements. Je n'avais pas besoin de regarder sous le pansement. Je savais qu'il y avait une incision sur son ventre. À l'école d'infirmières, j'avais appris comment on pratiquait une laparoscopie.

Un médecin a pénétré dans la chambre. Il avait les cheveux gris et une barbe soigneusement taillée. Tout comme l'infirmière avant lui, il a examiné mon accoutrement, puis il a dit :

– Vous travaillez dans ce service ?

– Je suis du Planning familial de Montgomery, et ces fillettes sont mes patientes. Qu'est-ce que vous avez fait ?

– Elles étaient programmées pour une ligature des trompes ce matin. La responsable, Linda Seager, les a accompagnées en personne. Si vous consultiez plus souvent vos dossiers, vous seriez au courant de ce qui se passe avec vos patientes.

– Une ligature des trompes ?

– L'intervention s'est bien passée. Elles pourront rentrer chez elles dans deux jours.

– Une ligature des trompes ?

– Vous êtes du Planning familial, vous dites ?

Il avait pris un air suspicieux, comme s'il se demandait si je n'étais pas en train de lui mentir.

– Mais enfin elle a onze ans !

Je pleurais. J'ai entendu du remue-ménage dans le couloir. J'ai serré le visage d'India contre ma poitrine, comme pour faire bouclier contre lui.

– Et elles ont besoin d'un antidouleur.

– Allez leur chercher…

– Je vais aller voir votre papa pour lui dire ce qui s'est passé, d'accord ? Et on ne va pas en rester là, vous m'entendez ? On ne va pas en rester là.

J'ai quitté la pièce en titubant. En bas dans le hall, il y avait une cabine publique et j'ai appelé Mace à son travail. J'ai dit à son responsable que c'était une urgence et on l'a laissé venir me parler au téléphone, mais ça a pris du temps. Lorsque j'ai enfin entendu sa voix, je lui ai raconté ce qui était arrivé à ses filles et il y a eu un long silence avant qu'il ne réagisse : « Qu'est-ce que vous dites ? » Puis ça a coupé parce que je n'avais plus de crédit. J'ai fouillé dans mon sac mais j'étais à court de pièces.

En regagnant ma voiture, je ne savais ni où aller ni quoi faire. Ça crépitait dans ma poitrine, comme du papier qu'on froisse. J'ai tourné à gauche pour sortir du parking et j'ai appuyé sur l'accélérateur. Je n'ai pas du tout vu l'autre véhicule, même si on m'a affirmé par la suite qu'il y en avait bien un ; je ne me souviens que de l'impact en traversant le carrefour, de ma voiture qui s'est mise à tourbillonner comme une toupie, et de mon corps bringuebalé, léger comme l'air, mou comme une poupée de chiffon.

PARTIE II

VINGT-ET-UN

Ce qui est arrivé à ces fillettes est la plus grande douleur de ma vie, c'est la vérité, je te le jure devant Dieu. Pour que tu comprennes bien pourquoi je dis ça, il faut que tu saches d'où je viens. Quand j'étais petite, ça marchait bien pour mon père au cabinet et il pouvait nous offrir un certain train de vie. Nous étions propriétaires de notre maison, nous partions en vacances. Au lieu de me faire tresser les cheveux dans la cuisine de quelqu'un, j'allais chez une vraie coiffeuse. Notre petite famille vivait plutôt dignement à une époque indigne. Mon père cirait ses chaussures tous les jours. Ma mère portait des boucles d'oreilles. Ces détails peuvent te paraître insignifiants, ma chérie, mais je peux te dire qu'ils étaient comme une digue protectrice pour nous.

Pour survivre aux humiliations de la ségrégation, le rire, la cuisine, la musique nous aidaient à nous soutenir les uns les autres. Et en ce sens, vivre au cœur d'une communauté comme celle de Centennial Hill nourrissait notre âme et j'ai été épargnée du pire. C'était un quartier où les gens gardaient leurs larmes pour l'église et ils laissaient leurs fardeaux au pied de l'autel.

Il me semblait inconcevable qu'une chose pareille puisse arriver un jour à une personne proche de moi. Malgré tout ce que je savais sur la cruauté des hommes – les violences physiques, les meurtres, les disparitions –, j'avais manifestement sous-estimé certains, et les fillettes avaient payé le prix de ma naïveté. Pas étonnant que j'ai eu un accident de voiture. C'était une leçon sur les lois de la physique. Les choses ne sont pas sans conséquences dans la vie.

– Ça va ?

Une femme m'a aidée à m'asseoir sur le trottoir. Mes genoux me faisaient un mal de chien, comme s'ils étaient écorchés vifs. Ma voiture se trouvait encore au milieu de la chaussée, le côté passager complètement enfoncé. Je me suis touché le front.

– Est-ce que je saigne ?

– Bah, les éclats de verre vous ont égratignée mais ça a l'air d'aller, je crois. Ce n'est pas la peine d'appeler une ambulance à mon avis.

Je l'ai agrippée. Elle portait un chemisier blanc, mais ne semblait pas avoir peur de le salir. Mes paumes étaient écorchées.

– Qu'est-ce qui s'est passé ?

– Je ne sais pas. Quand je suis arrivée, je vous ai trouvée là, sur le trottoir. Je n'ai pas vu d'autre voiture. Je suis sûre qu'ils la retrouveront.

– Il faut que j'y aille. Je dois voir quelqu'un.

J'ai commencé à me lever mais elle m'a obligée à me rasseoir.

– Vous travaillez dans quel hôpital ? Est-ce qu'il y a une personne que je peux appeler pour vous ?

– Quel hôpital ? (Mon uniforme était maculé de traînées marronnasses ; et ça ne sentait pas bon. J'avais dû me vomir dessus.) Est-ce que vous pouvez appeler mon père ?

– C'est quoi son numéro ?

Je le lui ai indiqué et elle a répété les chiffres doucement.

– D'accord, je reviens dans une minute. Restez assise là, ne bougez pas.

Les minutes se sont éternisées. J'ai secoué la tête pour tenter de m'éclaircir les idées ; j'ai reniflé, me suis essuyé le visage du dos de la main avant de me rendre compte que je saignais du nez. J'ai lissé ma robe sur le côté.

La femme est revenue avec un homme chauve dont le front rouge luisait sous le soleil. Il s'est agenouillé et m'a incliné la tête vers l'arrière.

– Vous saignez du nez.

Il m'a tendu un mouchoir.

– J'ai appelé votre père, a dit la femme. Et aussi la police. Ce monsieur m'a gentiment fait rentrer chez lui pour que j'utilise son téléphone.

Ils se sont occupés de moi mais je résistais. Il fallait que j'appelle Mace. Ou l'avais-je déjà fait ? J'ai plaqué une main sur mon front. Je commençais à avoir mal à la tête. L'homme m'a proposé de garer ma voiture sur le côté, et j'ai fini par accepter. Quelques instants plus tard, il m'a rapporté mon sac et mes clés. Je ne savais pas trop depuis combien de temps j'étais là lorsque j'ai entendu la voix de mon père.

– Je suis médecin, disait-il. As-tu mal quelque part, ma chérie ?

J'ai fait non de la tête tandis qu'il insistait pour m'emmener à l'hôpital. La femme a affirmé qu'elle attendrait la police et ferait une déposition.

– Tu m'emmènes où ? ai-je demandé à mon père comme nous montions dans sa voiture.

– À St Jude.

Mme Seager avait emmené les filles au Professional Hospital. À St Jude, on aurait mieux pris soin d'elles. Les bonnes sœurs auraient peut-être refusé qu'elles soient opérées. Elles auraient peut-être objecté qu'elles n'étaient que des enfants. Huit infirmières et nous avions laissé faire. Un gémissement dans mon oreille. Les cris d'India sur le cheval mécanique à Kmart. Le grattement d'un saphir sur un disque. Ça s'était mis à tambouriner dans ma tête.

Papa m'a accompagnée directement à l'étage où il connaissait un médecin. Maman était déjà là, à remplir les formulaires ; elle portait encore la robe qu'elle avait choisie pour son déjeuner. Elle m'a touché la joue. Ses doigts étaient frais et frêles. Je me suis assise sur une table métallique et une infirmière m'a braqué une lampe dans la pupille. Elle m'a demandé de m'allonger pour m'examiner les côtes. Papa s'est assis sur le fauteuil du médecin. Il fallait que je lui dise pour les filles. Je voulais qu'il aille au Professional Hospital les voir. J'avais arrêté de leur administrer le contraceptif. Mme Williams avait signé les papiers. Ces pensées se pressaient dans ma tête. J'ai remué les lèvres, mais rien n'en est sorti.

J'ai essayé de me ressaisir. Ma voix était rauque mais j'ai réussi à articuler :

– Ça va, papa. Je dois…

– Parfois il peut y avoir une hémorragie interne et on ne s'en rend pas compte. Il vaut mieux que quelqu'un t'ausculte.

Mon père était toujours celui qui savait garder son calme en cas d'accident. Quand j'étais petite, il désinfectait mes plaies et me mettait des pansements. Quand je tombais de vélo. Quand je jouais à la bagarre dans la cour de récréation. Un jour, le gamin de notre voisin avait visé Ty avec sa carabine à plomb et l'avait touché à la tempe ; papa avait tranquillement stérilisé sa pincette et lui avait enlevé le projectile. Il était ensuite allé trouver le père du garçon en question pour lui dire qu'il ferait mieux d'emmener son fils s'entraîner à tirer sur des canettes avant qu'il ne blesse vraiment quelqu'un.

Mais le jour de cet accident de voiture, j'ai remarqué une panique inédite dans les yeux de mon père. Son ami médecin a pénétré dans la pièce et m'a posé plusieurs questions. Ce n'était pas évident d'être la patiente quand j'avais l'habitude d'être celle qui auscultait mais je n'ai pas bronché car je voulais que cette lueur dans le regard de papa disparaisse. J'avais mal partout. J'ai demandé du paracétamol au médecin mais il m'a dit de m'asseoir dans un fauteuil d'abord et de me reposer. J'ai fermé les paupières, et lorsque je les ai rouvertes, maman se tenait devant moi.

– Ils ont retrouvé le conducteur, a-t-elle déclaré. Il s'est présenté au commissariat. L'agent de police vient d'appeler ton père. Apparemment, l'homme a reconnu avoir brûlé le feu rouge.

Ainsi ce n'était pas de ma faute. Ça au moins, je n'en étais pas responsable. Est-ce que Mace avait récupéré sa camionnette ? Pouvait-il aller à l'hôpital ? Il fallait que je retourne voir les filles.

– Heureusement que tu avais pris ta voiture et pas la mienne, a tenté de blaguer maman.

Sans la regarder, je me suis redressée.

– Est-ce que le médecin a signé mon autorisation de sortie ?

– Tu ne peux pas partir maintenant.

– Il faut que j'y aille.

– Je te raccompagnerai à la maison.

– Je ne peux pas rentrer à la maison.

Elle m'a aidée à me lever.

– Pourquoi tu ne peux pas rentrer à la maison ?

Maman m'a bombardée de questions.

– Est-ce que tu roulais trop vite ? Tu as vu l'autre voiture arriver ? Tu allais où, Civil ?

– Où est mon sac à main ?

– Tu n'as pas besoin de ton sac parce que c'est moi qui te ramène à la maison.

La lettre se trouvait dans mon sac. Je n'avais pas pu en parler à India, lui dire qu'elle venait d'être acceptée dans une école où l'on s'occuperait enfin d'elle comme elle le méritait.

Nous avons trouvé Alicia et Ty dans la salle d'attente. Je suis passée au bureau des infirmières pour signer des papiers et nous sommes tous sortis. Le soleil s'était couché et il faisait nuit. Maman me tenait fermement par le bras, comme si elle n'avait nullement l'intention de lâcher prise avant d'obtenir une explication. J'ai eu envie de me dégager mais je n'avais pas senti la force de ma mère depuis si longtemps que j'ai éprouvé le besoin d'y puiser du soutien. Tout était vraiment chamboulé.

– Je voudrais qu'Alicia et Ty m'emmènent au Professional Hospital.

– Au Professional Hospital ? Pourquoi ? Tu as été prise en charge par les meilleurs médecins ici…

– Les filles sont là-bas. Elles…

Ça m'a prise aux tripes encore une fois. Je ne parvenais pas à le dire. J'étais là, j'avais la chance d'être encore en vie, pendant que ces fillettes étaient allongées sur un lit d'hôpital, sans plus aucun espoir de connaître un jour les joies de la maternité. Les gémissements d'India ont à nouveau résonné dans ma tête, et j'ai fermé les yeux.

– Ils ont ligaturé les trompes des sœurs Williams, ai-je finalement soufflé.

– Comment ça *ils* ?

J'ai entendu cliqueter les clés de maman.

– Mme Seager leur a ligaturé les trompes ?

La voix d'Alicia m'a paru si forte que j'ai cru qu'elle criait.

La colère de Ty semblait sur le point de le submerger. Il avait la même expression que le jour où Mlle Pope nous avait révélé que les hommes atteints de syphilis n'avaient pas été soignés à Tuskegee.

– Elle peut faire ça ? a demandé maman, incrédule.

– La clinique peut le décider pour certaines patientes. C'est… autorisé, ai-je murmuré.

Le paracétamol n'était pas assez fort.

– Est-ce que tu peux, s'il te plaît, ai-je poursuivi à mi-voix, m'accompagner au Professional Hospital ? Et Ty, est-ce qu'Alicia et toi vous pouvez aller chercher Mme Williams et la ramener à l'hôpital ? S'il vous plaît ?

– Ce ne sont que des enfants.

– Je sais, maman.

Elle a posé une main sur mon épaule et a dit :

– Mon Dieu, ayez pitié.

J'ai eu envie de lui dire qu'il était trop tard pour ça.

Ma mère a attendu en bas, dans le grand hall. Elle ne pensait pas que la famille ait besoin de plus de monde autour d'elle mais elle voulait être là pour moi lorsque je redescendrais. Les portes de l'ascenseur se sont ouvertes, et en sortant de la cabine, mes semelles se sont mises à couiner sur le sol. Alicia m'avait apporté à l'hôpital une tenue de rechange. Nous faisions à peu près la même taille de vêtements mais ses chaussures étaient trop petites. Je portais donc encore les tennis blanches avec lesquelles je travaillais mais qui étaient désormais toutes sales, triste vestige de ma journée, et j'avais besoin d'un bon bain.

Quand j'ai vu Mace debout devant la fenêtre au bout du couloir, j'ai pensé qu'il avait l'air frêle, comme s'il allait s'écrouler dès qu'il s'éloignerait du carreau. J'ai continué de m'approcher, incapable de dire quoi que ce soit.

– Espèce d'infirmière de malheur.

Il n'a pas élevé la voix mais ses mots ont rugi dans mon oreille.

– Je suis passée chez vous cet après-midi pour dire à India qu'elle avait été acceptée à l'école. J'ai appris qu'ils les avaient emmenées à l'hôpital par votre mère. Je suis tout de suite venue ici. Mais c'était trop tard. Elles avaient déjà été opérées. J'ai demandé à ce qu'on leur donne quelque chose contre la douleur. Ensuite j'ai eu un accident de voiture. Je suis revenue ici dès que j'ai pu.

Les phrases ont déferlé de ma bouche.

– Est-ce qu'ils peuvent faire le contraire ?

– Qu'est-ce que vous voulez dire ?

– Vous savez très bien ce que je veux dire, nom de Dieu. Est-ce qu'ils peuvent défaire ce qu'ils ont fait ? Est-ce que mes filles peuvent revenir comme elles étaient ?

– Non, non, je ne crois pas. Je pense... enfin, dans leur dossier, il est écrit que les trompes ont été cautérisées, et ça vaut dire qu'elles ont été brûlées. Non... Je regrette, Mace. C'est irréversible.

– Pourquoi vous avez laissé ces gens faire ça à mes filles, Civil ? Pourquoi ?

Sa bouche est restée entrouverte.

– Je n'étais pas au courant. Je vous le jure, Mace. Tout ce que j'ai fait, c'est arrêter de leur faire leur piqûre, et après elle...

– Attendez, qu'est-ce que vous dites ? Elles n'avaient plus leur piqûre ? Je croyais que c'était pour ça qu'elles partaient ce matin. Pour avoir leur injection.

– Vous étiez là ce matin ?

– Qu'est-ce que vous croyez ?

– Vous avez signé des papiers ?

J'ai saisi le dossier dans la chemise. Évidemment, le formulaire de consentement était fixé avec le reste du dossier sous la pince du porte-bloc. Mace y avait fait une croix, et sa mère aussi. Un témoin avait également signé : Valeria Brinson. Val.

– Je regrette, Mace.

Il m'a tourné le dos.

– Je vais rester avec elles ici, ce soir. Je resterai avec elles jusqu'à ce qu'elles rentrent à la maison. Et ensuite, je vous aiderai. Je les aiderai à se remettre, ai-je murmuré.

– Mais c'est bien ça le problème, non ? Elles se remettront jamais.

Il a appuyé son front contre la fenêtre. Et c'était son dos qui faisait le plus mal à voir. Son dos moulé dans sa chemise. On aurait dit un mur.

Mace ne me regardait plus, je suis donc entrée dans la chambre des filles. Elles dormaient toutes les deux. J'ai baissé les yeux vers le porte-bloc que je tenais encore à la main. Au moins, on leur avait donné un antidouleur. Elles pouvaient se reposer. J'ai ouvert un tiroir pour y prendre deux blouses propres. Lorsque les filles se réveilleraient, je leur ferais la toilette. La pièce sentait l'aigre. Je savais qu'elles n'avaient pas été bien lavées. Je les aiderais à être propres et à enfiler de nouvelles blouses. Ensuite je leur donnerais à manger, à la cuillère au besoin. Après mon avortement, Mlle Pope l'avait fait pour moi, et je ferais pareil pour elles. Je me suis assise dans le fauteuil et j'ai fermé les yeux. J'avais un peu mal à l'épaule gauche et en touchant mon front j'ai compris que j'avais une bosse.

C'était peut-être mieux ainsi. India avait des problèmes d'élocution. Elle aurait eu du mal à s'occuper d'un bébé. La famille était pauvre, elles avaient peu de chances de s'en sortir vraiment. Faire naître un bébé là-dedans aurait été une tragédie. Dès que ces pensées ont affleuré dans mon esprit, je m'en suis voulue à mort. Je m'en suis voulue à mort à l'époque, et je m'en veux encore. Rien que le souvenir de ce jour me remplit de honte. Nous pensions faire quelque chose d'utile pour la société, mais voilà où nos prétendues bonnes actions nous avaient menés. En plein cauchemar.

VINGT-DEUX

La pièce principale entièrement lambrissée du cabinet des Ralsey était meublée de deux secrétaires, d'un canapé en cuir sombre assorti d'un fauteuil pour faire attendre les clients et de plusieurs classeurs à tiroirs verts alignés le long du mur. Des plantes araignées étaient suspendues au plafond. La lumière du soleil pénétrait par une grande fenêtre.

Dans le bureau de Mme Ralsey, deux cactus trônaient sur un coin de sa table de travail. Un ficus de près de deux mètres masquait presque la fenêtre. Assise, Mme Ralsey prenait des notes – beaucoup de notes – mais je ne parvenais pas à déchiffrer son écriture. Les bras croisés, son mari se tenait près d'elle. Mon père avait refusé le siège qu'ils lui avaient proposé. Il était appuyé contre le mur, avec Alicia. Ty était assis juste à côté de moi, sa chaise si proche de la mienne que je l'entendais respirer.

– Est-ce que Mme Seager savait que tu avais arrêté les injections et que tu les avais mises sous pilule ?

– Je ne sais pas. Je n'en suis pas sûre.

– Et après avoir changé de traitement, est-ce que les filles se sont plaintes de la pilule ? Est-ce qu'elles les prenaient régulièrement ?

– En fait… Je ne leur ai jamais donné les boîtes de pilules. Elles n'avaient pas besoin de prendre la pilule.

– Mais tu as écrit dans le dossier qu'elles la prenaient, n'est-ce pas ?

– Oui, madame.

– Est-ce que tu as prévenu les Williams de ce que tu faisais à ce moment-là ?

– Non, madame. J'aurais dû.

Mme Ralsey s'est remise à griffonner sur son bloc-notes, puis s'est arrêtée, stylo suspendu dans le vide.

– Tu crois que Mme Seager lisait régulièrement leur dossier ?

– Oui, madame, est intervenue Alicia. Elle conserve tous les dossiers dans son bureau.

– On revient dans une minute.

Mme Ralsey et son mari nous ont contournés et sont sortis de la pièce.

Cela n'avait pas de sens. Mme Seager les avait-elle fait stériliser parce qu'elle considérait que la pilule n'était pas un moyen suffisamment sûr pour éviter aux filles de tomber enceintes ? Savait-elle qu'elles ne prenaient même pas la pilule ? J'étais encore un peu sous le choc de l'accident, si bien que j'avais du mal à y voir clair.

– Qu'en pensez-vous, docteur Townsend ?

Ty s'est retourné.

Papa a secoué la tête. Il écoutait depuis le début en silence. Comme Ty, j'étais curieuse de savoir ce qu'il en pensait. J'avais l'estomac noué, comme si quelqu'un y avait planté un hameçon. J'ai observé le coin froissé de la lettre d'admission à St Jude qui dépassait de mon sac.

– Je pense, a répondu mon père, que ces jeunes filles gagneront peut-être leur procès si Donna arrive à prouver que leur grand-mère et leur père n'ont pas compris ce qu'ils signaient. Mais ça sera dur.

Les Ralsey sont revenus, La mère de Ty a repris sa place et son mari s'est assis sur un coin de son bureau. Je les avais toujours admirés, mais les voir travailler ensemble, c'était fou. Ils étaient tous les deux nés à Montgomery, y avaient grandi, et avaient fréquenté le même lycée réservé aux Noirs à une époque où bon nombre d'adolescents noirs dans l'État ne poursuivaient même pas leur scolarité jusque-là. Les professionnels qualifiés noirs n'étaient pas très nombreux à Montgomery mais ils étaient puissants.

– Civil et Alicia, s'il vous plaît, il faut garder tout ça pour vous. N'en parlez à personne, pas même aux autres infirmières de la clinique. Nous allons monter un dossier pour porter cette affaire devant le tribunal. Si vous ébruitez quoi que ce soit, vous pourriez compromettre l'instruction.

– Est-ce que je peux aller voir les filles ? ai-je demandé.

– Bien sûr que tu peux aller les voir, a répondu mon père. Il faut que tu t'assures qu'elles ne font pas d'infection postopératoire. Vérifie bien leur incision. Et je suis là si tu as besoin de moi. Pour quoi que ce soit.

Mme Ralsey a repris :

– Oui, continuez de travailler comme si de rien n'était. Nous ne savons pas combien de temps ça va prendre, donc essayez de ne pas trop y penser.

– Ne pas trop y penser ? Comment voulez-vous qu'on retravaille pour une femme pareille ?

– Occupez-vous seulement des filles et de vos autres patientes aussi bien que possible. Elles ont besoin de vous.

– Oui, madame, a dit Alicia.

M. Ralsey s'est approché de moi et a posé une main sur mon épaule.

– Civil, je t'ai toujours considérée comme ma fille. Nous allons faire tout ce que nous pourrons, je te le promets. Et avec l'aide de Dieu, nous obtiendrons justice.

– Je vais rester quelques minutes de plus. Alicia, peux-tu raccompagner Civil à la maison ? a dit mon père.

– Papa, je n'ai pas besoin qu'on m'escorte.

– Bien sûr, docteur Townsend, a dit Alicia.

Une fois dehors, j'ai demandé à Alicia si elle pouvait me déposer à Dixie Court.

– Ton père m'a demandé de te ramener chez toi.

– Je peux trouver quelqu'un d'autre, tu sais.

En arrivant à sa voiture, elle est montée la première et s'est penchée pour déverrouiller ma portière. Elle a mis le contact et nous sommes restées assises là un moment, pendant que le moteur tournait.

– Tu vas venir travailler demain ? a-t-elle demandé.

– Sûrement pas ; et je n'arrive pas à croire que tu envisages de retourner là-bas, ai-je répliqué. Je ne supporte pas l'idée de revoir le visage de cette femme.

– Demain, on touche nos salaires, Civil. J'ai un loyer à payer.

Elle a croisé les bras.

– Alors comme ça tu vas injecter ce poison à ces femmes rien que pour pouvoir payer ton loyer ?

– Hé, arrête de me parler comme ça. Elle s'est tournée vers moi. J'essaie de bien faire, comme toi.

– Alors ne retourne pas là-bas, Alicia. S'il te plaît.

– Je suis désolée, Civil, de ne pas être à la hauteur de tes espérances. Est-ce que tu penses des fois à toute la pression que tu te mets ? C'est pas de ta faute.

– Tu m'emmènes à Dixie Court, ou pas ?

Le temps qu'Alicia me dépose, le soleil avait plongé derrière l'horizon et l'éclairage dans l'entrée du bâtiment des Williams ne fonctionnait pas. Même si certains appartements n'étaient pas encore terminés, de nouvelles familles s'installaient chaque semaine. Quelques enfants jouaient au loup près d'un chat blanc endormi dans l'herbe. Deux hommes assis sur un banc écoutaient le son d'une radio allumée dans une voiture garée près d'eux. La vie à Dixie Court ne s'était pas arrêtée après ce que les fillettes avaient subi. Je me suis demandé combien de temps il faudrait pour que la nouvelle circule d'un bâtiment à l'autre et j'ai pensé, le cœur lourd, à quel point les gens savaient mettre de côté ce genre de mauvaise nouvelle.

J'ai frappé à la porte. Je n'avais revu personne de la famille depuis le jour où j'avais découvert que les filles s'étaient fait opérer, et je savais qu'il était présomptueux de ma part de venir à l'improviste. Quelqu'un a crié : « Entrez ! » mais quand je suis entrée, le salon était vide. Je me suis aussitôt dirigée vers la chambre des fillettes. Erica, allongée sur son lit, épluchait une orange dont elle laissait tomber la peau sur une serviette.

– Comment ça va ?

Elle a hoché la tête, et j'ai espéré que ça signifiait *bien.*

– Est-ce que vous avez besoin de quelque chose ?

Erica a tendu la moitié de l'orange à sa sœur. India s'est redressée sur le lit, des oreillers dans le dos. Elles étaient toutes les deux en pyjama.

– Ils avaient de la glace à l'hôpital, a dit Erica sans me regarder.

Je ne savais pas quoi dire. Je ne savais pas si c'était une façon de me faire comprendre qu'elles avaient envie de glace ou si c'était une manière de se débarrasser de moi. Je n'avais pas ma voiture mais il y avait un supermarché pas très loin et je pouvais y aller à pied.

En revenant dans le salon, j'ai trouvé Mme Williams assise dans son fauteuil en train de faire du crochet.

– Est-ce que vous avez de la glace ? lui ai-je demandé.

– Vous savez, j'en reviens pas de savoir encore faire ça. J'ai plus tenu un crochet depuis des années.

– C'est une belle couleur, ai-je dit en désignant une pelote de laine rose qui gisait par terre à ses pieds.

– Ils nous l'ont donnée à l'association des personnes âgées. J'ai pris un bout de laine, j'ai fait une boucle et hop, je me suis mise à faire un carré de grand-mère. C'est ma maman qui m'a appris. Elle s'appelait Ella. Ella Mae. Elle faisait des grandes couvertures en patchwork, vous savez, on s'en servait de couvre-lits. Y avait rien de plus beau et quand on dormait avec, ça sentait l'huile à la menthe poivrée qu'elle se mettait sur les mains. Ah ça, elle savait s'y prendre avec une aiguille, c'est moi qui vous le dis. Elle savait coudre n'importe quoi. Mais ce qu'elle aimait par-dessus tout, c'était avoir un bout de laine entre les doigts. Elle l'a jamais dit mais ça se voyait bien. Elle aurait pu le faire les yeux fermés.

Les veines sur ses mains gonflaient tandis qu'elle glissait le crochet au-dessus et en dessous du fil. Je me suis approchée de l'extrémité du canapé pour mieux voir.

– Je crois bien que les femmes dans ma famille s'en sont toujours sorties dans la vie. Quand vous êtes venue chez nous la première fois, à la ferme du vieil Adair, vous avez pensé que j'étais une sale mégère, je parie.

– Non, je ne me suis jamais dit ça.

– Vous avez pensé quelque chose en tout cas. Je l'ai vu sur votre visage. En voyant cette maison qu'on habitait vous vous êtes dit que même une mule pourrait pas y vivre. Et vous savez quoi ? Vous aviez raison. Vous auriez jamais pu habiter dans une seule pièce, avec un sol en terre battue, des sales chiens et un Blanc qui rentrait là-dedans en bottes sans même frapper à la porte. Je me suis jamais sentie chez moi là-bas. C'était comme une gare où on s'était arrêtés en attendant d'aller ailleurs. Sauf que le train est jamais reparti, et on s'est retrouvés coincés là, sur le quai, pendant presque trois ans.

Elle a enroulé le surplus de fil autour de son doigt.

– Ça vous intéresse pas une vieille bonne femme comme moi qui radote. Ce que je veux dire, je crois, c'est que cet appartement que vous nous avez trouvé, quand je l'ai vu, j'ai senti quelque chose comme de l'espoir, quelque chose que je n'avais pas senti depuis longtemps. Vous savez, j'ai épousé Ernest T. Williams quand j'avais dix-huit ans. Mon mari me promettait une vie meilleure. Tous les mois, il rapportait son argent et il me le fourrait dans la main. Il disait : *Va pas croire que je traîne dans la rue. T'es la seule femme qui m'a jamais serré contre elle.* Ensuite il est mort et je me suis retrouvée seule. D'un coup, comme ça, il a eu le culot de mourir comme ça. Exactement comme la femme de Mace est morte d'un coup. La deuxième fois, quand la mort a frappé à ma porte, j'ai cru que je m'en remettrais pas. J'ai dit au Seigneur que ça suffisait, qu'il avait qu'à me rappeler à lui.

Elle s'est interrompue pour s'essuyer le nez avec un mouchoir avant de reprendre son crochet.

– Donc vous êtes venue et vous nous avez eu cet appartement, et la première nuit où j'ai dormi dans le lit de la chambre du fond, j'ai rêvé que mon Ernest était encore vivant. On vivait tous ici : moi, lui, Mace, les filles. Après quelqu'un venait et nous enlevait tout. Des gens sans visage. Comme des fantômes, mais c'étaient pas des fantômes. J'essayais de les arrêter mais ils nous insultaient. Ils nous disaient des trucs horribles. Je me suis réveillée terrorisée. Toutes les nuits depuis, j'attends qu'on vienne frapper à notre porte.

– Personne ne va venir vous prendre quoi que ce soit, madame Williams.

– Non, c'est là que vous vous trompez. Ils peuvent toujours nous enlever ce qu'ils veulent. C'est pas à vous, mademoiselle Civil. Tout ça, c'est pas à vous. Elle a fait un grand geste et a lâché son fil. On vous a jamais dit ça ? Qu'ils peuvent prendre ce qu'ils veulent ? Ils prennent, c'est tout. Ils prennent, ils prennent.

La pièce était mal éclairée, comme si quelqu'un avait éteint une lampe. Tout était si silencieux que j'entendais souffler le vent. J'ai repensé une seconde à la glace que les filles avaient demandée. J'ai pensé à d'autres choses que j'aurais pu leur acheter, à des cadeaux que j'aurais pu leur faire. Une radio. Des vêtements. Des chaussures. Un grille-pain pour la cuisine.

Mme Williams a murmuré :

– Vous avez pas eu une très bonne opinion de moi quand vous êtes venue dans notre bicoque, je le sais, mais pour être franche vous m'avez pas fait grande impression non plus.

– Et maintenant ?

Je vous en prie, ai-je eu envie d'ajouter, *dites-moi la vérité*. Je l'ignorais jusque-là, mais j'avais besoin qu'elle me pardonne. Mon cœur n'aspirait qu'à ça.

– Maintenant je sais que le monde est exactement comme je croyais, a-t-elle répondu en baissant les yeux.

VINGT-TROIS

Dans mon enfance, nous allions tout le temps à l'église, mais petit à petit nous sommes devenus moins assidus et quand j'étais adolescente nous n'y allions plus qu'à Pâques, à Noël et pour la veille du Nouvel An. Une fois à l'université, j'ai découvert de nouveaux mots. Agnostique. Athée. Notre famille n'était ni l'un ni l'autre. Nous pratiquions notre religion de manière irrégulière, c'est tout, même si je n'avais jamais été du genre à prier Dieu pour qu'il intervienne dans l'accomplissement de mes désirs. Je priais plutôt pour le remercier de ce que j'avais déjà. *Merci pour cette nourriture. Merci pour ma famille. Merci pour le toit que j'ai sur la tête.*

Quand je me suis fait avorter, j'ai demandé à Dieu une chose – vraiment demandé, pour la première fois de ma vie. Je lui ai demandé pardon. Et même si j'ai tout fait pour chasser de mon esprit ce jour affreux que j'ai passé sur un lit dans la chambre d'une inconnue, je n'ai pas pu l'oublier. Ce n'était pas tant que je regrettais ce que j'avais fait. J'ai pris la bonne décision, je n'en ai jamais douté. Mais on m'avait appris que ce genre de chose était un péché. Et quand on a été éduqué avec ce type de croyance, c'est dur de s'en débarrasser.

Le *Roe v. Wade*, l'arrêt de la Cour suprême qui a légalisé le droit à l'avortement, a été rendu public un lundi de janvier 1973, et je me souviens que cet après-midi-là les journaux se sont vendus comme des petits pains dès l'annonce de la nouvelle. Mon père s'est assis dans son fauteuil et a lu l'article en silence. Puis il a secoué la tête avant de poser le journal sur la table basse. Nous n'en avions jamais parlé, mais il savait, c'est sûr, qu'il existait des maisons dans le pays où des femmes allaient se faire avorter, avant même que ce soit légal. J'étais allée dans l'une d'entre elles, à Opelika, parce que Mlle Pope avait pensé que j'y courrais moins de risques. Mais il restait toujours un risque. Les femmes avaient besoin d'un endroit sûr, papa le comprenait certainement. Certaines allaient jusqu'à New York pour se faire avorter, mais c'était trop loin pour la plupart d'entre nous. Cet arrêt, il faut bien que tu le comprennes, c'était un sacré coup de tonnerre.

Si j'étais convaincue que toutes les femmes devaient avoir accès à des professionnels de santé, en particulier les femmes pauvres, je n'en étais pas moins ambivalente. Dans les jours qui ont suivi mon intervention, j'ai été tiraillée entre la culpabilité et la colère. La culpabilité de ne pas avoir pris de meilleures précautions. Et la colère d'avoir dû me hisser sur la housse plastique qui recouvrait le lit d'une inconnue. Il m'a fallu des mois pour apaiser mes émotions. Après l'opération des filles, j'ai traversé les mêmes montagnes russes émotionnelles. Voilà pourquoi, quand maman m'a proposé d'aller avec elle à l'église un dimanche matin de juillet, j'ai accepté. J'avais encore des choses à faire dans ce lieu de culte.

Lorsque nous avons pénétré dans l'édifice, on aurait dit que ma mère y avait été la veille ; elle a directement pris l'allée de droite vers sa place habituelle dans la travée, derrière les missionnaires. Le pasteur a demandé aux fidèles de baisser la tête. Il était jeune, il venait de Chicago. Le Dr King avait changé le cours des choses à Montgomery, et les églises noires étaient à l'affût d'un pasteur susceptible d'être son digne successeur. Celui de l'église que ma famille fréquentait officiait là depuis trois ans. Je ne l'avais vu prêcher qu'une fois. Et j'ai eu d'emblée l'impression qu'il prenait encore ses marques à Montgomery. Comme bon nombre de nouveaux venus, c'était parce qu'il admirait notre histoire qu'il avait choisi notre ville, mais bien que sachant ce que notre communauté avait traversé, il paraissait encore sous-estimer la détermination de sa congrégation. Les églises noires de Montgomery étaient plus que des édifices, plus que des lieux de culte. Elles cristallisaient notre esprit militant, coordonnaient nos frustrations. L'importance de cette démarche, le sérieux que ça nécessitait, épuisait ma mère parfois. Voilà pourquoi nous avions cessé initialement d'y aller.

Le pasteur a conclu sa prière d'un grand geste théâtral, et maman s'est penchée vers moi pour me chuchoter :

– Ça fait combien de temps qu'il est là ?

– Trois ans, je crois.

– Je lui en donne encore deux, a-t-elle soufflé.

Elle était assise, mains croisées sur les cuisses, un mouchoir gansé de dentelle au creux de la paume. À l'église, maman trouvait de la stabilité, du calme. Tout comme sa quête artistique, l'église l'ancrait dans la vie.

L'épouse du pasteur s'est assise au bout de la travée, flanquée de deux enfants turbulents. Ma mère l'a saluée de la tête et la femme l'a imitée en retour. L'une des plus anciennes fidèles de l'église, Mme Cooper, s'est approchée du pupitre près du piano pour faire une annonce.

– Je vois parmi nous June Townsend et sa fille ce matin. Votre présence nous ravit. Pourriez-vous vous lever, s'il vous plaît ?

J'avais toujours connu Mme Cooper vieille. Elle prenait systématiquement place dans la travée des Mères, et avec sa coiffe blanche elle se balançait quand le Saint-Esprit l'y incitait. Un jour – Ty et moi étions petits –, nous avions gloussé pendant qu'elle saluait les « dipômés » de l'université. Elle s'était interrompue en plein milieu d'une phrase pour se tourner vers le balcon et nous regarder droit dans les yeux. Elle avait l'air déterminée à nous flanquer une bonne correction même si nous n'avions pas plus de lien de parenté qu'Adam et Ève. Un regard comme ça suffisait toujours à calmer les enfants les plus insupportables.

Je me suis demandé si Ty était allé prier ces derniers temps, s'il avait eu du mal comme moi à faire la paix avec ce qui s'était passé. Dans cette église, parmi cette famille de croyants dont je faisais partie, j'ai eu le sentiment que ce combat nous appartenait à tous. Je pourrais persévérer si je restais là et me lover dans l'amour des vieilles Mères de l'église comme Mme Cooper.

Assise dans cette travée avec ma mère, je pourrais oublier que les filles étaient chez elles avec leur grand-mère, à se remettre d'une opération chirurgicale qui n'aurait jamais dû avoir lieu. Je pourrais écouter la musique et chanter les hymnes, trouver du réconfort dans l'idée que Dieu nous savait capables d'endurer beaucoup. Ce dimanche où maman et moi sommes retournées à l'église, une paix intérieure m'a envahie. Et j'ai eu envie qu'elle perdure.

Les Ralsey ont insisté pour que je retourne travailler. Alicia et moi devions nous comporter normalement jusqu'à ce qu'ils finissent de constituer le dossier et qu'ils portent officiellement plainte. Toutes les infirmières savaient que les filles avaient été stérilisées, mais elles ignoraient que des poursuites se préparaient. Nous avions confié à certaines d'entre elles quelques semaines plus tôt nos doutes sur Depo-Provera, et nous espérions qu'elles prendraient les bonnes décisions de leur côté. Je craignais que nos prises de position n'entraînent d'autres stérilisations mais je savais aussi que c'était un risque que nous devions courir. Alicia et moi tentions de garder un œil sur le contenu des dossiers avant qu'ils ne retournent dans les classeurs à tiroirs. Les Ralsey nous avaient demandé de tenir notre langue, nous comprenions donc parfaitement la précarité de la situation. Mais nous savions aussi que Mme Seager procéderait à d'autres stérilisations, ce n'était qu'une question de temps. Lorsqu'elle m'a demandé de venir dans son bureau ce vendredi-là, je me suis préparée au pire. Nous étions dans la mouise jusqu'au cou.

Mme Seager s'est calée dans sa chaise.

– Maintenant que vous êtes ici depuis quelques mois, pensez-vous toujours être faite pour ce travail ?

Je savais ce que je voulais répondre à cette question. J'avais envie de lui hurler que ce qu'elle avait fait à ces fillettes était inhumain, et que non, bien sûr que non ce n'était pas un travail pour moi. Pour commencer, je n'avais pas voulu revenir travailler. Si j'étais là, c'était uniquement parce que les Ralsey m'avaient poussée à retourner à mon poste. Ils croyaient qu'Alicia et moi pourrions intervenir si quelque chose nous paraissait suspect.

Mais au lieu de lui crier dessus, j'ai respiré profondément et pris mon courage à deux mains.

– Madame Seager, j'ai terminé dans les cinq premiers de ma promotion à Tuskegee. J'ai eu d'excellentes notes aux examens, et j'ai présidé l'association des élèves infirmiers. J'ai passé des semaines à préparer l'entretien pour travailler ici. Je ne comprends pas pourquoi vous me posez la question.

– Civil.

– On m'a appris à être humble, donc ce n'est pas quelque chose que vous m'entendrez dire devant les autres filles qui travaillent ici, mais j'ai l'intime conviction que je suis une des meilleures infirmières de votre équipe.

– Votre attitude est intolérable.

– Mes patientes ont l'air de m'apprécier. Ce sont elles qui comptent, non ?

– Vous êtes sous ma responsabilité, donc la réponse est non.

Elle s'est raclé le fond de la gorge.

– Les femmes qui viennent dans cette clinique ont besoin de nos services, et elles méritent notre respect. C'est ce que je leur donne parce que j'en ai fait le serment.

Je respecterai toutes les personnes, leur autonomie et leur volonté, sans aucune discrimination selon leur état ou leurs convictions. Les mots tournaient en boucle dans ma tête.

Mme Seager s'est mise à pianoter du bout des doigts sur son bureau. J'ai attendu la suite.

– Vous savez maintenant que les filles Williams ont été stérilisées, a-t-elle déclaré.

– Oui, ai-je répondu en m'efforçant de garder un ton neutre.

– Les personnes qui sont légalement responsables d'elles ont donné leur consentement.

– Ces fillettes ne sont jamais tombées enceintes. Elles n'ont même pas encore de rapports sexuels.

– Qu'est-ce que vous en savez ?

– Parce que je leur ai posé la question. Est-ce que vous les avez interrogées là-dessus, vous ?

– Il y a des garçons dans l'immeuble où elles vivent à présent. Et c'est entièrement de votre faute car vous avez pris seule l'initiative de les faire déménager à l'autre bout de la ville.

J'ai rapidement cligné des yeux. Elle avait découvert, je ne sais comment, que j'étais impliquée dans l'emménagement des Williams à Dixie Court.

– Oh Civil, vous croyez vraiment que je ne vois pas ce qui se passe juste sous mon nez ?

J'ai gardé le silence, stupéfaite. Savait-elle aussi que certaines d'entre nous avions arrêté les injections ? Allait-elle officiellement m'accuser de faute ?

– Je les ai aidés à partir parce qu'ils vivaient dans un taudis.

– Au moins, quand elles étaient là-bas, à la ferme, elles devaient faire du chemin pour trouver un garçon. Maintenant, il n'y a que ça autour d'elles, et grâce à vous. Vous pensez que cette petite attardée est capable de s'occuper d'un bébé ? Sans compter leur père.

J'ai secoué la tête, en essayant d'apaiser ma rage.

– Elle n'est pas attardée. Et comment ça leur père ?

Elle a plissé les yeux.

– J'en ai déjà vu des comme lui.

En comprenant ce qu'elle insinuait, j'ai perdu mon sang-froid.

– Vous avez fait stériliser deux gamines innocentes !

– Ils ont donné leur consentement !

Elle a tapé sur la table du plat de la main.

J'ai balayé du regard le bureau, les étagères vides. Je n'ai pas pu m'empêcher de comparer ce qui m'entourait à la pagaille qui régnait dans le bureau de mon père, ses étagères pleines à craquer de revues médicales, de recueils de poésie, de carnets. Ici, il n'y avait pas un seul livre. Des bibelots, des objets, des poupées en porcelaine miniatures ; des trucs que collectionnent les gens. Ce genre d'étagères étaient comme un piano qui ne servait qu'à exposer des photos, avait dit un jour papa.

– Votre insubordination ne me surprend pas, je dois dire. J'ai toujours pensé que ça arriverait.

– Madame ?

Je n'avais aucune envie de l'appeler *madame*. Je n'avais aucune envie de m'adresser à elle. Mais Mme Ralsey nous avait recommandé de faire semblant. Et j'étais bien élevée, si bien que le mot m'était venu presque machinalement. Mais jamais je n'avais entendu un *madame* aussi hostile.

Elle a lentement glissé les coudes sur le bureau.

– Si vous voulez rester travailler dans cette clinique, vous feriez mieux de vous ressaisir. Vous avez beau vous croire intelligente, j'ai deux CV qui attendent dans mon tiroir et qui sont aussi bons que le vôtre.

Pour elle, je tenais suffisamment à garder mon poste pour accepter ses foutaises. Elle m'avait uniquement fait venir dans son bureau pour évaluer ma réaction à la stérilisation des sœurs Williams, voir si j'allais créer d'autres problèmes. Elle s'attendait à ce que je me soumette, comme beaucoup de Noirs d'Alabama le faisaient face à l'autorité blanche. J'ai aussi soudain pensé qu'elle en savait encore plus qu'elle ne le laissait entendre.

– Vous saviez que les sœurs Williams ne prenaient pas de contraceptif, n'est-ce pas ? ai-je demandé froidement comme si tout s'éclairait dans mon esprit. C'est pour ça que vous l'avez fait. Comment l'avez-vous su ?

Elle a croisé les bras avant de s'enfoncer dans sa chaise.

– C'est ma clinique, Civil Townsend. La mienne.

Sa lèvre inférieure tremblait. Puis, elle s'est tournée sur sa chaise et a regardé par la fenêtre. Si elle n'avait pas encore de CV dans son tiroir, elle ne tarderait pas à en recevoir.

VINGT-QUATRE

La secrétaire m'a fait entrer dans une petite salle de réunion. Mme Ralsey s'y trouvait en compagnie d'un jeune homme blanc aux cheveux bruns et bouclés. Il avait ôté sa veste de costume et transpirait sous les bras. J'ai pensé que c'était un enquêteur. Ou le responsable d'un hôpital. J'ignorais pourquoi Mme Ralsey m'avait demandé de venir. Elle m'avait seulement dit qu'elle avait quelqu'un à me présenter.

– Assieds-toi, Civil, je t'en prie.

J'ai pris place sur une chaise, face à eux.

– Civil, voici Lou Feldman. À partir de maintenant, c'est lui qui va prendre la main.

Je les ai regardés à tour de rôle.

– Prendre la main sur quoi ?

Elle s'est éclairci la gorge.

– On m'a demandé de travailler sur l'affaire Tuskegee. Nous sommes plusieurs avocats à nous regrouper pour représenter les familles des hommes concernés. Il y a plusieurs centaines de victimes. Cette étude avait été mise en place dès 1932 et ils ont besoin de toute l'aide…

– J'ai beaucoup lu sur cette étude, madame Ralsey. Je connais les détails.

– Alors tu comprends qu'ils vont avoir besoin d'une grosse équipe juridique.

– Ce que je comprends dans l'immédiat c'est que la vie d'une petite fille noire compte moins que celle d'un homme en Alabama.

– Civil.

– Je ne veux pas être impolie, madame Ralsey.

– Les deux affaires sont importantes. Lou est avocat spécialiste des droits civiques.

– Et il est… il est…

– Je suis blanc, a lâché le jeune homme. Et je ne suis pas ce à quoi vous vous attendiez. Je sais. Mais je vous demande une chance.

Il ne cessait de remuer sur sa chaise, comme à l'étroit dans ses vêtements. Quelques mèches brunes rebelles lui tombaient sur le visage, et il les repoussait vers l'arrière. J'ai remarqué qu'il se rongeait les ongles. Ses petits yeux m'ont fixée à travers les verres de ses lunettes. Je ne savais pas où Mme Ralsey avait trouvé ce débutant mais ce n'était qu'un arriviste de plus.

– Quel âge avez-vous ? ai-je demandé.

– Vingt-huit ans.

Il était à peine plus âgé que moi.

– Et vous avez déjà défendu des dossiers ?

– Évidemment.

Il a remonté ses lunettes sur son nez.

– Vous avez gagné ?

– Civil.

C'était la deuxième fois que Mme Ralsey me rappelait à l'ordre mais je suis passée outre.

– Je vais être franc : je n'ai jamais été personnellement en charge d'un dossier mais j'ai travaillé avec de très grands avocats. Je suis prêt.

– Il s'agit d'enfants ici. Qui n'ont jamais rien gagné dans leur vie. Pas même un gâteau à la tombola de leur église. Vous voyez de quoi je parle ?

– Je ne lui céderais pas ce dossier si je ne le croyais pas capable d'assumer cette tâche, est intervenue Mme Ralsey. Lou m'a été chaudement recommandé par des gens que je connais et dans lesquels j'ai entièrement confiance.

Je comprenais ce qu'elle disait. Elle s'était renseignée sur son compte et il était de notre côté – pas un loup déguisé en agneau. J'ai tout à fait saisi le message et pourtant je n'arrivais pas à m'y faire. Ce jeune homme ne pouvait pas être en charge de ce dossier. L'affaire était trop importante.

Pendant ce temps, Lou Feldman ne m'avait pas quittée des yeux.

– Elles s'appellent India et Erica Williams. Erica est l'aînée. Elle a treize ans. Elle suit des cours d'été à George Washington Carver High. Son parfum de glace préféré est le chocolat. India vient tout juste d'être acceptée à St Jude. Elle adore les chiens. Et les poupées. Elle est particulièrement attachée à une poupée qui a des cheveux en laine. India ne parle pas, mais le médecin qui lui a fait passer le test d'évaluation pense qu'elle peut apprendre. Elle aime par-dessus tout sa grande sœur ; elles sont inséparables toutes les deux.

– Vous vous êtes un peu renseigné, d'accord.

– Leur mère s'appelait Constance Williams. Elle est morte d'un cancer du sein il y a quelques années. Leur père s'appelle Mace Williams. Il travaillait à la ferme Adair jusqu'à très récemment. Maintenant, il est employé à l'usine de cornichons Whitfield. Son supérieur hiérarchique dit qu'il n'est jamais en retard et qu'il travaille bien.

– Vous l'avez mis sur cette affaire parce qu'il a de bonnes notes, c'est ça ? me suis-je exclamée en le désignant du pouce.

– Mme Patricia Williams est leur grand-mère. Elle aime cuisiner, et elle a commencé un jardin avec d'autres grands-mères à Dixie Court.

– Un jardin ?

– Entre les bâtiments 8 et 9. Et elle vous apprécie beaucoup au fait.

C'était moi qui étais proche d'eux. C'était moi qui étais censée savoir que Mme Williams s'occupait d'un jardin. Savoir ce que le patron de l'usine de cornichons pensait de Mace. C'était exactement comme ma mère l'avait dit : des inconnus venaient observer ces gens comme s'ils étaient des bêtes curieuses.

– Vous lui confiez l'affaire parce qu'il est préférable d'avoir un avocat blanc, n'est-ce pas ? ai-je dit brusquement.

– Civil Townsend, ça suffit. Tu dépasses les bornes, et c'est intolérable. Je sais que tes parents t'ont mieux élevée que ça.

Lou a rapproché sa chaise de la mienne.

– Vous avez raison. Je suis jeune. Je n'ai pas beaucoup d'expérience. Je suis blanc. Je viens à peine de finir mon droit. Et je n'ai pas réussi à trouver ma seconde chaussette bleu marine ce matin donc j'en porte une bleue et une marron. Ma femme dit que je suis un fils à maman et elle a probablement raison. Mais une chose est sûre : si je suis capable de prendre en charge ce dossier, c'est précisément parce que je suis un fils à maman. Mes parents ont quitté l'Europe et sont venus dans ce pays parce qu'ils craignaient pour leurs vies. Et dès l'instant où je suis né, ici même à Montgomery, ils m'ont appris à me battre pour ce qui est juste. C'est dans mon sang, Civil. Et je poursuivrai jusqu'en enfer les responsables dans cette affaire pour rendre justice à ces fillettes.

– Je ne comprends toujours pas pourquoi ça vous importe. Pourquoi ce dossier ?

– Quelle que soit ma réponse à cette question, vous ne serez pas satisfaite. Vous aimez cette famille, je le sais. Ça se voit sur votre visage. La seule chose que je peux vous promettre, c'est de faire tout ce qui est en mon pouvoir.

Une goutte de sueur a surgi sur sa lèvre supérieure. Il faisait chaud dans la pièce. Nous étions tous trois assis trop près les uns des autres dans un espace plutôt exigu et j'avais besoin d'air.

– Les Williams ne cherchent pas un bon Samaritain blanc.

– Croyez-moi, je n'ai pas l'intention d'en être un.

J'ai marqué une pause.

– Allez-vous tenir au courant les Ralsey de l'évolution de l'affaire ?

– J'ai bien prévu, oui, de les tenir au courant à chaque étape, s'ils sont d'accord. Leur avis compte beaucoup pour moi. Le vôtre aussi. Si ce n'était pas le cas, je ne serais pas assis ici aujourd'hui.

Mme Ralsey a fouillé dans des papiers.

– J'ai un autre rendez-vous maintenant. Civil, veux-tu venir à la maison dimanche ? Nous pourrions continuer de parler de tout ça autour d'un bon dîner si tu veux.

– Je n'ai pas besoin de continuer de parler de tout ça, ai-je répliqué, toujours contrariée, même si j'avais désespérément envie de croire Lou Feldman. Il tenait l'avenir des fillettes entre ses mains.

Lou a inscrit deux numéros de téléphone sur une feuille de papier.

– Voici le numéro de mon bureau et celui de mon domicile. Vous pouvez m'appeler quand vous le souhaitez, de jour comme de nuit.

J'ai pris la feuille et ils m'ont tous les deux raccompagnée vers la sortie.

– Ma femme voudrait vous rencontrer. Elle est avocate à Selma. Et elle est fière de ce que vous avez fait.

J'ai secoué la tête. Fière ? Mais à quel genre de femme était-il marié exactement ?

– Monsieur Feldman, gagnez ce procès. C'est tout ce que je demande.

– Appelez-moi Lou.

Mon Dieu. Ce n'était qu'un perdreau de l'année et il allait être celui qui défendrait les fillettes au tribunal. Le juge se débarrasserait de cette affaire avant même que Lou n'ait eu le temps de trouver son autre chaussette. J'en étais convaincue.

Je n'avais plus parlé à Mace depuis ce funeste jour à l'hôpital, et franchement je redoutais ce moment. Je ne voulais pas le faire à l'appartement, où Mme Williams aurait pu nous entendre, je suis donc allée à l'usine attendre devant la porte qu'il sorte de sa journée de travail. Lorsqu'il m'a vue, assise dans ma voiture, il s'est approché de ma vitre.

– Qu'est-ce que vous faites là ? Les filles vont bien ?

– Oui, très bien. Je suis venue vous parler, c'est tout.

– C'est inutile.

Et il s'est éloigné.

– Mace ! Je suis sortie de voiture et l'ai rattrapé. Vous savez que j'aurais tout arrêté si j'avais su. Vous le savez, pas vrai ?

D'autres hommes marchaient vers l'arrêt de bus. Ils se sont tus comme pour nous écouter. Mace les a regardés, mal à l'aise, et il m'a saisie par le bras pour m'entraîner dans la direction opposée.

– Venez.

Nous avons pris un chemin de terre qui menait à la voie ferrée. Je connaissais mal la zone mais je savais que si nous continuions de marcher, nous arriverions à la rivière. Des détritus – des canettes, des bouteilles et un pantalon déchiré – jonchaient l'herbe. Quelqu'un avait laissé un seau. Mace l'a ramassé. Une fois à la voie ferrée, il a posé le seau par terre, à l'envers, et a dit :

– Asseyez-vous.

J'ai obtempéré. Je portais un short et un tee-shirt. J'avais quitté mon uniforme après le travail. Il ne me voyait pas habillée comme ça d'ordinaire et je me suis sentie vulnérable. Mais il ne me regardait pas. Il s'est emparé d'un caillou et l'a fait rouler entre ses doigts. Les rails se scindaient en deux. Six wagons abandonnés rouillaient sur la voie secondaire, près d'un vieux restaurant qui semblait fermé depuis des lustres. Il n'y avait aucune activité, mais je savais que des trains circulaient encore sur cette ligne. Là où nous nous trouvions, l'appel d'air aurait pu nous happer si un convoi était venu à passer. Mais dans l'immédiat, le calme régnait.

– Mace, parlez-moi. Ça me rend dingue que vous ne me parliez pas.

– Vous comprenez rien. Vous êtes qu'une gamine.

J'ai reçu ses paroles comme une gifle. J'avais dit à peu près la même chose à Lou.

– Dites-moi comment me faire pardonner.

– Vous faire pardonner ?

– Nous allons intenter un procès pour empêcher que ça se reproduise. Il y a un jeune avocat blanc sur le dossier.

– Ouais, il paraît qu'il est venu fouiner chez nous.

– Nous poursuivons la clinique.

Je ne lui avais rien dit sur tout ça et je voulais savoir ce qu'il en pensait. Il avait passé toute la journée à pousser des cornichons par terre comme il disait. Je ne savais pas ce qu'il entendait par là exactement. Je n'étais jamais entrée dans une usine, quelle qu'elle fût. Une odeur acide de vinaigre émanait de ses vêtements.

– Vous voulez perdre votre boulot ?

– Il faut que cette clinique ferme. (Je me suis levée et le seau s'est renversé.) Je n'ai fait qu'aimer vos filles depuis le premier jour où je les ai rencontrées.

Il a secoué la tête.

– Vous êtes une enfant gâtée qui croit pouvoir débarquer dans la vie des autres pour faire joujou.

– Depuis quand vous vous permettez de juger ?

– À cause d'eux, mes filles ne pourront jamais être mamans !

– On peut très bien devenir une femme sans avoir d'enfant.

– Vous croyez que vous savez, mais vous savez rien.

Sa voix était rauque, fatiguée ; ses yeux rougis.

Je ne savais pas quoi faire. Je suis restée plantée là, les bras ballants. Il s'est essuyé le visage avec un pan de sa chemise.

– Mace.

Je me suis avancée d'un pas et il m'a attirée à lui.

– Vous me faites penser à elle. Elle était comme vous. Têtue comme une mule.

J'ai secoué la tête mais il m'a fait signe de me taire.

– Vous savez vous y prendre avec les filles. Et avec ma mère aussi. Comme elle dans le temps. Je crois que ma mère a regretté sa mort plus que n'importe qui. Mais quand vous avez débarqué, j'ai cru que ma mère reprenait goût à la vie.

J'ai senti son souffle chaud sur mon visage.

– Votre mère me hait maintenant.

– Moi aussi je vous hais. Quand je suis entré dans cette chambre et que j'ai vu mes deux bébés pleurer comme ça… comme elles avaient même pas pleuré quand leur mère est morte… J'ai cru que j'allais tuer quelqu'un. Et vous alliez être la première. Mais en vous voyant, j'ai compris. J'ai compris que vous étiez aussi dévastée que moi.

Le soleil tapait et je transpirais. Nous nous tenions trop près l'un de l'autre. Il a posé un pied sur les rails et je me suis appuyée contre sa cuisse. J'ai entendu au loin le sifflement d'un train. J'ai voulu reculer. Il a glissé son bras autour de ma taille, et quelque chose en moi a lâché prise. L'espace d'un instant j'ai cru qu'il allait m'embrasser et j'ai fermé les yeux. Cette bouffée de chaleur entre nous résoudrait tout. S'il faisait preuve de tendresse à mon égard, après ce qui s'était passé, nous pourrions tous les deux survivre à cette épreuve.

Soudain, il m'a lâchée et a reculé. Il a ramassé une poignée de cailloux qu'il a jetée en direction des wagons. Les pierres ont percuté bruyamment le métal.

– Allons-y, a-t-il dit en rebroussant chemin.

J'ai fixé le seau renversé. Une colonne de fourmis avait entrepris de le gravir.

VINGT-CINQ

Le matin où le journal a annoncé que Lou engageait des poursuites, j'ai trouvé ma mère allongée par terre dans son atelier. Elle faisait ça parfois lorsqu'elle travaillait tard, mais comme elle avait eu depuis l'envie de retourner à l'église, j'ai eu peur qu'il y ait quelque chose d'anormal. Elle s'était fait un oreiller avec un vieux drap mais elle portait encore ses chaussures.

– Maman ?

Elle a soulevé la tête. Ses cheveux autrefois sombres étaient désormais fins et argentés. Je l'ai aidée à se lever et elle s'est assise dans le canapé.

En photo, ma mère est charmante, la femme le plus étonnante que j'aie jamais vue. Ses traits prennent toujours bien la lumière, et quand on la voit sur un cliché, on ne peut pas s'empêcher de la contempler. Elle a toujours l'air surpris. Toujours avec la même expression : les sourcils haussés, comme si elle venait de remarquer quelque chose hors champ. Elle n'est jamais détendue en fait, elle n'essaie jamais de regarder la personne derrière l'objectif. Je dirais qu'en photo elle est toujours sur ses gardes, comme si elle brandissait un bouclier invisible dès qu'elle sent un objectif se braquer sur elle.

Je pensais la même chose de ses tableaux avant. Ils avaient quelque chose de décalé et d'irrésistible à la fois. Maman traversait souvent des phases – durant un certain nombre d'années tout était lumineux et audacieux, puis les couleurs s'estompaient, elles devenaient plus neutres, plus douces. Maman utilisait de larges pinceaux pour peindre des bandeaux de couleur en travers de ses toiles. Son travail laissait rarement indifférent. Même les plus petites toiles attiraient l'œil.

Mon père disait que si elle n'était pas devenue célèbre dans les années 1960, c'était uniquement parce qu'à l'époque les artistes noirs revendiquaient l'art figuratif comme une forme d'expression politique. En quoi des coups de pinceau et des à-plats de couleurs représentaient-ils la protestation ? Rares étaient ceux qui entrevoyaient la liberté là-dedans, affirmait-il.

Ma mère avait exposé à quelques reprises au musée des Beaux-Arts de Montgomery. Le directeur du musée la programmait pour faire en quelque sorte un geste envers les Noirs de Montgomery, mais l'effort restait limité puisque les mécènes blancs de l'établissement ne venaient jamais aux expositions. En revanche, les amies de ma mère y allaient. Elles débarquaient par vagues au vernissage, vêtues de tenues bariolées qu'elles jugeaient de circonstances, les bras chargés de gâteaux. Même si seules quelques-unes d'entre elles ont acheté une toile au fil des ans, grâce à leur présence la salle était pleine d'amour et de chaleur. Ma mère donnait plus de tableaux qu'elle n'en vendait. Il y en avait même un à la mairie, mais nous étions convaincus que les Blancs ignoraient qu'il avait été peint par une des habitantes noires de la ville.

Lorsque l'exposition était terminée, papa et moi enveloppions soigneusement ses œuvres avant de les charger dans la camionnette de quelqu'un pour les rapporter à la maison.

– Ros, qu'est-ce que tu fais là ?

Ma mère a levé la tête.

– C'est moi, maman. Civil.

Elle m'avait prise pour Rosalind, sa sœur qui habitait à Memphis. Tante Ros était psychologue et avait toujours proclamé que ma mère gâchait son talent en restant à Montgomery. Pour elle, maman aurait dû aller vivre à New York et elle ne comprenait pas pourquoi elle n'avait pas choisi de poursuivre sa passion. *Si tu dois arrêter de peindre, trouve-toi un boulot au moins*, affirmait tante Ros. Mon père soutenait maman dans son envie de créer mais pour lui il s'agissait d'un passe-temps. L'idée d'avoir une artiste à la maison lui plaisait. Ça conférait à la famille un niveau de sophistication que même son diplôme en médecine n'était pas parvenu à atteindre.

– Maman, tu vas bien ?

Nous n'en parlions jamais. Nous ne la poussions pas à aller voir quiconque. Admettre que quelque chose ne tournait pas rond nous faisait honte en quelque sorte, je crois. Par conséquent, nous la soutenions et l'aidions à traverser les crises. Nous pouvions sans aucun doute gérer ça tout seuls. À mon avis, papa s'était dit que l'atelier servirait d'antidote. Il lui achetait de la peinture, organisait des expositions et cuisinait pour nous les jours où elle ne pouvait pas sortir du lit. Et ça semblait fonctionner. La plupart du temps.

Elle a cligné des yeux.

– Je viens de t'appeler Ros, c'est ça ?

– Ouais.

– Excuse-moi, chérie. Je rêvais, je crois.

– Tu rêvais de quoi ?

– Je ne me souviens pas.

– Je vais t'aider à laver tes pinceaux, ai-je suggéré.

Je l'ai accompagnée à son plan de travail. Nous avons toutes deux imbibé un chiffon d'essence de térébenthine, puis frotté doucement les poils des pinceaux pour en éliminer la peinture. Je la surveillais du coin de l'œil, comme je l'avais fait la majeure partie de mon existence. Notre mission à papa et moi était d'empêcher maman de plonger trop profondément. Et nous savions ce qui la maintenait à flot : la peinture. C'était son médicament.

– Quel jour sommes-nous ?

– Lundi, ai-je répondu.

– Non, je veux dire quelle date ?

– Le 6 août.

– Bonjour.

Je n'avais pas entendu mon père ouvrir la porte. Maman a laissé tomber deux pinceaux dans une tasse près de l'évier.

– Il y a du café frais dans la cuisine, a-t-il lancé.

Le chant d'un coq a retenti dans un jardin voisin. Je savais de quel volatile il s'agissait. Il était toujours en retard. Le soleil était déjà levé.

– Maman dormait par terre, papa. Pourquoi tu n'es pas venu la chercher hier soir ?

– J'aime bien dormir ici, a-t-elle dit.

– Sur quoi tu travailles ?

Il s'est approché d'une toile.

– Une série.

– Je ne savais pas, maman. Tu as fait combien de tableaux jusqu'à présent ?

J'ai soulevé un tissu qui recouvrait une toile appuyée contre le mur.

– Un seul, a-t-elle répondu. C'est un long processus.

Nous sommes rentrés à la maison et papa nous a fait asseoir maman et moi dans la cuisine. J'ai observé ses mains, élégantes et douces, tandis qu'il soulevait la cafetière et nous servait. On aurait dit des mains de chirurgien. Quand j'étais plus petite, contrairement à la plupart des papas, il s'occupait de mes cheveux, séparait soigneusement mes mèches avec un peigne queue de rat et me graissait le cuir chevelu en le massant délicatement. Un jour, j'avais rapporté à ma maîtresse que mon père me coiffait tous les matins et elle m'avait chuchoté en retour : « Le mensonge est l'œuvre du diable. »

Il a ajouté un peu de crème et donné une teinte beige au café. Puis, deux cuillérées de sucre dans chaque tasse. Depuis le jour où ma mère m'avait autorisée à goûter le café quand j'avais quinze ans, j'aimais le boire exactement comme elle : au lait et sucré.

– Tu as vu le journal ?

Mon père a effleuré du bout du doigt le journal posé sur le comptoir.

– Non, ai-je répondu. Mais je sais que le procès commence aujourd'hui.

– Tu n'es pas habillée pour aller travailler, je vois.

– Je ne peux pas.

Ma mère a posé une main sur la mienne.

– Il n'y a pas de problème, ma chérie. Et les filles ? Tu crois qu'Erica en entendra parler ? Peut-être pas. Il n'y a pas beaucoup de monde aux cours d'été d'habitude. Elle va peut-être réussir à échapper au plus gros.

– Je vais chercher les filles aujourd'hui. Je les emmène faire un tour.

– Où ça ?

– J'emmène toute la famille à Rockford, près de Talladega. Ils ont des cousins là-bas qu'ils n'ont pas vus depuis longtemps.

– Qui va conduire ? Il faut que tu fasses attention, Civil.

Mon père a croisé les bras.

– Ma voiture roule à nouveau très bien. Ça va aller, papa.

– Qu'est devenue la camionnette du père ? Tu n'as pas dit qu'il avait une camionnette ?

– Papa, arrête.

– Il a deux filles à élever, une mère dont il doit prendre soin et il n'est même pas capable d'avoir une camionnette en état de marche ?

– Papa.

La camionnette était réparée mais je me suis abstenue de le mentionner. Nous ne pouvions pas tous tenir à l'intérieur, mais ça non plus je ne l'ai pas précisé.

Mon père a siroté son café en m'observant.

– À ce soir.

J'ai embrassé ma mère sur la joue. Sa peau était douce et sentait un peu la térébenthine.

Entre les chênes qui bordaient les bas-côtés, on entrevoyait de vastes étendues de terre. Nous avons traversé quelques villes endormies : Wetumpka, Titus et même une petite bourgade qui s'appelait Equality. Je roulais bien. Une fois sur la route, les visages des filles s'étaient détendus. J'avais oublié qu'au fond ils étaient des gens de la campagne. Quand il était dans l'appartement de Dixie Court ou quand il portait son uniforme pour aller travailler chez Whitfield, Mace semblait tassé. Ici, en dehors de la ville, il tendait le menton et il avait meilleure mine. Dans le rétroviseur, je voyais Mme Williams. Elle avait enfin lâché son sac à main.

– Vous avez vu ça là-bas ? a dit Mace, en désignant quelque chose du doigt. C'est un lilas des Indes. Alors là, y a pas d'arbre plus beau, je vous le garantis. Mon père adorait les lilas des Indes. Et les mûriers là-bas, vous les avez vus ? On mangeait les fruits directement dans l'arbre quand j'étais petit.

J'ai pris un virage et j'ai quitté l'autoroute. En arrivant au stop, Mace m'a crié de tourner à gauche. Il paraissait soudain savoir exactement où il allait. Je lui en ai fait la remarque et il a répliqué :

– Ma fille, je connais ce coin de l'Alabama comme ma poche.

– Et il est aussi percé que votre poche, ce coin ? ai-je plaisanté. Je ne savais pas s'il avait un trou dans sa poche mais il l'a tâtée comme pour vérifier.

– Assez rigolé.

– Mace, tu crois qu'on a emporté assez à manger ? Nellie est tellement gentille qu'elle va nous cuisiner un festin. Je ne veux pas avoir l'air de mendier.

– Maman, tu as fait un crumble, des choux verts et des macaronis. Presque de quoi faire tout un dîner.

– Ça va, vous n'avez pas trop d'air, madame Williams ? ai-je lancé par-dessus le vent.

– Non, tout va bien, Civil. Il fait trop chaud pour avoir les fenêtres fermées.

Un camion roulait lentement devant nous mais j'avais peur de le doubler. Papa avait raison de s'inquiéter. Depuis mon accident, j'étais nerveuse au volant. J'ai ralenti et allumé la radio. La voix d'Aretha Franklin a surgi des haut-parleurs ; Erica s'est mise à chanter. Faux, mais elle connaissait les paroles par cœur.

– C'est là ! a crié Mace et j'ai freiné. Nous avions failli rater la route. Enfin le chemin de terre. Car il était étroit, seule une voiture pouvait passer. Mais entretenu, quelqu'un avait comblé les nids-de-poule avec du gravier. J'ai donc roulé sans encombre jusqu'à trois maisons qui se faisaient face, comme disposées au hasard.

– Nellie est là-bas ! s'est exclamée Mme Williams. Nellie !

Nous avons tous débarqué de voiture. Je suis restée en retrait tandis que les uns et les autres s'enlaçaient. Nellie était une femme grande et mince, avec un petit visage. Elle a ouvert la bouche et j'ai entrevu un éclat doré dans le soleil de midi. Derrière elle, un homme attendait que les plus bavards aient terminé de s'exprimer. Il s'est avancé, a donné une accolade à Mace en lui tapant dans le dos et a attendu que Mme Williams lui embrasse la joue.

Ils m'ont présentée. J'ai tendu la main, mais Nellie m'a attirée à elle.

– Ici, on n'est pas du genre à se serrer la main. Venez là, laissez-moi vous prendre dans mes bras.

La femme m'a serrée contre elle brièvement mais fermement. J'aurais bien fait durer ce moment. Je ne me souvenais pas de la dernière fois où ma mère m'avait enlacée. Mon père non plus. Nous n'étions pas du genre à nous serrer dans les bras.

– Allons, rentrons. J'espère que vous avez faim. Je savais pas si vous aviez petit-déjeuné alors j'ai sorti des gâteaux secs et de la confiture.

– Et c'est elle qui a fait la confiture, a précisé son mari. Elle est tellement bonne qu'on en lécherait le pot.

Nous avons grimpé les quelques marches du perron et avons suivi Nellie dans la maison. Le plancher craquait à chacun de nos pas. J'ai regardé autour de moi. Manifestement, Nellie aimait bien la dentelle. Il y avait des rideaux en dentelle. Une longue table recouverte d'une toile cirée marron avec au centre un chemin de table en dentelle. Un napperon en dentelle sur le buffet. La maison semblait confortable, chaque pièce soignée. Une odeur de pain chaud flottait dans la petite brise qui circulait entre les fenêtres ouvertes. La voix sonore de Nellie a retenti.

– Il y a trois chambres à l'étage, et j'ai préparé le canapé sur la véranda derrière. Mlle Civil pourra peut-être dormir là. C'est agréable la nuit. Bon, maintenant, allez faire un brin de toilette si vous voulez et revenez ici manger mes biscuits. J'en ai d'autres qui vont sortir du four dans une minute. Mace, tu te mettras là, à côté de Leotis. Ton cousin Ricky et sa famille arriveront plus tard. Tes cousines Patsy et Doe, oh, tu les reconnaîtras même pas ; elles sont tellement grandes ! Il va falloir qu'elles jouent au basket ces deux-là. Erica et India, on dirait que vous mangez à votre faim, vous m'avez l'air en forme. J'ai fait deux sortes de confitures, c'est quoi votre préférée ? Leotis, va dans la voiture chercher les plats que Pat a apportés. On va les mettre au frigo. Waouh, je suis tellement contente de vous voir tous.

J'ai emmené India et Erica dans la salle de bain pour se laver les mains et se débarbouiller. À l'étage, tout était bien tenu, comme en bas. J'ai jeté un coup d'œil aux chambres dont les portes étaient grandes ouvertes. À première vue, personne ne semblait vivre avec Nellie et Leotis. Une aussi grande maison pour deux personnes seulement. J'ignorais complètement que les filles avaient des cousins comme ça. Si Nellie avait su où elles vivaient, elle les aurait certainement invitées plus tôt, non ? Était-elle une cousine germaine ou issue de germaine. Mme Williams m'avait seulement dit que c'était une cousine.

Dans la salle de bain, les filles se sont lavé les mains dans le lavabo. Et je leur ai montré comment prendre de l'eau dans le creux de leurs paumes pour s'asperger la figure. Erica m'a imitée une fois avant de s'essuyer avec une serviette rose. India a répété l'opération encore et encore, en souriant à son reflet dans le miroir. J'ai reculé d'un pas : je ne voulais pas me montrer trop tendre envers elles.

– Vous êtes déjà venues ici toutes les deux ?

– Je me souviens être venue quand maman était encore en vie. India se le rappelle sûrement pas.

– C'est la cousine de votre mère ?

– Ouais. Dans la famille de maman, on a plein de cousins.

– Ah, d'accord.

Dans la salle à manger, Mace avait déjà commencé à beurrer et à tartiner de confiture un biscuit. Leotis se tenait à côté de lui à table. Il sirotait un verre de limonade glacée.

Les filles se sont hissées sur leurs chaises et j'ai rapproché de nous l'assiette de biscuits. Je me suis servie et j'ai croqué : le biscuit était croustillant et fondait dans ma bouche. J'ai fait une petite pause avant de boire une bonne rasade de limonade.

Lorsque Nellie est revenue dans la salle à manger avec du beurre dans une assiette, je n'ai pas pu m'empêcher de la féliciter.

– Nellie, ces biscuits sont incroyables.

– Merci, Civil. Allez-y, prenez-en autant que vous voudrez. Il y en a d'autres qui refroidissent. Et resservez-vous de la limonade. Elle est pas faite avec de la poudre, celle-là, c'est moi qui vous le dis. J'ai pris des bons citrons.

Les filles se taquinaient et gloussaient. Je ne les avais plus vues se comporter ainsi depuis leur opération.

Tout le monde était rassemblé à table, et je me suis emparée d'un autre biscuit tandis que Nellie continuait de parler sans discontinuer. Le son de sa voix était apaisant comme une bouffée d'air ; personne ne l'interrompait. J'ai mangé jusqu'à ce que je sois repue. Après quoi, j'ai discrètement ôté mes chaussures sous la table.

– Heureusement que tu as fait des choux verts, Pat, j'ai pas eu le temps, disait Nellie, et j'espère juste qu'il restera de la tarte après le dîner parce que les Jones peuvent pas s'empêcher de piquer dans le dessert avant la fin du repas.

VINGT-SIX

Je ne m'étais pas liée ainsi avec une famille depuis longtemps. Tous mes grands-parents étaient morts avant même mes treize ans. Papa était enfant unique et maman n'avait qu'une sœur qui n'avait pas d'enfant. Contrairement à beaucoup en Alabama, je n'avais pas pléthore de cousins, si bien qu'être dans cette maison m'a réchauffé le cœur. Nous avons mangé, nous nous sommes reposés, avons discuté, avant de manger à nouveau. Nous avons dû rester à table des heures. C'était des gens volontiers bavards, et ça me détendait. J'écoutais en hochant la tête.

Après le dîner, nous avons bu le café. Il y avait Ricky, un mécanicien de Lowndesboro qui avait épousé Dina, une femme beaucoup plus jeune que lui. Ils avaient trois garçons, tous de moins de huit ans, qui se coursaient dans la maison, armés de pistolets en plastique. Dina les surveillait du coin de l'œil en leur criant de temps à autre : « Arrêtez de courir ! » Ricky se contentait de sourire en se curant les dents. Pendant le repas, le plus jeune était resté assis sur les genoux de son père et avait mangé dans son assiette.

– Sa première femme est décédée. Ils n'ont jamais pu avoir d'enfant, m'a chuchoté Mme Williams pendant que nous débarrassions la table et emmenions les piles d'assiettes sales dans la cuisine. Il aime ses garçons plus que tout.

Tout comme Nellie l'avait annoncé, Patsy et Doe étaient de grandes femmes. Elles étaient sœurs et s'étaient occupées une fois d'Erica et India. Elles étaient toutes les deux habillées comme dans les magazines, avec le même afro bouffant et les mêmes anneaux aux oreilles. Patsy, assise à côté d'India pendant le repas, n'avait pas arrêté de lui servir de la limonade et de lui proposer plus de nourriture. J'avais surpris Doe en train de scruter Erica, comme si elle se demandait à quoi allait ressembler sa vie désormais, comme si elle cherchait à déterminer si cette stérilité se voyait à l'œil nu.

Même si nous n'avions pas évoqué le sujet à table, j'étais certaine que tout le monde avait entendu parler de l'opération. Lorsque Nellie m'avait présentée, ils m'avaient tous observée une seconde de plus que nécessaire. À un moment, un retardataire est arrivé, Tim, le beau-frère de Mace, et il a finalement ouvert les vannes alors que nous sirotions notre café.

– Vous avez vu les nouvelles aujourd'hui ?

À l'arrière de la maison, les voix aiguës des enfants couvraient le vacarme de la télévision. Seuls les adultes étaient restés à table. Je me suis appuyée contre le dossier de ma chaise, en fixant le lustre poussiéreux au-dessus de ma tête.

– Sur quelle chaîne ? a demandé Nellie. On reçoit pas tout ici.

– N'importe quelle chaîne, a répliqué Tim.

Mace a effleuré sa tempe d'un doigt. J'ai avalé une autre gorgée de café, et mon geste a attiré le regard de Tim. Il m'a observée en sortant une feuille de journal de sa poche arrière. Il l'a dépliée et étalée sur la table. J'ai essuyé quelques miettes devant moi et jeté un coup d'œil au titre de l'article.

Procès en première instance contre la clinique du Planning familial de Montgomery. Tout le monde a baissé les yeux pour regarder. Personne n'a eu besoin de le lire pour savoir de quoi il s'agissait. Il y avait une photographie des filles que quelqu'un avait prise devant leur appartement.

– Vous allez récupérer de l'argent ? a demandé Tim.

– On va obtenir justice pour mes petites filles. C'est ça qu'on veut. L'homme dit…

– Justice ? Tim a élevé la voix. Ma sœur se retourne dans sa tombe, et vous parlez de justice ? La justice, c'est que cette chose n'aurait jamais dû se produire pour commencer.

– Parle pas de ma femme, a lancé Mace.

– C'était ma sœur avant d'être ta femme. Et qu'est-ce que t'as fait, hein ? Gâcher la seule chose qu'elle aimait.

– Et toi, t'étais où ? est intervenue Mme Williams. T'étais où quand on vivait dans ce taudis sur la ferme du vieil Adair et qu'il pleuvait par le toit ? Est-ce que t'es venu voir comment allaient tes nièces ?

Nellie s'est levée.

– Allez, arrêtez tous, ne parlons pas de ça. Vous allez ruiner un bon dîner. Je vais chercher le reste de tarte.

J'avais envie de lire l'article afin de voir si Mme Seager y était mentionnée. Je voulais aussi connaître le contenu de la plainte de Lou. J'avais emmené les Williams rendre visite à leur famille, mais le pétrin s'était invité à la fête.

Ça faisait deux mois que l'opération avait eu lieu et c'était difficile de savoir à quel point on en avait parlé en dehors de Montgomery. Maintenant que les poursuites juridiques étaient entamées, les potins iraient bon train, ça cancanerait à tout-va dans les églises et les salons de coiffure. La clinique n'était pas très connue, mais elle ne tarderait pas à l'être.

« Arrêtez de jouer ! » ai-je entendu Erica crier. Il fallait que j'aille voir ce que faisaient les enfants. J'espérais que les garçons n'étaient pas en train de terroriser India, mais je savais que sa sœur la défendrait.

– T'as un truc à dire, Mace ? Hein ? Comment c'est arrivé une chose pareille ?

Tim n'essayait pas de semer la zizanie. Toute cette histoire lui avait fait mal. Elle avait fait mal à chaque personne qui se trouvait autour de cette table. Je me suis soudain dit que je n'étais pas des leurs. C'était un moment familial intime, mais je ne parvenais pas à trouver le moyen de me lever et de prendre congé.

– Je ne sais pas, a dit Mace, d'une voix aiguë et fatiguée. J'arrive pas à me l'expliquer. Des Blancs venaient chez nous presque tous les jours. Toujours pour poser des questions, laisser des papiers que je comprenais pas. On crevait pas de faim mais avoir un peu de soutien, ça aidait. Je travaille comme une brute mais c'est jamais assez. M. Adair me donnait juste ce qu'y fallait pour qu'on s'en sorte.

– C'est comme ça qu'ils font, a déclaré Patsy. J'avais droit aux bons alimentaires et il a fallu que je leur dise tout, enfin sauf la couleur de ma petite culotte, pour les avoir.

– Mes fils, moi, ils paient pas pour déjeuner. Bah, ils assoient tous les gamins qui paient pas le déjeuner d'un côté de la salle, comme si c'était une bande de laissés-pour-compte. C'est pas juste, a renchéri Dina.

– Je vais plus chez le médecin depuis des lustres, moi. Ils étaient là à me tripoter et à me poser tout plein de questions. Ils s'en fichaient de moi.

Nellie a planté un couteau dans la tarte.

– Ils ont essayé de me prendre cette maison. Y avait quelque chose qui clochait avec mon acte de propriété qu'ils m'ont dit. J'ai pris mon fusil et ils sont pas revenus depuis, a dit son mari.

Prendre prendre prendre.

Ça me démangeait mais je ne me faisais pas confiance pour ouvrir la bouche. Dieu savait ce qu'il en sortirait. Les enfants avaient dû trouver un terrain d'entente car je n'entendais plus ni leurs voix ni les craquements du parquet.

– Mais il paraît que t'as trouvé un nouveau boulot à l'usine de cornichons, a murmuré Tim.

– Ouais, c'est elle qui m'a aidé à l'avoir. (Mace m'a désignée d'un mouvement de tête, sans me regarder.) Elle a permis à Erica de retourner à l'école. On commençait à voir les choses s'éclaircir et c'est arrivé. Qu'est-ce que j'ai fait, bon Dieu ?

– Mets pas Dieu là-dedans, a dit Mme Williams. Ça n'a rien à voir avec Dieu.

– Ça c'est sûr. (Nellie a placé la tarte au centre de la table.) Ces Blancs vous aident et ensuite c'est comme si vous leur apparteniez.

Le silence est retombé.

– Je peux voir ? ai-je demandé.

Tim a fait glisser le journal vers moi et j'ai commencé à lire. Lou Feldman n'avait pas lésiné. Non seulement la clinique et Mme Seager étaient citées mais également le nom du médecin qui avait pratiqué l'intervention. L'article soulignait les détails de la déclaration de Feldman : comment on était venu chercher les fillettes chez elles ; comment leur père et leur grand-mère, parce qu'ils étaient analphabètes, n'avaient pas pu comprendre pleinement ce à quoi ils avaient consenti.

L'article précisait que j'étais leur infirmière.

– Mon Dieu, ai-je soufflé par-devers moi. Les gens pourraient penser que j'avais quelque chose à voir avec ce qui s'était passé, que c'était moi qui étais impliquée, et non Val.

– Alors, il y a de l'argent ou pas ? a encore demandé Tim. Il me fixait droit dans les yeux. Comme tous les autres.

– Je ne sais pas, ai-je répondu, la voix tremblante. Pour l'instant, je crois qu'ils essayent juste que ça ne se reproduise jamais.

– Qu'est-ce que ça peut faire ? C'est arrivé à mes nièces, ça suffit pas ? Il faut que quelqu'un paie !

– Tim, arrête. (Leotis, le mari de Nellie, était le seul de la famille à ne pas parler constamment. Quand il s'exprimait, les esprits autour de lui se calmaient.) Ce procès a rien à voir avec nous. C'est encore les Blancs qui fourrent leur nez partout.

J'ai secoué la tête mais tout le monde m'a ignorée.

– Ce qu'il faut qu'on fasse, a poursuivi Leotis, c'est se serrer les coudes. Les filles ont traversé assez. Pat, je veux que tu les amènes ici quand t'as besoin. Il n'y a plus que moi et Nellie de toute façon. Tout ce qu'on a, c'est un toit et la sécurité sociale. Dieu sait qu'on est trop vieux pour les élever mais on peut les nourrir. Et on peut les aimer. On aurait dû le faire il y a longtemps, après la mort de Constance. Mais il n'est pas trop tard.

– Leotis, ne t'en veux pas autant. Aucun d'entre nous aurait pu penser qu'y se passerait une chose pareille, a dit sa femme.

– Moi, j'ai signé les papiers, a glissé Mme Williams.

– Moi aussi je les ai signés, maman.

– Je suis leur infirmière, ai-je murmuré.

– Peut-être… peut-être… a commencé Doe.

– Peut-être qu'on devrait attendre pour voir ce qui se passe, a terminé Patsy.

J'ai songé à Lou et à son visage juvénile, son enthousiasme innocent. Il ne pouvait pas se rendre compte qu'il tenait entre les mains non seulement les espoirs d'une famille mais aussi ceux de toute notre communauté. J'espérais sincèrement qu'il n'était pas qu'un fouineur de plus, comme la famille l'avait formulé. S'il ne gagnait pas ce procès, je leur faisais subir tout ça pour rien. Et même s'il le gagnait, ils n'en tireraient peut-être rien. Ils ne toucheraient peut-être jamais aucune indemnité. Rien ne changerait jamais pour eux.

Nous sommes repartis très tôt le lendemain matin parce que Mace devait aller travailler. Les filles et leur grand-mère se sont endormies sur la banquette arrière, calées les unes contre les autres. Mace fixait la route, droit devant lui. Je ne savais pas quoi dire, donc je me taisais. Il est resté silencieux lui aussi si longtemps que je l'ai cru endormi. Je me suis concentrée sur ma conduite. Quand il s'est mis à parler, le son doux de sa voix m'a fait sursauter.

– Si mes filles apprennent à lire, elles s'en sortiront peut-être mieux que moi.

Je ne l'avais jamais entendu parler auparavant de leur scolarité. J'avais toujours cru qu'il considérait l'école comme une perte de temps, quelque chose qui ne servait pas à grand-chose aux pauvres en Alabama.

– Vous savez, ce n'est pas de votre faute, Mace. Vous faites tout ce que vous pouvez pour votre famille.

– Ah bon ?

Il a pivoté la tête vers moi mais j'ai continué de fixer la chaussée. Je ne pouvais pas le regarder.

– Oui.

– Bah, parfois, tout ce qu'on peut, ça suffit pas. (Il a marqué une pause et nous nous sommes tournés l'un vers l'autre au même moment. Les phares d'un camion venant en sens contraire ont illuminé son visage.) Pas vrai, mademoiselle Civil ?

VINGT-SEPT

Nous avions rendez-vous à huit heures mais India s'était habillée bien avant qu'il soit temps de partir. Après être restée chez elle deux mois, elle était prête à sortir. J'avais hâte aussi de l'emmener visiter sa nouvelle école. En arrivant, la religieuse nous a retrouvées dans le hall et s'est présentée : elle s'appelait Sœur LaTarsha. Je n'en croyais pas mes yeux. Elle était noire. Ses cheveux étaient dissimulés sous sa coiffe, mais sinon elle était habillée simplement – un jean froncé à la taille et un haut rose. Elle avait une belle peau, qu'une fine couche de sueur faisait luire.

– Vous ne semblez pas très contente de me voir, mademoiselle Townsend ?

– Excusez-moi. Je pensais juste que…

– Vous n'êtes pas la première. Mais les bonnes sœurs noires existent. Suivez-moi. Je vais vous faire visiter.

L'école était installée dans les sous-sols de l'hôpital St Jude. Quatre salles de classe et des bureaux pour l'administration. Il n'y avait pas de gymnase, mais il y avait une cour de récréation dehors. Elle a expliqué qu'il n'y avait pas non plus de cantine et que les enfants mangeaient dans leurs classes.

– Nous avons cinquante-cinq élèves ici qui ont tous des besoins différents, a poursuivi Sœur LaTarsha tandis que nous entrions toutes les trois dans une salle de classe.

Les élèves n'étaient pas encore arrivés. J'ai remarqué qu'il n'y avait pas de bureaux individuels, seulement des grandes tables. Un tapis rond était bariolé aux couleurs de l'arc-en-ciel. Des étagères à hauteur d'enfants regorgeaient de boîtes à jouets. Et il y avait un coin lecture avec des livres cartonnés.

– Nous ne séparons pas nos élèves comme dans les autres écoles. Nous organisons des groupes en fonction de différents facteurs : le tempérament, les capacités, les objectifs de développement. Notre but, a-t-elle ajouté, c'est de leur apprendre assez de choses pour qu'ils puissent fonctionner une fois adultes.

– Ça veut dire quoi exactement ?

– Eh bien, ça signifie différentes choses en fonction de chaque enfant. Certains ont besoin d'aide pour développer leur motricité fine. D'autres pour mieux s'exprimer. Ça peut être des choses aussi simples qu'apprendre à partager un jouet ou à se brosser les dents ou à tenir une fourchette.

– Vous dites qu'ils ont des besoins différents ?

– Certains de nos élèves ont des handicaps physiques importants en plus de leurs capacités cognitives limitées. Une de nos missions, c'est de comprendre à quel niveau nous pouvons les aider. Dans la plupart des établissements, les enseignants décident dès qu'ils les voient que ces enfants sont des bons à rien. D'autres restent assis avec eux toute la journée sans jamais rien essayer de leur apprendre. Certains adolescents arrivent ici sans rien savoir pour ainsi dire. Mais vous seriez surprise, mademoiselle Townsend. Nous avons découvert que nos gamins parfois sont plus intelligents que d'autres enfants qui n'ont pas de problèmes apparents.

– C'est incroyable.

Je l'aimais déjà. Elle semblait plus âgée que moi mais plus jeune que ma mère. Son visage était placide, et elle souriait avec les yeux.

Sœur LaTarsha s'est tournée vers India et a dit d'une voix douce :

– Nous sommes très heureuses de t'accueillir, India. (Elle a désigné des chaises autour d'une table.) Assieds-toi, je t'en prie.

Elle s'est emparée d'un puzzle en bois : trois pièces rondes de différentes couleurs. Elle a demandé à India de placer les pièces dans le trou de la bonne couleur. India a inséré les pièces dans les trous mais en se trompant de couleur. Sœur LaTarsha l'a malgré tout félicitée d'avoir réussi à placer les pièces. India a applaudi. Sœur LaTarsha lui a alors expliqué que la couleur de chaque pièce devait correspondre à celle de chaque trou. Elle a montré à India ce qu'elle voulait dire : le rouge avec le rouge, le bleu avec le bleu et le jaune avec le jaune. India a observé longuement. Et elle s'est à nouveau trompée dans les couleurs.

– Essayons encore une fois, a dit la sœur.

Elles ont dû refaire l'exercice six ou sept fois. Et finalement India a réussi.

– Excellent, India ! me suis-je exclamée, incapable de me contenir.

Sœur LaTarsha a mis le puzzle de côté. Elle a pris la main d'India et l'a emmenée dans un coin où de grosses briques en mousse étaient éparpillées par terre. La sœur les a empilées.

– Tu vois ? Tu peux construire ce que tu veux avec.

India a lancé des briques aussi haut qu'elle le pouvait, a fait tomber une pile. Elle en a aligné et a essayé de marcher dessus, en perdant l'équilibre. J'ai soudain pensé qu'elle n'avait jamais eu de véritables jouets comme ceux-là.

– Vous êtes si patiente, ai-je soufflé à Sœur LaTarsha comme elle revenait s'asseoir en face de moi.

– Elle veut vous plaire.

– Moi ? Comment vous le savez ?

– Je fais ça depuis quatorze ans, a-t-elle répondu. Je vois comment elle vous regarde. J'espère que je pourrai gagner sa confiance autant que vous l'avez fait.

J'ai regardé ailleurs pour réprimer mon émotion. Les filles m'avaient fait confiance ; c'était une chose qui me hantait.

– Combien de temps est-ce que les élèves restent dans cette école ?

– Pourquoi me posez-vous la question ? Vous croyez que c'est une solution temporaire pour India ?

– Non, au contraire. Je voudrais qu'elle ait une vie plus stable.

J'avais lu que l'établissement fonctionnait grâce à plusieurs sources de financement. Ces généreux bienfaiteurs devaient certainement contrôler l'organisation de l'école. C'était un point sur lequel je ne pouvais m'empêcher de m'inquiéter. Les gens se comportaient bizarrement parfois par rapport à leurs bonnes actions, ils se mettaient à exiger certaines conditions.

– Ça dépend vraiment de l'enfant. Elle a ouvert le dossier d'India. Elle a eu de bons résultats au test, je vois.

– Parfois je dis des choses et elle sait exactement de quoi je parle.

Je voulais voir comment elle envisageait la chose par rapport à India. À l'image d'India qui s'en prenait aux briques en mousse devant moi, j'étais prête à rudoyer les gens.

Elle a refermé le dossier et l'a mis de côté.

– Nous avons eu un problème avec certains de nos élèves par le passé. À cause de l'absentéisme. Si elle ne vient pas régulièrement, elle perdra sa place ici. Vous n'avez pas l'autorité parentale, je le sais, il va donc falloir que quelqu'un de sa famille vienne à l'école pour signer les documents.

Elle n'avait rien dit sur le scandale mais tout le monde en ville était au courant. Du moins, c'était ce que je croyais. Je ne connaissais pas assez les religieuses de St Jude pour savoir à quel point elles s'intéressaient à l'actualité.

– Il n'y a que leur père et leur grand-mère. Et ils ne savent ni lire ni écrire. Donc si vous le voulez bien, je les accompagnerai pour leur lire et leur expliquer le contenu des documents en question.

India allait devoir prendre le bus seule parfois. Ce point m'inquiétait un peu.

Sœur LaTarsha m'a regardée droit dans les yeux.

– Cette école existe depuis vingt-six ans, mademoiselle Townsend. J'y travaille depuis quatorze ans. Nous en avons vu d'autres. Sachez-le.

Je me suis efforcée de me détendre. Je me sentais oppressée. De nouvelles inquiétudes avaient émergé. Comment India allait-elle se comporter avec les autres enfants ? Elle n'était plus scolarisée depuis des années. La seule avec laquelle elle jouait, c'était sa sœur.

– Elle va très bien s'en sortir, mademoiselle Townsend.

Sœur LaTarsha était si douce. J'avais tout simplement envie de lui parler à cœur ouvert ; mais je ne savais pas par où commencer. Mon expérience avec les catholiques se limitait à cette institution, si bien que je ne savais pas trop si je m'y prenais comme il fallait avec elle.

– Dites-moi, comment se passe le procès ? m'a-t-elle demandé, bienveillante.

Elle savait donc. Malgré tout, ce n'était pas une question à laquelle il était facile de répondre.

– Pour être franche, je ne comprends pas tous les rouages techniques de la procédure. Je sais juste que leur avocat, Lou Feldman, s'investit beaucoup pour défendre leur cause. Ça, je peux vous le dire.

– Beaucoup de gens dans cette ville sont révoltés par cette histoire, a-t-elle dit.

– Révoltés par le procès ou par la stérilisation forcée ?

– Bonne question.

– Beaucoup de gens aimeraient ne plus en entendre parler, je crois.

– Civil, est-ce que je peux me permettre de vous donner un conseil ?

– Bien sûr.

– Faites attention.

– Attention ?

– L'amour peut tuer parfois, au même titre que la haine. Quand on aime trop, on peut se perdre dans la souffrance de l'autre. Quand on s'abandonne à la haine, eh bien, vous connaissez la suite. Faites attention à vous. On ne peut pas aider les autres si on est dans la misère. C'est une chose que je me répète tout le temps.

– Je n'aurais jamais cru qu'une bonne sœur puisse me dire qu'on peut donner trop d'amour.

– Seul l'amour de Jésus est infini, mademoiselle Townsend.

Elle m'a paru soudain plus vieille.

India a poussé un cri de victoire. Nous nous sommes tournées vers elle. Elle avait construit une pyramide, qui a vacillé quelques instants avant de s'effondrer.

Le bureau de Lou se trouvait au-dessus d'un restaurant et une odeur de friture filtrait par le sol et flottait dans l'air. Des boîtes vides de plats à emporter débordaient de sa poubelle. Je suis quasiment certaine que c'était grâce à ce restaurant qu'il ne mourait pas de faim. Le bureau se résumait à une pièce avec un espace d'accueil séparé par un paravent. Derrière le paravent, deux tables de travail étaient encombrées de paperasse. Je me suis laissée tomber sur une chaise en face de lui.

– Elle m'a virée.

– Qui ?

– Mme Seager. Et elle n'a même pas eu le courage de me le dire de vive voix. Elle m'a envoyé un courrier que j'ai reçu lundi matin.

– Je regrette, Civil. C'était inévitable, j'imagine.

– Vous avez quelqu'un pour vous aider sur ce dossier ?

– Évidemment. J'ai une dizaine d'avocats qui travaillent pour moi.

– C'est vrai ?

Il a grommelé et je me suis rendu compte que c'était comme ça qu'il riait. Il se moquait gentiment de moi. Il a farfouillé dans une pile de papiers.

– Qu'est-ce que vous cherchez ? lui ai-je demandé.

– Des notes que j'ai prises.

– Je peux peut-être vous aider ? Ça tombe bien, je n'ai rien d'autre à faire.

Il a levé les yeux.

– Je suis désolé que vous ayez été virée, Civil. Nous aurions dû nous y préparer.

– Ce n'est pas votre faute. Alors vous m'embauchez ?

– Je vous remercie de votre proposition, Civil, mais vous êtes infirmière. Vous devriez être en train de chercher un poste à l'hôpital.

– Quand j'étais au lycée, j'aidais mon père avec son administration. Je sais très bien faire du classement.

– Vous voulez devenir mon assistante juridique, c'est ça ?

Le bruit d'une machine à écrire a retenti. Sa secrétaire tapait vite. Le signal sonore du retour chariot ponctuait de temps à autre le rythme régulier des touches. Je n'avais jamais appris à taper à la machine.

– Ah, voilà.

Il a extrait un bloc-notes jaune d'une pile de documents et a semblé oublier ma présence. Il a haussé les sourcils en griffonnant quelque chose. Au bout d'un moment, il a levé les yeux vers moi. J'étais un peu gênée d'être encore assise là mais je n'arrivais pas à partir. Pas encore.

– Vous voulez lire la plainte ? Tenez. Lisez.

Il m'a tendu quelques feuilles agrafées ensemble.

Le document expliquait comment Mme Seager et une autre infirmière s'étaient rendues chez les filles après avoir décidé qu'elles devaient les faire stériliser. Mace avait signé d'une croix le formulaire de consentement. Ainsi que Mme Williams. Val avait signé en tant que témoin. Je me suis demandé si Alicia était au courant de la trahison de Val. Il faudrait que je lui pose la question. Je ne l'avais plus vue depuis quelques jours. Elle n'avait pas pris son téléphone pour m'appeler depuis que je m'étais fait remercier. Pas un signe. Pas un salut, comment ça va ? Rien. Mme Seager avait découvert je ne savais comment que j'avais aidé les Williams à déménager à Dixie Court et que je ne donnais plus aucun contraceptif aux filles. C'était Alicia qui avait dû le lui dire.

Val avait joué un rôle aussi. Je savais que la mère de Mace avait cru Mme Seager parce que Val était présente. Mme Seager s'était montrée maligne en emmenant avec elle une de ses infirmières ; elle avait compris qu'un visage noir l'aiderait à aller au bout de ce qu'elle avait entrepris. L'infirmière portait le même uniforme que moi.

– À quoi pensez-vous ?

– Ça fait mal de lire ça.

Il a allumé une cigarette.

– Excusez-moi, Civil, je ne voulais pas…

– Lou, vous ne m'avez jamais vraiment dit pourquoi vous faites tout ça, pourquoi vous vous occupez de cette affaire ?

– Tous les Blancs de Montgomery ne détestent pas les Noirs, Civil.

– Je n'ai jamais dit ça.

– Les tensions dans cette ville ont toujours été très fortes, je le sais. Et même dans cet État.

– Des tensions, ai-je répété.

– Comment le formuleriez-vous ?

J'ai réfléchi un instant. Puis je lui ai raconté une histoire. Je lui ai d'abord demandé s'il se souvenait comment était Montgomery en 1963. J'avais treize ans à l'époque, ai-je dit. C'était l'année où George Wallace avait été élu gouverneur et avait déclaré que la ségrégation définirait à jamais le Sud des États-Unis. L'année où des étudiants avaient été repoussés à coups de canons à eau dans un parc de Birmingham. L'année où des centaines de milliers de personnes avaient marché sur Washington pour défendre les droits civiques. L'année où le président Kennedy avait promis une loi sur les droits civiques avant d'être abattu quelque temps plus tard sous les yeux de sa femme. Mais c'était aussi l'année où quelqu'un avait frappé à notre porte. Avait frappé fort. Si fort que mon père avait réveillé toute la famille. Trois de ses amis avaient transporté une femme blanche jusque dans notre salon pour l'allonger sur le canapé. Elle était en sang, elle avait le visage tuméfié. Les hommes avaient échangé quelques mots en panique. *Qui est-elle ? Tu veux qu'on se fasse tuer, ou quoi ? Ils s'en prendront à l'un d'entre nous. D'accord, je vais m'occuper d'elle, mais elle ne peut pas rester ici.* Puis mon père était allé chercher sa sacoche de soins et avait recousu le cuir chevelu de la femme, appliqué de la glace sur son visage, passé de la pommade sur son œil. Elle avait probablement un bras cassé mais pour ça il faudrait se rendre à l'hôpital pour passer une radio, avait-il dit aux hommes. Il avait fait tout ce qu'il pouvait.

Lou me fixait intensément. Une chose était certaine : il savait écouter. Pas étonnant qu'il ait été capable de soutirer toutes ces informations aux Williams dès le premier jour où il les avait rencontrés.

– Ils avaient trouvé cette femme au bord de la route, elle s'était fait tabasser probablement par son mari ou son petit ami. Et ils avaient tenté de l'aider, même s'ils savaient qu'ils mettaient leurs vies en danger. Ce n'est pas que je pense que vous nous haïssez. C'est que le risque que vous prenez est bien réel. Vous vous exposez à des conséquences, Lou. Montgomery a fait beaucoup de chemin, mais les relations raciales dans cette ville sont encore loin d'être réglées.

Il avait une chaise de bureau en skaï noir avec des accoudoirs métalliques argentés, le genre de chaise à roulettes qui tournait sur elle-même. Il était tellement penché en avant, que j'ai pensé qu'elle allait basculer et qu'il se retrouverait les fesses par terre.

– Vous n'êtes même pas payé, ai-je ajouté.

– Vous parlez comme ma mère.

– Lou, jusqu'où êtes-vous prêt à aller dans cette affaire ? Enfin, que se passera-t-il si ça vous explose à la figure ? Resterez-vous aux côtés des filles ?

Il s'est redressé.

– Si vous vous demandez si vous pouvez avoir confiance en moi, la réponse est oui, Civil.

J'ai plissé les yeux en le dévisageant. Ce Blanc croyait encore en la bonté du monde. J'étais plus jeune que lui, mais j'avais perdu la foi le jour où j'avais pénétré dans cette chambre d'hôpital et trouvé ces deux petites fillettes qui geignaient comme des bébés à peine nés. Je ne demandais qu'à y croire. C'était peut-être bien pour les filles d'avoir cet optimisme de leur côté, ce type assez fou pour rester sur le ring même s'il était sur le point de se faire rétamer.

VINGT-HUIT

Montgomery
2016

Je sais ce que tu penses : c'est encore une histoire de sauveur blanc. Le Blanc tombe du ciel, sauve tous les Noirs et ce faisant se rachète. En passant par nous, ils sauvent leurs âmes quand nous sommes incapables de sauver nos propres âmes. J'ai grandi en lisant *Ne tirez pas sur l'oiseau moqueur*. Je connais l'histoire. Et je ne blâme pas ton scepticisme. En l'occurrence, j'essaie simplement de te dire la vérité. Si tu as l'impression d'avoir trop entendu ce genre d'histoire, pardonne-moi.

Ce que je peux te dire c'est ça : nous sommes au cœur de notre destinée. Nous l'avons toujours été. Oui, à certaines époques notre pays a tenté de nous détruire. Mais nous ne sommes pas laissé faire. Non, madame. Nous avons lutté et utilisé toutes nos ressources. Lou Feldman était une ressource. Et j'en suis venue à l'apprécier. Mais cette histoire était et sera toujours celle des sœurs Williams. Si je te parle aujourd'hui c'est pour elles. Et penser que Lou ou moi ou qui que ce soit d'autre, nous nous sommes racheté une conscience avec toute cette histoire, ça revient à ignorer toutes les contradictions, toutes les casseroles que nous trimballons tous.

Quand j'arrive à Montgomery, il est tard et je suis exténuée. J'ai tout juste assez d'énergie pour me présenter à mon hôtel et récupérer ma chambre. Je ne suis jamais descendue dans un hôtel à Montgomery auparavant. Lorsque la femme à la réception me demande si je voyage pour affaires ou pour le plaisir, je réponds ni l'un ni l'autre et en reste là.

Le lendemain, j'appelle son bureau et on me passe sa femme. Elle me demande comment je vais et me donne son numéro de portable. Je lui envoie un texto et il me répond qu'il sortira de son audience vers midi. On se met d'accord pour se retrouver à la porte principale du tribunal. Le temps a passé, je sais, mais lorsque je le vois je suis surprise ; il est si différent. En vérité, je crois que je ne l'aurais pas reconnu si je l'avais croisé par hasard dans la rue. L'air de débutant qui m'avait autrefois incitée à me méfier de lui de prime abord avait disparu. De même que ses cheveux. Ceux qui lui restent sont soigneusement ramenés sur le devant de son crâne. D'emblée, il blague là-dessus.

– Je sais, je sais. J'avais beaucoup plus de cheveux la dernière fois qu'on s'est vus.

Je ris.

– Comment allez-vous, Lou ?

– Bien. Allez, venez. Il y a un petit restaurant végétarien pas loin d'ici.

– Végétarien ?

Il tapote son ventre.

– Ma femme fait ce qu'elle peut pour que je reste en vie encore quelques années. Mais ils servent les meilleures galettes de pommes de terre de la ville.

Nous nous installons face à face à une table près de la fenêtre et Lou se met à examiner la carte comme s'il n'avait jamais mis les pieds dans l'établissement. Mais c'est un habitué, je le sais, parce que la serveuse lui sert d'office une tasse de café avec un sucre et une dosette de crème seulement, et il lui demande des nouvelles de son mari dont il connaît le prénom. Lou porte des lunettes sans monture ; un modèle complètement différent de celui à épaisse monture noire qu'il avait avant. Celles-ci sont posées sur son nez et laissent parfaitement voir ses traits. Après avoir commandé, il plante les coudes sur la table et pose son menton sur ses mains entrecroisées. Il commence d'abord à me parler de ses dossiers, avec la même détermination que jadis. Il a désormais une équipe d'avocats qui travaille pour lui mais il aime toujours autant l'émulation du tribunal. Il a récemment défendu un homme qui était dans le couloir de la mort et il a gagné.

Je lui demande des nouvelles de sa famille. Ses deux enfants sont devenus avocats, même s'il précise en riant qu'ils l'ont fait pour l'argent. L'un est conseiller juridique dans une entreprise de la tech dans la Silicon Valley, et l'autre est spécialiste en droit fiscal à Montgomery. À son tour, il s'enquiert de mon métier, et je lui parle de la vie d'une gynécologue-obstétricienne, de l'étude sur laquelle j'ai travaillé afin de réduire le taux de mortalité chez les femmes noires enceintes ou post-partum.

Il hoche la tête.

– Mais aujourd'hui, vous êtes de retour à Montgomery. Au téléphone, vous m'avez dit que vous vouliez voir India.

– Oui. Elle est malade. Est-ce que vous en avez entendu parler ?

– Je ne sais plus rien de cette famille depuis des décennies. J'ai été trop occupé, j'imagine.

– Moi aussi. Nous acquiesçons tous les deux, mettant comme toujours nos professions en avant pour nous trouver une excuse. C'est Alicia qui m'a tenue au courant de ce qu'ils devenaient. Elle est restée en contact.

– Alicia ?

– L'infirmière avec laquelle je travaillais. Il ne se souvient pas d'elle. Ce qui me surprend ; mais encore une fois, plus de quarante ans ont passé. Elle m'a dit qu'India avait un cancer.

– Oh non. C'est terrible.

– Vous vous rappelez d'eux, Lou ? Des Williams ?

– Évidemment, Civil. Je me rappelle du sénateur Kennedy, de sa bienveillance à leur égard. Je me rappelle du pain de maïs de la grand-mère. Je me rappelle du père. La souffrance dans les yeux de cet homme m'empêchait de dormir la nuit.

Je suis étonnée de l'entendre dire ça, et le visage de Mace me revient en mémoire.

– Et les sœurs. Qu'est-ce que vous vous rappelez d'elles ?

– Franchement, je regrette de ne pas avoir eu l'occasion de mieux les connaître. J'ai essayé de garder une certaine distance, par respect, parce qu'elles n'étaient que des enfants à l'époque. C'était un point auquel j'étais sensible. Je vous ai laissée faire là-dessus, j'imagine.

– Je comprends.

– Je me souviens de vous, murmure-t-il. De votre détermination. De votre côté coriace. Il ne fallait pas vous chercher, déjà à l'époque.

– Vous me trouviez coriace ? Ah bon ? J'avais l'impression d'être dingue.

Il rit.

– En ce temps-là, je croyais que la justice était un droit moral, dit-il.

– Et maintenant ?

– Je crois toujours au bien et au mal, sinon j'aurais cessé d'être avocat depuis le temps. Mais maintenant je sais que la justice est aussi complexe que n'importe quoi d'autre.

Son regard devient lointain. Les souvenirs qu'il a de cette époque sont différents des miens.

– Écoutez, Civil. Je me suis battu pour beaucoup d'affaires au fil des ans. Mais je n'ai jamais oublié celle-ci. Jamais. Vous m'entendez ? On a agi à l'époque. Ça n'a peut-être pas marché comme on voulait, pas jusqu'au bout, mais on a agi. Vous m'entendez ?

Les yeux me picotent. Il y a des rayures sur la table. J'aperçois la serveuse qui arrive avec notre commande mais j'ai envie que cet instant s'éternise un peu plus avant de retourner à nos corps et à la nécessité bassement matérielle de se nourrir. Nous ne sommes pas si dissemblables Lou et moi. J'ai pratiqué d'importantes opérations chirurgicales, sauvé des vies que je croyais perdues. Il a lui aussi connu des hauts et des bas. Mais je n'ai pas pu sauver ces petites filles et ça m'a marquée à jamais. J'aimerais bien pouvoir me limiter à quelques bribes de souvenirs comme lui. Mais je me souviens de tout. Dans le moindre détail.

VINGT-NEUF

Montgomery
1973

Ty, Alicia et moi étions assis dans le salon, avec toutes les lampes allumées. Nous étions allés chercher à manger chez Church's Chicken et ça sentait le jus de viande dans la pièce. Je savais que mes parents n'aimeraient pas nous voir manger là, mais je voulais me servir du magnétophone huit pistes de mon père. Je ne me fatiguais jamais d'écouter Otis Redding.

– Ma mère m'a dit que Lou essayait de voir combien d'autres victimes il y avait.

Ty s'est essuyé les mains avec une serviette.

– Est-ce que d'autres patientes de la clinique de Montgomery se sont fait connaître ? a demandé Alicia.

– Pas encore, ai-je répondu. En fait, je pensais que les infirmières pourraient peut-être aider avec ça.

– Aider ? Tu veux dire parler à nos patientes ? C'est pas contre les règles ça ?

– Les règles disaient que Mme Seager pouvait stériliser ces gamines.

– Tu ne travailles plus là-bas, Civil. Et je n'ai pas envie de perdre mon boulot. Je ne peux pas rentrer vivre avec ma mère.

– En parlant de ton boulot, il y a quelque chose que je voulais te demander. Comment Mme Seager a appris que j'avais trouvé un appartement pour les filles ? Et que j'avais arrêté de leur donner un moyen de contraception ? C'est toi qui lui as dit, pas vrai ?

Alicia m'a fixée.

– Je le savais ! J'ai balancé ma boîte sur la table. Tout est de ta faute !

Le visage d'Alicia s'est décomposé. Ty s'est approché du magnéto et a baissé le son, puis il s'est tourné vers nous et a dit :

– Civil, tu es injuste. C'est la faute de personne.

– Pourquoi tu lui as dit, Alicia ?

– Elle m'a demandé, a murmuré Alicia, et je n'ai pas eu la force de lui mentir. Elle savait déjà qu'ils avaient déménagé à Dixie Court. L'agence lui avait notifié leur changement d'adresse. Elle a commencé à me poser un tas de questions et je n'ai pas su quoi dire d'autre. Je n'ai jamais pensé une seconde qu'elle allait faire ce qu'elle a fait, je te jure.

– Pourquoi tu ne m'en as pas parlé ? Et tu ne m'as pas fait le moindre signe depuis que j'ai été virée.

Je lui ai tendu un mouchoir, en essayant moi-même de retenir mes larmes. La situation était horrible pour nous tous et je le savais.

– Je suis désolée, Civil. J'aurais dû t'en parler mais je ne savais pas comment m'y prendre.

Ty s'est assis près de moi dans le canapé et m'a enlacé les épaules.

– Ce qui est fait est fait, les filles. Maintenant, il faut penser à la suite.

– Elle a toujours le droit légalement de faire ça aux patientes, ai-je dit. Elle a peut-être arrêté d'infliger ça à des mineures, mais si elle continue avec des jeunes femmes de vingt ans ? Si elle leur fait signer des documents qu'elles ne comprennent pas ? Je l'ai entendue forcer la main un jour à une femme pour qu'elle accepte de se faire ligaturer les trompes.

Je me suis levée pour ramasser les boîtes vides et les détritus. Je n'avais plus faim.

– Elle ne fera rien maintenant. Pas avec le procès en cours, a suggéré Alicia.

– Alicia, tu sais qui était avec Mme Seager ce jour-là, pas vrai ? lui ai-je demandé après avoir tout jeté à la poubelle. Val était là. Est-ce que tu lui as dit quoi que ce soit maintenant que les poursuites sont lancées ? Comment est-ce que tu peux travailler avec elle ?

– Je te l'ai dit, j'ai besoin de ce boulot.

– Arrêtez toutes les deux, est intervenu Ty. Il y a combien d'infirmières là-bas, en fait ?

– Huit. Enfin, sept maintenant que Civil est partie.

– Civil a raison, Alicia, a-t-il dit. Les infirmières peuvent aider.

– Aider comment ?

– Réfléchis, Alicia, ai-je dit. Si tu es l'une de nos patientes et que tu t'es fait ligaturer les trompes, il y a peu de chances que tu reviennes à la clinique sauf si tu as une infection ou une MST. Il y a sûrement d'autres femmes en Alabama qui ont été stérilisées contre leur volonté.

– Ou elles n'ont peut-être pas compris que l'intervention était irréversible, a soufflé Alicia.

– Certaines femmes ne peuvent pas vraiment lire les formulaires et d'autres signent sans même regarder. Le système est fondé sur la confiance.

– Mais comment on peut retrouver ces femmes ? s'est exclamée Alicia.

– Les infirmières peuvent nous aider à contacter des patientes un peu partout dans l'État.

– Ça semble compliqué, Civil. Ça ne va jamais marcher.

Le téléphone a sonné. Les minutes s'égrenaient bruyamment à l'horloge au-dessus de la console. C'était certainement mon père qui appelait pour dire qu'il rentrait à la maison.

– Je reviens tout de suite, ai-je murmuré en me précipitant pour décrocher le téléphone dans le couloir. Allô ?

– Civil, c'est Lou Feldman.

Il ne m'avait jamais appelée chez moi. J'ai tout de suite pensé au pire. Je me suis assise sur le tabouret qu'on laissait toujours là.

– On dirait que le sénateur Kennedy a eu vent de notre dossier.

– Le sénateur Kennedy ? C'est-à-dire… le frère de John F. Kennedy ?

– Lui-même. Il a mis en place une commission sénatoriale pour enquêter sur les abus potentiels en matière de santé publique. Ils ont interrogé un homme qui a survécu à l'étude sur la syphilis. Et maintenant, ils veulent voir les Williams.

– Vous plaisantez.

– Non, pas du tout.

– Voir ? C'est-à-dire leur demander de témoigner ?

– Le sénateur Kennedy veut qu'ils racontent leur histoire devant la commission.

– Devant la commission ? Mais comment ? Ils vont venir en Alabama ?

Il a marmonné comme il le faisait toujours quand il riait.

– Non, on va aller à Washington, DC. C'est énorme. Ça veut dire que l'affaire va être relayée dans toute la presse nationale.

– Je croyais que c'était déjà le cas. En plus, c'est hors de question. India a commencé dans sa nouvelle école. Je viens de rencontrer son institutrice. Vous saviez qu'il y avait des bonnes sœurs noires…

– Civil, on n'a pas le choix. On doit y aller. On a besoin de cette couverture médiatique.

– Et qu'est-ce que vous faites des filles ?

Je m'efforçais d'intégrer ce que Lou était en train de dire. Les filles apprenaient tout juste à s'adapter à leur nouvel état. La dernière chose qu'il leur fallait, c'était de se retrouver au beau milieu du cirque des médias.

– J'espérais que vous pourriez aider de ce côté-là. On ira tous là-bas.

– Comment ça *on* ?

– Oui. Civil, on ne peut pas faire ça sans vous.

Les filles pourraient avoir besoin de moi. Si elles devaient y aller, j'irais aussi.

– Comment on va y aller ?

– On va marcher. C'est pas loin.

– Ce n'est pas drôle, Lou. Mace risque de se faire renvoyer de son usine s'il s'absente trop longtemps.

– Excusez-moi, vous avez raison. Je ne voulais pas paraître insensible. On prendra l'avion. Le gouvernement paiera nos frais de voyage. Je peux passer un coup de fil aux Whitfield pour que Mace soit arrêté quelques jours.

– Vous allez mettre les Williams dans un avion ? J'ai pensé à ma conversation avec Mace dans la voiture la première fois, lorsqu'il m'avait demandé si j'avais voyagé. Vous les avez déjà prévenus ?

– Non. Vous êtes la première personne que j'ai appelée.
– On part quand ?
– Notre vol est prévu lundi.
– Ce lundi ?

J'ai parcouru du bout des doigts le calendrier suspendu au mur à côté du téléphone. C'était dans quatre jours. Je l'ai salué et j'ai raccroché.

– Le sénateur Kennedy veut que vous alliez à Washington ? Ty se tenait à l'entrée du couloir. Vous allez tous à Washington ?

Ils iraient à Washington, DC, et les très chics politiciens de la capitale pourraient observer ces culs-terreux de l'Alabama tels des monstres de foire. Maman avait raison depuis le début. J'ai acquiescé, submergée par l'émotion.

La veille de notre départ, je suis passée chez les Williams pour leur donner la valise que ma mère leur prêtait et les aider à faire leurs bagages. Dans la salle de bain, j'ai graissé les cheveux des filles et leur ai fait trois ou quatre queues-de-cheval attachées avec des barrettes en plastique en croisant les doigts pour que la coiffure tienne. Mme Williams était restée étonnamment calme lorsque je leur avais initialement coupé les cheveux. Elle l'aurait fait elle-même si elle avait eu des ciseaux dignes de ce nom, c'est ce qu'elle avait dit. Depuis je voyais bien qu'elle avait pris soin de leurs cheveux car ils recommençaient à pousser.

Après quoi, j'ai ouvert la valise. Elle était bleue avec des fermoirs dorés. Les filles et Mme Williams se la partageraient. Pendant que je pliais ses robes et celles de sa sœur, Erica bavardait à propos de ses nouvelles amies. Elle était la plus grande de sa classe puisqu'elle avait deux ans de plus, mais elle avait néanmoins réussi à se lier d'amitié avec d'autres enfants.

– Qu'est-ce que tu aimes le plus à l'école ? lui ai-je demandé.

– La prière du matin.

– Ah, vraiment ?

– Oui. Mademoiselle Civil, tous les matins je prie Dieu pour qu'il me donne un bébé un jour. Vous savez, il peut le faire, mademoiselle Civil. Il peut tout faire.

J'ai gardé le silence. Si prier la rassurait, je ne voulais pas intervenir. Les mains tremblantes, j'ai essayé de fermer la valise.

– Attendez, je vais vous aider.

Mme Williams était entrée dans la pièce et m'a fait signe de me pousser. Je me suis demandé si elle avait entendu ce qu'Erica venait de dire.

Assise sur le lit, India nous observait. Ça faisait une semaine qu'elle allait à l'école. Quand je parlais, j'avais remarqué qu'elle observait mes lèvres. Le vendredi, quand j'étais allée la chercher à St Jude, Sœur LaTarsha m'avait expliqué qu'il était fort probable qu'India comprenne beaucoup plus qu'elle ne le laissait paraître, mais qu'elle était très timide ; ainsi, étant donné ses capacités verbales limitées, les gens croyaient parfois qu'elle ne comprenait rien.

– Vous serez toutes jolies dans vos robes, a déclaré la grand-mère.

– Est-ce qu'il neige là-bas, mademoiselle Civil ?

– Je crois. Mais pas à cette époque de l'année.

– Ils vendent des chips à l'oignon ?

– On peut en prendre un paquet avec nous, au cas où.

– J'ai peur de prendre l'avion. Et s'il tombe du ciel ?

– Il ne tombera pas.

– Comment vous le savez ?

– Les avions sont faits pour voler. Ils volent, c'est tout.

– N'importe quoi peut tomber du ciel, mademoiselle Civil.

Mme Williams a soulevé la valise pour la poser près de la porte.

– Vous n'oublierez pas de mettre vos brosses à dents là-dedans demain matin avant de partir. À quelle heure M. Feldman vient nous chercher ?

– Il a dit vers huit heures.

– OK, on aura le temps de prendre un bon petit-déjeuner.

– Vous avez quelque chose à leur mettre sur les cheveux quand elles prendront leur bain ce soir ?

– Oui, je leur envelopperai la tête. Ne vous inquiétez pas. On sera prêts pour rencontrer M. Kennedy. Fin prêts. Oh, mon Dieu, je me demande s'il a connu le Dr King. Il faudra que je lui raconte quand je l'ai rencontré, moi.

Je me suis approchée d'India et l'ai embrassée sur le front. Sa peau était sèche et fraîche. Une brise s'est engouffrée par la fenêtre ouverte et a soulevé le rideau. Dans moins de vingt-quatre heures, nous embarquerions à bord d'un avion. Erica a jeté un coup d'œil à son reflet dans le miroir au-dessus de la commode. Toute la famille était électrisée à l'idée de ce voyage, et j'ai prié pour que tout se passe bien pour elle.

TRENTE

Tandis que je marchais entre l'assistante et les filles dans les couloirs qui nous menaient au sénateur, je n'arrêtais pas de me dire qu'on allait être en nage en arrivant dans son bureau. L'humidité de l'air semblait plus oppressante qu'en Alabama, elle pénétrait mes vêtements plus vite et je me sentais déjà toute collante. Je n'avais jamais vu de ville comme Washington. Les rues étaient larges, les marquages au sol d'un blanc immaculé, mais ça circulait dans tous les sens, et je me demandais comment les conducteurs faisaient pour ne pas se rentrer dedans. Des enfants blancs en uniforme s'étaient amassés sur le trottoir. Un agent de police avait donné un coup de sifflet et les voitures avaient ralenti pour laisser passer les gamins. Une femme avait couru derrière un bus qui s'élançait déjà sur la chaussée en pente et qui avait fini par s'arrêter et ouvrir ses portes en libérant, dans un grand soupir, une bouffée d'air comprimé. J'avais fermement tenu par la main India et Erica pour entrer dans le Sénat.

L'assistante n'arrêtait pas de parler. Elle désignait les noms des sénateurs sur les portes de leurs bureaux. Howard Baker. Barry Goldwater. Strom Thurmond. Adlai Stevenson III. Lorsque nous sommes passés devant la porte du sénateur John Sparkman, le représentant de l'Alabama, elle nous a demandé si nous souhaitions prendre une photo. D'après elle, beaucoup de gens aimaient se faire photographier près de la plaque de leur sénateur. Étonnée, j'ai écarquillé les yeux. Pouvait-elle être à ce point ignorante ? Depuis des années les Noirs d'Alabama avaient compris que placer leurs espoirs dans les politiciens était limité. Sparkman était élu depuis avant ma naissance, et les Noirs d'Alabama n'avaient pas été surpris lorsqu'il s'était joint à certains pour faire obstruction au Civil Rights Act de 1964, la loi pour les droits civiques qui avait enfin mis un terme à toute forme de discrimination. Nous avions eu beau lutter à corps perdu pour notre droit de vote là-bas, en Alabama, le poids de l'exclusion politique pesait encore. Je me suis retenue de demander où se trouvait le bureau de Shirley Chisholm au Congrès, même si je savais que Mlle Pope aurait voulu que je fasse preuve de plus de témérité.

– Non, merci, ai-je répondu aussi poliment que possible. Je ne voulais pas me montrer grossière. Elle était gentille.

Les talons de l'assistante résonnaient sur le carrelage du grand couloir. Mme Williams marchait juste derrière moi, et Mace suivait le groupe, d'un pas lent et prudent. Il avait perdu confiance en ce qui l'entourait et il restait sur ses gardes. Je craignais que les gens ne prennent son silence pour de l'hostilité. Toute la matinée j'avais essayé de garder mes distances mais je devais bien avouer qu'il m'attirait. Je me suis demandé s'il m'observait.

Nous sommes sortis de l'ascenseur au deuxième étage. Le bureau du sénateur était en réalité une suite. Dans l'espace d'accueil, il y avait une cheminée et un canapé bleu. La pièce était tout en longueur, avec au bout une grande fenêtre carrée vers laquelle je me suis dirigée pour observer la rue en contrebas. Par deux portes entrouvertes, on apercevait deux petits bureaux, et à l'opposé une porte fermée menait manifestement au bureau à proprement parler du sénateur.

– M. Feldman est déjà là, a dit la femme de l'accueil à l'assistante. Ils vous attendent.

L'assistante a frappé d'un petit coup sec à la porte et nous sommes entrés un par un. Le sénateur et Lou se sont levés. Le sénateur était plus petit que ce que je croyais. Son large front agrandissait son visage et une épaisse mèche de cheveux lui tombait sur un sourcil.

– Sénateur, permettez-moi de vous présenter tout le monde. Voici Civil Townsend, l'infirmière des filles. C'est grâce à son courage que j'ai pris connaissance de cette affaire comme je vous l'ai dit, a commencé Lou.

J'ai rougi. Je ne m'attendais pas à ce qu'on me remercie de quoi que ce soit. Je ne m'attendais même pas à ce qu'on me présente au sénateur. Je n'étais là que pour accompagner les Williams.

– Et voici Mme Patricia Williams, la grand-mère des filles, qui participe à leur éducation depuis le décès de leur mère. Et enfin, voici M. Mace Williams, leur père.

Le sénateur a tendu la main, et en voyant que Mace ne s'avançait pas vers lui, il a contourné son bureau.

– Monsieur Williams, bienvenu à Washington. Je suis tellement content que vous soyez là. Madame Williams, ravi de vous rencontrer.

– C'est moi qui suis ravie, Sénateur, a-t-elle répondu un peu trop fort. C'est pas tous les jours qu'on rencontre un Kennedy.

Le sénateur a esquissé un sourire, et nous avons tous gloussé.

– Madame Williams, je vous remercie d'être venue jusqu'ici. Je sais combien ce doit être difficile pour vous et votre famille en ce moment, et sachez que je ne vous aurais pas demandé de le faire si je n'avais pas bon espoir qu'il en ressorte quelque chose de positif. Je veux que les gens entendent ce que votre famille a traversé. Grâce à vous, quelque chose changera demain dans notre pays, et sachez que je vous soutiens.

– Merci, monsieur. Enfin je veux dire, Votre Honneur.

Le sénateur a ri, de bon cœur.

– Appelez-moi Ted, s'est-il exclamé.

– Et Sénateur, voici deux jeunes demoiselles vraiment remarquables, a déclaré Lou. India et Erica Williams.

– India et Erica. Je suis très honoré que vous soyez là aujourd'hui.

Erica a tendu une main molle au sénateur. India s'est accrochée à mon chemisier, en serrant fermement un coin du tissu dans son poing. Erica était si près de moi que je sentais la chaleur de son corps. Nous avions marché au soleil et elle transpirait encore.

– Je vous en prie, asseyez-vous tous. India et Erica, vous pouvez vous installer ici.

Il leur a montré les fauteuils les plus proches de son bureau.

Le sénateur s'est d'abord adressé tranquillement à Erica, en lui demandant comment ça allait à l'école, dans quelle classe elle était. Plus il parlait, plus Erica se détendait. India tenait contre elle sa poupée aux cheveux de laine, et j'ai vu le sénateur l'observer à plusieurs reprises. De toute évidence, Lou lui avait précisé qu'India ne parlait pas, car il ne lui a rien demandé directement. Il a continué de leur parler, à toutes les deux, mais en posant ses questions à Erica.

Une jeune femme a apporté un petit plateau avec plusieurs verres et un pichet de thé glacé.

– On boit du thé ici aussi.

Nous servir du thé était une idée pleine d'attention mais le breuvage n'avait pas de goût, malgré les jolis verres et les tranches de citron frais. Cependant, nous l'avons bu poliment tandis qu'il nous expliquait comment les choses allaient se dérouler le lendemain. En l'écoutant d'une oreille, j'observais le bureau. Une maquette de voilier était posée sur le manteau de cheminée. Deux personnes se tenaient derrière nous et prenaient des notes en silence. Nous étions nombreux dans le bureau et il faisait chaud.

– Dites-moi, monsieur Williams, a-t-il dit en se tournant vers Mace. Puis, en croisant les mains, il a poursuivi : Que vous a dit l'infirmière le matin où elle est venue chez vous ?

– Elle nous a dit à moi et ma mère de signer des papiers. On a demandé pourquoi c'était, ces papiers, et elle a juste dit… pour le gouvernement fédéral.

– C'est tout ce qu'elle a dit ?

– Elle a dit aussi qu'elle emmenait les filles à la clinique pour leurs piqûres.

J'ai eu envie d'intervenir, d'expliquer au sénateur que la famille ne cherchait jamais à en savoir plus avec les travailleurs sociaux. Ils dépendaient trop de nous. Ils faisaient ce qu'on leur disait ou ils ne touchaient pas leurs allocations à la fin du mois. Ils avaient laissé les filles partir avec Mme Seager parce qu'on leur avait dit de le faire. Ils avaient signé les papiers parce qu'on leur avait dit de le faire. Le sénateur ne comprenait certainement pas tout ça. Il avait l'air d'un homme bien, mais il faisait indéniablement partie intégrante du système.

– Que s'est-il passé ensuite ?

– Je lui ai demandé où était Mlle Civil.

J'ai gigoté sur mon siège. J'avais le plus grand mal à ne pas ouvrir la bouche, mais le sénateur ne m'avait rien demandé. Je n'arrêtais pas de me le répéter.

– Qu'a-t-elle répondu ?

– Elle a dit : *Mlle Civil travaille pas aujourd'hui.*

Mace avait imité la voix de Mme Seager.

Le sénateur s'est tourné vers les filles.

– Est-ce que vous savez ce qu'on vous a fait ? a-t-il demandé, et avant que je ne m'en mêle, Erica a répondu :

– Ils m'ont opérée. J'ai eu très mal.

– Oui, on m'a raconté que tu souffrais beaucoup quand Mlle Townsend est arrivée dans votre chambre.

En observant l'air intelligent du sénateur, j'y ai vu le charisme d'un homme politique compétent, qui savait répondre habilement et avec empathie.

– Est-ce que tu sais ce que c'était comme opération ?

– Moi et ma sœur on peut plus avoir d'enfants.

– Et qu'est-ce que tu en penses toi, de ça ?

– Je veux des bébés, moi. Ma copine Dinesha a eu un bébé. J'en veux un, comme elle. Je prie tous les jours pour que Dieu change ce qu'ils nous ont fait à moi et ma sœur.

Elle m'avait parlé de cette nouvelle amie, Dinesha, mais j'ignorais complètement qu'elle était déjà mère. J'ai posé mon verre. Il n'y avait pas de sous-verre et j'ai eu peur de faire une auréole sur le bureau en bois. J'ai croisé et décroisé les jambes. Mon collant était filé.

– Monsieur le Sénateur, a dit Mace, depuis la mort de ma femme j'essaie que les filles s'en sortent. Je fais tout ce que je peux.

Je voyais bien à l'expression de Mace qu'il avait honte de ce que venaient de dire ses filles. Il avait signé ces papiers, et il ne l'oublierait jamais.

India s'est emparée d'un voilier miniature qui se trouvait sur le bureau devant elle.

– India, ai-je soufflé.

– Elle peut le prendre, a dit le sénateur. Si tu l'aimes, je te le donne.

India a fait un bruit et a caché le bateau sous ses doigts.

– Monsieur Williams, êtes-vous prêt à témoigner sous serment demain ?

– Sous quoi ?

– Avec la main sur la Bible.

– Oui, monsieur.

– Et vous, madame Williams ?

– C'est pour ça que je suis montée dans cet oiseau d'acier pour venir ici, non ?

Le sénateur a expliqué comment se déroulerait l'audition, combien de personnes seraient présentes dans la salle.

– Mademoiselle Townsend, vous avez fait un excellent travail avec ces jeunes filles, a-t-il ajouté, comme s'il faisait une déclaration officielle. Je vais m'efforcer d'en faire autant demain.

– Merci, Sénateur. Je n'en doute pas une seconde, ai-je dit, et je le pensais. Il y avait une sincérité certaine chez lui. En sortant, j'ai jeté un coup d'œil aux photographies sur le mur, dans l'espoir d'apercevoir John F. Kennedy. Je me suis arrêtée devant une lettre manuscrite sous verre dans un cadre. Je n'avais pas le temps de la lire mais j'ai vu qu'en cursives, elle était signée *Jack*.

– Son frère était président, ai-je dit aux filles en nous engageant dans le couloir.

– Il est plus président ?

– Non, il a été tué.

– Par qui ? a murmuré Erica.

– Un fou.

Erica a paru abattue et j'ai aussitôt regretté ce que je venais de lui dire.

Une fois de retour à l'hôtel, les filles se sont installées sur mon lit pour regarder la télévision, les yeux rivés sur l'écran. Je me suis assise près d'elles, en me disant que j'allais les laisser se détendre jusqu'au dîner. Je voulais donner de l'espace à Mme Williams pour qu'elle profite de son temps seule.

India a pointé un doigt vers la télévision en riant. Elles étaient collées l'une à l'autre. *Au moins elles sont toutes les deux*, ai-je songé. *Dieu merci.*

TRENTE-ET-UN

On nous avait avertis qu'il y aurait beaucoup de journalistes, mais les photographes se sont précipités vers nous lorsque nous sommes arrivés au Capitole, et même si Lou a fait de son mieux pour nous protéger, ils étaient difficiles à contenir. Le sénateur avait envoyé deux autres assistants, mais ils n'avaient pas l'air d'être capables de maîtriser quoi que ce soit. Mace s'en est mieux tiré : il a brandi la main devant ses filles pour que nous puissions nous frayer un chemin à travers la cohue. J'ai tenu India par l'épaule, pour faire un peu écran. Erica est restée impassible, même quand les flashs ont crépité devant ses yeux, mais une fois à l'intérieur elle s'est mise à pleurer.

– Viens là, ma chérie, a dit Mme Williams à sa petite-fille.

Les assistants nous ont fait traverser une rotonde au plafond vertigineux. Nous regardions à peine où nous mettions les pieds tant nous étions occupés à admirer. Finalement, nous sommes arrivés dans une salle qui ressemblait à un amphithéâtre. Des lambris tapissaient les murs et le plafond était orné de moulures. Il y avait beaucoup de Blancs dans cette salle. Ça faisait bizarre d'être les seuls visages marron. Ils ont invité Mme Williams et Mace à s'asseoir près de Lou à une longue table. Les filles et moi, nous nous sommes installées toutes les trois six rangées derrière eux. Au fond de la salle, des projecteurs sur des trépieds équipés de réflecteurs étaient allumés. Tout le monde parlait en même temps. Les hommes en costume entraient et sortaient de la salle. Je n'arrivais pas à savoir qui était sénateur et qui ne l'était pas. Pour finir, le sénateur Kennedy nous a vues. Il a fait un signe de tête aux filles avant de réclamer le silence.

– L'audition d'aujourd'hui porte sur la question des stérilisations qui ont eu lieu dans des cliniques publiques de notre pays. Il s'agit d'une question d'envergure car certaines de ces stérilisations ont été pratiquées sur des mineures, et cette commission espère élucider pourquoi et comment ces interventions ont pu avoir lieu.

Il a commencé par appeler des membres du gouvernement – du département de la Santé, de l'Éducation et des Services sociaux –, qui étaient tous assis autour d'une seconde table. Le secrétaire. L'assistante du secrétaire. Et ainsi de suite. Le tour de Lou est enfin venu.

– Nous allons maintenant écouter M. Louis Feldman, l'avocat qui représente la famille d'India et Erica Williams qui résident toutes les deux à Montgomery, en Alabama. Son témoignage devant cette commission aidera à éclairer ce qui se passe dans nos cliniques publiques au niveau local. Monsieur Feldman ?

Lou s'est penché vers le micro qui a couiné.

– Je m'appelle Lou…

J'espérais en silence que les Williams ne pensent pas comme moi, à savoir que Lou avait l'air terrifié.

– Je m'appelle Louis Feldman. Je suis avocat à la Feldman Low Firm à Montgomery en Alabama. Je suis venu ici aujourd'hui avec M. Mace Williams et Mme Patricia Williams. Je représente India et Erica Williams. Le 16…

– Pardonnez-moi de vous interrompre, a fait le sénateur. Pourriez-vous nous indiquer l'âge des deux enfants ?

– Elles ont onze et treize ans, Sénateur.

– Merci. Vous pouvez continuer.

– Le 16 juin 1973, deux infirmières de la clinique du Planning familial de Montgomery sont venues chez India et Erica Williams. Les infirmières ont informé Mme Patricia Williams, leur grand-mère et tutrice légale, ainsi que M. Mace Williams, leur père, qu'elles venaient chercher les filles pour les emmener faire leurs piqûres. Les Williams ont cru qu'il s'agissait des injections de Depo-Provera qu'on leur administrait déjà depuis quelques mois. Mme Williams et son fils, M. Williams, ne savent ni lire ni écrire. Ils ont tous les deux fait une croix à l'endroit indiqué sur les documents qui leur ont été présentés et qui, comme ils l'ont découvert par la suite, étaient des formulaires de consentement autorisant à ligaturer les trompes des deux filles Williams. Les infirmières ont ensuite emmené les deux fillettes à l'hôpital, où elles ont été chirurgicalement stérilisées. Les enfants ont été renvoyées chez elles deux jours plus tard.

– Quand la famille a-t-elle appris qu'India et Erica avaient été stérilisées ? a demandé le sénateur.

– Plus tard, cet après-midi-là, une autre infirmière de la clinique, Mlle Civil Townsend, a découvert en venant rendre visite aux filles chez elles que celles-ci avaient été emmenées à l'hôpital. Quand Mlle Townsend est arrivée à l'hôpital, on l'a informée que l'intervention avait eu lieu le matin même.

Le silence régnait dans la salle tandis que le sénateur et ses collègues griffonnaient sur des blocs-notes. Je ne distinguais pas complètement le visage de Lou, mais de là où j'étais assise, je voyais son profil.

– Monsieur Feldman, est-ce que les employées de la clinique ont expliqué à un moment ou à un autre pourquoi elles avaient autorisé que soient pratiquées ces interventions sur ces enfants ?

– La directrice de la clinique a déclaré que si les interventions avaient eu lieu, c'était parce que les filles avaient des rapports sexuels et qu'il était nécessaire de prévenir toute grossesse non-désirée. On avait cessé de leur administrer du Depo-Provera parce qu'il y avait des doutes au sujet de la sécurité de ce contraceptif, et elle a eu le sentiment que la seule manière d'éviter une grossesse était de stériliser les patientes.

Lou défendait mes actes, sans préciser que je n'avais pas eu l'autorisation d'interrompre les injections des filles. Mais Mme Seager savait pourquoi j'en avais pris l'initiative. Et elle avait malgré tout opté pour la stérilisation.

– Monsieur Feldman, pourquoi pensez-vous que le système a échoué vis-à-vis de ces fillettes ?

– Sénateur, permettez-moi ici d'éclairer un peu le contexte dans lequel vit la famille Williams. Les Williams perçoivent 147 $ d'allocations par mois des services sociaux de l'Alabama, ainsi que des bons alimentaires. Pour bénéficier de cette aide, ils reçoivent la visite d'un représentant des pouvoirs publics chaque mois. L'État prend en charge la majeure partie de leurs dépenses et ils dépendent directement de cette prise en charge pour vivre. On peut donc aisément comprendre qu'ils se sentent facilement obligés de faire ce qu'un fonctionnaire de l'État leur recommande de faire. C'est une forme de contrainte très sophistiquée, et même si ce n'est peut-être pas intentionnel, ça reste une contrainte.

La voix de Lou était devenue plus ferme. Il était lancé, et soudain il ne m'a plus paru si jeune.

– Le système médical aurait-il permis à une famille blanche ou noire issue de la classe moyenne d'accepter aussi facilement de renoncer à la capacité à procréer de ses enfants ? Un parent de la classe moyenne, qui ne bénéficie pas de l'aide publique lui permettant de faire vivre sa famille, et qui, de ce fait, est libéré de la pression qu'une telle situation peut faire peser sur les épaules, un parent de la classe moyenne donc aurait-il ne serait-ce qu'une seconde envisagé de faire stériliser chirurgicalement ses enfants ? Je crois que cette commission sera d'accord pour dire que les filles d'une famille de classe moyenne n'auraient pas été stérilisées. Ce sont les patientes pauvres des cliniques publiques qui sont les proies rêvées pour ces méthodes de contraception radicales.

Je n'osais plus bouger. Même le sénateur Kennedy ne semblait pas broncher. La salle est restée silencieuse, l'assistance immobile.

– La stérilisation n'est pas un moyen de contraception, surtout quand on la pratique sur des mineures. Ce n'est pas la même chose que la pilule. Il s'agit fondamentalement et définitivement de supprimer la capacité à concevoir. Soyons clairs, ça s'appelle de la mutilation. Et ça, Sénateur, c'est effrayant.

Le sénateur Kennedy a respiré bruyamment. Je l'entendais à cause de son micro. Les cheveux de Lou luisaient dans sa nuque : il transpirait. Quelqu'un a toussé, et le bruit a résonné.

– Monsieur Feldman, que proposez-vous ?

– Je propose que des directives strictes concernant la stérilisation soient établies et distribuées à tous les services publics, les hôpitaux ou les individus qui, de près ou de loin, sont impliqués dans les programmes de stérilisation à l'échelle nationale ou locale. J'ai toutes les raisons de croire que ce qui est arrivé aux Williams n'est pas une exception, que depuis un moment maintenant, les cliniques du Planning familial financées par l'Agence de lutte contre la pauvreté et le département de la Santé, de l'Éducation et des Services sociaux ont organisé des campagnes de stérilisations forcées sur des mineures issues de familles dans la misère, en particulier de familles noires.

Une vague de murmures s'est propagée dans la salle. Le sénateur Kennedy a frappé quelques coups avec son petit marteau.

– Monsieur Feldman, a articulé le sénateur, il s'agit d'une accusation très sérieuse. Pouvez-vous nous dire sur quoi vous fondez cette affirmation ?

J'aurais voulu que nous ayons eu plus de temps pour identifier d'autres femmes avant cette audition. J'étais certaine que Lou n'avait pas assez de dépositions à sa disposition. Mais Lou a répondu au sénateur en avançant des chiffres.

– Cinq cents cliniques du Planning familial ont participé à ce programme en 1971, il y a seulement deux ans. J'ai lu des circulaires internes indiquant que quatre-vingts pour cent de ces établissements souhaitaient pratiquer la stérilisation chirurgicale. Sénateur, ça fait beaucoup. J'ai aussi en ma possession un rapport qui émane d'un homme en charge des opérations pour l'Agence de lutte contre la pauvreté. Il estime que quarante à soixante pour cent des cliniques du Planning familial à travers le pays pratiquent la stérilisation. Je crois qu'il y en a beaucoup plus que ça.

– Et vous dites qu'il n'existe pas de directives à l'heure actuelle par rapport à ces stérilisations ?

– Il n'existe pas de directives établies par l'Agence de lutte contre la pauvreté, ni apparemment par le département de la Santé, de l'Éducation et des Services sociaux. La clinique du Planning familial de Montgomery reçoit une certaine somme d'argent chaque année pour les stérilisations, mais d'après mes informations, personne ne suit aucune procédure pour orienter les médecins et les équipes sur la manière de décider et de gérer ces stérilisations. Sénateur, je vous implore, vous et les membres de votre commission, d'examiner dans le moindre détail ce sujet.

– Merci, monsieur Feldman.

Lou avait tapé dans le mille. Je voyais son profil, toujours sans distinguer son expression.

– Bienvenue devant cette commission, monsieur Williams. Nous avons été ravis de vous recevoir dans mon bureau hier avec votre mère et vos filles.

– Oui, monsieur, a répondu Mace avant de tirer sur son col de chemise.

– Nous tenons à vous dire combien nous apprécions votre présence ce matin.

Le sénateur faisait à nouveau son numéro de charme et Mace a paru se détendre.

– C'est moi qui apprécie, monsieur.

– Comme vous le savez, monsieur Williams, nous essayons d'envisager un projet de loi afin que ce qu'ont vécu vos filles n'arrive plus, à aucune autre enfant. Voilà pourquoi nous vous avons demandé de nous aider sur ce point, et nous voulons vous remercier encore d'être parmi nous aujourd'hui. Nous savons que ce n'est pas facile de nous faire part de l'inquiétude et de la tristesse que vous avez dû ressentir, mais je vous serais extrêmement reconnaissant de nous raconter ce qui est arrivé à vos filles, avec vos propres mots.

Mace a baissé les yeux vers le micro.

– Je vous en prie, prenez votre temps, monsieur Williams.

– Bah, voyez-vous, a commencé Mace, j'étais sur le point de partir au boulot ce matin-là. Je travaille à l'usine Whitfield, l'usine de cornichons. Il s'est éclairci la gorge. Et une infirmière de la clinique est arrivée. Deux infirmières en fait. Elles ont dit qu'elles avaient besoin d'emmener les filles. C'était pas la nôtre d'infirmière, c'était pas Mlle Civil. Civil Townsend, c'est leur infirmière habituelle. J'ai demandé où elle était et elles ont dit qu'elle travaillait pas ce matin-là. Alors j'ai dit d'accord. Elles ont dit que j'avais qu'à signer un papier et qu'elles allaient y aller.

– Où avez-vous cru qu'elles emmenaient vos filles à ce moment-là ?

– Faire leurs piqûres, monsieur. C'est ce qu'elle a dit et je l'ai crue.

– Leurs injections de contraceptif ?

– Oui, monsieur.

– Donc vous avez signé le papier ?

– J'ai fait une croix dessus, là où il fallait ; oui, monsieur.

– Que s'est-il passé ensuite ?

Mace a remué sur sa chaise et s'est passé une main sur le sommet du crâne.

– Cet après-midi-là, j'ai eu un appel au travail et on m'a dit qu'elles avaient été opérées. C'est Mlle Civil, leur infirmière, qui m'a appelé pour me le dire. Et ça m'a complètement tourneboulé.

– Pardonnez-moi, pouvez-vous parler bien dans le micro, monsieur Williams ?

– J'ai dit que ça m'a complètement tourneboulé. Flanqué une beigne, quoi.

– Vous voulez dire que vous avez été très affecté, monsieur Williams ?

– Après l'opération, elles m'ont dit… « Papa, on va jamais avoir de bébé ? » Et ça m'a brisé le cœur d'avoir à leur répondre. Elles sont que des gamines. Elles ont jamais connu de garçons. C'est pas juste.

Un flash a crépité. Erica observait attentivement son père. India tripotait le voilier, le tournait et le retournait pour l'examiner sous toutes les coutures. J'aurais voulu qu'elles ne soient pas présentes. J'aurais dû rester avec elles dans la chambre d'hôtel pour qu'elles puissent regarder la télévision, mais se souvenir de ce jour quand elles seraient grandes les aiderait peut-être d'une manière ou d'une autre. Quelqu'un au moins s'était préoccupé de deux petites filles noires de l'Alabama. Quelqu'un d'important.

Mace a balayé la salle du regard. J'ai levé la main pour lui faire signe mais il ne m'a pas vue. Il y avait trop de monde.

– Donc vous avez été affecté, c'est bien ça ?

– Oui, monsieur, a répondu Mace, le menton en berne mais les yeux rivés sur la rangée de sénateurs. Vous l'auriez pas été, vous, affecté ?

Le sénateur s'est habilement tourné à ce moment-là vers la mère de Mace.

– Madame Williams, pouvez-vous nous dire ce qui s'est passé, avec vos propres mots ? Parlez bien dans le micro afin que tout le monde puisse vous entendre.

Mme Williams a raconté plus ou moins de la même manière ce qui s'était produit ce matin-là, comment les infirmières étaient venues chez eux en affirmant devoir emmener les filles sur-le-champ.

– Vous ont-elles dit qu'elles allaient administrer leurs injections de contraceptif à vos petites filles ?

– Oui, monsieur, je crois bien. Elles ont dit qu'elles allaient avoir leurs piqûres.

– Et quand vous avez parlé à India et Erica pour la première fois après l'opération, qu'est-ce qu'elles vous ont dit ?

– Elles ont dit : « Grand-mère, ils m'ont opérée. Ils disent que je peux plus avoir de bébés. » Monsieur le sénateur, il y a tellement de gens qui frappent à notre porte. Le gouvernement ci et le gouvernement ça. J'arrive pas à me rappeler qui est qui des fois. Mais jamais je me suis sentie aussi trahie.

– Auriez-vous donné votre consentement si vous aviez su de quoi il s'agissait véritablement ?

– Non, j'aurais jamais permis qu'ils fassent ça. Pas à mes petites filles. C'est des bébés encore.

– Pardonnez-moi, madame Williams, si ma question semble simpliste. Mais je veux aller au bout des choses, c'est tout. Retourneriez-vous dans cette clinique ?

Mme Williams a collé sa bouche contre le micro.

– Monsieur, j'enverrais pas un cafard se faire soigner dans ce dispensaire.

Des gens ont gloussé, avant de se taire comme hésitant soudain à rire dans un moment aussi grave.

– Merci, madame Williams. Monsieur Williams. Comme je l'ai mentionné plus tôt, ce que nous essayons de faire devant cette commission, c'est de nous assurer que ceci ne se reproduise jamais plus. Vous avez deux filles merveilleuses. Vous êtes une famille adorable. Nous vous sommes tous profondément reconnaissants d'être venus ici, d'avoir fait tout ce trajet depuis l'Alabama pour nous faire part aujourd'hui de ce que vous avez vécu. Est-ce que l'un d'entre vous souhaite dire autre chose ? Madame Williams ? Monsieur Williams ?

Mace a secoué la tête.

– Non, monsieur.

– Merci. Merci encore, a dit le sénateur avant de se tourner pour chuchoter quelque chose à l'oreille de son voisin.

TRENTE-DEUX

Nous sommes rentrés à Montgomery euphoriques, mais quelques jours plus tard nous avons appris en regardant les informations du soir que Lou Feldman avait laissé tomber les poursuites contre la clinique du Planning familial de Montgomery.

– Comment ça, il arrête ? s'est exclamée maman en pénétrant dans la pièce, s'essuyant les mains à un torchon.

– Je ne sais pas.

Sur le téléphone du couloir, j'ai appelé le bureau de Lou. Ça n'a fait que sonner et sonner.

– Maman, je reviens dans pas longtemps ! ai-je crié en quittant la maison. En arrivant au bureau de Lou, j'ai compris qu'il était là car il y avait de la lumière à l'étage. Un cuisinier du restaurant fumait sa cigarette sur le trottoir.

Lorsque Lou a ouvert la porte, j'ai bien vu qu'il n'avait pas dormi de la nuit. Ses vêtements étaient froissés, il n'était pas rasé.

– Vous ne répondez plus au téléphone ? ai-je lancé en le suivant à l'intérieur.

Il s'est assis dans son fauteuil et a passé la main dans ses cheveux sombres.

– J'ai trop de travail.

– Comment ça, trop de travail ? Je viens d'apprendre aux nouvelles que vous laissez tomber.

J'étais trop remontée pour m'asseoir donc j'ai agrippé le dossier de la chaise qui se trouvait devant moi.

– On n'a pas exactement laissé tomber.

– Qu'est-ce que vous voulez dire par *exactement* ?

– Civil, cette affaire dépasse largement la clinique de Montgomery.

– Évidemment, ai-je rétorqué. La clinique est financée par le gouvernement fédéral.

Lou s'est redressé. Nous n'avions pas parlé depuis notre retour de Washington. J'ai redouté ce qu'il était sur le point de me dire ; peut-être avions-nous fait une erreur en allant là-bas ?

– Des milliers de femmes hispaniques ont été stérilisées à leur insu. C'est un médecin en Californie qui m'a appelé pour me le dire. Il y a des incidents en Caroline du Nord avec des femmes admises à l'hôpital pour des césariennes et qui se réveillent sans utérus. Le médecin accoucheur aurait dit à certaines que si elles ne donnaient pas leur consentement, il ne signerait pas les papiers pour qu'elles soient prises en charge. Il y a un médecin qui stérilise systématiquement les femmes qui accouchent de leur troisième enfant. Sans demander aucun consentement.

– C'est une pratique courante dans tout le pays alors ?

– Les Mexicaines pauvres. Les Noires. Un médecin de Géorgie a dit à une femme pendant qu'elle était en plein travail qu'il ne l'aiderait pas à mettre au monde son enfant si elle ne signait pas le formulaire !

Je me suis frotté la tête. C'était inconcevable. Quand j'avais appris ce qui s'était passé à Tuskegee, j'avais compris que les êtres humains étaient capables de tout. Mais entendre ce que Lou me racontait, c'était comme prendre conscience que le monde était diabolique.

– Asseyez-vous, l'ai-je entendu me dire, et je me suis effondrée dans la chaise.

– Ils essaient de nous exterminer, Lou ?

– Bon, pas exactement.

– C'est comme l'Holocauste, ce qu'ils ont fait à votre peuple en Europe, non ? Ce que vos parents ont fui.

– Pas exactement. Mais c'est grave.

L'écho de ces mots a résonné entre nous quelques instants. J'avais appris l'existence de l'Holocauste à Tuskegee. Je me souviens m'être dit qu'il était incroyable qu'on ne nous en ait pas parlé plus tôt, au lycée. Comment pouvait-on omettre ce genre de choses ? Après en avoir parlé en cours d'Histoire, j'étais allée à la bibliothèque et j'étais restée assise les yeux dans le vide. L'horreur des événements dépassait l'entendement. J'ignorais que des Blancs avaient traversé une chose aussi tragique, et je me souviens m'être demandé ce week-end-là en marchant si chaque Blanc que je croisais était juif, descendait d'un survivant du génocide, ou était lui-même un survivant.

– Écoutez, la procédure se poursuit et concerne toujours les intérêts d'India et d'Erica. Mais cette fois, on s'attaque en même temps à un plus gros poisson : l'État lui-même. Le département de la Santé, de l'Éducation et des Services sociaux. L'Agence de lutte contre la pauvreté. Nous portons cette affaire tout en haut. Quand tout ça sera terminé, les filles pourront réclamer des dommages et intérêts pour préjudice. Mais d'abord, nous devons stopper net l'action du gouvernement.

– Vous poursuivez le gouvernement fédéral ? Lou, vous avez vingt-huit ans. Et si des membres du cabinet présidentiel sont impliqués ?

– C'est la seule manière d'arrêter ça, Civil. Nous devons poursuivre l'agence qui supervise les structures publiques.

J'avais vu deux hommes dans une voiture devant le bureau de Lou en arrivant quelques minutes plus tôt. Il était plus de vingt-et-une heures. J'avais reconnu le véhicule ; ces mêmes hommes avaient interrogé quasiment tous les résidents de Dixie Court. Maintenant je me disais qu'ils n'étaient peut-être pas du tout des journalistes, mais des agents fédéraux. J'ai eu peur que quelqu'un trouve quelque raison fallacieuse d'évincer les Williams de ce dossier.

– Et Mme Seager ? Et mes petites chéries…

Des gens jeunes avaient déjà été tués auparavant. Les quatre petites filles dans l'église de Birmingham par exemple. Les étudiants qui inscrivaient les gens sur les listes électorales. Cette affaire pouvait potentiellement très mal tourner.

– Si j'obtiens l'injonction que je veux, ça concernera des femmes et des filles partout dans ce pays. Des enfants comme India et Erica. Les pauvres. Les innocentes. Les exploitées. Nous les protégerons. Toutes. C'est en fait beaucoup plus gros que ce qu'on croyait.

Ainsi j'allais devoir expliquer l'évolution de la situation aux Williams pour les aider à comprendre ce que Lou cherchait à obtenir. Il avait raison : c'était gros. Mais ça se ferait sur le dos des filles. Sur le dos de Mace et de sa mère. Et je ne savais pas jusqu'où les Williams étaient prêts à aller, s'ils étaient prêts à se sacrifier pour le bien commun. Mace ne se préoccupait pas des femmes de Caroline du Nord ou de Californie. Il s'efforçait de garder son emploi à l'usine pour nourrir sa famille sans dépendre entièrement de l'aide publique, c'est tout. Cet homme n'avait même jamais voté de sa vie.

Lou a saisi un crayon de bois. C'était le signal pour partir, je le savais, mais je n'étais pas prête.

– Qu'est-ce que je peux faire ?

– Dans l'immédiat, faire attention à ce que les journalistes n'approchent pas les filles.

Il avait l'air contrarié, ce qui m'a contrariée en retour. Je me suis dirigée vers la porte. Il avait pris cette décision sans moi, et je me sentais impuissante. Mais pour qui me prenais-je ? Je n'avais même plus de travail.

– Au fait, il paraît que Mme Seager a démissionné. Ou a été renvoyée. Je ne sais pas trop.

– Vous rigolez ? ai-je dit, stupéfaite.

– Beaucoup de gens dans cette communauté ont besoin des services du Planning familial. Votre passion pourrait les aider. Et je suis certain que vous avez besoin de travailler. Retournez à la clinique, Civil.

– Je n'y retournerai jamais. Je déteste cet endroit.

Mme Seager n'avait pas seulement berné Mace. J'avais cru en elle, en notre mission au sein de cet établissement. Je l'avais entendue faire pression sur des femmes pour qu'elles acceptent de se faire ligaturer les trompes et je n'étais pas intervenue, en croyant à l'époque bien faire. Les enfants qui naissaient dans la pauvreté n'avaient pas les mêmes chances que ceux qui naissaient dans des familles où il y avait un minimum d'argent. C'était ce que je croyais. Quelle hypocrite j'étais. J'avais tous les moyens du monde à ma disposition, et j'avais quand même avorté. Et en même temps, j'étais persuadée de savoir ce que les autres femmes devaient faire.

Lou s'est mis à écrire avec ferveur, comme s'il cherchait à capturer une pensée avant qu'elle ne lui échappe. Je suis sortie de son bureau et il ne m'a même pas saluée. Ni moi non plus.

Dehors, la nuit était claire et douce. J'ai aperçu les silhouettes des deux hommes dans la voiture de l'autre côté de la rue. Je n'avais pas envie de retourner chez moi. Je n'avais pas envie d'aller à Dixie Court. J'ai songé rentrer dans le restaurant, m'installer au comptoir et me commander un truc frit. Une lumière a vacillé avant de s'éteindre à une fenêtre. La ville s'arrêtait pour la nuit. Même si je ne voulais pas, il était sûrement temps pour moi aussi de faire la même chose.

La semaine suivante, Ty m'a demandé de le retrouver au Regent. Je suis arrivée la première, contente de voir que mon amie Irene travaillait car je n'avais envie de parler à personne d'autre. Elle m'a installée à ma table préférée au fond de la salle et m'a apporté un Coca-Cola. Les clochettes au-dessus de la porte ont retenti. Ty s'est dirigé droit vers moi, un sac en bandoulière.

– Salut. Comment c'était à Washington ?

– Dingue. Les Williams étaient comme des célébrités. J'ignorais que tant de gens savaient qui ils étaient. Et Lou a cartonné. Toute l'assistance était pendue à ses lèvres. Maintenant, il poursuit carrément l'État.

– Ça veut dire que la clinique s'en tire comme ça ?

J'ai haussé les épaules.

– Ce n'est plus la clinique elle-même qu'il accuse. C'est le chef du département de la Santé, de l'Éducation et des Services sociaux, le responsable de l'Agence de lutte contre la pauvreté et j'en passe. Lou dit que des femmes se font stériliser à leur insu aux quatre coins du pays.

Ty a ouvert son sac pour en sortir un paquet de journaux.

– Mlle Pope a appelé la bibliothécaire de l'État d'Alabama et nous a gardé ça. Ils sont tous sortis hier. Je lui ai dit que je les lui rapporterais une fois que tu les aurais vus.

Il a étalé les journaux sur la table et j'ai parcouru les gros titres.

– Le *New York Times*. Le *Chicago Tribune*. Le *Washington Post*. Le *Chicago Defender*. Même le magazine *Time* a fait un article. Tout le monde parle des sœurs Williams.

Il y avait des photos des filles montant les marches du Capitole. Une photo de Dixie Court. La clinique, sur Jefferson Davis Highway. Il y avait même une photo de toute la famille avec moi devant l'hôtel où nous étions descendus. Mon visage était flou mais on distinguait bien les filles.

– Ça y est, elles symbolisent un scandale national ?

– Ouais. Cette affaire, c'est de la bombe.

– Il paraît que Mme Seager a démissionné, a déclaré Ty.

– Lou me l'a dit. Comment tu le sais ?

– Alicia.

– Ça ne m'étonne pas. Toujours aussi bavarde.

– Elle cherche juste à bien faire, Civil. Comme toi. Au fait, toi et moi, il faut qu'on parle. Tu n'arrêtes pas d'éviter le sujet du bébé, mais moi j'ai besoin d'en parler avec quelqu'un.

– Du bébé ?

– Il y avait un bébé, Civil. Notre bébé.

– N'utilise pas ce mot. J'ai baissé la voix. J'étais à peine enceinte.

– Comment ça *à peine enceinte* ?

– Il n'y a rien à dire de plus, Ty. On a fait une erreur, c'est tout. On a évité un désastre. C'est terminé.

– Notre bébé était un désastre pour toi ?

– Oui, être enceinte, c'était un désastre pour moi.

Il s'est emparé de ma main.

– Et nous ? Ça aurait été un désastre aussi ?

– Tu es ridicule.

J'ai tenté de libérer ma main, en vain. Je regrettais pour Ty, mais je n'avais pas envie d'en parler. J'étais trop prisonnière de ma propre souffrance pour me formuler à moi-même ce que je ressentais ; alors, lui parler, ce n'était même pas la peine d'y penser.

TRENTE-TROIS

Dans une ville où habitaient des Noirs et des Blancs, les Singh s'étaient installés dans une maison des quartiers noirs de la ville. Leur fille unique avait épousé un militaire noir. J'étais au lycée quand la famille avait acheté le Regent Cafe, et l'établissement était devenu l'un des premiers de la ville à refuser la ségrégation. Les Noirs s'y sentaient en sécurité, assis à l'opposé des Blancs dans la salle. Mais on y allait aussi parce qu'on y mangeait bien. C'était une cuisine familiale bien de chez nous. M. Singh comprenait les plats du Sud. Il avait travaillé aux fourneaux avec les précédents propriétaires, et les avait surpassés en matière de compétences culinaires. En servant de bons plats à tous ceux qui franchissaient le seuil de leur restaurant, les Singh s'impliquaient à leur manière dans la lutte pour les droits civiques.

Le père restait d'ordinaire à l'office. Mme Singh allait et venait mais elle préférait le bureau, où elle s'occupait des comptes. Une enseignante blanche retraitée gérait l'accueil.

Elle était très chaleureuse avec tout le monde. Mme Singh pointait parfois le bout de son nez un peu avant la fermeture, vêtue de son sari, avec une longue tresse qui lui descendait jusqu'en bas du dos. Elle te resservait du café, te demandait des nouvelles de ta mère, ou comment ça se passait dans ton nouveau boulot. Sa fille vivait à l'époque dans la base militaire, et Mme Singh se plaignait toujours qu'elle serait bientôt trop vieille pour profiter de ses petits-enfants s'ils n'arrivaient pas bientôt.

Quelques jours plus tôt, Ty avait demandé à voir M. Singh dans la cuisine pour lui dire deux mots, mais c'était sa femme qui était sortie du bureau pour parler avec le fils des Ralsey. Les Singh connaissaient les Ralsey depuis des années. C'étaient les Ralsey qui les avaient aidés à assurer leur restaurant. Après cette conversation, Ty avait annoncé que Mme Singh était d'accord pour que la réunion ait lieu au Regent après la fermeture, à condition que les stores soient tirés.

Ce mercredi soir-là, toutes les infirmières de la clinique sont venues ; Alicia avait je ne sais comment réussi à les convaincre. J'ignorais si elle l'avait fait parce qu'elle se sentait coupable ou par loyauté, mais j'ai apprécié son aide ce soir-là. Nous avons rassemblé les tables et réarrangé les chaises. Pour lui montrer ma solidarité, j'ai demandé à l'ancienne traîtresse, Val, de s'asseoir à côté de moi, en bout de table. Je lui en voulais encore mais je savais que je ne pourrais rien faire avancer sans elle.

– Merci à toutes d'être venues. Je sais que vous avez des repas à préparer, des enfants à mettre au lit.

La porte de la cuisine s'est ouverte et M. Singh est apparu. Il est resté là, immobile sur le seuil un instant, comme s'il n'avait aucune idée de qui étaient ces gens dans sa salle de restaurant. Trois rides barraient son front. Puis il a annoncé :

– J'ai fait du thé. Tyrell, tu peux m'aider à l'apporter ?

– Oui, monsieur.

Après le départ de Ty, j'ai inspiré profondément et j'ai poursuivi :

– Comme vous le savez, un procès contre le gouvernement américain est actuellement en cours au tribunal de première instance. L'avocat, Lou Feldman, a engagé des poursuites pour le compte de toutes les femmes qui ont été contraintes à se faire stériliser par des responsables d'établissements de santé publique.

J'ai marqué une pause pour observer l'assistance. Fiona, Lori, Margeret. Fraîchement diplômées de l'école d'infirmières comme moi. Leurs visages étaient un mélange de peur et de stress. Fiona n'arrêtait pas de lorgner vers les stores. Elle restait à la clinique toute la journée, et c'était elle qui s'occupait des patientes sans rendez-vous. Elle avait un double menton et clignait sans cesse des yeux. Margaret mâchait constamment du chewing-gum, une habitude que Mme Seager détestait. Et qui lui avait valu deux avertissements. En l'occurrence, elle mâchait furieusement, en faisant claquer son chewing-gum entre ses molaires.

Puis il y avait Liz et Gina. Plus jeunes que Val mais plus âgées que toutes les autres. Elles travaillaient à la clinique depuis plus longtemps que tout le monde. Même si c'était Val qui avait accompagné Mme Seager le jour où les petites Williams avaient été stérilisées, j'étais certaine que Liz et Gina étaient au courant à l'époque de ce qui se tramait. On ne travaillait pas avec Mme Seager depuis si longtemps, sans être impliquée d'une manière ou d'une autre dans ces opérations.

Ty est revenu et il a posé un plateau de tasses empilées les unes dans les autres. Un parfum de cannelle émanait d'une théière encore fumante. Alicia a distribué les tasses. La tension était palpable autour de la table pendant que Ty servait chacune.

J'ai repris :

– J'ai compris que Mme Seager ne travaillait plus à la clinique. Est-ce qu'ils l'ont déjà remplacée ?

– Pourquoi est-ce qu'on devrait te le dire ? Tu t'es fait renvoyer, a répliqué Gina. Si je suis là, c'est parce qu'Alicia me l'a demandé, c'est tout.

– Ouais, ils ont embauché une nouvelle, a osé Liz. Une Noire. Elle a commencé cette semaine.

– Comment s'appelle-t-elle ? ai-je demandé.

Personne n'a ouvert la bouche. Elles n'avaient pas confiance en moi. À leurs yeux, c'était moi la traîtresse.

– Elle s'appelle Mme Parr, s'est encore risquée Liz. Pourquoi tu veux le savoir ? On va pas la mêler à tout ça, pas vrai ? Elle a rien à voir là-dedans.

J'ai fait non de la tête.

– Pour commencer, je tiens à dire que je ne vais pas vous demander de faire quoi que ce soit qui pourrait mettre en péril votre travail.

– Mettre en péril notre travail ? a lancé Val. Je croyais qu'on était là pour voir comment on peut aider ces gamines. Comment on peut obtenir justice pour elles.

– Tu as raison, ai-je approuvé. Si on peut aider Lou avec le procès, on peut aider les petites Williams.

– Le procès ? Mais on n'a pas d'avocat.

– Je croyais que tu voulais juste qu'on envoie des vêtements aux filles ou un truc comme ça.

– Pourquoi on est là ?

– Tu vois, c'est ça ton problème. Tu t'occupes toujours de ce qui te regarde pas.

– Je vous l'ai dit qu'il fallait pas venir.

– Mesdames, mesdames, ai-je fait en brandissant les mains en l'air. Écoutez-moi, s'il vous plaît.

Val a repoussé sa tasse de thé.

– Bon, Civil. Je m'en veux terriblement après ce qui est arrivé aux filles. Si je pouvais remonter dans le temps, je dirais à Mme Seager d'aller se faire voir. Elles étaient trop jeunes. Je le sais bien et c'est pour ça que j'ai accepté de venir à cette réunion. Il n'y a pas un jour où je prie pas Dieu pour qu'il me pardonne ce que j'ai fait ce matin-là. Je sais pas à quoi je pensais.

Elle s'est mise à pleurer. Ses larmes m'ont surprise. Elle n'avait pas l'air du genre à pleurer.

Alicia a rapproché sa chaise de celle de Val pour l'enlacer. Quelqu'un d'autre a reniflé. Nous partagions toutes le même fardeau. Nous avions toutes été soumises à l'autorité de notre chef à la clinique. Nous avions suivi les ordres.

– Je l'ai accompagnée une fois, a avoué Liz. Une fille de seize ans qui avait quatre enfants. Je croyais qu'on faisait ce qu'il fallait.

– Moi j'y suis allée cinq fois. Cinq opérations, a soufflé Gina.

Cinq ? Il fallait que j'endigue cette vague d'aveux avant qu'elles ne s'effondrent toutes. Avant que je ne m'effondre aussi.

– Lou veut démontrer que ces femmes sont contraintes d'accepter. Elles ne peuvent pas prendre une décision éclairée et libre de toute contrainte alors qu'elles dépendent entièrement de l'aide publique, c'est ça que Lou veut prouver. Nous aussi nous sommes contraintes. Par la figure d'autorité qui nous dirige et qui a l'appui de l'administration à Washington. Il faut que nous nous pardonnions et que nous nous mettions au travail.

– Pas toi, a lancé Margaret, en faisant claquer son chewing-gum avant d'avaler aussitôt une gorgée de thé. Tu as essayé d'aider cette famille, Civil. Il paraît que tu leur as même trouvé un nouvel appartement.

– Non, Margaret. J'ai participé au problème moi aussi. Je me suis immiscée dans leur vie et j'ai pris des décisions qu'il ne m'appartenait pas de prendre. Bien sûr, j'avais de bonnes intentions, mais Mme Seager aussi. Nous avions toutes de bonnes intentions.

Je n'avais jamais complètement réfléchi à cet aspect de la chose. Les mots étaient sortis d'un coup.

– Cette femme est diabolique, s'est exclamée Gina.

– C'est sûr, a renchéri Margaret.

– Oups !

J'avais heurté accidentellement la table et les tasses de thé s'étaient entrechoquées. Le bruit a attiré leur attention.

– Vous voulez qu'on obtienne justice ? Alors il faut qu'on aide Lou.

Le visage de Val s'est durci puis elle s'est reprise.

– Qu'est-ce qu'on peut faire ? a-t-elle demandé.

– Trouvons des preuves que d'autres mineures ont été stérilisées de force en Alabama. Il y a d'autres cliniques publiques dans cet État.

– Dans l'État ? a murmuré Lori. Comment veux-tu qu'on sache ce qui se passe à l'échelle de l'État ?

– J'ai trois enfants à la maison, et un mari qui a deux boulots. Ma mère a dû venir chez nous garder les petits ce soir pour que je puisse être là, a dit Liz.

– Tu sais que je n'ai pas le permis, a ajouté Lori.

J'ai réclamé le silence.

– On est huit. À nous huit, on a plusieurs téléphones et on sait toutes écrire. On a de la famille et des amis partout dans cet État, de Huntsville à Mobile. Appelez vos cousins, vos tantes, vos oncles. Contactez les Blancs que vous croyez bien disposés envers nous et demandez-leur de l'aide. Posez des questions autour de vous. Impliquez votre église. Cette affaire fait la une des journaux aux quatre coins du pays, et tout le monde sait que vous travaillez dans la clinique où tout ça s'est passé. Il est inutile de se cacher et de faire les choses en douce.

– Pourquoi est-ce que cet avocat blanc peut pas le faire ? Pourquoi nous ? s'est défendue Gina.

– Il travaille là-dessus aussi. Et oui, on pourrait le laisser se débrouiller entièrement seul. Mais vous n'avez pas envie d'avoir l'occasion de vous racheter ? Vous n'avez pas envie d'intervenir et de remettre de l'ordre dans les choses ?

Je priais pour qu'elles ne cherchent pas à savoir si Lou était d'accord avec mon plan, car ce n'était pas le cas. J'ai attendu tandis que chacune sirotait son thé qui avait eu le temps de refroidir un peu. J'ai saisi ma tasse d'une main tremblante. Ty n'avait pas prononcé un mot. Avant la réunion, nous nous étions mis d'accord pour que ce soit moi qui mène les débats.

Alicia m'a interrogée mais en regardant Val :

– Comment on fait, Civil ? Par où on commence ?

Ty m'a tendu une enveloppe kraft. J'ai distribué les photocopies.

– J'ai fait une liste des établissements dans l'État qui sont subventionnés par des fonds publics et qui sont habilités à décider des stérilisations. J'ai aussi listé tous les hôpitaux qui sont susceptibles de pratiquer les interventions... numéros de téléphone, adresses, et même les noms des responsables.

– Où t'as pêché tout ça ? s'est étonnée Val, en parcourant la liste.

– Dans l'annuaire. À la bibliothèque.

– Quand on appelle, qu'est-ce qu'on dit ? a poursuivi Val.

On. J'avais bien entendu. *Quand on appelle.*

– Dites la vérité. Présentez-vous. Dites votre nom. En quoi vous êtes liées à la clinique. Dites que vous essayez juste de récolter des informations, et restez-en là. La clé, c'est de trouver du soutien, quelqu'un du métier qui a entendu parler de l'affaire et veut aider.

Liz a demandé un stylo, et Ty a fait glisser des Bic bleus sur la table. En s'emparant de l'un d'eux, Liz a proclamé :

– J'ai un ex qui travaille aux archives du Regional Medical Center à Anniston. Il m'a trompée, alors il me doit bien ça, il me semble. Vous pouvez toutes barrer celui-là de la liste.

– Mon ancien patron est médecin dans un gros hôpital de Birmingham. Il dirige un service là-bas. Il nous aidera.

– Mon cousin est agent d'entretien à la Providence à Mobile dans le sud. C'est un vrai bavard, il connaît tout le monde. Je me charge de celui-là.

Elles ont énuméré toutes leurs connexions.

– N'oubliez pas, ai-je répété, ne faites rien d'illégal, rien de malhonnête. On est des infirmières, pas des menteuses. Et on ne veut pas dénoncer quelque chose de mal en faisant pareil. Vous n'avez pas besoin de demander de noms, juste des numéros de dossiers qu'on peut vérifier.

J'ai pensé à mon père et à la fois où il m'avait parlé du poids qu'on pouvait ressentir quand on était médecin, à quel point les secrets des patients étaient lourds à porter parfois, les diagnostics qu'il ne fallait pas révéler aux proches : cancer, problème de pression artérielle, diabète. Un médecin de famille dans une communauté comme la nôtre savait beaucoup de choses.

– Civil, a dit Val.

– Hmm ?

– J'aimerais réciter une prière, si tu veux bien.

– Vas-y.

Depuis le début de toute cette histoire, j'avais toujours eu du respect pour Val. En cours de route, ce respect avait diminué. Mais en joignant mes mains à celles des autres et en fermant mes yeux, l'intensité de la prière d'une vieille femme, sa conviction, m'ont émue. Si des gens avaient pu espionner à travers les stores ce soir-là, ils auraient vu huit infirmières éplorées unissant leurs forces afin de lutter pour ce qu'elles croyaient juste.

TRENTE-QUATRE

Le procès n'avait même pas encore commencé, mais les médias étaient arrivés en masse. Il n'y avait plus eu autant de journalistes à Montgomery depuis la marche de Selma huit ans plus tôt, comme l'avait fait remarquer mon père. Deux fourgons s'étaient postés dans la rue principale de Dixie Court. Heureusement que les Williams n'avaient pas le téléphone, parce que les journalistes semblaient connaître le numéro de tout le monde. Papa décrochait notre combiné le soir quand il rentrait à la maison et le laissait comme ça toute la nuit. Il disait à ceux qui auraient eu besoin de le joindre d'appeler Glenda. Un soir, je sortais de chez le coiffeur et un flash m'a crépité en pleine face.

À l'église, le pasteur nous a exhortés à éviter les « ennuis inutiles ». C'était peut-être mon imagination, mais j'aurais juré qu'il m'avait regardée pendant tout son sermon. Il a souligné qu'il fallait laisser Dieu se battre pour nous, et compter sur le Seigneur. Après le service, une des fidèles a demandé à maman si j'allais me faire de l'argent dans cette affaire. Avant que maman puisse répondre, une femme habillée en rouge de la tête aux pieds a dit en passant : « C'est cet avocat blanc qui prend sûrement tout l'argent. » Cet échange avait contrarié ma mère et alors que nous rentrions à la maison, elle m'a demandé si c'était vrai.

– Lou essaie de faire changer la loi, maman. Les filles pourront intenter une nouvelle procédure ensuite pour obtenir des indemnités.

– Pourquoi il fait tout ça ?

Elle a retiré un gant en dentelle blanche.

– Par conviction, je crois.

– Eh bien, ce n'est pas impossible, j'imagine, a-t-elle soufflé.

– Maman, je suis surprise que tu te laisses atteindre par ces racontars.

– Je te demande, c'est tout. Ne sois pas autant sur la défensive. Au fait, il faut que tu te cherches un autre travail. Ou bien va aider ton père au cabinet.

– Je cherche du travail, maman.

– Tu as postulé quelque part ?

– Non, pas encore. Ce n'est pas comme si je pouvais rentrer quelque part et remplir un formulaire de candidature.

– Et pourquoi pas ?

– Parce que mon nom est partout dans les journaux. En plus, il n'y a pas de poste d'infirmière à pourvoir en ce moment.

– Mais si. Écoute, renseigne-toi pour voir s'il n'y a pas quelque chose à St Jude, ou s'ils embauchent à l'école. Tu pourrais peut-être devenir infirmière scolaire puisque tu as l'air de t'intéresser aux enfants tout à coup.

– Qu'est-ce que tu veux dire par là ?

Elle ne m'a pas répondu, et je n'ai pas insisté. Je me disais que je pourrais postuler dans un hôpital. Dès l'instant où j'avais vu les filles allongées dans ces lits sans avoir pris assez d'antidouleur, je m'étais demandé s'il n'y aurait pas une place pour moi à l'hôpital, pour donner aux patients ce supplément d'attention et de soins que les médecins ne prenaient pas le temps de dispenser.

Maman s'est garée dans l'allée de notre maison.

– On dirait qu'on a été suivies.

L'homme a arrêté sa Ford bleue sous un arbre à l'ombre, et il a coupé le contact. Je distinguais seulement la forme d'un chapeau.

– Quel culot. Un dimanche.

– Ça va ? m'a demandé maman une fois chez nous.

– Je vais me changer. J'ai rendez-vous avec Ty après. N'oublie de fermer la maison à clé quand tu sortiras pour aller dans ton atelier.

Ty m'avait dit qu'il me retrouverait devant le bureau de Lou cet après-midi-là. Il voulait être avec moi quand j'annoncerais à Lou que les infirmières allaient nous aider. J'ai regardé dans mon rétroviseur durant tout le trajet. Papa m'avait conseillé de rouler doucement afin que la police ne se trouve pas une bonne raison de me chercher des noises. En arrivant au bureau de Lou, j'étais exténuée.

– Tu as un problème ? Qu'est-ce qui va pas ?

Ty se tenait à côté de la voiture de son père. Nous étions fin août et il faisait très lourd. Il portait une chemise, col ouvert, et le soleil se reflétait sur ses lunettes. Il m'a enlacée et je me suis efforcée de ne pas penser à la chaleur de ses bras, à son odeur. J'étais bien contente qu'il porte des lunettes. Ça m'évitait de devoir le regarder dans les yeux.

– Un homme nous a suivies, maman et moi, pendant qu'on rentrait de l'église ce matin, ai-je dit.

Il m'a pris le bras.

– Allons-y.

Nous avons monté l'escalier jusqu'au bureau de Lou. La porte n'était pas fermée à clé. Un gobelet de soda était posé sur le coin de sa table de travail.

– Quelqu'un a suivi Civil après l'église aujourd'hui. Elle est toute chamboulée.

Lou a arrangé les chaises.

– Asseyez-vous.

J'ai acquiescé.

– Des journalistes, pas vrai ?

– Qui voulez-vous que ce soit d'autre ? J'ai donné quelques entretiens hier. Ils vont publier des articles de toute façon, donc autant dire ce qui se passe de notre côté. Mais, Civil, vous, vous n'avez pas à leur parler. Et vous pouvez toujours aller jusqu'à leur voiture leur dire que vous n'avez aucun commentaire à faire et qu'ils perdent leur temps.

J'ai hoché la tête. Lou ne comprenait pas : je redoutais que ce ne soit pas vraiment des journalistes.

– Bon, qu'est-ce qui se passe avec la procédure ?

– Vous avez tous les deux entendu parler du juge Frank Johnson.

Nous connaissions tous le juge Frank Johnson. C'était lui le président du tribunal de première instance de l'Alabama, le juge qui avait mis un terme au boycott des bus à Montgomery. C'était aussi le juge qui avait voté en faveur du droit de vote pour les Noirs après les marches de Selma. C'était déjà une espèce de légende vivante en Alabama.

– C'est lui le juge chargé de l'affaire ? ai-je demandé.

– Malheureusement non. Lou a soupiré. C'est un autre. Le juge Eric Blount.

– Je ne le connais pas.

– Ouais, eh bien, il n'a rien à voir avec Frank Johnson. Ça promet d'être difficile. L'année dernière, Blount a décidé d'exclure les jurés noirs d'un procès qu'il présidait.

– Au nom de quoi ?

– Eh bien, comme vous le savez, les jurés doivent passer beaucoup de temps ensemble durant le procès. Il a exclu les Noirs en prétextant que les jurés blancs n'avaient pas l'habitude de manger avec des Noirs et qu'en conséquence ils ne se sentiraient pas à l'aise à déjeuner avec leurs homologues noirs pour discuter de l'affaire.

– C'est un raciste, c'est ça ? a dit Ty.

– Il prône la ségrégation, en tout cas, ai-je ajouté.

– Tu es gentille.

– Disons simplement, a déclaré Lou, que nous aurions pu avoir un juge plus bienveillant pour notre affaire.

– Arrêtez votre bla-bla, Lou. Autant regarder la vérité en face. Il va se prononcer contre les filles, me suis-je exclamée.

– On n'en sait rien. En plus, on n'a pas vraiment le choix, Civil. Je n'ai rien à lui reprocher.

– Et pourquoi pas lui reprocher d'être raciste ?

Je me suis approchée de la fenêtre et j'ai posé le front contre le carreau. Je n'ai pas vu la berline bleue. Un couple endimanché marchait sur le trottoir. L'homme s'est arrêté pour s'essuyer le front avec un mouchoir et il a levé les yeux vers moi. Ce couple pouvait très bien être en train d'espionner le bureau de Lou, de surveiller ce qui s'y passait. Ils n'étaient peut-être pas du tout en route pour l'église. Maintenant que l'affaire avait pris une ampleur nationale et que Lou assignait en justice l'administration fédérale, il était très possible que nous ayons attiré l'attention du FBI.

Ty a pressé Lou de poursuivre.

– Bon, pourquoi nous avoir parlé de Johnson au fait ?

– *Wyatt v. Alderholt.*

– Qu'est-ce que c'est que ça ?

– C'était une affaire sur laquelle le juge Johnson a statué l'année dernière : il a invalidé une ancienne loi qui datait des années 1930 et autorisait l'eugénisme.

L'eugénisme ? Pourquoi n'avais-je pas pensé à ce mot ? Je l'avais appris dans un cours d'éthique à l'école.

– L'eugénisme, a répété Ty. Comme sélection en fonction des gènes.

– En 1919, a continué Lou, trente-trois États ont promulgué des lois autorisant la stérilisation forcée. Mais en Alabama, l'idée n'a pas vraiment emballé les législateurs. Ici, on n'est pas allé aussi loin que dans d'autres États.

– Et pourquoi ? a demandé Ty.

Lou a haussé les épaules.

– Je ne sais pas. Pour des raisons éthiques peut-être, je n'en suis pas très sûr, mais pourquoi pas ? Les partisans de l'eugénisme n'ont jamais trouvé assez de soutien ici pour véritablement agir.

– L'idée c'était quoi ? De nous empêcher d'avoir des enfants parce que nous étions inférieurs ? ai-je murmuré.

– Eh bien, oui, ces concepts visaient des populations spécifiques, dont les Noirs. Mais aussi les pauvres, les handicapés mentaux, les infirmes, les fous.

– C'est pour ça que Mme Seager s'en est prise à India.

Je n'avais plus de larmes, mais cette soudaine prise de conscience a ravivé ma douleur. Pourquoi n'y avais-je pas pensé plus tôt ? Mme Seager avait probablement placé les filles dans une de ces trois fichues catégories : pauvres, Noirs et déficients mentaux. Avais-je fait la même chose ? J'avais initialement considéré moi aussi que les filles n'étaient pas équipées pour être mères. Parce qu'elles étaient pauvres et noires. Parce qu'elles étaient jeunes. Parce qu'elles étaient analphabètes. La honte m'a anéantie.

– Est-ce qu'ils visaient aussi les Blancs pauvres ? a demandé Ty.

Lou a opiné du chef.

– En 1927, la Cour suprême des États-Unis avait décidé que la stérilisation systématique des personnes considérées inadaptées à la vie en société n'était pas anticonstitutionnelle. Des gens internés ont été stérilisés sans consentement partout dans le pays.

– Je ne savais pas ça, a remarqué Ty.

– Moi non plus, avant de faire des recherches.

– Quelle a été exactement la décision du juge Johnson dans l'affaire *Wyatt v. Alderholt* ? a demandé Ty.

– Il a jugé la loi anticonstitutionnelle. En Alabama, les législateurs avaient promulgué une loi qui obligeait toute personne internée en asile psychiatrique à se faire stériliser.

Lou a arrangé une pile de papiers. Il semblait encore mettre ses idées en ordre, rassembler les pièces du puzzle en même temps que nous.

– Lou, écoutez, ai-je soufflé. Il faut qu'on vous aide.

– Un cabinet d'avocats à l'autre bout de la ville a proposé de me donner du soutien logistique. Ça va aller.

– Vous auriez pu demander à ma mère, a dit Ty.

– Votre mère a aidé. C'est elle que j'appelle quand je coince sur quelque chose, et elle me guide pour m'en sortir. Je sais qu'elle est là.

– Les gens n'arrêtent pas de croire que vous vous faites de l'argent sur cette affaire, ai-je lancé. S'ils savaient.

Ty et Lou ont ri, mais je ne me sentais pas d'humeur.

– Je peux taper à la machine, ai-je menti.

– Je n'en doute pas.

– Laissez-nous vous aider.

– Civil.

J'étais en partie responsable de toute cette histoire. Il fallait d'une manière ou d'une autre que je répare les pots cassés.

– Bon. Est-ce que les petites Williams seront indemnisées ? a demandé Ty. Tout le monde veut le savoir.

– Nous devons d'abord gagner ce premier procès. Ce sera déjà une revanche, une façon d'obtenir justice pour elles. Et l'opinion publique aura une perception plus positive de leur cas. Quand tout ça sera terminé, on pourra se concentrer sur les dommages et intérêts. Oui, j'espère que ces gamines n'auront plus jamais à se préoccuper d'argent.

Lou était brillant et avisé ; il était donc facile d'oublier parfois qu'il était, à certains égards, aussi naïf que nous tous.

TRENTE-CINQ

Ils avaient enfin terminé l'aire de jeux à Dixie Court. Mace et moi étions assis sur le tourniquet. Ceux qui l'avaient installé avaient manifestement oublié de graisser le rouage central car ça grinçait quand il tournait. Les pieds de Mace étaient posés par terre. De temps à autre, il faisait aller et venir du bout de l'orteil le tourniquet qui gémissait. Nous observions tous deux le soleil couchant à l'horizon.

– Qu'est-ce que je dois dire à ces journalistes ? La moitié du temps je comprends même pas ce qu'ils disent.

– Dites-leur bonjour et poursuivez votre chemin, lui ai-je répondu. Dites : je n'ai rien à déclarer.

– Rien à déclarer ? Ça veut dire quoi ?

– Ça veut dire que vous n'avez rien à leur dire.

Il a soupiré doucement. Même si les équipements étaient flambant neufs, l'unique lampadaire ne fonctionnait pas, si bien que dès le crépuscule, les enfants rentraient chez eux.

Nous étions seuls, dans la faible lumière émanant des fenêtres alentour. Le visage de Mace était toutefois dans l'ombre.

– Est-ce que vous pensez parfois qu'on n'aurait jamais dû se lancer dans un procès ? lui ai-je demandé.

– Comment ça ?

– Est-ce que vous auriez préféré que je ne m'en mêle pas ? Que je ne déclenche pas tout ce cirque ?

J'étais venue voir les filles mais elles étaient à table et Mace m'avait demandé d'aller faire un tour avec lui. Nous nous étions retrouvés sur le tourniquet. Nous n'avions pas beaucoup parlé depuis notre retour de Washington, DC et je n'avais même pas eu l'occasion de lui demander ce que ça lui avait fait de témoigner devant le Congrès.

– La seule chose que j'aurais préférée, a-t-il répondu, c'est qu'ils ne massacrent pas mes filles. Je demande tout le temps à Dieu pourquoi ça s'est passé comme ça. Qu'est-ce que j'ai fait de mal ? J'aurais peut-être dû prendre une autre femme. Si elles avaient eu une mère, ça serait peut-être pas arrivé.

J'ai tressailli en l'entendant. J'avais tenté d'être une mère pour les petites. J'avais tenté de faire ce que sa femme aurait fait.

– Je suis désolé, a-t-il ajouté.

– Pourquoi ?

– Parce que je vous ai blessée, non ?

Il a posé une main sur ma nuque. J'ai voulu me détendre en sentant sa paume contre ma peau, mais j'en étais incapable. Il pensait à Constance, pas à moi. Il y avait du chagrin dans ce geste, ai-je pensé.

– Vous avez essayé, Civil. Je sais que vous avez essayé…

Je me suis doucement dégagée de sa main.

– Vous n'obtiendrez pas d'argent de ce procès. Vous allez traverser tout ça et vous ne toucherez pas un sou. Du moins, pas dans l'immédiat.

– Est-ce que les filles vont devoir raconter leur histoire devant le juge ?

– Non. Lou va les faire déposer sous serment. Il n'a pas besoin de plus.

– Bien, c'est tout ce qui compte pour moi. Je veux qu'elles continuent d'aller à l'école, qu'elles soient juste des gosses normales.

J'ai acquiescé.

– J'ai vu une photographie de votre femme une fois. Dans votre chambre. Je n'aurais pas dû me trouver là, je sais.

En quittant la chambre des filles, j'avais remarqué que la porte de celle de Mace était ouverte. Mme Williams faisait régner l'ordre dans l'appartement, ce qui m'étonnait, en particulier comparé au chaos qu'était la cabane qu'ils habitaient auparavant à la ferme. La chambre de Mace, en revanche, semblait prouver qu'il avait été en partie responsable du désordre. Il y avait des affaires partout. Des vêtements. Une pile de chaussures. Des caleçons sales dans un coin. J'ai flanqué un coup de pied dans une chaussette en boule et je suis entrée. Il n'avait qu'un lit et une table. Pas de commode. Pas de miroir. Même dans l'appartement, il restait un homme qui s'occupait peu de lui. Un durag sur la tête le soir. Un rapide coup de peigne le matin. Se raser. Se brosser les dents.

J'ai commencé à ranger, à faire le lit et à ramasser ce qui jonchait le sol avant de remarquer quelque chose sur la table. Une petite photographie dans un cadre argenté qui s'écaillait. Je l'ai examinée de plus près. C'était certainement la mère des filles, Constance. Je ne l'avais jamais vue auparavant. Des fossettes. Un grand visage aux yeux cernés. Doux, que ma mère aurait qualifié de quelconque ; mais que j'ai trouvé naturellement beau. J'ai compris pourquoi les Williams étaient plongés dans le chaos quand je les avais rencontrés. Cette femme ressemblait tout simplement à un ange.

Il a donné un coup de pied et le tourniquet s'est bruyamment ébranlé.

– Excusez-moi. C'est juste que je voulais dire... elle était belle.

– Vous n'aviez pas le droit.

– J'ai dit excusez-moi.

– Vous ne pouvez pas aller et venir tout le temps dans la vie des gens comme ça. Vous pouvez pas faire ça.

Il a tapé du pied par terre et le tourniquet s'est immobilisé.

– Vous voulez que je parte ?

– Non, restez là.

Il m'a touché les cheveux. Je n'étais pas allée chez le coiffeur depuis belle lurette mais cet homme me donnait l'impression d'être maquillée et tout. Il avait l'air de tellement... m'admirer.

– Je sais que vous prenez soin de mes filles et que vous vous battez comme une chiffonnière si quelqu'un leur cherche des noises. Vous êtes gentille avec ma mère. Et elle a changé depuis qu'on vous connaît. Elle s'occupe bien de la maison maintenant. Elle repasse même mes habits. Ah ça, on n'avait pas de fer avant à la ferme !

Nous sommes restés silencieux un instant. Puis, il s'est mis à siffler.

– C'est quoi cette mélodie ?

– Il paraît que mon père chantait en travaillant, a-t-il répondu. Les oiseaux s'arrêtaient pour l'écouter.

– Vous vous souvenez de lui ?

– Pas vraiment, nan.

– Cette musique vous vient bien de quelque part.

– C'est sûr.

– Vous n'avez vraiment aucun souvenir de lui ?

Il a posé un doigt sur ses lèvres.

– Chut. Vous recommencez à mettre votre nez partout. Arrêtez de poser autant de questions. Je suis pas un dossier.

– Vous croyez que je vous prends pour un dossier ?

– Je sais pas ce que vous pensez de moi. Mais vous me mettez dans tous mes états.

Je me suis levée.

– Il faut que j'y aille.

Avec sa nonchalance habituelle, Mace s'est allongé, appuyé sur ses coudes. Je ne pouvais même pas le regarder. Son col de chemise était ouvert et malgré moi j'ai entraperçu la naissance de ses clavicules.

– Vous réprimez tout en vous, pas vrai ? a-t-il murmuré si doucement que je l'ai à peine entendu.

Je ne me suis pas retournée en quittant l'aire de jeux. Heureusement que le lampadaire ne fonctionnait pas, parce que je savais qu'il m'observait.

Alicia a appelé et laissé un message urgent à Glenda parce que notre téléphone était décroché. Il fallait que je retrouve les infirmières de bonne heure vendredi matin, avant l'ouverture de la clinique. Quand je suis arrivée, elles étaient rassemblées à l'entrée. Je me suis garée devant et en m'approchant d'elles, je les ai entendues murmurer. Je me suis immobilisée.

– S'il vous plaît, ne me dites pas qu'il y a encore des mauvaises nouvelles, ai-je dit.

Alicia s'est tournée vers moi. Les autres me fixaient et j'ai compris que quelque chose clochait. Certaines étaient en uniforme, d'autres non. Gina et Lori étaient assises sur les marches. Les autres debout.

– Viens, Civil, a dit Val.

J'avais l'impression d'avoir les pieds en plomb. Je ne supporterais pas d'apprendre qu'une autre enfant avait été stérilisée de force. Mme Parr ne pouvait pas l'avoir permis. Mme Seager était partie maintenant. Tout était censé aller mieux.

Alicia a tendu la main. J'ai inspiré et me suis approchée. Alicia a regardé les autres avant de prendre la parole.

– Civil, les infirmières ont découvert plusieurs choses depuis la dernière fois qu'on s'est parlé.

– OK. C'était rapide.

On s'était vues seulement deux semaines plus tôt. J'ai posé une main sur la rampe pour ne pas vaciller.

– Alors, de quoi il s'agit ? Ça peut aider Lou ?

– Civil, Val chuchotait. Civil.

– Quoi ?

– Il y en a eu onze.

– Onze quoi ?

– Onze gamines dans les trois dernières années.

– Comment ça onze ? Onze gamines stérilisées ? En Alabama ?

– Non, s'est exclamée Alicia. Onze dans cette clinique !

Quelques femmes ont commencé à pleurer. J'en ai entendu une hoqueter, sans savoir qui c'était exactement.

– Attendez. Pourquoi vous ne me l'avez pas dit avant ?

– Je suis désolée. Je n'étais là que pour les filles Williams. Je te le jure, a dit Val.

– Je n'ai jamais assisté à ce genre de choses, a lancé une autre.

– Il ne peut pas y en avoir eu autant.

Les larmes me montaient aux yeux.

– J'étais là. Gina s'est avancée. J'étais là, par deux fois.

– Oh, mon Dieu.

Je tenais à peine debout.

Alicia a fait un pas vers moi.

– Viens, assieds-toi, a-t-elle dit. Et je me suis effondrée sur les marches.

Les infirmières sanglotaient autour de moi et je m'efforçais de ne pas les entendre. Il fallait que je reste forte. Cette nouvelle ne pouvait pas m'anéantir.

– C'est seulement la preuve qu'il nous faut plus d'informations. Si c'est arrivé dans notre petite clinique, imaginez dans le reste de l'État. Est-ce qu'il y a eu d'autres filles stérilisées ailleurs en Alabama ? Si oui, combien ? Où est-ce que ça se passe exactement ? Qui autorise tout ça ?

Alicia a attiré ma tête contre sa poitrine et je me suis un peu calmée tout en continuant de parler.

– Vous m'entendez ? On a du travail. On n'a pas le temps de pleurer. On doit les sauver. On doit toutes les sauver.

TRENTE-SIX

Montgomery
2016

À la fin de notre déjeuner, Lou m'apprend qu'il a vu quelques années plus tôt un avis de décès dans le *Montgomery Advertiser* : Linda Seager était morte. Il ne parvient pas à se rappeler quand exactement. Je m'arrête à la bibliothèque municipale et je trouve facilement son nom dans les archives numériques :

Mme Linda Seager, 85 ans, est décédée paisiblement chez elle, entourée de sa famille. Elle laisse derrière elle quatre filles, deux gendres, onze petits-enfants et quatre arrière-petits-enfants.

Entourée de sa famille. Je me demande si ses enfants et petits-enfants sont au courant de son passé, s'ils savent le rôle qu'elle a joué dans le scandale des Williams. Je lance une autre recherche en ligne et trouve ses filles. L'une est kiné à l'université d'Alabama à Tuscaloosa. L'autre vit en ville. Elle est infirmière. Eugenia Wooten. De retour dans ma voiture, j'appelle l'hôpital et on me passe le bureau des infirmières au service d'oncologie. *Je regrette mais Mme Wooten est en pause déjeuner.* Je raccroche et reste assise là quelques minutes, tremblante. Je sais que l'hôpital est tout près en voiture de la bibliothèque mais je ne mets pas aussitôt le contact. J'essaie de penser à ce que je lui dirai. Je n'avais pas envisagé de voir Mme Seager ou qui que ce soit de sa famille. Mais lorsque Lou m'a annoncé qu'elle était morte, j'ai compris qu'il fallait que je parle avec un de ses proches.

En arrivant à l'hôpital, je ne sais toujours pas ce que je vais lui dire. Un vieux ressentiment monte en moi. L'idée que cette femme a tout simplement tourné le dos à tout ça quand Lou a abandonné les poursuites contre la clinique me rend encore furieuse, je m'en aperçois. D'accord, elle a perdu son emploi, mais elle en a certainement retrouvé un autre. Je l'imagine rentrer chez elle tous les soirs, préparer à dîner pour sa famille, regarder la télévision, se mettre des bigoudis dans les cheveux avant d'aller se coucher.

Eugenia Wooten est au comptoir d'accueil quand j'arrive. Je comprends aussitôt que c'est elle, avant même de lire son badge. Elle ressemble comme deux gouttes d'eau à sa mère ; elle a les mêmes cheveux rouge éclatant. Mais son visage est plus doux, plus rond. La femme me sourit chaleureusement.

– Je peux vous aider ?

Je pose mes mains sur le comptoir. Elle est seule dans le bureau. L'odeur qui règne d'ordinaire dans les hôpitaux flotte autour de nous : une odeur d'antiseptique, légèrement aigre. J'ai eu maintes fois l'occasion de venir dans un service d'oncologie. C'est différent des autres services : on y parle plus bas, les familles sont plus anxieuses. Le travail est dur, l'humeur s'en ressent. La disponibilité de Mme Wooten semble aux antipodes de la réalité des lieux. Elle me rebute. Elle ne correspond pas du tout à ce que je m'étais imaginé.

– Je m'appelle Civil Townsend.

– Venez-vous voir un proche, madame Townsend ?

Elle m'observe, l'air interrogateur. Je me reprends, galvanisée par l'environnement hospitalier que je connais bien.

– J'ai travaillé à la clinique du Planning familial de Montgomery. En 1973. Avec votre mère. J'étais l'infirmière des sœurs Williams.

Son visage se décompose. Le sourire s'efface, et j'ai la réponse à ma première question. Elle sait tout. Elle met lentement les mains devant sa bouche ; elle n'a pas de vernis sur les ongles. Et ces derniers sont coupés court, limés et propres ; exactement comme sa mère nous demandait de les avoir. Elle ferme les yeux, si vigoureusement que ses paupières se plissent. Puis elle les rouvre et contourne le comptoir après avoir soulevé le rabat.

Je me tourne vers elle et croise les bras. Elle s'approche et pose une main sur mon avant-bras.

– Je finis à dix-neuf heures. Je suis de service douze heures aujourd'hui. Est-ce qu'on peut se voir quand j'aurai terminé ? Je veux vraiment vous parler.

Je me détends et décroise les bras.

– Vous aurez besoin de rentrer chez vous. Je ne veux pas vous…

– J'ai tellement essayé de vous retrouver depuis toutes ces années, madame Townsend. Je vous en prie. Retrouvez-moi à la cafétéria en bas, d'accord ?

– Entendu. Vers dix-neuf heures ?

– Oui, absolument. À tout à l'heure.

Nous nous observons, circonspectes, mais dans l'immédiat, je me sens soulagée.

Le temps qu'elle arrive à la cafétéria, j'ai déjà bu trois tasses de café. J'ai choisi une table près de la fenêtre, pas loin de l'entrée pour qu'elle puisse me voir tout de suite. Il y a un jardin dehors, avec deux bancs de pierre et des cendriers un peu partout. Il fait trop chaud dans la cafétéria et ça sent le sucré, quelque chose comme le ketchup. C'est encore l'heure du dîner mais je n'ai pas faim ; et même si c'était le cas, je ne pourrais rien avaler.

Eugenia Wooten pénètre dans la salle, un grand sac en bandoulière sur l'épaule. Elle a troqué sa blouse pour une tenue de ville : un jean et un haut gris à col rond tout simple. Elle me repère et son visage s'illumine d'un grand sourire. Elle s'installe, s'excuse d'avoir mis plus de temps à arriver que ce qu'elle croyait. Je l'observe. Ses sourcils sont naturels et épais. Elle a sur le nez la marque de ses lunettes. Ses épaules sont parsemées de taches de rousseur.

– Vous vivez toujours à Montgomery ? me demande-t-elle en suspendant son sac à sa chaise.

– Non. J'habite Memphis depuis des années maintenant.

Elle acquiesce.

– Vous êtes toujours infirmière ?

– Médecin.

– Ah ? En quoi ?

– Gynécologie, obstétrique.

– Logique.

– Ah bon ? Pourquoi ?

Elle garde le silence et je regrette mon ton vindicatif. Je tente de changer de sujet.

– Vous avez faim ?

– J'ai l'estomac trop noué pour manger, répond-elle.

– Moi aussi.

Je ne sais pas quoi faire de mes mains. Ma tasse de café est vide. Je la soulève, comme pour boire de l'air.

– Vous avez des nouvelles de cette famille ? Les Williams. Est-ce que ça va ?

J'ignore comment répondre à cette question. Sa manière de la formuler me semble si alambiquée. On pourrait penser qu'elle se demande s'ils sont morts ou vivants. Ou s'ils ont survécu au traumatisme. Quoi qu'il en soit, la question est maladroite.

– India a un cancer. Elle vit à Rockford. Je suis en route pour aller la voir.

– Oh, mon Dieu. Elle cligne rapidement des yeux. Vous savez, ma mère a toujours refusé d'en parler. Je savais, évidemment. Mes sœurs aussi. Mais on ne l'a jamais dit à nos enfants. Ensuite, une petite-fille d'une de mes sœurs a découvert l'histoire en ligne. Elle avait à peine treize ans et elle nous en a beaucoup voulu de ne lui avoir rien raconté. La petite fouineuse.

Elle secoue la tête, comme pour dire : *ah, ces gosses.*

Treize ans. L'âge d'Erica quand on lui a ligaturé les trompes.

– Vous l'avez dit à tous vos enfants après ?

– Non. Enfin, pas tous. Docteur Townsend, c'était tellement affreux.

– Oui, c'était affreux.

– Je veux dire, ma mère essayait de bien faire, non ? C'est ce que j'ai toujours voulu croire. Voilà pourquoi j'ai cherché à vous retrouver. Je voulais vous poser la question. Avez-vous pu lui pardonner ?

– Lui pardonner, à qui ? À votre mère ?

– Oui.

– N… non. Franchement, non, ai-je bégayé.

– Ma mère ne faisait pas partie du Ku Klux Klan. Pas du tout. Ce n'était pas une nostalgique sécessionniste ou esclavagiste. C'était juste une infirmière qui s'efforçait de bien faire son travail à une époque difficile. Enfin, c'était l'année du *Roe v. Wade* quand même.

– Oui.

– Elle n'était pas un monstre, vous êtes d'accord ? Elle était bonne avec les Noirs ? Je veux dire, elle travaillait à la clinique du Planning familial.

– Oui.

– Elle n'était pas raciste, n'est-ce pas ? Dites-moi, je vous en prie, docteur Townsend, ce que vous pensiez d'elle. Est-ce que ma mère était raciste ?

La femme me regarde, désespérée, m'implore.

Je fais tourner ma tasse de café vide dans mes mains. J'ai envie de donner à cette femme douce le soulagement qu'elle réclame. J'ai porté ce fardeau si longtemps que je comprends son angoisse. Nous sommes toutes les deux liées à travers cette tragédie. J'ai beau avoir traîné ma culpabilité toutes ces années, je comprends à présent, avec le discernement qu'une femme de mon âge peut avoir, que ma souffrance ne peut rivaliser avec ce que Linda Seager a infligé à sa propre famille.

TRENTE-SEPT

Montgomery
1973

India et Erica sont entrées timidement dans l'eau.

– Allez. Je ne vais pas vous laisser tomber.

Le sable blanc me collait aux pieds, et un coquillage m'a piqué l'orteil. J'ai repensé à notre dernier voyage à la mer, la fois où ma mère avait tant ri. Cette plage avait toujours compté pour ma famille et c'était vraiment l'endroit où l'humeur de ma mère s'améliorait le plus. Dès que Mace avait suggéré d'emmener les filles voir la mer, j'avais tout suite su où nous pourrions nous rendre.

Mace portait encore ses chaussettes et ses chaussures. Je ne l'avais pas invité mais quand j'étais arrivée pour prendre les filles, il était sorti de la maison avec nous, armé d'une canne à pêche. J'avais dû penser qu'il voudrait nous accompagner parce que j'avais mis du temps à choisir entre les trois maillots de bain qui se trouvaient dans mon placard. Aucun ne m'allait bien, m'étais-je dit, et en chemin j'avais pensé avec anxiété au poids que j'avais pris depuis l'été.

India a ri, un rire sonore, et son sourire a illuminé son visage. Une main humide dans la mienne, elle se penchait et prenait de l'eau au creux de son autre paume. Lorsque nous avons eu de l'eau jusqu'aux tibias, nous avons arrêté d'avancer. Une vague s'est brisée sur nos jambes et India a couiné. Elle était froide.

– On peut se mouiller les cheveux ? a demandé Erica.

– Si tu veux.

– Grand-mère nous tuera si on se mouille les cheveux. On vient de les lisser.

– Ne t'inquiète pas.

Enfant, quand je venais sur cette plage, l'entrée était gratuite. Désormais, il fallait payer le parking au gardien. Il nous avait donné un papier à mettre sur le tableau de bord. C'était un dimanche matin, assez tôt, pile au moment du service à l'église, si bien que nous avions eu l'embarras du choix pour nous garer. J'avais apporté trois fauteuils et Mace était installé dans l'un d'eux, les yeux plissés. Sa canne à pêche était couchée près de lui. Il ne s'en était pas encore servi.

J'avais enlevé mon short mais gardé mon tee-shirt. Mon maillot était bleu marine avec des fleurs orange. Il était impossible pour une femme faite comme moi de ne pas montrer un peu trop de poitrine, mais ce maillot aidait malgré tout. Il n'empêche, je n'osais pas enlever mon tee-shirt.

Les filles n'avaient pas de maillots de bain mais ça ne les avait pas arrêtées. Leurs shorts étaient déjà mouillés à cause des vagues et des éclaboussures.

– Tu n'as pas de soutien-gorge, Erica ?

– J'aime pas ce truc. C'est pas confortable.

– Tu n'auras bientôt plus le choix.

India a vacillé, paniquée.

– Tout va bien. Écarte les bras pour ne pas tomber.

Elles ont toutes les deux écarté les bras, comme deux ailes de moulin. Une mouette a balayé l'eau devant nous, avant de reprendre de l'altitude, la queue d'un poisson pendant de son bec. India a suivi l'oiseau des yeux.

– C'est une mouette, ai-je dit. Elle est belle, non ?

India a mis la main en visière.

– Allez, on va s'asseoir.

Nous avons regagné le bord de l'eau et nous nous sommes assises, les genoux repliés contre nos poitrines. L'eau me léchait les pieds, le froid s'insinuait entre mes orteils. India a déterré des coquillages. Avec un bâton, j'ai écrit E-R-I-C-A dans le sable.

– Vous savez, ma mère m'a appris à écrire mon nom. Elle l'écrivait avec un K.

– Elle écrivait quoi avec un K ?

– Mon nom.

– Est-ce que tout le monde écrit mal ton nom depuis tout ce temps ?

J'ai pensé à toutes les fois où son prénom avait figuré dans les journaux, les formulaires d'inscription à l'école.

Elle a haussé les épaules.

– C'est écrit comment sur ton certificat de naissance ?

– C'est bien aussi avec un C. J'ai l'impression qu'avec le K, c'était juste pour maman et moi. Pas pour les inconnus.

– Mais ce n'est pas logique. On devrait l'écrire comme il faut.

– J'ai dit que peu importe.

Elle a lancé le bâton avec lequel j'avais écrit dans le sable.

– D'accord, d'accord.

Mace avait raison. Je devais accepter qu'elles n'étaient pas un dossier sur lequel je devais plancher. J'ignorais que les bonnes intentions pouvaient être aussi destructrices que les mauvaises. Les membres de cette famille étaient sans aucun doute capables de prendre eux-mêmes leurs décisions.

Les yeux marron d'Erica ont étincelé dans le soleil. Je n'avais jamais remarqué qu'elle avait les yeux marron. Je m'étais juste dit qu'ils n'étaient pas noisette, comme ceux de son père.

Une vague est venue jusqu'à nous et India a sursauté. Erica a poussé un tas de coquillages vers sa sœur. India en a pris dans sa main et s'est mise à les trier par taille et par couleur. L'influence de Sœur LaTarsha sans doute. Il était difficile d'être avec les filles et de ne pas chercher à être proche d'elles. Elles étaient si liées l'une à l'autre que cela modifiait l'atmosphère autour d'elles.

– Je vais aller voir votre père.

Erica dessinait avec son doigt des lettres dans le sable. I-N-D-I-A.

– Tu vois ? C'est ton nom, India, a-t-elle dit à sa sœur.

Mace avait étalé une serviette plus haut sur la plage. En m'approchant, je me suis aperçue qu'il avait les yeux fermés.

– Vous ne pêchez pas ?

– Je vais peut-être y aller.

Je me suis assise dans le fauteuil à côté de lui. Mon père m'avait appris à nager là, dans cet océan. Il ne voulait pas que j'aie peur des vagues. Il me portait jusqu'à ce qu'il ait de l'eau au niveau de la poitrine. Puis quand les vagues arrivaient, il sautait dedans. Son aisance dans l'eau m'a appris à ne pas avoir peur. Une fois, il a pris une poignée d'algues et l'a brandie sous mon nez. Après quoi il a dit : *tu sens ça ? C'est l'odeur du Créateur. Et le Créateur t'aime, toi et ta belle peau marron.* J'ai essuyé mon sourcil mouillé. Mon père laissait ses empreintes de pieds partout sur ce sable.

– Quand je venais ici, petite, c'était une plage pour les gens de couleur. Elle portait le nom d'un soldat mort en Corée. Rosamond Johnson.

– Pour les gens de couleur ? a répété Mace.

– Mmm, vous savez que les Noirs viennent d'Afrique, où il fait assez chaud pour cuire un œuf au plat sur le trottoir ?

Mace a éclaté de rire. Un rire rauque, comme s'il avait du sable coincé dans la gorge.

– En parlant de cuisine, je me souviens qu'il y avait une cabane de pêcheur où un type faisait frire du poisson dans un poêle sur le feu. Et un endroit qui s'appelait le Sunset Riding Club.

Il a balayé la plage du regard. Naturellement, il n'y avait plus aucune trace de cabane ni de café.

– Les Blancs ont tout fermé. Il ne reste plus rien maintenant. La plage est propriété du gouvernement aujourd'hui, j'imagine.

– Ça m'étonne pas.

Je voulais poursuivre mon histoire, lui dire que mon grand-père, qui avait été médecin aussi autrefois, était copain avec le dentiste, propriétaire du Sunset Riding Club. Quand j'étais petite, mon père m'y achetait une glace à l'eau qui me fondait dans la main et me coulait sur le poignet. J'avais envie de raconter tout ça à Mace mais les mots ne me venaient pas. J'avais peur de ce qu'il pourrait ressentir en m'écoutant. Il ne me croirait peut-être même pas. Être issue d'une famille de médecins était on ne pouvait plus étranger à son monde.

– Une plage pour les gens de couleur… a-t-il encore répété doucement.

Erica s'est tournée vers nous et nous a fait un signe. Mace a brandi la main, les doigts en V.

– J'ai quelque chose à vous demander, a-t-il dit.

Je me suis redressée dans mon fauteuil et j'ai essuyé le sable sur mes pieds.

– Je vous écoute.

Il m'a regardée en plissant les yeux.

– Vous pensez que c'est trop tard pour moi pour apprendre à lire ?

– À lire ?

J'avais bien entendu mais c'était la dernière chose à laquelle je m'attendais.

Il a fixé les filles ; manifestement il évitait mon regard. Il n'a pas répété sa question.

– Non, il n'est jamais trop tard. Il y a des cours gratuits à la bibliothèque, je crois.

Il a secoué la tête.

– J'irai pas à la bibliothèque.

– D'accord, ai-je articulé. Vous voulez que je vous trouve quelqu'un pour vous donner des cours particuliers ?

Je pensais à la religieuse qui dirigeait l'école d'India. Sœur LaTarsha connaîtrait peut-être quelqu'un. Et puis il y avait notre église. Ils avaient sûrement des gens qui faisaient ce genre de choses.

– J'ai déjà trouvé quelqu'un, a-t-il dit.

– Ah ? Qui ?

– Vous.

– Je ne sais pas faire ça, Mace. Je n'ai jamais appris à lire à personne. Je ne saurais même pas par où commencer. Je ne me souviens même pas comment j'ai appris, moi.

– Laissez tomber.

– Non, Mace, je…

– J'ai dit laissez tomber.

Il s'est levé et a épousseté le sable sur son short. Lentement, il a enlevé sa chemise avant de s'éloigner pour rejoindre ses filles. Je ne l'avais plus vu torse nu depuis ce jour à la cabane. J'ai détourné les yeux, avant de le regarder à nouveau, et de les détourner encore.

Arrête, Civil. Vous êtes à la plage. Les hommes font ça à la plage. Ils enlèvent leurs chemises. Il n'y a que toi qui gardes tes vêtements par-dessus ton maillot.

D'une main experte, Mace a lancé une pierre dans l'eau. Puis une autre, qui a ricoché deux fois avant de couler. J'ai essayé de reprendre mes esprits. C'était Mace qui était trop timide pour aller à la bibliothèque, c'était lui qui bégayait quand il devait s'exprimer devant d'autres adultes. C'était son problème, pas le mien. Ce n'était pas à moi de lui apprendre à lire. J'avais assez fait pour lui et sa famille.

Il a avancé dans l'eau avec India. J'ai bien vu à sa façon de marcher qu'il avait peur. Il ne savait pas nager et même s'il n'y avait pas beaucoup de fond on pouvait avoir du mal à garder son équilibre. India a tiré sur sa main, comme si c'était elle qui guidait un enfant, tout comme je les avais guidées, elle et sa sœur. Elle était si occupée à tirer qu'elle est tombée et il l'a rattrapée au vol. « Hé, bébé ! » l'ai-je entendu crier. Elle s'est agrippée à ses jambes et il s'est penché pour lui embrasser la tempe. India lui a souri en retour.

Personne ne surveillait la baignade. Si l'un d'entre eux rencontrait des difficultés dans l'eau, c'était moi qui irais les sauver. Et la chose serait quasiment impossible. J'avais essayé tant de fois de les sauver. Une tâche monumentale. Toutefois, avoir conscience de cette futilité ne m'avait pas arrêtée. Rien ne m'aurait arrêtée.

J'ai plongé la main dans mon sac pour en sortir un Coca-Cola que j'avais apporté. J'ai utilisé le décapsuleur sur le porte-clé de Mace pour ouvrir la bouteille et j'ai avalé une longue gorgée.

India, qui tenait d'une main celle de son père, a désigné quelque chose de l'autre. Un animal marin venait de sauter dans l'eau. C'était peut-être un dauphin, mais je n'arrivais pas à voir d'où je me trouvais. J'aimais cette famille, c'était aussi simple que ça. J'ai été prise d'une envie irrésistible de les rejoindre. Ils ne faisaient pas partie de ma famille. Ils seraient pour toujours la famille de Constance. Ce qui ne m'empêchait pas de les aimer.

Je lui apprendrais à lire. J'aiderais Lou avec le procès. Je me trouverais un autre travail et je tournerais la page. Et les choses en resteraient là. Ça ne pouvait pas être autrement.

C'est du moins ce que je me suis dit ce jour-là.

PARTIE III

TRENTE-HUIT

Montgomery
1973

Le procès a commencé début octobre au tribunal de première instance de Montgomery qui dépendait du Middle District de l'Alabama. Il était prévu qu'il se déroule précisément dans la même salle d'audience que celle où le juge Frank Johnson avait décidé que deux des plus importants lycées de la ville réservés aux Blancs ouvriraient leurs portes aux Noirs, là où il avait mis un terme au boycott des bus en interdisant la ségrégation dans les transports en commun municipaux, et là où il avait autorisé les manifestants à marcher de Selma à Montgomery pour défendre les droits civiques. Le bâtiment occupait tout un pâté de maisons et son imposant style néo-Renaissance régnait sur cette partie de la ville. On ne pouvait plus se tromper, l'affaire Williams avait pris une ampleur nationale.

En présentant ses arguments, Lou Feldman n'a pas semblé intimidé. Debout devant le juge, il a paru plus grand. Sa voix est devenue profonde, il a froncé les sourcils. Il s'est métamorphosé, tout comme il l'avait fait à Washington, DC et une fois de plus, j'ai été subjuguée.

Même si je l'admirais, j'avais encore du mal à l'entendre déclarer que Mace et sa mère s'étaient fait piéger par Mme Seager. Oui, c'était vrai, aucun des deux ne savait lire, mais les considérer comme de simples péquenots ne se préoccupant que de leur survie au quotidien semblait injuste. Ils étaient plus que ça. Mme Williams pouvait croquer dans une part de tarte à la patate douce et savoir quelle quantité exacte de noix de muscade on avait mise dedans. Il suffisait à Mace de planter un doigt dans la terre pour savoir ce qui pouvait y pousser ou pas. Ils étaient plus que des paysans analphabètes, plus que des victimes abusées par l'État. C'était des gens qui, dans d'autres circonstances, auraient pu accomplir bien d'autres choses.

De l'autre côté de la salle, Caspar Weinberger, le secrétaire du département de la Santé, de l'Éducation et des Services sociaux, a posé les coudes sur la table. Il était arrivé la veille pour le procès et on disait qu'il était descendu à l'Holiday Inn. Deux des avocats qui défendaient le gouvernement se tenaient à ses côtés, mais j'avais déjà eu l'occasion dans le couloir d'observer longuement le bonhomme. Cheveux sombres, raie sur le côté et visage oblongue ; sourcils arqués ; yeux enfoncés dans leurs orbites. Selon Lou, l'affaire l'avait profondément touché, il voulait savoir combien d'enfants exactement avaient été affectés. À l'autre bout de la table, un autre accusé, Alvin Arnett, le directeur de l'Agence de lutte contre la pauvreté, fixait le juge. Le gouffre manifeste entre ces politiciens de Washington et les Williams, cette famille qui comptait tant pour moi, m'a saisie. Nous ne respirions pas le même air, nous ne cheminions pas sur les mêmes chemins.

La salle d'audience était clairsemée. J'ai reconnu deux hommes au troisième rang : des journalistes. Ils griffonnaient sur de petits blocs-notes rectangulaires. Deux jeunes gens avec des sacs au dernier rang semblaient être des étudiants. Assises côte à côte, deux femmes en robes à fleurs discutaient à voix basse. Trois ou quatre autres personnes avaient juste l'air d'être des curieux. J'étais la seule Noire dans l'assistance.

J'ai écouté, sans en comprendre la moitié, les formalités judiciaires du procès, mais c'était toujours mieux que de rester assise chez moi. Durant la suspension de séance, Lou a refusé que je l'emmène déjeuner dehors. Dans les jours suivants, je crois que ma présence l'a agacé tout autant qu'elle a été un soutien pour lui. Je m'asseyais toujours à la même place, et plus d'une fois j'ai remarqué qu'il me cherchait du regard en entrant dans la salle. J'avais coiffé mes cheveux vers l'arrière et portais des mocassins avec une jupe, une tenue passe-partout pour ne pas attirer l'attention. Quand je pouvais, j'allais aux toilettes pour m'asperger le visage d'eau.

Un jour, après avoir tendu à Lou un sac contenant un sandwich au beurre de cacahuètes et une banane, je l'ai entendu grommeler.

– Qu'est-ce qui ne va pas ?

– L'Union américaine pour les libertés civiles vient de m'envoyer des documents qui prouvent que des centaines de femmes noires en Caroline du Nord et en Caroline du Sud ont été stérilisées. Mais la défense refuse que je présente ces pièces au motif qu'elles n'ont pas été versées au dossier lors de l'instruction.

– Vous ne pouvez pas demander au juge de faire une exception ?

– Si, mais ça ne veut pas dire qu'il va accepter.

– Mangez votre banane.

Je lui ai épluché le fruit. Il a pris une bouchée, une main posée sur la rambarde. La mezzanine s'était vidée. Deux étudiants fumaient une cigarette près d'un cendrier dans le hall en dessous.

– Chaque jour apporte son lot de révélations, Lou. Le juge lit sûrement les journaux.

Lou a cessé de mâcher.

– Il n'est pas censé lire des articles susceptibles d'influencer son jugement.

– Vous avez du mal à digérer, non ?

– Pourquoi dites-vous ça ?

– Parce que je viens de vous voir vous frotter l'estomac.

– Est-ce que vous voudriez bien aller m'acheter des pastilles pour la digestion ?

– Bien sûr. On a combien de temps ?

– Une heure. Je vous retrouve ici, d'accord ?

Il s'est éloigné, sa mallette suspendue au bout de son bras.

Après la pause, Lou s'est assis à la table. Il tripotait le paquet de pastilles qu'il n'avait pas encore ouvert. Le juge est entré, et tout le monde s'est levé.

– Asseyez-vous, je vous en prie.

– Votre Honneur, a commencé Lou, les parties souhaiteraient s'entretenir avec vous en privé.

Lou et les avocats de la défense se sont approchés du juge. Ils lui ont parlé à voix basse, puis chacun a regagné sa place.

– Votre Honneur, vous avez devant vous la pièce à conviction A : le règlement fédéral de l'Agence de sécurité du médicament et des produits de santé, mis à jour le 1er avril de cette année.

– Merci.

– Vous avez également la pièce à conviction B : le guide de l'Agence de sécurité du médicament et des produits de santé relatif à la protection des personnes. Ce guide fait référence à l'amendement Kefauver-Harris de 1962, qui visait à renforcer l'autorité de régulation de l'Agence de sécurité des produits de santé dans les études cliniques de nouveaux médicaments.

Soit le juge faisait naturellement la grimace, soit il n'appréciait guère Lou. Chaque fois qu'il regardait le jeune avocat par-dessus ses lunettes, il avait l'air de le mépriser. Je comprenais pourquoi Lou se montrait si méfiant envers lui.

Lou a poursuivi :

– Comme vous pourrez le voir, l'article 130.37 stipule que tout usage de médicament expérimental sur l'être humain doit faire l'objet au préalable de la part des chercheurs menant l'étude d'une demande de consentement en bonne et due forme. Dans le huitième alinéa de cet article, le consentement est défini comme suit... Il a baissé les yeux pour lire. « La personne concernée a la capacité légale de donner son consentement et a ainsi le droit d'exercer sa pleine liberté de choix. Elle doit par ailleurs pouvoir bénéficier au préalable d'une explication claire concernant les bénéfices et les risques potentiels liés à la prise du médicament faisant l'objet de l'étude. »

– Je sais lire, monsieur Feldman.

– Naturellement, Votre Honneur.

L'avocat de la défense s'est levé.

– Votre Honneur, l'usage du Depo-Provera ne se faisait pas dans le cadre d'une étude clinique. Il était autorisé de l'utiliser comme contraceptif.

– L'Agence américaine de sécurité du médicament et des produits de santé n'a pas autorisé ce médicament, a contre-attaqué Lou.

– Mais il ne s'agissait pas d'une étude clinique. Le gouvernement fédéral n'aurait jamais cautionné ce genre de choses, en particulier s'il s'agissait de mineures.

– Messieurs, asseyez-vous, je vous prie. Vous présenterez vos arguments le moment venu. Monsieur Feldman, êtes-vous en train d'avancer que le Depo-Provera a nui à la santé des plaignantes ?

– Votre Honneur, il s'agit d'un médicament nouveau. Les effets à long terme sur l'être humain ne sont pas encore connus. Nous savons en revanche que ce médicament a provoqué des cas de cancer sur des animaux de laboratoire.

– Monsieur Feldman, la question de fond c'est de savoir si les plaignantes affirment que ce médicament a nui effectivement à leur santé.

– Non, Votre Honneur, nous ne pouvons pas l'affirmer pour le moment.

– Merci, monsieur Feldman.

J'ai songé au moment où j'avais enfoncé ma seringue dans le bras d'India. La petite ne pouvait pas parler. Donc encore moins protester. Elle avait eu confiance en moi. Je ne lui avais fait qu'une seule injection, mais ce souvenir me hantait. Je ne savais rien sur ce médicament à l'époque, mais il était de mon devoir de me renseigner. C'était moi qui travaillais dans le domaine de la santé, moi qui étais censée avoir les connaissances auxquelles une famille comme les Williams ne pouvait pas avoir accès. J'aurais aussi bien pu venir d'une autre planète et promettre de leur donner un truc à manger miraculeux susceptible de leur sauver la vie. Ils auraient obtempéré de la même manière. Parce que même si j'étais venue de Mars, je leur ressemblais. Assise dans la salle d'audience, j'ai pris conscience pour la millième fois de l'énormité de mon erreur. De mes manquements. J'aurais dû interroger Mme Seager sur ce nouveau médicament dont je ne savais strictement rien, avant de l'injecter à une gamine de onze ans. L'ignorance n'était pas une excuse. J'aurais dû le savoir. J'étais formée pour savoir et me renseigner.

– Votre Honneur, voici la pièce à conviction C : la réglementation de l'Agence de sécurité du médicament et des produits de santé sur les contraceptifs oraux. Les plaignantes n'ont jamais été averties par écrit des effets secondaires potentiels de ce genre de médicament.

L'avocat de la défense s'est encore levé.

– Votre Honneur, les plaignantes ont signé des formulaires sur lesquels figuraient les notices et les avertissements obligatoires.

– Votre Honneur, trois responsables de cliniques publiques en Alabama ont déclaré sous serment que donner des notices à lire aux patientes n'est pas la procédure normale. L'accusation soutient que cette manière de faire dans le cadre d'un médicament expérimental est particulièrement choquante quand les personnes concernées sont issues d'un milieu pauvre.

Je me suis redressée. Si nous avions ces attestations sous serment, c'était grâce aux infirmières. Il s'agissait là de notre première contribution à l'affaire. Mais il allait nous en falloir plus. Trois, c'était à peine suffisant. Nous avions travaillé à la clinique de Montgomery, et nous étions aux premières loges pour savoir que si les patientes étaient averties des risques du Depo-Provera, ça se faisait oralement.

– Votre Honneur, voyons, l'État traite tout le monde de la même manière, a lancé, railleur, l'avocat de la défense. Prétendre que des personnes pauvres ont été cibles de préjugés sociaux est ridicule et impossible à démontrer. Ça ne change d'ailleurs rien au fait que les notices écrites étaient toujours disponibles ; il suffisait de les demander.

– Ridicule, sûrement pas. Et je ne suis pas d'accord : on peut tout à fait le démontrer.

– Ça suffit ! Sinon, je vous poursuis tous les deux pour outrage à magistrat. Il n'y aura pas d'autre avertissement.

Il suffisait de les demander ? Cet homme vivait dans un monde parallèle. Et il avait le culot d'affirmer que l'État traitait tout le monde pareil. De toute évidence, il était dans le déni de ce qui s'était produit à Tuskegee.

Je comprenais désormais le plan de Lou. Il démontrerait d'abord que les cliniques publiques administraient du Depo-Provera sans obtenir de consentement libre et éclairé. Puis, il expliquerait qu'il en allait de même pour les stérilisations, prouvant ce faisant qu'il s'agissait d'un système d'abus institutionnalisé.

Sa stratégie me plaisait. Mais encore fallait-il qu'il en apporte les preuves devant ce tribunal. Et je me rendais bien compte que ça n'allait pas être facile.

L'année scolaire avait commencé, de même que le championnat de foot. J'avais toujours aimé Centennial Hill à cette époque de l'année. Lorsque les feuilles changeaient, que les pêches mijotaient sur les cuisinières et que les camélias fleurissaient dans les jardins derrière les maisons. La ville devenait l'un des plus beaux endroits que je connaissais. Les gens s'asseyaient sur leurs vérandas et saluaient de la main les occupants des voitures qui passaient. Des hommes avec des chapeaux marchaient jusqu'à l'épicerie au coin de la rue pour acheter un Coca-Cola. La camionnette du marchand de glace faisait retentir sa petite musique. Les enfants jouaient au baseball sur la chaussée. Le facteur savait que vous attendiez des nouvelles d'un cousin malade et frappait à votre porte pour être sûr de vous remettre sa lettre en main propre. Aux yeux du monde, Montgomery était le berceau du sécessionnisme. Pour moi, c'était mon doux foyer.

Évidemment, Montgomery avait une autre facette aussi. Rencontrer les Williams était venu me le rappeler. De mon côté, nous étions protégés par notre éducation, notre travail et notre capacité à nous faire entendre, mais les Noirs pauvres ne mangeaient pas à leur faim, étaient humiliés par leurs employeurs qui exploitaient la précarité de leur existence. Beaucoup vivaient encore dans de modestes maisons sans eau courante. Aucune personne de couleur ne siégeait au conseil municipal et l'idée d'avoir un maire noir était grotesque.

La situation était particulièrement difficile à la campagne. Là-bas, les gens vivaient dans des taudis, si l'on pouvait appeler ça vivre. Les enfants marchaient pieds nus, parce que leurs chaussures étaient trop petites, et nombre d'entre eux avaient faim alors même que leurs parents récoltaient des denrées parfaitement comestibles. Erica m'avait raconté que lors du dernier Noël, leur père leur avait offert, à elle et India, un sac de clémentines. Elles avaient dévoré les fruits jusqu'à en avoir mal au ventre.

Durant l'automne 1973, je pensais souvent aux gens comme les Williams. Chaque fois que je faisais les courses au supermarché, je songeais à eux. Chaque fois que j'empruntais un livre à la bibliothèque, je songeais à eux. Quand je faisais le plein d'essence, je songeais à eux. Je m'efforçais de rester calme parce que nous étions au cœur du procès, et je ne voulais pas décevoir quiconque en me mettant en travers du chemin, mais j'étais troublée et mal à l'aise.

Lou travaillait sans relâche. Je crois bien qu'il dormait tout habillé certaines nuits, et encore quand il dormait. Il avait une femme qui travaillait à Selma, mais personne ne l'avait rencontrée. Je craignais qu'un divorce ne lui tombe dessus s'il ne prenait pas un peu plus soin de sa vie personnelle, mais en voyant la détermination dans son regard, je n'avais pas osé me mêler de ses affaires.

Le dimanche après l'église, je me rendais chez Mace pour lui apprendre à lire. Nous nous installions dans le salon tandis que les filles jouaient dehors et que Mme Williams préparait son dîner dominical. Mace progressait bien. La bibliothécaire du quartier m'aidait à dénicher d'autres livres. J'avais du mal à trouver des histoires avec des personnages noirs, donc j'optais pour des ouvrages qui mettaient en scène des animaux comme *Pilotin* de Leo Lionni. Si Mace avait catégoriquement refusé l'idée de bredouiller devant autrui dans une classe d'alphabétisation, il acceptait manifestement sans broncher que je le corrige. Il disait : « Allez-y, Civil », pour m'encourager à aller plus vite. Il s'asseyait tellement près de moi que je sentais la chaleur de son souffle lorsqu'il articulait les syllabes.

Un jour, sa mère a mis quelque chose à frire et l'huile chaude s'est mise à grésiller. Mace s'est soudain tourné vers moi et m'a embrassée. Ça m'a surprise, et pourtant je m'y attendais. Depuis des mois quelque chose se tramait entre nous et nous cédions enfin à notre attirance mutuelle. Il avait un goût de nature, comme je me l'étais imaginé. Et l'embrasser n'avait rien à voir avec les baisers que j'avais pu échanger avec Ty. Mace m'a embrassée avec force, il s'est pressé contre moi, m'a tenue fermement comme si après ça nous allions nous séparer à jamais. Il a été un peu brusque, et à dire vrai j'ai bien aimé. Ty s'était toujours montré doux et précautionneux, plus soucieux de mon bien-être.

Ce n'était pas parce qu'il avait dix ans de plus que moi. Il était différent de tous les hommes que j'avais connus jusqu'alors. Lorsque le mixeur s'est mis à vrombir, nous nous sommes rapprochés un peu plus. Et lorsque sa mère a ouvert une fenêtre pour alpaguer une voisine, il m'a enlacée. Je n'arrêtais pas de me répéter : *Civil, contrôle-toi.* Et d'une certaine manière, j'ai réussi à me persuader que je gardais le contrôle de la situation.

Pour finir, alors que son dîner était quasiment prêt, Mme Williams est venue s'asseoir dans son fauteuil pour faire du crochet. J'ai poursuivi la leçon comme si de rien n'était, mais je voyais bien qu'elle écoutait avec attention chacune de mes paroles. Sur un coup de tête, je lui ai proposé de lui apprendre à lire aussi mais elle a refusé. Elle préférait se contenter d'écouter.

TRENTE-NEUF

Pendant longtemps, mon père n'a pas essayé de savoir pourquoi je refusais de chercher du travail. Il n'a pas non plus mentionné mon obsession. Tous les matins, je me réveillais et m'habillais pour aller au tribunal comme si j'allais travailler. J'alternais entre trois jupes sombres et trois pulls assortis. Des tenues de circonstance, comme on les appelait. Je passais parfois prendre les filles dans l'après-midi, et demandais à Erica si elle avait besoin de fournitures pour l'école, ou quelles étaient les nouvelles des deux dernières copines qu'elle s'était faites. Le seul indice montrant qu'India aimait son école, c'était le grand sourire qui illuminait son visage chaque fois qu'elle montait dans ma voiture. Quelqu'un avait déposé de manière anonyme de l'argent pour Mace au bureau de Lou et la somme avait servi à acheter un carburateur neuf pour sa camionnette si peu fiable, si bien qu'il les accompagnait désormais toutes les deux à l'école le matin.

La mi-octobre est arrivée et avec elle mon vingt-troisième anniversaire. J'avais le sentiment de ne pas pouvoir le célébrer avant la fin du procès mais Ty et sa famille m'ont invitée, ainsi qu'Alicia, au Magic City Classic, le match de football universitaire qui opposait à Birmingham les deux plus grandes facultés noires de l'État. Il était prévu de partir en voiture le matin et de rentrer dans la soirée après la rencontre. J'ai donc accepté. Je me suis réveillée tôt ce jour-là pour m'habiller et préparer une glacière avec des boissons. Mon père a surgi dans l'embrasure de la porte.

– Oh, papa, tu m'as fait peur. Qu'est-ce que tu fais debout à cette heure-ci ?

– Je t'ai vue l'autre jour au magasin.

– Quel magasin ?

– Tu étais avec ce M. Williams. En train de faire des courses. Tu dépenses l'argent que je te donne pour nourrir cette famille ?

– Papa, il a des bons alimentaires. Il n'a pas besoin de ton argent.

Les bouteilles se sont entrechoquées alors que je les rangeais dans la petite glacière. Mon père a tapé du poing sur la table. Même à mes propres oreilles, mes mots avaient sonné creux.

– Tu révisais ici, sur cette table de cuisine, quand tu étais au lycée, tu te souviens ? Tu étais première de ta classe. Promise à un grand avenir. Il n'est pas trop tard, Civil.

Je n'avais pas pensé que mon père puisse se lever si tôt. J'aurais voulu trouver le moyen de me débarrasser de lui, d'éviter cette conversation, mais il fallait que j'attende Ty et ses parents qui venaient me chercher en voiture.

– Trop tard pour quoi ?

– Tu peux encore devenir médecin.

– Papa, s'il te plaît, pas aujourd'hui.

– Tu aurais pu poursuivre tes études n'importe où dans le pays. Spelman. Fisk. Howard. Mais tu as choisi la porte à côté. Les Tigres de Tuskegee. Tu as cru me faire plaisir ? En allant dans l'université où j'avais étudié ?

Oh, mon Dieu. Il voulait avoir une vraie conversation quand moi, j'émergeais à peine du sommeil.

– Probablement, ai-je répondu en toute honnêteté. Mais une fois là-bas, ça m'a plu.

– Ça m'a fait plaisir, Civil. Tout ce que tu as toujours fait m'a fait plaisir.

– Sauf aller au magasin avec un cul-terreux analphabète.

Je le provoquais, j'en étais bien consciente. Je ne savais pas réagir autrement. Il m'avait prise par surprise.

– Papa, tu te souviens de ce que tu me disais quand j'étais petite ? Sur la raison qui vous a poussés à m'appeler Civil ?

– Parce qu'on voulait que tu sois libre, a-t-il répliqué. Les treizième et quatorzième amendements étaient censés garantir les droits civiques. Mais l'année où tu es née, ce n'était encore qu'un espoir.

– Alors, n'entrave pas ma liberté.

– Je sais que tu te reproches ce qui est arrivé à ces fillettes, ma chérie, mais ce qui est fait est fait. Cet homme est…

– Mace. Cet homme s'appelle Mace Williams, papa.

– Civil, il faut vivre ta vie. Tourne la page. Ces gens ne sont pas ta famille.

– Pourquoi est-ce que tu parles des Williams comme s'ils étaient des extraterrestres ?

– Qu'est-ce que tu trouves à cet homme, Civil ? Quel genre d'existence aurais-tu avec lui, à ton avis ?

Mon Dieu, mon père pensait que Mace et moi nous fréquentions. Il y avait eu un baiser, rien de plus. Mais je n'arrivais pas à ouvrir la bouche pour l'en convaincre car il risquait de me trouver bien légère.

– Et Ty ?

– Papa.

– C'est un bon garçon. Il a fait des études.

– Et sa mère lui lave encore son linge.

– La mère de Ty est l'un des avocats les plus remarquables de cette ville.

– Je sais, papa, je dis juste…

– Williams est un homme mûr. C'est ce que tu veux ?

– Oui.

J'avais prononcé le mot avant de pouvoir m'en empêcher, mais en m'entendant j'ai tout de suite compris que je n'avais pas voulu lui répondre sur ce ton. J'étais incapable de le regarder. Le carrelage de notre cuisine était bleu avec des marbrures jaunes. Maman avait acheté les carreaux au Mexique où elle était allée faire une retraite pour peindre. Elle les avait fait acheminer en camion jusqu'en Alabama. Le sol de la cuisine des Williams était recouvert de linoléum. Pourquoi tout ce qui était beau chez nous devait me rappeler ce qui leur manquait à eux ?

On a frappé doucement à la porte de derrière, et Ty m'a fait signe par la fenêtre.

Papa m'a épargnée. En silence, il s'est levé pour se servir une tasse de café. J'ai passé la bandoulière de la glacière sur mon épaule, attrapé ma veste et marmonné au revoir.

Il était encore tôt mais la circulation sur l'autoroute 65 était déjà dense. Depuis mon plus lointain souvenir, les Noirs en Alabama s'organisaient pour aller assister au Magic City Classic. Lorsque les Blancs parlaient de rivalité footballistique, c'étaient toujours les Alabama Tide contre les Auburn

Tigers. Cette rencontre, qu'on appelait l'Iron Bowl, avait lieu au Legion Field à Birmingham, tout comme la nôtre, mais toujours en novembre. Lorsque les Noirs parlaient foot, il s'agissait des Alabama A&M contre les Alabama State. Notre culture en la matière avait grandi aux côtés de la leur, telles deux sœurs qui ne communiquaient guère mais arboraient la même coiffure. Ces univers parallèles façonnaient nos vies à maints égards, encore plus que ce que je pouvais imaginer.

Mon père supportait l'équipe de Tuskegee, mais il avait rencontré ma mère quand il était au Meharry Medical College. À l'époque, elle était étudiante à Fisk, à Nashville. Contrairement à beaucoup de gens, nous ne nous intéressions pas vraiment au Magic City Classic, ce qui ne nous avait pas empêchés de faire le voyage plusieurs fois pour assister au match.

La rivalité entre les Alabama State Hornets et les Alabama A&M Bulldogs allait au-delà de la rencontre sportive. Nombre de supporters venaient simplement pour assister au concours de fanfares. Voir les majorettes, les joueurs de tambour tirés à quatre épingles, le frelon, la mascotte d'une des deux équipes, qui dansait sur le terrain. C'était un rendez-vous annuel que peu d'événements en Alabama pouvaient éclipser. Les Ralsey ne le manquaient jamais. Chacun dans la famille avait étudié à Alabama State, et lorsque je suis montée en voiture avec eux, ils étaient tous les trois habillés en noir et or, les couleurs de la faculté. Mme Ralsey portait un pull au col doré.

À cause de la circulation, il nous a fallu deux heures pour arriver à Birmingham. Quand les Ralsey allaient au match, ils oubliaient le travail, donc je me suis bien gardée d'aborder le sujet des Williams. Durant le trajet, nous avons chanté en écoutant Natalie Cole, Gladis Knight et les Jackson Five. Ty a fait une parfaite imitation de Richard Pryor. Alicia nous a fait jouer à un jeu idiot où il fallait trouver un mot lié au mot précédent. Puis Mme Ralsey a proposé un remake d'une émission de télé où il s'agissait de deviner un morceau ou une chanson que l'un d'entre nous entonnait. M. Ralsey chantait affreusement faux et personne ne parvenait jamais à savoir ce qu'il sifflait. Ty a fait passer les Coca-Cola que nous avons bus avant de demander à faire une halte pour aller aux toilettes. M. Ralsey a continué de rouler un moment, afin de trouver le bon endroit pour s'arrêter. Dans beaucoup de stations-service il fallait une clé, et quand tu étais noir et que tu la demandais, on te répondait que les toilettes ne fonctionnaient pas. Ou si l'on te donnait la clé, tu faisais le tour et tombais sur des toilettes quasiment insalubres.

En arrivant à Birmingham, les Ralsey sont allés voir leurs amis et Ty, Alicia et moi avons cherché à savoir à quelle heure commençait la parade. Ty voulait retrouver ses copains de fac mais refusait de se séparer de nous. Alors, il nous a pris toutes les deux par la main en disant : « Allez, venez, les filles. »

J'ai commencé à me détendre en entendant les tambours, et en sentant la bonne odeur de saucisse grillée. Une radio beuglait à tout-va. Les gens déambulaient, habillés de toutes les couleurs. Noir. Or. Bleu. Blanc. Rouge. Rose. Vert. J'ai passé une main sur le devant de mon pull ; je me sentais engoncée dans mon jean pattes d'éléphant. L'ourlet était trop long et traînait par terre. Afros. Dos nus. Bérets de révolutionnaires. La foule était bigarrée. Des vieux, des jeunes. Des familles, des couples. Avec quatorze universités noires dans l'État, le match était incontournable.

Nous avons applaudi et encouragé les fanfares qui ont défilé pendant la parade, mais j'étais trop petite pour bien voir. J'ai croisé deux anciennes élèves infirmières de Tuskegee qui ont brièvement parlé de l'affaire des Williams avant de brandir le poing en signe de Black Power. Alicia a dit qu'elle avait faim et Ty a finalement accepté qu'on s'installe quelque part. Il a déplié trois chaises et nous a apporté des ailes de poulets avec de la salade de pommes de terre. Le poulet nageait dans la sauce piquante, et la salade de pommes de terre dans la mayonnaise. Alicia a bu bruyamment de la limonade. Ty a terminé sa bière et a dit qu'il allait revenir tout de suite. Alicia a ouvert le sac en toile qu'elle avait avec elle.

– J'ai un nouveau cas. Elle m'a montré un dossier. Une jeune fille, qui vit à la campagne.

– Bon sang, Alicia, pourquoi t'as apporté ça ?

Je ne pouvais détacher mon regard du dossier.

– Elle a quatorze ans. Deux bébés. Et elle refusait de prendre un contraceptif pour des raisons religieuses.

– Tu ne peux pas faire changer d'avis les gens.

– Mais j'ai réussi à lui faire prendre la pilule. Finalement. Et tu devineras jamais. Ça l'a rendue malade.

J'étais pétrifiée mais j'ai tendu la main vers le dossier.

– Tu as essayé d'en changer ?

– Ouais. J'en ai essayé deux différentes.

J'ai parcouru ses notes. L'adolescente s'occupait déjà de trois sœurs plus jeunes qu'elle avant d'avoir ses deux enfants. Maintenant, elle n'allait plus à l'école. *Arrête de lire*, me suis-je dit intérieurement. *Arrête de lire.* Mais si personne n'intervenait, le destin de cette jeune fille était scellé.

– Qu'est-ce que Mme Parr en pense ?

– Elle veut que je continue de parler à la fille. Nous n'avons pas beaucoup d'options, donc je fais avec.

J'ai refermé le dossier.

– Pourquoi est-ce que tu me montres ça, Alicia ? Dans quel but ?

– Je voulais juste connaître ton avis.

– Mon avis ? Je ne travaille plus à la clinique. Et je n'ai pas spécialement l'habitude d'être de bon conseil.

– C'est pas vrai, Civil. Tu as un don.

– Bon, c'est l'heure des cadeaux, non ?

Ty a frappé dans ses mains en s'approchant. Il avait les yeux brillants, comme s'il venait d'écluser deux bières supplémentaires.

– Et ne t'emballe pas trop, hein, parce que je ne gagne qu'un dollar soixante de l'heure avec mon nouveau temps partiel à l'université, a-t-il ajouté.

Depuis peu de temps, Ty était coordinateur dans le dortoir des premières années. Il avait l'air d'hésiter sur son avenir professionnel. Mon père avait affirmé qu'il n'y avait pas d'avenir avec Mace, mais ce dernier n'avait certainement même pas eu le luxe de « sérieusement réfléchir à la question ». Papa le jugeait, alors que c'était injuste de douter de Mace par rapport à la notion d'avenir puisque le mot même avait un tout autre sens pour lui.

Alicia a encore ouvert le sac en toile à ses pieds pour en sortir cette fois deux cadeaux.

– Pour moi ?

– Tu as un an de plus demain, espèce de folle ! s'est exclamé Ty.

– On dirait que c'est toi qui as fait les paquets.

Le cadeau de Ty était grand comme une boîte de chemise pour homme. Le papier rouge était imprimé de sapins de Noël. Typiquement Ty. Une fois, quand nous étions petits, il avait enveloppé deux barres de chocolat dans du papier journal et les avait posées sur ma table à l'école. L'encre du journal avait coulé et je m'en étais mis plein les doigts. Les barres de chocolat avaient fondu aussi, ce qui ne m'avait pas empêchée de les manger. Je tenais la boîte devant moi, en me remémorant toutes les occasions où Ty m'avait fait de drôles de petits présents.

– Ouvre le mien d'abord, a suggéré Alicia.

Je devinais à la forme et au poids de son paquet qu'il s'agissait d'un livre. Elle le fixait avec ce regard qu'ont ceux qui s'inquiètent de savoir ce que vous allez penser de leur cadeau.

J'ai déchiré le papier.

– Je ne m'attendais pas à ça.

– Ce n'est pas pour te mettre la pression. Juste pour te donner des idées peut-être, s'est empressée de préciser Alicia.

– Nan, c'est carrément de la pression, a décrété Ty.

J'ai retourné le livre. *Comment préparer le concours de médecine.* C'était le genre de cadeau que mon père aurait pu me faire. Je ne savais pas comment réagir.

– Bah, dis quelque chose.

– Je ne sais pas où tu veux en venir avec ça.

– Je suis tombée dessus par hasard dans la librairie d'occasion, tu te rends compte ? Et il est comme neuf. Quelqu'un a dû l'acheter avant de décider de ne pas faire médecine en fin de compte. Donc je me suis dit que ce livre n'avait pas encore trouvé son vrai propriétaire. Que je ferais mieux de l'acheter, de l'offrir et de voir s'il allait encore faire changer d'avis quelqu'un.

J'ai fait la moue.

– C'est toi peut-être qui veux faire médecine en fait.

– Tu rigoles, au mieux j'épouserai un médecin. Mais toi ? Toi, c'est différent.

– Différent ?

Elle m'a touché la main.

– Je sais que tu es dévastée par ce qui est arrivé à ces deux sœurs. Mais même si tu ne t'en rends pas compte, tu as un don, Civil Townsend. Tu as quelque chose à part. Tu serais un excellent médecin.

Marvin Gaye a retenti à fond et des gens devant nous ont commencé à se mouvoir comme s'ils étaient sur une piste de danse.

– Oh, si le père de Civil t'entendait ! Alicia, si tu continues, le bon docteur Townsend va finir par retourner à l'église ! s'est exclamé Ty.

– Bon, profitons-en pour l'instant, d'accord ?

Alicia m'a pris le livre des mains et l'a fourré dans son sac.

– Pardonne-moi, je suis ingrate, ai-je dit. Ça me plaît d'être infirmière, c'est tout. Je crois que c'est nous qui soignons vraiment. Les médecins ne pourraient pas faire leur travail sans les infirmières. Qui est-ce qui remarque quand une patiente se frotte constamment la poitrine ? Qui est-ce qui consigne qu'elle transpire alors qu'il fait froid dans la pièce ? À qui est-ce qu'elle avoue que le médicament la rend malade ?

Ils sont tous les deux restés silencieux.

– Médecine, c'est pour ceux qui courent après le titre. Je n'ai pas besoin de titre, moi. Je n'ai besoin du respect de personne.

Quelqu'un a monté le volume de la musique. Je me suis mise à crier.

– Vous comprenez ce que je dis ?

Ty a brandi une main en l'air.

– Civil. C'est juste un livre. Range-le dans ton placard et n'y pense plus. Bon, maintenant ouvre mon cadeau.

– Vous n'aviez vraiment pas besoin de m'offrir quoi que ce soit. Je ne m'y attendais pas, ai-je dit en déchirant le papier cadeau de Noël. C'était effectivement une boîte recyclée, aux coins abîmés. Ty avait scotché les bords. J'ai glissé un ongle sous le couvercle pour le soulever, puis j'ai écarté le papier de soie.

C'était une photographie d'Erica et India et moi devant l'hôtel à Washington, DC. Je me souvenais qu'un photographe nous avait hélées comme nous descendions les quelques marches du perron de l'établissement. J'avais attiré les filles vers moi en les prenant par les épaules. Nous sortions pour aller nous promener au National Mall. Je semblais contrariée mais les filles souriaient. Je n'avais jamais eu jusqu'alors de photographie de nous trois.

– Ty, comment tu as fait pour dénicher ça ?

– Elle a été publiée dans le *Tri-State Defender* à Memphis. Avec le nom du photographe en légende. Un certain Ernest Withers. J'ai trouvé son numéro de téléphone et je l'ai appelé. En fait, c'est un Noir qui a fait le voyage jusqu'à Washington pour couvrir l'audition.

– Mais…

Je me suis frotté les yeux.

– Allez, viens là.

Il m'a enlacée par le cou en manquant de faire tomber ma chaise ; notre maladresse ne faisait que rappeler à quel point nous étions tous les trois jeunes et ignorants. Nous traversions tant bien que mal une situation qui constituait sans aucun doute le plus grand événement de nos existences. Mais mon amour pour ces fillettes était on ne peut plus sincère, déplacé et imparfait, c'était indéniable.

J'ai pressé la photographie contre ma poitrine. Mes chéries. Mes petites chéries.

QUARANTE

Le mercredi de cette semaine-là, Lou a lâché une bombe en salle d'audience.

– Votre Honneur, vous avez sous les yeux la brochure qui récapitule les directives en matière de stérilisation.

Un exemplaire de la brochure était ouvert sur mes genoux. Lou me l'avait donné la veille. Pour la première fois depuis le début du procès, il allait pouvoir s'appuyer sur ce document pour développer son argumentation. Les avocats du gouvernement avaient placé les leurs dans des classeurs. Tous des originaux. On ne risquait pas d'en manquer.

– Votre Honneur, vingt-cinq mille exemplaires de cette brochure ont été imprimés. Vingt. Cinq. Mille, a-t-il répété lentement. Et pourtant, ils sont restés dans un entrepôt, et en conséquence aucune des cliniques publiques de ce pays n'en a jamais reçu.

Le juge a dévisagé Lou par-dessus ses lunettes.

– Est-ce que le département de la Santé, de l'Éducation et des Services sociaux a fait reproduire le contenu de ces brochures sur un autre support qui aurait été envoyé aux responsables des cliniques ?

– Pas que je le sache, Votre Honneur. Quand l'histoire d'India et Erica Williams a été relayée dans toute la presse, les vingt-cinq mille exemplaires de ces quelques pages de recommandations ont été retrouvés dans un entrepôt appartenant à l'État, situé dans la Troisième Rue à Washington, DC.

Lou a insisté sur *Troisième Rue* en articulant exagérément et en faisant un grand geste en direction des avocats de la défense. Il n'y avait aucun doute, du moins dans mon esprit : si ces brochures avaient été distribuées, plusieurs procédures de stérilisation n'auraient pas eu lieu, même s'il allait sans dire que certaines infirmières et certains médecins n'auraient pas dû avoir besoin de recommandations écrites pour savoir qu'on ne stérilisait pas les mineures.

J'ai écouté le crissement des stylos tout en observant le visage du juge. L'existence de ces brochures prouvait que le gouvernement fédéral, c'est-à-dire l'État américain, était au moins au courant des risques d'abus et savait que les établissements de santé publique avaient besoin de lignes directrices pour agir sur la question. Le fait que les cliniques n'avaient jamais reçu ces brochures signifiait que le gouvernement avait alloué le financement pour ensuite négliger de s'assurer que cet argent avait été utilisé à bon escient.

Parfois on avait du mal à distinguer ce qui se disait dans la salle d'audience, mais à d'autres moments on pouvait entendre un estomac gargouiller. Les avocats de Washington se sentaient vraisemblablement en position de faiblesse, en venant ici dans le Sud, dans ce territoire inconnu où le juge avait le même accent que l'avocat de la partie adverse.

Mais une fois encore, si quelqu'un était en position de faiblesse dans toute cette affaire, c'étaient les petites. Le système n'était pas fait pour que les pauvres gagnent. Il fallait reconnaître que le juge menait le procès de main de maître. Il écoutait avec attention, ne faisait jamais répéter personne. Il prenait beaucoup de notes et à la fin de chaque séance remerciait poliment tout le monde. Il s'est penché vers la greffière, une femme au visage jaunâtre. Elle portait tous les matins une nouvelle robe à fleurs, et celle du jour était imprimée de marguerites. Les touches de sa machine à écrire faisaient de petits bruits sourds. Le visage de l'huissier était rougi par le soleil et des auréoles de sueur marquaient sa chemise au niveau des aisselles malgré les courants d'air qui traversaient la salle. Les radiateurs cliquetaient doucement lorsqu'ils se mettaient à chauffer.

– Monsieur Feldman, votre témoin est-il prêt ?

– Oui, Votre Honneur. Je voudrais appeler à la barre le Dr Lance Paasch.

Un homme s'est levé pour s'engager dans l'allée centrale. Après avoir prêté serment, il s'est assis dans le siège placé à la gauche du juge.

– Veuillez indiquer à la cour vos nom et profession, s'il vous plaît.

– Je m'appelle Lance Paasch. Je suis l'ancien responsable du pôle de planification familiale de l'Agence de lutte contre la pauvreté.

– Merci.

Lou a quitté sa table.

– Monsieur Paasch, est-ce bien vous qui avez écrit ces… guides de recommandations ?

Lou a brandi une brochure.

– Oui, maître.

– Et vous les avez écrits en votre qualité de responsable du pôle de planification familiale de l'Agence de lutte contre la pauvreté, c'est bien ça ?

– Oui, maître.

– Vous avait-on demandé de le faire ?

– Oui, maître.

– Qui vous avait assigné cette tâche ?

– Le sous-secrétaire au département de la Santé, de l'Éducation et des Services sociaux.

– Comment s'appelle-t-il ?

– Anthony Marcus, maître.

– Et savez-vous pourquoi on vous a demandé d'écrire ce guide de recommandations ?

– Objection, Votre Honneur. Maître Feldman incite le témoin à spéculer sur les motivations d'une autre personne.

– Je demande tout simplement des renseignements sur la politique du département, Votre Honneur.

– Rejetée. Répondez à la question, je vous prie, monsieur Paasch, a déclaré le juge.

– Nous avons créé une nouvelle politique en 1971 qui nous autorisait à financer les procédures de stérilisation volontaire. Nous avions besoin de lignes directrices pour mettre en œuvre cette nouvelle politique, et mon service a été chargé de développer et de formuler cette marche à suivre.

– Combien de temps vous a-t-il fallu pour rédiger cette marche à suivre ?

– Quelques mois. Nous avons commencé durant l'été 1971 et à Noël de la même année le travail était fait. Je m'en souviens parce que je suis parti voir ma mère pendant les vacances.

Il s'est tourné vers le juge et lui a souri.

– Une fois cette marche à suivre terminée, l'avez-vous envoyée aux agences concernées ?

– Eh bien, nous avons envoyé une lettre à toutes les agences d'action locale, en leur demandant de geler les financements destinés aux services responsables en matière de stérilisation jusqu'à ce que la marche à suivre soit approuvée et imprimée.

– Et est-ce que les agences ont attendu ?

– Je ne sais pas. Le contenu du guide a été approuvé par le sous-secrétaire Marcus le... Il s'est penché vers une feuille de papier pour la lire. Le 10 janvier 1972. Il a fallu un mois supplémentaire pour l'imprimer et le conditionner pour pouvoir le distribuer. Mais ensuite, mon service a reçu une note interne indiquant que le guide devait être approuvé par la Maison Blanche.

– Par la Maison Blanche ? Vous voulez dire le Président ?

Je me suis avancée sur mon siège. Je me doutais que l'origine de ces projets gouvernementaux pouvait remonter jusqu'aux plus hautes sphères de l'État. Je l'avais répété à Lou.

– En fait, j'ignore totalement si le Président était impliqué en personne dans le processus, maître.

– Avez-vous communiqué avec la Maison Blanche à cette période ?

– Oui, j'ai contacté le personnel de la Maison Blanche à plusieurs reprises durant quatre mois environ. J'ai fini par réussir à parler à quelqu'un au service juridique de la Maison Blanche. Je voulais savoir ce qui posait problème, mais au lieu d'obtenir les informations que je souhaitais, je me suis fait taper sur les doigts. J'ai donc démissionné.

– Taper sur les doigts ? a répété Lou, jouant la surprise.

– Oui, maître.

– Pourquoi avez-vous démissionné ?

M. Paasch a hésité. Il a jeté un coup d'œil aux avocats du gouvernement, puis a regardé Lou.

– J'ai démissionné parce que j'avais peur que ce retard ne provoque une situation d'urgence, un danger.

– Que voulez-vous dire par là ? N'aviez-vous pas écrit aux agences pour leur demander de suspendre toute opération de stérilisation jusqu'à ce vous soyez en mesure de distribuer le guide de recommandations ?

– Si, nous l'avions fait. Mais je redoutais malgré tout que les interventions aient lieu, et ce, sans que les patientes soient correctement informées et conseillées.

– Vous redoutiez que les patientes ne soient pas en mesure de donner un consentement en toute connaissance de cause ?

– Objection, Votre Honneur. La question oriente le témoin.

– Objection retenue. Reformulez votre question, je vous prie, maître Feldman.

– Pourquoi étiez-vous inquiet au point de démissionner, monsieur Paasch ? a articulé Lou.

– J'étais inquiet à plusieurs niveaux. La stérilisation devenait un problème politique au sein de l'administration à Washington. C'était l'année des élections.

– Objection, Votre Honneur. Le témoignage relève de la spéculation pure et simple.

Nous étions au courant de la controverse grandissante au sujet du président Nixon et de son administration. Le vice-président venait de démissionner après avoir reconnu s'être rendu coupable d'évasion fiscale. Une commission sénatoriale menait une enquête sur les circonstances troubles dans lesquelles le siège du parti démocrate avait été cambriolé à Washington. Le procureur spécial avait été renvoyé. En abordant le sujet du Président, M. Paasch mettait le feu au tribunal.

– Je n'ai pas d'autre question, Votre Honneur, a conclu Lou avant que le juge puisse répondre à l'objection.

En regagnant sa place, Lou m'a regardée dans les yeux. J'ai bien vu à son expression qu'il était satisfait : il n'avait jamais autant assuré depuis le début du procès.

Je n'avais pas vu les filles depuis plus d'une semaine, j'ai donc décidé de leur apporter des courses et d'en profiter pour prendre de leurs nouvelles. Mon père avait vu juste. Je leur avais acheté à manger, même si j'avais aussi dit la vérité en affirmant qu'ils touchaient des bons alimentaires. Mais les bons suffisaient à peine à nourrir une famille de quatre personnes, j'aidais donc quand je le pouvais. Mme Williams ne cuisinait pas plus que nécessaire, mais elle préférait sans aucun doute servir deux plats chauds par jour si elle le pouvait. Et elle aimait par-dessus tout faire frire des cuisses de poulet ou mettre un rôti au four. Parce qu'ils n'avaient pas de cuisine à proprement parler dans leur cabane sur les terres Adair, elle adorait s'activer dans celle qu'elle avait désormais. Elle faisait des choses merveilleusement bonnes avec très peu. Lorsqu'elle était d'humeur créative, elle pouvait couper une pomme et l'envelopper dans du papier aluminium avec du jambon, ou paner du poulet dans des corn-flakes pour le frire.

Mme Williams m'a pris les sacs des mains.

– Où sont les filles ?

– Quelque part dehors. Entrez. Vous allez m'aider à laver ces légumes. Je fais une soupe aux boulettes de poulet. Vous en avez mangé y a pas longtemps ?

– Non, madame. En fait, je ne me souviens pas de la dernière fois que j'en ai mangé.

– Moi non plus. C'est pour ça que j'en fais. Bon, allez vous laver les mains.

Il y avait deux savons en forme de coquillage dans le porte-savon. Et même une serviette pour les mains. Je n'avais jamais vu de serviette pour les mains dans leur salle de bain. Chaque fois que je venais, je remarquais que les Williams poursuivaient leur odyssée. Ils avaient vécu comme ils avaient vécu parce que cette cabane qu'ils habitaient auparavant leur donnait le sentiment de ne pas pouvoir vivre autrement. C'était difficile de garder les choses en ordre quand le sol était en terre battue, difficile de rester digne dans un taudis qui puait l'urine. Sur les terres Adair, ce qu'ils avaient de mieux en eux s'était éteint. Dans ce nouvel appartement, avec sa cuisine et sa salle de bain, la famille se reconstruisait.

Je me suis regardée dans le miroir. Je ne savais pas pourquoi Alicia m'avait offert ce manuel de révision. Je n'arrivais même pas à m'imaginer médecin. Il n'y aurait rien de pire que d'avoir des patients qui me feraient confiance pour ensuite les décevoir. J'ai repensé aux professionnels de santé qui avaient défilé à la barre au procès. Comment faisaient-ils pour vivre avec la gravité de leurs erreurs ?

Dans la cuisine, Mme Williams faisait couler de l'eau au robinet.

– Vous pouvez utiliser l'évier pour les faire tremper et les nettoyer. J'aime pas les germes sur mes légumes.

– Oui, madame.

Une odeur de bouillon de poulet émanait d'une casserole. Elle a mis de la farine dans un saladier.

– Ces légumes viennent du jardin partagé ?

– Évidemment, a-t-elle répondu sans lever les yeux. On a planté des légumes. Des radis, des tomates et des choux. C'est à peu près la seule chose qui me manque de la ferme là-bas.

J'ai coupé un germe.

– Comment ça se passe au procès ?

Sa question m'a surprise car elle abordait rarement le sujet.

– Très bien. Lou est toujours notre avocat.

– C'est un sacré Blanc celui-là. Dieu en fait pas beaucoup des comme lui.

– Ouais, comme vous dites.

– Il y a eu des jeunes gens blancs qui sont venus ici pour les manifestations, il paraît. Il y en a même certains qui ont donné leur vie pour la cause. Vous vous souvenez de cette jeune femme blanche qui est venue manifester pour le droit de vote ? On m'en a parlé mais j'ai pas retenu son nom. Elle a disparu et on l'a jamais retrouvée. Elle avait quatre enfants, avec ça ! J'imagine que sa famille doit encore essayer de comprendre pourquoi elle a choisi de venir ici.

– Mmm.

– Évidemment, j'ai jamais manifesté moi. India et Erica étaient petites. J'aidais leur mère. Elle faisait des ménages, alors je gardais les gamines.

– Mmm.

– Quand elle est morte, les Blancs pour qui elle travaillait nous ont même pas envoyé des fleurs, nous ont jamais présenté leurs condoléances, ni dit d'aller nous faire voir ni rien. Elle a travaillé pour eux pendant sept ans, et j'ai appris qu'ils avaient engagé une nouvelle femme de ménage avant même qu'elle soit enterrée.

– C'est pas possible.

Je me suis essuyé le front du dos de la main.

– En tout cas, j'ai pensé à eux ces derniers temps parce que maintenant que les filles vont à l'école, et comme j'ai le bus pas loin, je pourrais peut-être travailler pour eux. Ils m'engageraient si ça se trouve.

J'ai lâché une poignée de légumes dans l'évier pour les laver.

– Vous voudriez travailler pour ces gens après ce qu'ils ont fait ?

Elle a haussé les épaules.
– Ça reste du travail.
– Une des écoles cherche peut-être quelqu'un. Je pourrais parler…
– Ah voilà que vous recommencez !
– Que je recommence quoi ?
– Vous en avez assez fait, Civil.
– Je dis juste que si…
– Civil.
– Vous parlez comme Mace.
– Passez-moi la casserole qui est dans le frigo. C'est du jarret.
– Oui, madame.
Alors que je m'accroupissais pour prendre la casserole, j'ai entendu la porte d'entrée s'ouvrir. Les filles ont déboulé dans la cuisine et quand elles m'ont vue elles se sont toutes les deux jetées à mon cou.
– Alors, vous étiez où ?
J'ai embrassé India sur le front.
– Regardez ce que j'ai eu.
Erica a brandi un tube de rouge à lèvres.
– Qui t'a donné ça ?
– Je l'ai trouvé. Il est pas mal utilisé mais ma copine dit que je peux l'essuyer avec un mouchoir et qu'il sera comme neuf.
– Oh.
Le rouge à lèvres était sale et presque vide. J'ai aussitôt pensé à lui proposer d'en acheter un neuf, mais je me suis abstenue. Mme Williams m'observait, je le savais.
Elle pouvait bien dire ce qu'elle voulait sur le fait que j'essayais tout le temps de les aider. Les filles étaient mes petites chéries aussi, et je ferais ce que je voudrais pour elles. J'achèterais un nouveau rouge à lèvres à Erica le lendemain.

QUARANTE-ET-UN

Lou tenait un stylo, suspendu entre ses doigts.

– Lou, je pensais à un truc. Les gens du gouvernement disent toujours que les politiques de stérilisation ne visaient pas intentionnellement les Noires pauvres mais comment allez-vous faire pour prouver le contraire ?

– Comment ?

Nous étions assis dans un bureau que le tribunal avait assigné aux avocats pour la durée du procès. Deux tables et deux chaises se faisaient face. Une petite fenêtre donnait sur la rue. La pièce était froide, pleine de courants d'air, et les murs nus.

– C'est comme ce qui s'est passé à Tuskegee.

– Ce dont on parle ici est un peu différent. Quatre-vingt-deux femmes ont été stérilisées en Alabama cette année, et quarante étaient blanches. La défense dira que ce pourcentage prouve qu'ils ont raison. Pour autant que je sache, il n'y avait pas d'hommes blancs qui ont été infectés dans l'étude de Tuskegee.

Lou ne se montrait jamais condescendant avec moi lorsqu'on discutait du procès. Il me prenait au sérieux, je dirais. Parler avec moi lui servait à réfléchir à certains points et à mettre ses idées en ordre.

– Mais la moitié de la population en Alabama n'est pas noire. Le chiffre n'est pas proportionnel, ai-je avancé.

– C'est vrai, mais leur argument tient toujours.

– Et les emplacements des cliniques publiques alors ? La nôtre est située en plein quartier noir. C'est toujours pareil, non ? C'est sûrement facile à vérifier. On pourrait regarder les adresses, et démontrer que les cliniques s'adressent à notre communauté rien qu'à cause de leur emplacement.

Il a hoché la tête.

– C'est une bonne idée.

– Donc si Tuskegee ne fonctionne pas, on n'a qu'à faire le lien avec le droit à l'avortement.

– Comment ça ?

– L'avortement et la stérilisation sont les deux faces d'une même pièce, à mon avis. D'un côté, ils restreignent notre accès à l'avortement. De l'autre, ils nous ligaturent les trompes. Ils coincent les femmes dans une situation impossible, Lou. Même avec la décision de la Cour suprême, un avortement reste difficile d'accès pour une femme pauvre.

– On est en Alabama, Civil. Je ne suis pas certain qu'on veuille aborder la question de l'avortement. Pas sûr qu'on veuille nager dans ces eaux-là.

J'ai essayé de déglutir mais j'avais la bouche sèche.

– Mais c'est pertinent pourtant. Si on arrive à faire le lien entre le fait de tuer des bébés pas encore nés et des bébés pas encore conçus, on attirera peut-être l'attention du juge.

– C'est trop risqué.

– Écoutez, une femme doit avoir le droit de mettre un terme à sa grossesse si elle le désire. Le point central pour nous, c'est de savoir si les femmes veulent réellement se faire stériliser ou non.

– Civil.

J'ai poursuivi, en l'ignorant.

– Sérieusement, qu'en pensez-vous ?

– Trouvez-moi les adresses des cliniques. C'est un bon début pour commencer.

– Entendu.

J'ai croisé les bras.

– Vous savez, Civil, j'avais un prof de droit à Auburn. Il s'appelait Maddox. J'ai été assistant chez son père pendant deux ans après mon diplôme. Le bonhomme m'a appris une leçon en matière de procédure judiciaire que je n'oublierai jamais.

– Et c'est quoi ?

– Ne jamais mettre la charrue avant les bœufs. Faire les choses étape par étape, et vos arguments en fin de compte refléteront précisément les choses. La passion, c'est bien. Mais seulement si on reste concentré.

– Je dirais qu'il avait besoin de se lâcher un peu, ai-je répliqué avant de me souvenir que la mère de Ty avait dit exactement la même chose.

Il a déballé une pastille contre les aigreurs d'estomac.

– Vous ne renoncez jamais, n'est-ce pas ?

Il avait raison. Ma ténacité ces derniers mois m'avait moi-même surprise. J'avais toujours pensé que j'étais le croisement parfait de mes deux parents. Mon père, pour la prudence et le conservatisme. Ma mère, pour l'impulsivité et la spontanéité de son âme artistique. Mais j'étais peut-être plus que la somme de tout ça.

Le manuel de révision pour le concours de médecine qu'Alicia m'avait offert se trouvait toujours sous mon lit. Je l'y avais flanqué dès que j'avais pu. Alicia avait dit qu'elle était devenue infirmière pour prouver l'existence de Dieu. Eh bien, moi, j'avais fait l'école d'infirmières pour être différente.

Je ne savais pas être prudente comme mon père, mais je ne savais pas non plus vivre dans mes rêves comme ma mère. Il fallait que j'agisse.

Le lendemain, Lou a appelé trois médecins à la barre. Le premier était un homme blanc pas très grand, qui portait un veston de tweed et des petites lunettes rondes. Il avait plus une allure de professeur que de médecin. Je me suis avancée sur mon siège pour mieux l'entendre parce qu'il parlait doucement.

– Je suis le docteur Walter Rosenstein, je pratique dans le district de Columbia et je suis spécialiste en médecine interne. Je dirige le Health Research Group, un organisme à but non lucratif reconnu d'utilité publique qui mène des projets de recherches dans le domaine de la santé et publie des articles à ce sujet.

– Merci, docteur. J'ai ici dans les mains un rapport, pièce à conviction F, Votre Honneur, écrit et publié par votre organisme, docteur Rosenstein, et qui s'intitule « Étude sur la stérilisation chirurgicale – abus actuels et proposition de réglementation ». Mon Dieu, ça fait beaucoup de mots. Ai-je bien tout prononcé, docteur ?

– Oui, maître.

Lou a regagné sa table comme pour consulter ses notes. Je me suis toujours demandé si ces allées et venues devant le juge pour lire des documents ne faisaient pas partie d'une mise en scène.

– Pourriez-vous préciser à la cour, docteur, la date de publication de ce rapport ?

– En mai de cette année, maître. Il y a environ six mois.

– Et pourriez-vous expliquer à la cour le contenu de ce rapport ?

Le médecin a remonté ses lunettes sur son nez.

– Nous avons d'abord rassemblé des informations en provenance du Baltimore City Hospital, du Los Angeles County Hospital et du Boston City Hospital. Et nous avons documenté et conclu à de nombreuses stérilisations abusives dans ces trois établissements de santé.

– Pourriez-vous s'il vous plaît expliquer ce que vous entendez par *abusives* ?

– Eh bien, il était demandé aux femmes, dont la plupart bénéficiaient d'une prise en charge de leurs soins, de consentir à se faire stériliser alors qu'elles étaient en plein accouchement, en particulier celles qui avaient déjà trois enfants ou plus.

– En plein accouchement ?

– Oui, maître. Beaucoup de femmes ont précisé qu'elles n'avaient jamais abordé la question de la stérilisation avec leur médecin avant d'arriver en salle de naissance. Nous avons également découvert que les formulaires qu'elles signaient au Baltimore City Hospital se résumaient à sept lignes. Pour expliquer que la patiente consentait volontairement à la stérilisation et qu'en conséquence ne serait probablement plus jamais enceinte. Sans plus d'informations sur les bénéfices, les risques, ou les alternatives à ce genre de stérilisation chirurgicale.

– Votre Honneur, nous avons un duplicata du formulaire du Baltimore City Hospital.

Lou a attendu que le juge le lise. Le soleil filtrait par une fenêtre. C'était l'un de ces frais matins d'automne durant lesquels le soleil brille si intensément que l'on ne peut s'empêcher d'avoir envie de sortir. Je savais qu'avec ce genre de luminosité maman passerait sa journée dans son atelier. Papa essaierait de terminer ses consultations aussi tôt que possible pour pouvoir rentrer à la maison préparer le dîner. Je n'avais jamais particulièrement aimé le grand air, mais je m'étais réveillée de bonne heure ce matin-là et m'étais assise dans un fauteuil sur la véranda à l'arrière de notre maison, pour admirer le jardin et observer les feuilles frémir dans le vent.

– Docteur Rosenstein, d'après vos conclusions, ces femmes étaient-elles en mesure légalement de consentir à cette procédure ?

– Oui, elles l'étaient la plupart du temps.

– Mais, elles n'avaient à leur disposition que des informations limitées.

– Oui, maître. Nous avons même appris que bon nombre d'entre elles croyaient cette intervention réversible, malgré la phrase à ce sujet dans le formulaire.

– Elles croyaient donc que la stérilisation était une forme temporaire de contrôle de leur fécondité ?

– Exactement, maître.

– Et il s'agissait souvent de femmes pauvres qui bénéficiaient d'une prise en charge de leurs soins de santé parce que leurs revenus étaient trop modestes.

– Oui, maître.

– Je n'ai plus de questions, Votre Honneur.

– Monsieur Peters, le témoin est à vous.

L'avocat du gouvernement ne s'est pas levé.

– La défense n'a pas d'autre question, Votre Honneur.

Caspar Weinberger n'était pas présent dans le tribunal ce jour-là. Du côté de la défense, il n'y avait que les trois avocats du gouvernement. Et derrière eux, deux hommes inconnus assis sur le banc. Par la suite, j'allais apprendre que l'un d'eux était le sous-secrétaire du département de la Santé, de l'Éducation et des Services sociaux, et l'autre un élu de l'Alabama qui siégeait au Congrès. Si j'avais su qui ils étaient, j'aurais peut-être compris à quel point l'affaire devenait importante. Lou ne semblait pas impressionné. Tel un soldat, il regardait droit devant lui. L'avocat du gouvernement paraissait toujours détendu lorsqu'il interrogeait les témoins, assis confortablement sur sa chaise pivotante. Lou, de son côté, était toujours en mouvement dans ces moments-là.

Alors que le Dr Rosenstein quittait la barre, j'ai remarqué l'élégance de sa tenue. Même avec tout son savoir et toutes les informations qu'il avait obtenues, il avait été incapable d'interrompre les interventions, me suis-je dit malgré moi.

J'aurais voulu voir le visage de Lou. Il me tournait le dos. Il tentait de faire changer les lois, et il serait peut-être débouté si le juge estimait que les lois avaient déjà changé et que toute mesure d'injonction était inutile.

Lou a appelé à la barre un deuxième médecin.

– Votre Honneur, j'appelle maintenant le Dr Barbara Robard.

Une femme, assise jusqu'alors au dernier rang, s'est levée. Je m'étais dit que c'était une habitante de Montgomery, spectatrice comme moi. J'avais hâte qu'elle prête serment. J'avais suffisamment eu l'occasion de croiser les amis de Meharry avec lesquels mon père était resté en contact pour avoir rencontré des femmes noires médecins, mais même moi, je devais bien admettre qu'il n'y en avait pas tant que ça.

– Docteur Robard, veuillez indiquer à la cour, s'il vous plaît, votre fonction.

– Je suis directrice de recherches au Cabinet de conseil en santé publique à Washington, DC.

Elle était spécialiste en quoi exactement ? J'aurais voulu que Lou lui demande de préciser. Cette femme m'intriguait.

– Qu'ont révélé vos recherches sur les taux de stérilisation dans ce pays ?

– Maître Feldman, nous avons découvert que la stérilisation est la règle, et non l'exception. Cette pratique est endémique dans ce pays. C'est une forme de contrôle des naissances.

Lou s'y prenait parfaitement. C'était précisément ce qu'il voulait que le juge entende.

– Objection, Votre Honneur.

– Pour quel motif ?

– Le témoin exagère.

– Retenue.

J'ai secoué la tête. L'avocat de la défense n'avait pas clairement formulé son objection, et le juge était allé dans son sens. La femme à la barre n'a pas semblé perturbée, et Lou encore moins.

– Docteur Robard, pourriez-vous nous indiquer à quelles statistiques vous êtes arrivée dans vos recherches ?

– L'année dernière, nous avons mené une enquête et découvert que, même si deux tiers des patients dans les établissements de santé publique sont blancs et seulement un tiers noirs, quarante-trois pour cent des personnes stérilisées sont noires. Un rapport du gouvernement américain, a-t-elle poursuivi en désignant les avocats de la défense, a montré qu'entre l'été 1972 et l'été 1973, vingt-cinq mille adultes ont été stérilisés dans des établissements de santé financés par l'État. Et parmi eux, cent cinquante-trois avaient moins de dix-huit ans…

– Objection, Votre Honneur.

– En Caroline du Nord entre 1960 et 1968, sur les mille six cent vingt stérilisations qui ont été pratiquées, soixante-trois pour cent l'ont été sur des femmes noires…

– Objection, Votre Honneur.

– Et cinquante-cinq pour cent d'entre elles étaient adolescentes ! s'est écriée le Dr Robard.

– Objection !

Le juge a donné un vigoureux coup de marteau.

– Silence. Que tout le monde se calme. Vous êtes dans mon tribunal, pas au cirque.

Les chiffres ! Le Dr Robard avait des chiffres.

– Votre Honneur, le témoin répond tout simplement à ma question sur les statistiques, a déclaré Lou.

– Ces statistiques dépassent largement le champ de cette affaire, a protesté la défense.

– Maître, je vais rejeter en partie vos objections. Même si les chiffres relevant des années 1960 sont sans rapport avec la législation actuelle, toutes les statistiques qui concernent l'année passée ou celle d'avant sont directement liées au sujet qui nous intéresse et seront donc versées au dossier. Par ailleurs, madame Robard, à partir de maintenant vous vous contenterez de répondre à la question qui vous est posée. Nous ne sommes pas dans un zoo. C'est bien clair pour tout le monde ?

Je n'ai pas aimé la référence du juge au zoo. Et il s'était adressé au Dr Robard en l'appelant madame, et non docteur. J'imagine que nous avions de la chance qu'il ne l'ait pas appelée par son prénom, comme beaucoup de Blancs le faisaient avec les femmes noires. Je me demandais s'il n'y avait pas là-dessous le genre de préjugés que Lou avait craint. Le professionnalisme du juge n'était peut-être qu'une manœuvre pour faire croire à son impartialité. Nous nous préparions aux larmes si nous le prenions pour un homme juste.

– Procédez, je vous prie, maître.

– Les chiffres récents sont-ils conséquents, docteur Robard ?

– D'après nos conclusions, les chiffres du département de la Santé, de l'Éducation et des Services sociaux sont largement sous-estimés. Nos recherches ont révélé que durant ces quelques dernières années, près de cent cinquante mille femmes ayant de faibles revenus, partout dans le pays, avaient été stérilisées dans le cadre de campagnes financées par l'État.

J'ai plaqué une main sur ma bouche. Tout ça s'était produit sous la supervision du gouvernement. Je ne voulais même pas essayer de deviner le nombre de mineures parmi ces femmes victimes de stérilisation. Elle avait mentionné cinquante-cinq pour cent d'adolescentes en Caroline du Nord, mais désormais tout se mêlait dans mon esprit et les chiffres nourrissaient tous une seule et même pensée : *comment ont-ils osé ?* J'étais révulsée. Nos corps nous appartenaient. Pauvres, handicapées, peu importait. C'était de nos corps qu'il s'agissait, et nous avions le droit de décider quoi en faire. C'était comme s'ils nous dépossédaient de nos propres corps, comme si nous ne nous appartenions même plus.

J'avais besoin d'air. Il fallait que je sorte de cette salle d'audience, mais je ne voulais pas gêner la procédure. Je n'avais pas désiré devenir mère, et je m'étais demandé à l'époque si je n'avais pas quelque chose qui clochait en moi. J'avais tenté de faire la paix avec ça après mon avortement, en croyant de toute mon âme qu'il y avait des explications scientifiques à toutes les facettes de l'être humain. Mais j'avais exercé mon libre arbitre, ce qu'on avait refusé en l'occurrence à ces femmes.

– Je n'ai pas d'autre question, docteur.

Tandis que le Dr Robard passait devant moi, mon ventre s'est mis à gargouiller comme si un volcan allait entrer en irruption dans son sillage. J'ai attendu que le juge déclare la fin de l'audience du jour, mais lorsque je suis sortie pour essayer de voir le Dr Robard, elle était déjà partie.

QUARANTE-DEUX

Lou avait déposé ses conclusions fin octobre, et l'audience était temporairement ajournée. Il avait tout donné, mais personne n'était en mesure de savoir si ça suffirait. Après avoir quitté le tribunal, je n'avais qu'une envie : manger un sandwich et rentrer à la maison me coucher. Le déjeuner que je m'étais préparé ce matin-là se trouvait encore dans un sac sur la banquette arrière de ma voiture.

En arrivant chez moi, toutes les lumières étaient allumées, y compris dans le salon et la salle à manger. J'ai pensé que ma mère était dans un de ses accès de ménage. De temps à autre, elle s'emparait d'un seau et entreprenait de nettoyer toute la maison, en jetant au passage ce qu'elle pouvait et en changeant les meubles de place. Parfois durant sa fièvre ménagère, elle finissait même par repeindre les murs. D'autres fois, elle s'interrompait en pleine action et il nous incombait à mon père et moi de tout remettre en place. Pourtant, réflexion faite, elle n'avait pas fait ça depuis longtemps, me suis-je dit.

En vérité, je ne me rappelais pas la dernière fois où elle avait fait le ménage.

Dans la cuisine, j'ai senti un parfum de gardénia. Nous avions de la visite.

– Papa ? ai-je appelé.

– Ici, au fond, chérie.

J'ai attrapé une pomme dans mon sac de pique-nique et suis partie vers le salon. Ma tante Ros était assise dans le fauteuil de papa. Qui était appuyé sur le comptoir du bar.

– Tante Ros, tu es arrivée quand ?

Drapée dans plusieurs épaisseurs de tissu, tante Ros avait l'air d'une reine. Elle s'était vantée une fois de ne pas posséder de ceinture, et je la croyais. Comme ma mère, elle avait les pommettes saillantes, un long cou, et elle était menue, mais leur ressemblance s'arrêtait là. Contrairement à ma mère et son incontournable rouge à lèvres, tante Ros ne se maquillait jamais et marchait toujours sur du plat. Elle avait aussi l'afro le plus impressionnant que j'avais jamais vu.

– Ton père m'ignore depuis des semaines, donc j'ai décidé de venir voir de mes propres yeux ce qui se passait ici.

– Mais il n'y a pas ta voiture dans l'allée.

– J'ai pris le car.

Je me suis hissée sur un tabouret de bar près de papa. Assise par terre, les jambes croisées, maman enlevait le vernis rose qu'elle avait sur les ongles. Elle n'avait pas l'air de s'être lavée avant de revenir dans la maison.

– Civil, tu es infirmière. Je suis psychologue. Toutes les deux, nous nous occupons des autres. Tu vois ce qui se passe dans cette maison. Tu le sais, et je le sais.

– Qu'est-ce qui se passe ?

– Ta mère passe tout son temps dans son atelier. Elle y dort même maintenant.

C'était vrai. Maman dormait là-bas de plus en plus souvent, mais pas encore toutes les nuits. Du moins, c'était ce que je croyais.

– Comment tu le sais ? ai-je demandé doucement.

– Votre voisine, Mabel Turner, m'a téléphoné. Elle était inquiète. Elle a essayé d'en parler plusieurs fois à ton père, mais il lui a systématiquement répondu que tout allait bien, c'est ce qu'elle m'a dit.

– Maman peint beaucoup, c'est tout. Elle travaille sur une série.

– Je connais ma sœur aussi bien que tout le monde dans cette pièce, et je sais que tout ça n'a aucun rapport avec une série de tableaux. Pourquoi est-ce que vous ne lui trouvez pas quelqu'un qui puisse l'aider ? Ils ont des psychologues à l'hôpital.

– Des psychologues ? ai-je répété. Pourquoi aurait-elle besoin d'un psychologue ?

Tant Ros s'est avancée dans le fauteuil à bascule qui s'est penché en avant.

– Henry, tu es tout le temps dans ton cabinet. Tu travailles même le samedi maintenant. Et June, tu te leurres si tu penses passer ton temps dans ce satané atelier à finir une soi-disant série. Non, franchement, vous vous noyez dans une mare de boue, voilà ce que vous faites tous en ce moment.

J'ai secoué la tête. Tante Ros avait déboulé ici comme si elle nous avait observés depuis Memphis avec un télescope magique et nous avait percés à jour. Tante Ros avait toujours été comme ça, elle avait toujours cru qu'elle pouvait tout rapporter à un manuel de psychologie.

– Maman, dis-lui que tu vas très bien, ai-je dit.

Tante Ros ne s'est pas arrêtée.

– June. Tu vas venir avec moi à Memphis pour une quinzaine de jours, et il est hors de question que tu refuses.

– Ros, je ne peux pas. Je ne peux pas partir comme ça, a dit maman d'une voix faible.

– Tu vas prendre le car avec moi, June.

Papa n'a pas protesté. Il lui était peut-être reconnaissant d'intervenir. Ils l'étaient peut-être tous les deux. J'ai tenté de déchiffrer son expression, mais son regard m'évitait.

– Et Henry, tu vas…

– Tante Ros. Tu ne peux pas tout simplement débarquer ici et séparer la famille. Tu ne sais pas tout. Maman et moi, on va à l'église tous les dimanches. Elle va bien. Et papa ne travaille pas plus que d'habitude. C'est juste qu'il a plus de patients.

Elle s'est tournée vers moi.

– Civil Townsend, pourquoi est-ce que tu ne travailles pas, toi ? Tu ne travailles plus depuis cet été. Mabel dit que tu vas au procès tous les jours. Ces petites filles ne sont pas tes enfants. Tu traînes constamment dans ce tribunal comme si tu étais leur mère.

– Ros.

– Excuse-moi, Henry, mais tu sais que c'est vrai.

– C'est dur pour moi de trouver un travail à Montgomery en ce moment, tante Ros. Tout le monde m'en veut.

– Mais personne ne t'en veut, ma chérie, a répliqué tante Ros.

– Les gens parlent dans mon dos. Ils disent que j'attire les emmerdes. Que c'est de ma faute ce qui est arrivé aux filles. Même les gens à l'église me regardent bizarrement.

Tante Ros n'a pas bougé.

– Qui parle de toi ?

– Tout le monde.

– Ma chérie, il y a toujours eu des gens qui ne comprennent pas le sacrifice de justice. Tu essaies d'améliorer une situation qui est mauvaise. Si tu le sais au fond de toi, c'est tout ce qui compte.

Le sacrifice de justice ? Tante Ros savait si peu de choses. Elle avait quitté Montgomery depuis trop longtemps. Que ce soit l'attentat dans l'église de Birmingham ou Ruby Bridges, il n'y avait pas de justice pour les petites filles noires, et il n'y en avait jamais eu.

Je ne suis pas allée à l'église avec maman ce dimanche-là parce que papa les avait emmenées, elle et tante Ros, à la gare routière. Je n'avais pas pu les y accompagner. Ça me faisait trop mal de voir ma mère aussi misérable et vulnérable. Ros nous avait tendu un miroir et maman avait finalement capitulé face à son épuisement général. Ses yeux semblaient s'être enfoncés et ses joues affaissées ; et elle avait pris soudain un sacré coup de vieux, comme jamais auparavant. En entrant dans sa chambre ce matin-là, je l'avais trouvée assise, catatonique. C'était tante Ros qui l'avait habillée.

Je leur avais dit au revoir à la maison. Tante Ros avait promis qu'à son retour maman serait tellement changée qu'elle se mettrait à cuisiner. Mon père s'était contenté de rire car le jour de leur mariage, maman avait décrété qu'elle ne cuisinerait pas et ne cuisinerait jamais.

Quelques jours après leur départ, papa s'est mis en quête d'un jeune médecin en fin d'études pour le seconder au cabinet. Il s'est aussi inscrit dans un cercle de poésie dont les membres se réunissaient le samedi matin. J'ai commencé à traîner au lit tard et à regarder la télé l'après-midi. J'avais l'impression que ma famille m'avait abandonnée.

Un jour, Ty a frappé à la porte de derrière mais je n'ai pas répondu. Il a laissé un message.

Alabama State a un poste d'infirmière à pourvoir. Si tu postules et qu'ils t'engagent, je t'apporterai des cafés.

Attaché au message, il y avait un prospectus, percé de petits trous de punaises. Au lieu de noter les informations, Ty avait carrément pris le papier. Je l'ai plié et glissé dans un tiroir de mon bureau.

Je continuais de m'apitoyer sur moi-même quand Lou m'a appelée plus tard cet après-midi-là pour me dire que la défense avait à son tour rendu ses conclusions.

– Déjà ? Qu'est-ce que ça veut dire ?

– Ils ont soumis leurs documents, et ils ont demandé un non-lieu. En disant que la plainte avait été déposée prématurément. Ensuite ils ont présenté des preuves qui montrent que le département de la Santé, de l'Éducation et des Services sociaux est en train de revoir les directives en matière de stérilisation. Ce qui d'après eux prouve que mon argumentation ne tient plus la route.

– Qu'est-ce que le juge a dit ?

– Il a dit : *je vais examiner tout ça*, a proclamé Lou lentement, en imitant la voix rauque du juge.

– Vous parlez exactement comme lui.

– Ouais, bah, j'ai tellement écouté cette voix que je l'entends même dans mon sommeil.

– Et maintenant, qu'est-ce qui se passe ?

– On attend.

– Combien de temps ?

– Pas longtemps. Il va parcourir ses notes et rédiger son jugement.

– C'est-à-dire, *pas longtemps* ?

– Je ne sais pas. Hé, qu'est-ce que vous faites chez vous en milieu de la journée ? Vous voulez manger un morceau ? Je m'apprêtais à descendre au Ben Moore Hotel.

– Non, j'ai un truc à faire aujourd'hui.
– D'accord. Bon, je vous appelle dès que j'en sais plus.
– Merci, Lou. Sincèrement. Merci beaucoup.
– Ne me remerciez pas encore.

C'était l'après-midi et j'étais encore en pyjama. J'ai enfilé des chaussons et je suis sortie dans le jardin. La chaise en plastique blanc a craqué quand je me suis assise dessus. Ce toqué de coq s'est mis à chanter et je lui ai répondu. Il s'est aussitôt tu, comme dérouté par ma riposte. J'ai glissé mes doigts entre les boutons de mon haut de pyjama et en sentant ma petite bedaine molle je me suis imaginée enceinte, avec la peau du ventre ferme et tendue.

Le vent m'a soufflé dans les oreilles. J'avais tellement de questions, mais la plupart s'adressaient à Dieu, je le savais. Est-ce que maman était vraiment malade ? Qu'étais-je en train de faire avec Mace ? Devrais-je retourner travailler à la clinique ? Était-ce de ma faute si les filles avaient été stérilisées ?

À une époque, nous parlions des choses. Je parlais à mon père. Et il parlait à ma mère. Nous n'avions pas de secrets, les pensées circulaient simplement au sein de notre petit triangle familial, et cette proximité entre nous permettait aux problèmes de se dénouer naturellement.

Je n'avais jamais véritablement compris ma mère, si bien que l'idée de gérer sa dépression autrement que d'habitude me déconcertait. Ses tableaux semblaient contenir la clé : chacun y voyait quelque chose de différent. Je comprenais que la liberté d'interprétation était un principe des droits civiques important pour elle. L'art Noir, comme elle le disait toujours, n'avait pas besoin d'être figuratif ou réaliste pour être politique. Si l'art nous parle parfois, c'est justement parce qu'on ne peut pas le faire rentrer dans une case. Ce genre d'argument, chaque fois que j'observais ma mère, me faisait songer qu'elle aussi, elle refusait de rentrer dans une case. Pour ma part, je cherchais toujours l'ordre et la rationalité. J'avais besoin de comprendre. Lorsque je ne comprenais pas, je me sentais déstabilisée.

Mon ventre s'est réchauffé sous mes doigts. J'ai inspiré et expiré ; mon abdomen s'est gonflé, dégonflé. Comment diable allais-je trouver une logique à tout ça si le juge ne se prononçait pas en faveur des filles, s'il ne faisait absolument rien pour changer les choses ?

Le coq s'est encore manifesté, mais cette fois le bruit ne ressemblait en rien à un chant.

QUARANTE-TROIS

Le 3 novembre, le juge a fait savoir qu'il était prêt à rendre son verdict. En chemin pour le tribunal, j'ai expliqué à Mace et Mme Williams les différentes issues auxquelles nous pouvions nous attendre.

– Aujourd'hui, le juge va peut-être décider de mettre un terme aux stérilisations dans tous les établissements de santé publique. Il pourrait s'agir d'une décision temporaire jusqu'à ce que les cliniques et les hôpitaux s'engagent à respecter le consentement des patientes de manière beaucoup plus encadrée. Ou bien il peut aussi classer l'affaire sans suite. On ne sait pas.

– Sans suite ? a répété Mme Williams, assise sur la banquette arrière.

– Bah, vous savez ce qu'on essaie de faire, madame Williams. On en a parlé. Il faut être sûr que ce qui est arrivé à Erica et India n'arrive plus jamais à personne d'autre. Personne ne devrait se faire ligaturer les trompes de force. Personne.

– Ah, ça c'est sûr.

– Avec un peu de chance, le juge dira au gouvernement que ce qui s'est produit est illégal et qu'il faut régler le problème.

Mace avait gardé le silence depuis notre départ. Un silence terrible.

– C'est arrivé à combien de personnes ? a-t-il finalement demandé.

– Ces dernières années, des milliers de pauvres femmes ont été stérilisées dans ce pays.

– C'est diabolique, a murmuré Mme Williams.

– Ouais. Ce juge aura beau dire aujourd'hui, ça changera rien à ce qui s'est passé, a décrété Mace.

– Non, c'est vrai, ai-je concédé. Mais au moins, on pourra peut-être se dire que ce qu'elles ont subi n'aura pas servi à rien. Si le juge se prononce en notre faveur, ça sera grâce à votre courage ; parce que vous êtes tous allés témoigner devant le Congrès, parce que vous avez bien voulu que les filles se battent pour ce qui est juste.

– Mace, mon fils, c'est pour ça qu'on a été à Washington. Tu te souviens de ce qu'on s'est dit ? Et ce gentil M. Kennedy nous a écoutés. Il a tout écrit sur un papier. Il a dit aux autres Blancs ce qu'ils avaient besoin d'entendre.

Mace n'a rien répondu. J'étais bien contente que nous ayons pris la décision de ne pas emmener les filles. Elles étaient à l'école, et nous étions convenus tous les trois que c'était préférable ainsi. Si le verdict s'avérait mauvais, nous ne voulions pas qu'elles y assistent.

Nous sommes arrivés dans un océan d'objectifs. La police bouclait le périmètre autour du tribunal. Lou avait envoyé quelqu'un pour nous escorter, mais tandis que nous nous frayions un chemin à travers la foule un journaliste a alpagué Mme Williams.

– Vous espérez quelle issue aujourd'hui, madame Williams ?

– Quelle quoi ?

– Qu'est-ce que va dire le juge à votre avis ?

– On espère bien qu'il fera ce qui est juste. Ce qui est arrivé à mes petites-filles, c'était un péché, devant Dieu, et tout le monde le sait.

– Venez, ai-je dit en les entraînant tous les deux à l'intérieur.

Mme Williams a suivi dans l'escalier la jeune femme venue nous chercher avant de se retourner vers Mace et moi qui gravissions tant bien que mal les marches derrière elles.

– Allez, plus vite ! nous a-t-elle lancé.

Mace m'a prise par le coude. Je redoutais d'entrer dans cette salle d'audience. J'ignorais si je serais capable de regarder à nouveau les filles dans les yeux si les choses ne tournaient pas en notre faveur. Lorsque nous leur avions annoncé que le verdict était sur le point d'être rendu, India nous avait dévisagés et Erica avait demandé : « Est-ce que tout le monde sait que c'est aujourd'hui ? »

Devant la porte de la salle d'audience, notre accompagnatrice nous a confiés à une autre femme vêtue d'un tailleur marron et blanc.

– Civil Townsend ? Monsieur et madame Williams ?

– Oui, madame.

– Je vais prendre vos manteaux et vous montrer vos places.

Le début de l'audience était prévu à 9 h 30, mais la salle était déjà comble. J'ai aussitôt remarqué les infirmières. Toutes en uniforme. Une grande femme noire dans une version bleu ciel de l'uniforme, coiffe identique sur la tête, était assise au bout du rang. C'était la première fois que je voyais la nouvelle directrice de la clinique, Mme Parr. Quand elle m'a vue, elle m'a saluée de la main. Devant la chaleur de son accueil, et son expression bienveillante, j'ai regretté de ne jamais être allée la rencontrer. Alicia m'a fait signe aussi, et d'autres infirmières ont hoché la tête. Je ne m'attendais pas à les trouver toutes là, et ça m'a paru bizarre de ne pas m'asseoir à leurs côtés. Nous avions entamé cette odyssée ensemble, et même si je n'avais travaillé que quelques mois à la clinique, j'étais l'une des leurs.

Avec les Williams, nous nous sommes installés dans le rang qui nous était réservé, juste derrière la table de Lou. Mace m'a pris la main, et j'ai vu Mme Williams nous observer du coin de l'œil.

– Hé, a-t-il murmuré, quand tout ça sera fini, peu importe le résultat, sachez que vous avez bien fait.

Mace m'a adressé le même sourire enjoué que la première fois où je l'avais rencontré. Le genre de sourire qui te faisait penser l'espace d'une seconde qu'il se moquait tout simplement de toi. Mon père avait raison : Mace était un homme mûr. Un adulte, un père, un fils. Je n'avais pas le droit de jouer avec sa vie. J'ai retiré ma main, doucement, négligemment, comme par accident.

La porte au fond de la salle d'audience s'est ouverte, et nous nous sommes tous tournés vers les avocats qui faisaient leur entrée. Lou portait un costume flambant neuf, empesé. Il semblait perdu dans un flot de rayures. Il était rasé de près, ses cheveux soigneusement coupés ; on aurait dit un diacre. Il s'est dirigé droit vers sa table sur laquelle il a posé sa mallette. J'avais entendu sa plaidoirie la veille. Il avait été bon. Mais aucun d'entre nous ne savait si cela suffirait.

L'huissier a refermé les portes de la salle. J'ai regardé autour de moi. J'ai aperçu les Ralsey, mais Ty semblait absent.

L'huissier a proclamé :

– Mesdames et messieurs, la cour !

Le juge Eric Blount a pénétré dans la salle d'un pas rapide et tout le monde s'est levé.

– Asseyez-vous, je vous prie.

– Nous sommes ici dans le tribunal de première instance du Middle District de l'Alabama, dans le cadre d'une procédure civile concernant l'affaire numéro vingt-trois tiret deux cinq six un. Le dossier Erica et India Williams, et autres victimes, les plaignantes, contre Caspar Weinberger et autres auteurs.

Je me suis essuyé la nuque. Je transpirais.

M. Weinberger était assis près de ses avocats. Ensuite, il y avait M. Arnett. Derrière eux se trouvait un groupe de ce qui ne pouvait être que des membres de l'administration de Washington, que je ne connaissais pas. Les huiles de Montgomery étaient présentes aussi pour ce jugement. George Wallace était penché en avant dans son fauteuil roulant près de l'entrée de la salle, le maire Robinson assis à ses côtés. De notre communauté, j'ai repéré Johnnie Carr. Rufus Lewis. Fred Gray. J'ai même remarqué Sœur LaTarsha assise en compagnie de deux autres religieuses.

Le juge a commencé à lire sans plus de formalités :

– Je décide par le présent jugement que les plaignantes India et Erica Williams peuvent déposer leur requête dans le cadre d'une action collective, selon la loi 23 B-2 du Code de procédure civile, représentant ainsi toutes les victimes innocentes de stérilisation forcée, pratiquée dans le cadre de campagnes financées par l'agence de Santé publique ou l'agence de Réinsertion sociale du département de la Santé, de l'Éducation et des Services sociaux des États-Unis.

Mme Williams s'est tournée vers moi, anxieuse. J'ai hoché la tête pour lui faire comprendre que jusque-là tout allait bien.

– Les articles concernant la Planification familiale du Public Service Act, la loi sur la fonction publique, et du Social

Security Act, la loi sur la sécurité sociale, n'autorisent pas à utiliser des fonds publics afin de stériliser d'office les personnes déclarées mentalement irresponsables ou dans l'incapacité, selon les règles de la législation en vigueur, de donner leur consentement éclairé et obligatoire à une telle intervention chirurgicale, soit en raison de leur âge, soit en raison de leur facultés mentales.

Il s'est éclairci la gorge.

– Par le présent jugement, et de manière permanente, j'interdis donc aux défendeurs, à leurs successeurs, leurs subordonnés, leurs agents et leurs employés de verser des financements publics dans le cadre des articles susmentionnés de Planification familiale afin de procéder à la stérilisation des personnes déclarées mentalement irresponsables ou dans l'incapacité, selon les règles de la législation en vigueur, de donner leur consentement éclairé et obligatoire à une telle intervention chirurgicale. Je déclare également arbitraires et déraisonnables les conditions de régulation en matière de stérilisation que le département de la Santé, de l'Éducation et des Services sociaux des États-Unis a publié ; et ce dans la mesure où cette marche à suivre autorise l'utilisation de fonds publics sans qu'il soit clairement et d'emblée spécifié à la personne concernée que consentir ou non à un tel acte médical irréversible n'a rien à voir avec l'aide publique dont elle peut bénéficier par ailleurs ; et sans non plus exiger que cette information figure en évidence sur le document officiel de consentement dont il est question dans lesdites conditions de régulation.

– Dieu soit loué ! a crié quelqu'un.

Le juge n'a pas sourcillé.

– J'ordonne aux défendeurs d'amender dans les plus brefs délais les règles en matière de stérilisation afin de les mettre en conformité avec le présent jugement. J'accorde de surcroît aux plaignantes le droit de déposer leur référé dans le respect des règles précédemment citées et je rejette les arguments des défendeurs.

Je n'ai pas bougé. Je ne parvenais pas à penser, même après que le juge eut terminé et entrepris d'ajourner l'audience. Personne ne semblait réagir non plus. Les personnes présentes n'avaient peut-être pas compris. Le verdict du juge avait été aussi technique qu'un diagnostic médical. Deux fillettes noires de l'Alabama venaient-elles de gagner un procès en première instance ? Quelqu'un s'est mis à applaudir lentement.

– Civil, Civil.

– Oui ?

– On a gagné, pas vrai ? a-t-elle chuchoté.

J'ai acquiescé.

– Oui, oui, madame Williams. On a gagné.

J'ai repris conscience de ce qui m'entourait. Les infirmières se précipitaient vers moi. Alicia m'a enlacée la première en me disant à l'oreille : *tu as réussi, Civil. Tu as réussi, ma grande !* Mace et Mme Williams ont reculé pour laisser de la place aux infirmières. Je me suis mise à pleurer, avant de ravaler mes larmes.

J'ai vu Lou s'avancer vers les avocats de la défense pour leur serrer la main. Je n'arrivais pas à croire à ce que je venais d'entendre. Je voulais voir les filles, leur dire qu'elles pouvaient garder la tête haute. Elles étaient des héroïnes à présent. Des inconnus s'adressaient à moi en quittant la salle d'audience.

– Félicitations, mademoiselle Townsend.

– Bon travail.

– Passez le bonjour aux petites pour moi.

– Vous avez assuré.

– Dieu vous bénisse, mademoiselle.

– Nous allons demander à la presse d'attendre à l'extérieur du bâtiment afin de pouvoir libérer la salle d'audience et les couloirs du tribunal, a annoncé l'huissier.

Nous autres, les infirmières, sommes restées en grappe. Val m'a essuyé la joue :

– Je passerai le restant de mes jours à me repentir de ce que j'ai fait. Mais je remercie Dieu aujourd'hui pour ce que tu as fait, mademoiselle Civil Townsend. Et pour ton cœur énorme.

Val, Liz, Fiona, Gina, Margaret, Lori, Alicia et moi. Nous étions huit à nous être serré les coudes dans cette affaire, liées par le serment que nous avions fait d'aider les gens. Les bonnes intentions, nous le savions désormais, n'excusaient pas tout. Travailler au nom du bien ne gommait pas le mal. Tant que les injustices perdureraient, nous serions toutes coupables. J'ai eu envie de le dire à Val, de remercier toutes ces femmes, mais j'ai pensé que si j'ouvrais la bouche, le flot de mes émotions réprimées déferlerait en bloc.

Mace et sa mère se sont dirigés vers la sortie. J'ai entendu Mme Parr dire aux infirmières qu'il était temps de regagner la clinique, et l'une d'entre elles lui a proposé de la raccompagner.

– Mace, je peux vous déposer à votre camionnette pour que vous puissiez aller travailler.

Ma voix était rauque. J'avais envie de crier de joie, mais j'étais également au bord des larmes. Tante Ros avait peut-être raison. Il se tramait des choses en moi sur lesquelles il fallait que je travaille, parce que je vais te dire, Anne : ce verdict ne m'avait en rien soulagée.

– Je suis trop surexcité pour travailler mais je ferais mieux d'y aller, a-t-il répondu.

– Bon, bah, moi, je n'ai pas besoin d'aller travailler. Mace, va chercher nos manteaux. Civil, ça vous dit d'aller manger un morceau avec moi dans le restaurant que vous aimez ? J'ai quelques dollars en poche. Je vous emmène petit-déjeuner. Et c'est moi qui paie pour une fois.

– Entendu, madame Williams. C'est une très bonne idée. On dépose Mace et on y va.

Dans le sillage des dernières personnes qui avaient quitté la salle d'audience, nous avons descendu les marches du grand escalier. Le bruit de nos pas résonnait sur la pierre. Je savais que la presse voudrait interviewer Mace et Mme Williams, mais pour ma part, je ne me sentais pas d'attaque pour répondre à la moindre question. Tout ce que je parviendrais à articuler ne serait que du baragouin. J'avais besoin de plus de temps pour digérer cette nouvelle. Mes petites chéries avaient finalement gagné quelque chose. Ici même à Montgomery en Alabama, la justice l'avait emporté. La manière dont le mal et le bien pouvaient coexister me laissait sans voix. Le monde était une énigme. Mon pays était une énigme. Malgré tout, c'était le mien. Et j'en aimais chaque centimètre carré.

En arrivant en bas de l'escalier avec Mme Williams, je suis tombée sur Ty.

– Tu étais où, Ty ? Tu as tout raté.

Il a posé une main sur mon épaule et il s'est penché pour me parler à l'oreille.

– Civil, une des filles a disparu.

– Comment ça *disparu* ? ai-je presque crié.

– L'école a appelé la police il y a une heure environ. Un des amis de ma mère au commissariat a téléphoné à la maison et j'ai répondu. Je m'apprêtais à partir pour venir ici. C'est Erica.

– Comment ça Erica a disparu ? C'est pas possible. Elle a pris le bus ce matin, est intervenue Mme Williams. Je l'ai vue de mes propres yeux.

– Oui, madame, a dit Ty. Ils disent qu'elle est allée jusqu'à l'école mais elle a disparu juste après être descendue du bus. Ils ont remarqué son absence il y a peu de temps.

– Elle doit être quelque part près de l'école. Pas besoin de paniquer, ai-je affirmé.

Mace descendait l'escalier avec nos manteaux. Mme Williams est allée à sa rencontre mais je n'ai pas entendu ce qu'elle lui a dit.

– Emmenez-moi jusqu'à ma camionnette, Civil, a lancé Mace en filant déjà vers la porte.

– Mais vous devez aller travailler, ai-je bêtement répliqué.

– Vous avez une voiture, jeune homme ? a demandé Mme Williams en regardant Ty droit dans les yeux.

– Oui, madame.

– Allons chercher India à son école. Ensuite, vous nous ramènerez à Dixie Court. Erica est sûrement en train de rentrer à la maison. Je veux être là à l'attendre quand elle arrivera.

– Oui, madame.

La jeune femme qui nous avait accompagnés en arrivant nous a aidés à traverser la foule afin de regagner nos voitures. Quand la horde de journalistes a compris que nous n'allions pas nous arrêter pour faire le moindre commentaire, ils ont tourné les talons et sont repartis vers le bâtiment. J'ai aperçu Lou, mallette à la main, qui franchissait l'imposante double porte. La foule s'est tue et j'ai juste entendu le début de sa déclaration.

– Mesdames et messieurs, deux petites filles ont obtenu justice aujourd'hui à Montgomery en Alabama. Et avec elles beaucoup de pauvres femmes à travers ce pays.

QUARANTE-QUATRE

Rockford
2016

Le quartier est délabré, mais c'est une communauté. Une odeur de charbon me parvient en tournant au coin de la rue. Une femme âgée assise sur sa véranda me fait un signe, et je l'imite en retour. Deux petits garçons, immobiles et côte à côte sur le trottoir, me regardent passer en voiture, avant de se remettre à jouer au ballon dès que le champ est libre. C'est une maison de plain-pied avec un perron en pierre et un jardin aride. Une carcasse de voiture gît dans l'allée du garage. De l'herbe pousse dans les fissures du ciment et se glisse entre les pneus à plat.

Je ralentis devant la maison. Le deuxième chiffre est absent sur la boîte aux lettres, mais ça doit être là. Il y a une solide porte en fer forgé à l'entrée et des barreaux aux fenêtres. C'est une véritable maison, pas une cabane comme celle qu'ils habitaient sur les terres du vieil Adair. Un climatiseur est suspendu à une fenêtre de la façade. Je remarque une cheminée et imagine un bon feu l'hiver.

Avant d'aller plus loin, je dois t'avouer certaines choses que j'ai oublié de te dire sur India et Erica. Elles étaient grandes pour leur âge. C'était certainement en partie la raison pour laquelle Mme Seager s'était méprise sur leur compte. Quand je les ai rencontrées, elles faisaient ma taille, mais à l'automne Erica avait déjà pris trois centimètres de plus. On ne pouvait pas dire qu'elles étaient bien en chair mais elles n'étaient pas maigres non plus. Mme Williams avait toujours su cuisiner, elle transformait en repas quasiment n'importe quoi. Elle les nourrissait bien.

En revanche, leurs cheveux et leurs peaux n'étaient pas très soignés à l'époque. Entre la puberté et le fait qu'elles ne faisaient pas toujours leur toilette, les visages des filles étaient en mauvais état. Durant les premières semaines, j'ai passé beaucoup de temps à m'occuper de leur hygiène. J'ai coupé leurs mèches abîmées et leurs cheveux ont repoussé suffisamment pour que je les leur tresse en rang de maïs. Je leur ai acheté du savon Ivory et de la Vaseline.

Dans l'appartement de Dixie Court, les filles prenaient régulièrement des bains et leur salle de bain était toujours pleine de produits d'hygiène. Elles mettaient du déodorant, et même si je ne m'étais jamais rasé les aisselles ni ne leur avais jamais montré comment s'y prendre, Erica avait pris l'habitude de le faire. Après s'être lavées le soir, elles allaient dans leur chambre, s'enfermaient et s'enduisaient de lait pour le corps. Je les taquinais souvent en leur disant que grâce à elles Jergens ne ferait jamais faillite.

Au moment du procès, elles ressemblaient aux autres fillettes de leurs écoles ; elles ne portaient plus les stigmates de l'extrême pauvreté. Erica avait des taches de rousseur foncées sur le front et elle éternuait beaucoup au printemps. Elle adorait mettre du gloss et danser sur de la soul. Chaque fois qu'elle venait chez moi, elle fonçait droit sur les disques. J'étais surtout une passionnée de la Stax – Carla et Rufus Thomas principalement –, et j'écoutais aussi de temps à autre un peu de James Carr, mais Erica allait plus spontanément vers le son velouté de la Motown. Les paroles de Stevie Wonder la captivaient et elle avait tellement écouté « Music of My Mind » que je lui avais dit qu'elle finirait par percer le disque à force de le passer.

La mycose sur la nuque d'India avait enfin disparu. Elle avait un grain de beauté au coin du nez, et ce qu'elle préférait par-dessus tout c'était le beurre de cacahuètes. Elle le mangeait directement dans le pot. Cette enfant n'avait jamais rencontré un chien qu'elle n'aimait pas. Elle donnait à tous ceux qui erraient dans Dixie Court, des morceaux de sandwich rassis, de gâteaux de la veille, de crackers. Je me souviens d'un berger allemand blanc qui la suivait partout. Quand India grimpait sur la balançoire, le chien s'asseyait à côté pour la regarder, comme pour s'assurer qu'elle ne tombe pas. India ne pouvait pas parler pour donner un nom à ce chien, mais elle sifflait pour l'appeler. Pas très fort, mais l'animal l'entendait toujours et arrivait après s'être extrait d'une cavité sous l'un ou l'autre des bâtiments. Il m'a fallu un moment à l'époque pour comprendre que la famille avait toléré les chiens galeux à la ferme parce que leur présence apaisait India. Après avoir emménagé à Dixie Court, Mme Williams s'était juré de ne jamais laisser entrer le moindre chien dans l'appartement, mais India s'occupait de ce berger allemand dehors, et ça la rassurait quand la bête s'allongeait à ses pieds tandis qu'elle lui grattait le dos. India avait une autre passion : les poupées. Elle en possédait six qu'elle alignait sur son oreiller.

Erica : gauchère. Têtue. Polie. Faisait son lit tous les jours. Dormait avec ses chaussettes. Fan de glace au chocolat, de Motown et de sa petite sœur.

India : droitière. Tendre. Amoureuse des chiens. Très prévenante avec ses poupées. Folle de beurre de cacahuètes. Aimait escalader les clôtures. Faire du manège.

Leurs prénoms se sont toujours articulés comme ceux de deux jumelles pour moi. Erica et India. India et Erica. Même si elles étaient très différentes, on pouvait les confondre tant elles étaient profondément liées l'une à l'autre.

Les sœurs Williams. Deux des plus grandes histoires d'amour de ma vie. Et deux des plus grandes histoires qui m'ont brisé le cœur. C'est à la fois à cause d'elles que je n'ai jamais eu d'enfant biologique, et grâce à elles que j'ai trouvé en moi la force de t'aimer comme une mère. Je n'ai jamais eu confiance en mon instinct maternel et ma capacité à être maman, mais mon amour pour elles a perduré toutes ces années.

QUARANTE-CINQ

Montgomery
1973

Erica avait disparu depuis trois jours. Elle connaissait mon numéro de téléphone mais avec maman à Memphis et papa au cabinet, elle n'aurait eu aucune chance de nous joindre même si elle avait eu accès à un combiné. Nous n'avions pas de répondeur à l'époque, et je ne pouvais pas rester toute la journée à la maison à attendre son appel. Chez elle, il n'y avait pas de téléphone, si bien que Mme Williams montait la garde à l'appartement vingt-quatre heures sur vingt-quatre. Des habitants de Dixie Court lui apportaient des courses parce qu'ils savaient que cuisiner l'apaisait. Mais elle n'a pas cuisiné, et une fois durant ces trois jours, j'ai trouvé India en train de manger du fromage à tartiner sur une tranche de pain.

Le patron de Mace lui avait donné des jours de congé pour pouvoir participer aux recherches sans craindre de perdre son emploi. Mace n'était pas payé pendant ce temps, mais mon église avait lancé une quête pour aider la famille. J'ai téléphoné à toutes les personnes qui figuraient dans le répertoire de mes parents pour leur indiquer où et quand se retrouver pour les battues. Ty orchestrait les recherches le matin. Mace restait toute la journée ; il ne s'arrêtait que pour manger et dormir une heure par-ci par-là quand il ne tenait plus.

India était inconsolable. Elle avait tout juste commencé à communiquer un peu plus – en montrant du doigt, en grommelant, en inclinant la tête – mais lorsque Erica a été portée disparue, elle s'est emmurée de nouveau dans le silence. Son visage restait de marbre. Plus aucun son ne sortait de sa bouche. Rien. En imaginant que ça aiderait India à penser à autre chose, Mme Williams l'avait autorisée à venir dormir chez moi. Je n'avais pas prévu de la conduire à l'école mais Sœur LaTarsha m'a téléphoné pour me dire que ça lui ferait du bien de retrouver sa routine. J'ai posé la question à India ; elle n'a ni acquiescé ni même réagi d'aucune manière. Elle est restée assise au bord de mon lit, les yeux rivés au sol.

Je l'ai emmenée dans le salon où je l'ai plantée devant la télévision. Ce qui a paru allumer une étincelle dans son regard. Je l'ai laissée regarder *Sanford and Son* en grignotant des chips à l'oignon.

Je me suis assise près d'elle sur le canapé, en pensant à Erica et en m'efforçant de ne pas imaginer le pire. Mais le pire ne cessait ne s'insinuer dans mon esprit. Enlèvement. Meurtre. Viol. *Seigneur, s'il te plaît*, priais-je intérieurement, *aie pitié de nous*. Son école était loin de tout. Elle avait été construite à l'extrémité du comté, une décision censée aller dans le sens de la déségrégation, ce qui était contradictoire puisque tout le monde en ville devait prendre le bus ou une voiture pour s'y rendre. Erica n'avait pas d'argent, ce qui signifiait qu'elle devait manger la nourriture de quelqu'un d'autre. Si elle volait, je priais pour qu'elle ne se fasse pas prendre. Si elle avait trouvé de quoi manger, je priais pour qu'elle mange à sa faim.

Je songeais à toutes les choses que j'aurais pu faire différemment, mais mes pensées butaient sans cesse sur une erreur que je n'avais pas perçue jusque-là. J'aurais pu m'inscrire en médecine au lieu de revenir à Montgomery travailler à la clinique. J'aurais pu signaler à quelqu'un ce que j'avais découvert au sujet du Depo-Provera. J'aurais pu aller chez les filles ce matin-là au lieu d'attendre l'après-midi. J'aurais pu ne jamais m'occuper de cette affaire.

Le verdict n'avait peut-être strictement rien changé.

Le troisième matin, si je me suis levée c'est parce qu'India était là. Il fallait que je l'accompagne à l'école, mais quand je suis allée la réveiller, elle m'a paru aussi exténuée que moi. Je l'ai emmenée à la salle de bain pour qu'elle se brosse les dents, mais en revenant pour voir où elle en était, je l'ai trouvée debout devant le miroir, la brosse intacte à la main. Je me suis dit qu'elle était peut-être malade, j'ai donc demandé à papa de l'ausculter. Ce n'était pas un problème médical selon lui, l'école la comprenait beaucoup mieux que lui, voilà ce qu'il m'a dit. Il m'a conseillé de la confier à Sœur LaTarsha. En affirmant qu'un diplôme de médecine était parfois inutile face à certaines maladies.

J'ai aidé India à agrafer son soutien-gorge et à enfiler son tee-shirt.

– Erica va revenir bientôt, j'en suis sûre. Allez, viens, je nous ai préparé du pain grillé et des œufs durs. Il y a de la confiture aussi. Il faut qu'on se mette quelque chose dans le ventre.

Dans la cuisine, il faisait sombre. J'ai allumé la lumière et ouvert les rideaux. J'avais appris à préparer à manger avant même d'avoir l'âge d'India. C'était moi qui cuisinais quand ma mère dormait tard. Avant l'école, je faisais du pain grillé avec de la confiture et un œuf dur. En hiver, du porridge. Après l'école, je vidais une boîte de haricots pour les étaler sur du pain, mettais une tranche de fromage par-dessus et enfournais le tout jusqu'à ce que le fromage fonde. Je ne savais pas cuisiner comme Mme Williams, mais je savais concocter des plats que les enfants aimaient. India avait encore de l'appétit. J'en étais soulagée.

– Tu veux encore du pain grillé ?

Elle n'a pas réagi. D'ordinaire, c'était Erica qui répondait pour elle. Cette séparation forcée donnait probablement le sentiment à India d'avoir perdu une partie d'elle-même.

Après l'avoir déposée à l'école, je suis allée jusqu'à leur appartement. Un agent de police se trouvait là, encore en train d'interroger Mme Williams, et en voyant cette dernière j'ai bien cru qu'elle se mettrait à insulter le premier venu si on continuait de lui demander de répondre à des questions. Elle n'était pas du genre à jurer, mais je ne l'avais jamais vue aussi fatiguée.

– Je crois que ça va aller pour aujourd'hui, ai-je déclaré à l'attention du policier.

Je m'efforçais de penser aux amies qu'Erica avait mentionnées. Deux noms seulement me revenaient – Dinesha et Tonya –, et on les avait déjà interrogées. Le journal avait publié la photographie d'Erica. Certains gamins se rassemblaient devant l'école chaque matin pour savoir si l'un d'entre eux avaient eu la moindre nouvelle d'elle. Tout le monde faisait ce qu'il pouvait.

L'agent de police portait un insigne sur sa poche de poitrine. Le carnet gisait sur ses cuisses, intact, et il était assis, mains croisées sur le ventre.

– J'ai moi-même trois filles, madame Williams. Celle-ci s'est frotté les paumes, comme pour les laver. Y a-t-il quelque chose que vous auriez oublié de nous dire ? Y a-t-il un… petit ami ?

J'ai eu un mouvement de recul. Il attendait sûrement de poser cette question depuis le début. J'ai eu envie de pleurer car secrètement, j'avais commencé à envisager une telle possibilité. Erica grandissait. Elle commençait sans doute à être attirée par certains garçons. J'ai pensé au rouge à lèvres qu'elle se mettait. Je lui en avais même acheté un tube neuf après avoir jeté celui qu'elle avait trouvé.

– J'ai dit, ça suffit.

– Ne vous inquiétez pas, Civil, a soufflé Mme Williams. Pas de petit ami, a-t-elle ajouté d'une voix faible et lointaine.

– Entendu. Le policier a serré ses mains sur son abdomen. Avez-vous fait des voyages inhabituels ces derniers temps ?

– Des voyages inhabituels ? a-t-elle répété.

– Oui, ai-je lancé, me remémorant soudain quelque chose. Je les ai emmenés à la plage.

– Quelle plage ?

– Au sud, dans le Panhandle.

C'était trop loin, mais Erica avait peut-être fait de l'autostop ? Elle ne s'était probablement pas rendu compte de la distance. J'ai repensé à un soir où j'avais fait avec elle ses devoirs de mathématiques. Elle avait encore du retard en lecture, mais elle avait semblé beaucoup plus à l'aise avec les chiffres. Elle connaissait déjà ses tables de multiplication ; elle les avait apprises si vite que la maîtresse avait commencé à lui enseigner la division simple. C'était une petite fille tellement intelligente. J'espérais que cette intelligence l'aide à survivre, quel que soit ce qu'elle était en train de traverser.

L'agent n'a rien noté dans son carnet, il s'est contenté de me dévisager durant de longues secondes. J'ai eu l'impression qu'il s'interrogeait sur mon rôle dans tout ça. J'étais leur infirmière, pas quelqu'un de leur famille.

Après son départ, j'ai aidé Mme Williams a ranger la pièce. En m'occupant, je pouvais encore supporter le tic-tac de l'horloge. Mme Williams m'a dit de partir. Je savais qu'elle voulait être seule, mais moi je n'avais aucune envie de l'être. J'aurais pu aller voir Lou pour parler du verdict, mais à quoi bon au fond puisque Erica avait disparu ? J'avais à nouveau faim ; le pain grillé n'était plus qu'un lointain souvenir. Je pourrais aller parler avec Irene au restaurant. Nous étions amies depuis si longtemps. Alicia travaillait. Ty participait aux recherches. J'avais envie de serrer Mme Williams dans mes bras, qu'elle sache qu'elle n'était pas seule dans cette épreuve. Qui aimait ces fillettes comme elle, Mace et moi les aimions ? C'était rare de partager une telle dévotion pour un autre être. Je me suis assise sur l'accoudoir du canapé ; ce qui n'était pas très poli, mais ça ne m'a même pas effleuré l'esprit.

– Civil.

– Oui, madame.

– Comment va votre mère ?

J'ai gardé le silence. J'avais parlé à maman deux fois depuis qu'elle était partie. Elle ne m'avait pas vraiment manqué jusqu'alors, mais de tout évidence j'avais besoin d'elle désormais. J'avais besoin qu'elle rentre à la maison pour m'aider à faire face à ce qui se passait.

– Bien.

– Vraiment ? Vous devriez vous occuper d'elle.

– M'occuper d'elle ?

– Je sais ce que c'est, ce genre de dépression, croyez-moi. Ça fait longtemps que je voulais vous le dire. Je l'ai vue à l'hôpital, quand elle vous attendait dans le hall. J'ai vu son regard. Je le sais parce que je l'ai vécu. J'ai été comme ça longtemps après la mort de Constance.

Je n'aurais pas dû rester assise sur l'accoudoir du canapé, mais je n'ai pas bougé et elle ne m'a rien dit. Nous avons gardé le silence, chacune perdue sur son île de tristesse.

QUARANTE-SIX

J'ai téléphoné à maman ce soir-là, et elle est rentrée à Montgomery le lendemain matin. Tante Ros avait pris sa voiture cette fois. Un nuage de parfum a pénétré dans la maison en même temps qu'elles. Maman portait des vêtements de tante Ros, une robe noire à fleurs bleues avec de grands anneaux aux oreilles. La première chose que j'ai remarquée, c'était qu'elle n'avait pas son rouge à lèvres habituel. Et elle n'est pas non plus allée directement dans son atelier pour voir dans quel état étaient ses toiles. Avec tante Ros, elles ont parcouru la maison en parlant fort et en se taquinant. Elles ont mis une rallonge au téléphone et se sont installées dans le salon pour passer des coups de fil, la plupart du temps à des gens que j'avais moi-même déjà appelés. Et ça a duré la moitié de la soirée. Je me suis assise sur le canapé en pyjama, inquiète qu'elles n'encombrent la ligne alors que Ty tentait peut-être de me joindre. Encore une fois, il était allé avec Mace fouiller le bois le long de Hunter Road.

Papa est entré dans la pièce avec une assiette de hot-dogs.

– J'ai fait moi-même la salade de chou.

– Décidément, l'alimentation, c'est pas votre fort ici. Vous êtes sûrement les pires cuisiniers de tout l'Alabama ! s'est exclamée tante Ros.

– Ne critique pas ma salade de chou avant de l'avoir goûtée.

Maman a ri et papa et moi nous sommes brusquement retournés. Nous ne l'avions pas entendue rire depuis longtemps.

– Vous êtes tellement nerveux. Vous allez la retrouver, a-t-elle dit en prenant notre réaction de surprise pour de l'anxiété.

– Maman, qu'est-ce que vous avez fait avec tante Ros à Memphis ?

– Ma chérie, ta tante est folle. Elle organise des réunions chez elle et des femmes viennent parler de ce qui ne va pas dans leur vie. Ensuite elles écrivent tout ça sur une feuille de papier et elles la jettent au feu.

Papa a disposé quatre plateaux pour manger.

– Après, elle fait une séance de méditation où elle leur donne un bout de papier avec une espèce de mantra à chanter dessus. Elles n'ont absolument aucune idée de ce qu'il y a écrit mais bon.

– Elles ont confiance en moi, June. Je suis certifiée.

– Tu parles ! Tu es certifiée frappadingue, oui !

Elles ont toutes les deux éclaté de rire, et j'ai compris pourquoi maman s'était si facilement laissé convaincre par sa sœur. Elle avait trouvé à Memphis quelque chose qu'elle n'avait pas réussi à obtenir dans son atelier, quelque chose que papa et moi n'avions pas su lui procurer. Tante Ros lui avait peut-être donné un médicament. Une substance autorisée, même si je n'aurais pas été étonnée qu'elle fasse aussi appel à certains produits illicites. Papa n'avait jamais approuvé l'utilisation de médicaments pour ce genre de troubles, mais ma tante était une réfractaire. J'étais encore en train de les observer lorsque le téléphone a sonné.

J'ai repoussé mon plateau.

– Je prends, ma chérie. Allô ?

Maman a écouté un moment, puis elle m'a tendu le combiné.

– C'est Ty.

Je me suis emparée de l'appareil.

– Ty ?

– Salut. La police vient d'appeler. Ils ont retrouvé Erica.

– Comment va-t-elle ?

Je me suis frotté la poitrine ; mon cœur battait à tout rompre.

– Ils ont dit qu'elle allait bien.

– Ils l'ont trouvée où ?

– Elle était retournée dans leur ancienne maison.

– Je croyais que vous aviez vérifié là-bas. Personne n'avait vérifié ?

– Évidemment qu'on avait vérifié. Deux ou trois fois. Elle a dû se cacher en nous entendant arriver.

– Où est-ce qu'elle est maintenant ?

– Ils l'ont emmenée au commissariat.

– Au commissariat ? Mais ce n'est pas une criminelle. J'ai tenté de me calmer. Tu sais dans quel commissariat ?

Maman m'a enlacée par-derrière et j'ai eu envie de m'abandonner à cette étreinte inattendue. J'avais tellement besoin de ses bras maternels. J'ai posé la main sur le combiné.

– Ils l'ont trouvée. Elle va bien.

J'ai dû m'habiller avant de sortir si bien qu'en arrivant au poste de police, Erica n'était plus là. Mace venait de partir avec elle. Selon la femme à l'accueil, Mace en avait eu assez qu'on leur pose des questions et il avait demandé si elle était obligée de rester. Quand on lui avait répondu que non, il l'avait prise par la main et ils avaient quitté les lieux.

J'ai foncé à Dixie Court en priant pour ne pas avoir un autre accident. Il y avait des voitures partout dans la rue et j'ai eu du mal à me garer. Dans l'appartement, le salon était bondé. Je ne m'étais jamais dit que la pièce était particulièrement grande, mais avec tous ces gens à l'intérieur elle m'a semblé tout à coup petite et sombre. C'était principalement des voisins – des hommes qui avaient participé aux recherches avec Mace, des femmes qui avaient acheté à manger pour nourrir les troupes, l'agent de police qui l'avait retrouvée. Certains étaient assis sur des chaises. D'autres se tenaient debout, mains dans les poches. Lou et Ty étaient installés l'un à côté de l'autre sur le canapé, et les voir là m'a surprise parce que Lou n'était jamais venu dans l'appartement des Williams. Mace, assis aussi dans le canapé, avait enlacé sa mère, manifestement exténuée. Quand j'ai pénétré dans la pièce, ils m'ont tous regardée, mais j'étais concentrée sur Erica. Je me suis précipitée vers elle, et son odeur m'a envahi les narines. J'ai saisi son visage dans mes mains, gratté du bout du pouce des saletés collées au coin de sa bouche.

– Dieu merci. Dieu merci, tu vas bien, ai-je dit.

Elle m'a observée avec une expression indéfinissable, les paupières gonflées de fatigue.

– Monsieur. Officier… J'ai lu le badge sur l'uniforme du policier. Officier Hatch, cette jeune fille a visiblement traversé une dure épreuve. Si vous le voulez bien, je vais l'emmener faire un brin de toilette.

– Et qui êtes-vous exactement ?

– Je suis son infirmière.

J'ai répondu comme si j'avais prononcé le mot *médecin*. Et j'ai dû m'exprimer avec une certaine autorité parce que tout le monde a commencé à se mettre en branle. J'avais trouvé l'excuse parfaite, j'imagine, pour que chacun puisse lever le camp. Mace s'est dirigé vers la porte. Les hommes se sont serré la main. D'une voix épuisée mais sincère, Mme Williams a promis de faire des tartes aux uns et aux autres dès qu'elle pourrait retourner aux fourneaux. L'agent de police a tendu à Mace un papier sur lequel était inscrit un numéro de téléphone. C'est lui qui s'est attardé le plus ; pour demander s'il pouvait faire quoi que ce soit d'autre. Je le comprenais. Il était difficile d'accepter que tout soit terminé, qu'on avait fait le boulot qu'on était censé faire.

J'ai accompagné Erica à la salle de bain.

– Je vais te faire couler un bain, d'accord ?

Je me suis assise au bord de la baignoire. Erica a fermé le couvercle de la cuvette des toilettes pour s'asseoir dessus.

– Est-ce que quelqu'un peut m'apporter une serviette propre ?

Erica a désigné celle qui était suspendue derrière la porte. C'était celle qu'elle avait utilisée avant de disparaître et elle était sale, me suis-je dit. Puis j'ai pensé qu'Erica ignorait peut-être depuis combien de temps elle était partie. *Quatre jours, ma chérie*, ai-je eu envie de lui dire ; mais je me suis abstenue.

Tandis que l'eau coulait, je suis allée voir comment allait India. Elle mangeait un bol de céréales, Mace à côté d'elle, l'air absent, une main posée sur la brique de lait.

– Alors elle était depuis tout ce temps à votre ancienne maison ?

– C'est ce qu'elle dit.

– Comme vous avez fait pour ne pas la voir ?

– C'est un des premiers endroits où on a cherché. Mais elle détestait cette maison. Je n'ai pas pensé qu'elle retournerait là-bas.

– Est-ce qu'ils l'ont examinée ? Elle n'a rien du tout ?

– Non, elle a dit qu'elle était restée tout le temps seule. Elle avait juste froid et elle était terrorisée, je crois.

– Elle a fait un feu et personne n'a rien vu ?

Il a haussé les épaules et posé un coude sur la table.

– Elle a volé dans la maison de M. Adair. Quand il s'en apercevra, j'imagine qu'il faudra que je rembourse. C'est bien le genre du bonhomme.

Auparavant, j'aurais jugé Erica de s'être comportée ainsi. La pauvreté ne justifiait pas de désobéir à Dieu, notre pasteur nous avait avertis plus d'une fois là-dessus. Mais en l'occurrence, j'étais contente qu'elle l'ait volé pour pouvoir tenir le coup.

Je suis retournée contrôler le bain. Erica s'était déjà allongée dans la baignoire et elle avait fermé les yeux. J'ai éteint le robinet et saisi le pichet sur l'étagère. Je l'ai rempli d'eau pour lui mouiller les cheveux, en essayant de les démêler un peu à la main en même temps.

– Pourquoi, Erica ?

Je savais que j'aurais dû attendre qu'elle puisse se reposer mais je ne pouvais me retenir. Il fallait que je sache. Il n'y avait rien d'autre à dire avant d'obtenir la réponse à cette question.

– C'est à cause du procès ?

Je me suis détestée en m'entendant l'interroger comme ça, mais j'étais sincère. Je savais depuis le début que s'il arrivait quoi que ce soit à cette enfant, ce serait de ma faute.

– Je veux plus vivre à Montgomery, c'est tout.

– Où est-ce que tu veux vivre ?

– Je sais pas. Mais j'avais dit à ma grand-mère que je voulais plus vivre ici et elle avait juste répondu que j'étais folle.

Elle a fermé les yeux. Était-ce pour éviter d'avoir de l'eau dedans ou pour ne pas me voir ? Je n'aurais su le dire. J'ai repoussé un peu son menton pour lui incliner la tête en arrière.

– On a gagné le procès. Ils te l'ont dit ?

– Je veux retourner à la plage.

– Tu m'as entendue ? On a gagné.

– Le seul endroit où je savais comment aller, c'était chez le vieil Adair. Quand j'ai vu la maison vide, exactement comme on l'avait laissée, avec les mêmes vieux chiens qui traînaient là, j'ai décidé d'y rester.

Le savon avait séché et était collé dans le porte-savon en porcelaine. Elle l'a décollé et l'a tourné encore et encore dans ses mains sous l'eau jusqu'à ce que celle-ci devienne trouble.

– Erica, tu nous as fait très peur à tous. La ville entière t'a cherchée. C'était même aux nouvelles…

– Les nouvelles !

Elle a tapé du plat de la main à la surface de l'eau avant de se redresser.

– J'en ai marre de ces journalistes. J'en ai marre des gamins qui parlent de moi et de ma famille comme si on avait une maladie ou quoi.

J'ai voulu poser une main sur son épaule, mais sa peau était glissante et je n'ai pas réussi à la toucher franchement.

– J'en ai marre. J'en ai marre. Les mots ont continué de jaillir de sa bouche à toute vitesse. Pas de mari. Pas de vie. Pas d'enfant. Je serai jamais heureuse.

– Finissons ton bain pour que tu puisses aller te reposer.

Elle s'est passé du savon sur le visage, puis elle a cligné des yeux.

– Erica, ça va ? Ça te fait mal ?

J'ai saisi la serviette au porte-manteau derrière la porte et lui en ai tendu un coin. Elle s'est essuyé les yeux.

– Allez, sors de là.

Je l'ai aidée à se sécher comme si elle était bébé, et lui ai enfilé une chemise de nuit. India était déjà couchée. Je les ai embrassées toutes les deux sur la joue avant d'éteindre le plafonnier.

– Tu es sûre que tu n'as mal nulle part ?

– Oui, madame.

– Bien. Tu vas dormir maintenant. La journée a été longue.

– Est-ce que je vais devoir aller à l'école demain ? a demandé Erica.

J'ai gardé le silence un instant.

– Je ne crois pas. On en reparlera demain matin. Mon père va passer t'ausculter. Ça te va ?

– Oui, madame.

Dans le salon, Mace avait étalé une couverture sur le canapé. Son visage était hagard et marqué. Sans me regarder, il a dit :

– Je vais vous chercher un oreiller.

Je me suis assise sur le canapé en attendant l'oreiller. Puis j'ai fermé les yeux, pour ne les rouvrir que le lendemain matin.

QUARANTE-SEPT

Rockford
2016

La façade de la maison est banale et sans relief, et soudain je constate avec une profonde tristesse qu'elles sont toujours pauvres. Il n'y a jamais eu d'arrangement financier, jamais d'indemnités versées par l'État pour le préjudice que ces fillettes et cette famille ont subi. Mace est mort depuis une vingtaine d'années, Mme Williams depuis dix ans. Je n'ai jamais accepté leurs décès, certainement parce que je n'ai jamais été capable de faire la paix avec toute cette histoire. Du moins, c'est ce que je crois.

Le lendemain matin de mon entrevue avec la fille de Mme Seager, je suis allée à Dixie Court. Alicia m'avait dit que les appartements devaient être démolis et je voulais les voir une dernière fois. D'emblée, le site m'a paru abandonné. Les fenêtres étaient barricadées, l'herbe haute jusqu'aux genoux. Mais en roulant dans le quartier, je me suis rendu compte que quelques familles vivaient encore là. C'était sinistre de savoir que ces personnes habitaient près d'appartements complètement vides, que toutes sortes de bêtes avaient élu domicile près des enfants. L'appartement des Williams, comme certains autres, était entièrement barricadé. Quelqu'un avait écrit à la bombe un message illisible sur les planches qui couvraient les fenêtres. L'escalier était sombre mais j'ai imaginé sans peine India en train de dévaler les marches. Mon souvenir restait intact.

Une fois devant la porte de leur nouvelle maison, je comprends un peu mieux ce long laps de temps passé. J'hésite avant d'appuyer sur la sonnette : ce n'est pas une porte qui se trouve devant moi, mais plutôt un portail. J'entends un faible tintement, le jappement d'un chien. Et Erica surgit ; c'est indéniablement Erica. Elle me sourit à travers la porte en fer forgé ajouré tout en tournant la clé dans la serrure. Tout va si vite que j'ai à peine le temps de réfléchir. Je me mordille l'intérieur de la joue.

– Le Dr Civil est là, India. Docteur Civil ! crie-t-elle par-dessus son épaule.

J'effleure mon cou moite. Erica, quant à elle, semble détendue et sereine. Elle a le même front large, les mêmes taches de rousseur sombres. Le même nez fort, le même sourire spontané. Elle ressemble vraiment à Mme Williams, sa grand-mère. Ça me frappe.

Elle m'invite à entrer et je pénètre maladroitement à l'intérieur. La climatisation ronronne doucement. Un chihuahua marron me renifle les pieds et tourne autour de moi, en silence. Les rideaux sont fermés. Un grand écran de télévision éclaire la pièce. Une odeur sucrée flotte dans l'air.

– Ça sent bon ici, je dis.

– Je ne cuisine pas comme ma grand-mère, mais je sais faire un gâteau. Il sort tout juste du four.

– Ce n'était pas la peine.

– Ça fait tellement plaisir de vous voir. On vous attendait. Il y avait pas trop de circulation ?

Elle pose les mains sur ma taille, et je ne bouge pas. Je reste là sans dire un mot, en m'efforçant de faire coexister l'enfant de mon souvenir avec cette femme d'une cinquantaine d'années qui me tient.

– Asseyez-vous, asseyez-vous, lance-t-elle.

Je choisis le canapé. Je me dis que les deux fauteuils inclinables sont sûrement leurs places habituelles. Un plaid en crochet est posé sur l'accoudoir de l'un d'entre eux. Je me demande si c'est Mme Williams qui l'avait fait. La peine ne me quitte pas. J'aurais dû venir il y a des années. J'aurais dû appeler, garder le contact.

– India !

Elle ordonne au chien de s'asseoir et part chercher sa sœur. La pièce est petite mais confortable, le sol est recouvert de moquette rose. Une photographie de Barack Obama est suspendue à côté de la porte d'entrée. On dirait qu'elle a été découpée dans un magazine et encadrée. En dessous, il y en a une autre de Martin Luther King Jr. Et au-dessus de la porte, une citation de John F. Kennedy est brodée sur un canevas : « Pour réussir, il faut essayer. »

Une petite console derrière le canapé est encombrée de photos sous verre. Je me penche pour observer et une fenêtre sur l'existence des Williams s'ouvre devant moi. Il y a Mace, debout près de sa camionnette. Il porte un jean pattes d'éph et ses cheveux longs lui tombent sur les épaules. Il ne sourit pas, mais le soleil brille dans ses yeux et il a l'air détendu. Je cherche d'autres clichés de lui mais il n'y en a pas. On m'a dit qu'il était mort à cause d'un problème de cœur. Je suis sûre qu'il ne s'est jamais remarié et j'aimerais savoir s'il a trouvé l'amour, trouvé le réconfort. Mais je suis trop gênée pour poser la question.

Sur une autre photo, Mme Williams porte ses habits du dimanche : un ensemble blanc avec un chapeau assorti, comme pour la fête de l'Évangile à l'église. Ses doigts gonflés tiennent fermement un sac blanc brodé de perles posé sur ses genoux, et elle est assise dans un fauteuil roulant. Je jette un coup d'œil dans le couloir en me demandant si Erica a dû également s'occuper de sa grand-mère à la fin de sa vie. D'après ce que je sais, Mme Williams s'est remariée, mais son nouveau mari est décédé quelques années avant elle. Ils posent sur un cliché, un de ces portraits pris en studio, avec une fausse forêt en arrière-plan. Il se tient derrière elle et l'enlace par la taille. Il a les cheveux poivre et sel et d'épais favoris. Son visage me rappelle celui de Dennis Edwards des Temptations. Mme Williams semble installée, satisfaite. Elle a une dent en or.

Au moment où je saisis une photo des sœurs, elles pénètrent toutes les deux dans la pièce. Je replace le cadre là où je l'ai pris. Erica tient délicatement India par le bras. Celle-ci porte une robe d'intérieur et fait beaucoup plus vieille que sa sœur bien qu'elle soit la plus jeune des deux. Peut-être parce que la perruque mise en plis qu'elle porte la vieillit. Elle me sourit.

– India, je souffle en m'approchant d'elle. India.

Elle fait quelques centimètres de plus que moi maintenant. Elle se penche donc pour poser sa tête sur mon épaule. Je la serre contre moi.

– India ? Vous vous souvenez de moi ?

La plus jeune sœur me sourit sans un mot.

QUARANTE-HUIT

Montgomery
1973

Maman a préparé un gâteau pour que les Williams célèbrent le verdict et le retour d'Erica. Comme à chaque fois qu'il s'agit de création, maman a réalisé un glaçage incroyable. En chantant tout du long. Je m'en souviens parce que je ne l'avais plus entendue chanter depuis longtemps. Elle n'avait pas remis les pieds dans son atelier depuis son retour de Memphis. Et papa et moi nous regardions souvent l'air interloqué en nous efforçant de nous habituer à ce changement. Tous les jours, maman et tante Ros s'asseyaient par terre, se prenaient par la main et méditaient en scandant des phrases incompréhensibles. Elles se faisaient du thé et écoutaient de la musique tantrique. Tante Ros nous a dit de ne pas nous inquiéter, que maman était encore chrétienne. Ce qui a fait rire papa.

Tante Ros a décidé de rester jusqu'à Thanksgiving. Papa voulait recevoir, et nous avons tous trouvé l'idée excellente. Il a demandé à M. Singh de cuisiner l'ensemble du repas, même si Mabel Turner a insisté pour apporter du pain de maïs croustillant, le préféré d'India. Tante Ros et moi avons décoré la maison avec de fausses pommes de pin et des dindes en papier. De temps à autre, elle sortait dans le jardin de derrière fumer une cigarette. Pendant que je l'attendais, je me disais que tout était extrêmement calme quand elle n'était pas là. La présence de tante Ros réveillait la maison, et lorsqu'elle partirait je savais que cela changerait la donne.

Le soir de Thanksgiving, Lou est venu avec sa femme, Jenna, et elle n'était pas du tout comme je me l'étais imaginée. Étant donné que son mari avait l'habitude de travailler sans relâche, j'avais pensé qu'elle parlerait d'une voix douce, effacée. J'avais tort. Quand elle m'a serré la main, j'ai tout de suite compris qu'elle n'était pas du genre à faire tapisserie, et je l'ai aimée instantanément. Son regard était d'une intelligence profonde, et j'ai eu le sentiment qu'elle connaissait le dossier des Williams tout autant que moi.

Elle était également enceinte. Très enceinte. Elle a posé une main sur le dossier d'un des tabourets de bar dans le salon.

– Vous voulez vous asseoir ? ai-je suggéré.

– Non, ça va, a-t-elle répondu.

– Lou, je n'arrive pas à y croire, lui ai-je lancé. Le bébé est pour quand ?

– Civil était avec moi sur l'affaire, a-t-il précisé à l'attention de sa femme.

– J'avais bien compris, a dit Jenna.

– Le bébé arrivera le mois prochain, a poursuivi Lou.

– Mais vous ne vivez pas dans la même ville, n'est-ce pas ? a demandé maman, manifestement surprise elle aussi par le ventre de Jenna.

– Ma fille, les jeunes font les choses autrement maintenant. Tante Ros a fourré son paquet de cigarettes dans son sac et elle est passée derrière le comptoir. Ça me plaît.

– Elle n'a pas arrêté de faire des allers et retours mais là, elle va rester ici un moment jusqu'à la naissance, a expliqué Lou.

– Des allers et retours entre Selma et ici ? Dans cet état ? s'est étonnée maman.

Tante Ros a posé deux verres à pied sur le comptoir.

– Qui veut du vin ?

J'ai attiré Lou à part pour en savoir plus :

– Lou, vous saviez que votre femme était enceinte quand vous avez accepté l'affaire ?

Il a acquiescé.

– Et ça a dû être dur d'entendre parler de ces petites filles qu'on avait stérilisées à leur insu, alors que vous étiez vous-même sur le point de devenir papa.

– Civil, vous me connaissez mieux que ça maintenant. Vous savez bien que j'aurais pris cette affaire, dans n'importe quelles circonstances.

– Je crois que j'essaie juste de comprendre, c'est tout.

– Quand vous aurez terminé, n'oubliez pas de me faire part de vos conclusions, a-t-il dit.

Les Ralsey sont ensuite arrivés, avec Alicia. Quand je l'ai vue, je l'ai enlacée et elle m'a tenue dans ses bras un bon moment. Mme Ralsey a demandé à Ty d'aller chercher le plat de légumes qu'ils avaient oublié dans la voiture. Ensuite, elle s'est dirigée directement vers maman et je l'ai entendue s'excuser d'avoir été trop occupée pour prendre de ses nouvelles. Maman a balayé ses excuses d'un revers de la main avant de l'interroger sur le scandale de Tuskegee. Ce qui a lancé une tout autre conversation.

Dans la cuisine, Alicia m'a aidée à disposer les plats sur la table afin que tout le monde puisse se servir.

– C'est fou quand même, ce Lou qui ne nous a pas dit que sa femme était enceinte, non ? Avec tout le temps qu'il a passé dans son bureau !

– J'ai pensé la même chose, ai-je répondu. Tu sais, elle travaille dans un cabinet d'avocats à Selma.

Alicia a secoué la tête.

– C'est un monde différent maintenant, pas vrai ?

J'ai sorti de son emballage un saladier de macaronis pour le poser près du pain de maïs.

– Elle m'a dit qu'elle avait suivi l'affaire de très près. J'ai envie de lui demander si la famille a des chances d'obtenir des dommages et intérêts.

La tête de Ty a surgi dans l'embrasure de la porte avant de disparaître.

– Les Williams viennent d'arriver.

J'ai essuyé la table alors que je venais de le faire quelques instants plus tôt. C'était la première fois que Mace venait chez moi, et mon père se disait encore qu'il se passait quelque chose entre nous, je le savais. Mais il n'y avait rien, et il n'y aurait jamais rien. Depuis la disparition d'Erica, il m'avait évitée. Et moi aussi. Un baiser sur un canapé dans un salon ne signifiait rien.

Alicia m'a touché le bras.

– Civil, il est amoureux de toi, tu sais.

– Qui ?

Avant qu'elle ne puisse répondre, Erica et sa sœur ont déboulé dans la cuisine. India m'a saisie par la taille. Je lui ai glissé une mèche de cheveux derrière l'oreille et lissé le sourcil de la pointe de l'ongle. Du coin de l'œil, j'ai observé Erica derrière sa sœur. Papa l'avait examinée et n'avait rien diagnostiqué d'anormal. Il avait conclu qu'elle était surtout très fatiguée et qu'elle avait besoin de repos. Mais elle paraissait encore méfiante, distante.

– J'ai des nouveaux disques, me suis-je exclamée, en espérant susciter son intérêt. Je les avais achetés quand elle avait disparu et m'étais promis de la faire venir à la maison pour les écouter quand on la retrouverait. Je faisais tout ce qui était en mon pouvoir pour m'empêcher de lui donner mon électrophone. Elle en aurait profité plus que moi. Mais il fallait que je cesse de me comporter comme ça. Je devais arrêter d'essayer d'acheter leur salut.

– Allez, venez.

Les deux sœurs m'ont suivie jusqu'à ma chambre. Papa avait déjà mis de la musique dans le salon donc je leur ai conseillé de fermer la porte pour mieux écouter. En partant, j'ai entendu Erica expliquer à India comment mettre un disque sans le rayer.

Dans un coin du salon, Mme Williams était assise avec raideur dans un fauteuil. Tante Ros s'était installée à côté d'elle sur une chaise et était en train de lui demander si elle avait pris contact avec son animal totem. Mme Williams faisait *mmm, mm* d'un ton amusé. Ce qui ne dissuadait en rien son interlocutrice de lui parler et au bout de quelques minutes Mme Williams s'est mise à sourire et à interagir vraiment. Il était impossible de résister à tante Ros.

Papa s'est accroupi près de son magnétophone huit pistes. Quelqu'un avait ouvert une autre bouteille de vin. Mace tenait un verre à la main mais ne semblait pas boire. Il parlait football avec Ty. La femme de Lou avait posé une fesse au bord d'un tabouret de bar. Les Ralsey s'étaient installés sur deux chaises pliantes que mon père avait sorties du cagibi. Ty s'est éclipsé et j'ai pris sa place près de Mace.

– Ça va ? ai-je demandé.

– Ouais, a répondu Mace. Et vous ?

– Ça peut aller. J'ai encore du mal à croire que tout est terminé.

– Moi aussi.

Je me suis penchée vers lui.

– Vous m'évitez ?

Ty est revenu dans la pièce avec un muffin au maïs enveloppé dans une serviette.

– C'est pas bien de manger avant le dîner, lui ai-je fait remarquer.

– Je fais ce que je veux.

Mace a gloussé comme si lui et Ty étaient désormais copains. J'ai grimacé. Quand l'heure du dîner a sonné, nous avons aligné deux tables dans la salle à manger avant de les recouvrir d'une nappe. Il y avait à peine assez de place pour circuler autour, mais nous nous en sommes sortis. Je me suis assise entre Alicia et Ty ; Mace en face de nous. Tante Ros a parlé de sa pratique thérapeutique, de ses méthodes alternatives qui incluaient de nouveaux chemins spirituels. De plus en plus de Noirs avaient besoin de suivi psychologique, a-t-elle répété. Elle voulait aider sa communauté à Memphis.

– J'ai des femmes qui ont été sexuellement abusées, ou qui ont vécu dans la rue très jeunes et qui n'ont plus confiance en personne. Elles sont vraiment abîmées, mais la possibilité de se reconstruire existe. Je vois beaucoup de femmes qui retrouvent des vies saines et heureuses.

– Ros, ça pourrait nous aider ça, à Montgomery. St Jude propose ce genre de services mais on dirait que tu connais vraiment tes patientes, a observé Mme Ralsey.

Je suis restée silencieuse. J'avais appris à mes dépens qu'on finit toujours par payer à vouloir aider les autres.

La conversation est retombée et mon père en a profité pour lever son verre.

– Nous n'avons pas encore eu l'occasion de célébrer comme il se doit la victoire de Lou. J'aimerais donc porter un toast à Lou, pour le remercier de sa foi et de son engagement.

– Oh oui, a dit Mme Williams. Que Dieu vous bénisse, jeune homme.

– Merci.

Lou a pris son verre et bu une longue gorgée.

Erica a demandé plus de patates douces et je lui ai tendu le plat. Je craignais qu'en nous entendant reparler de toute cette affaire, l'angoisse ne la saisisse. Je n'avais pas passé assez de temps avec elle dernièrement.

– Eh bien, j'ai quelque chose à dire aussi. Mme Williams a posé son verre. Je veux vous remercier tous pour tout ce que vous avez fait pour ma famille. Quand mon fils, Mace, a perdu sa femme, la mère de ces deux petites, j'ai cru que la vie ne pouvait pas être plus sombre. Mais cette année, j'ai appris que Dieu seul sait ce qu'on est capable de supporter.

Quelqu'un a reniflé. India mâchait une grosse bouchée de pain de maïs. Erica fixait sa grand-mère. C'était Mace qui avait reniflé. Allait-il vraiment pleurer devant tout le monde ? Si c'était le cas, ce serait trop pour moi.

– Ça non, Seigneur. On nous avait jamais dit que cette route serait facile. Mais j'ai gardé la foi. Et rencontrer des gens comme vous, monsieur Lou, et vous, mademoiselle Civil, m'a fait retrouver le bien dans ce bas monde.

Elle s'est éclairci la voix.

– Je veux vous remercier. Chacun d'entre vous. J'ai pas grand-chose à vous donner. J'ai apporté des tartes. Elles sont dans la cuisine. Je les ai faites avec mes mains. J'y ai mis tout mon cœur. Mais je sais que je pourrai jamais vous remercier assez. Et je ne sais pas comment vous dire ce que je sens. J'ai pas les mots pour l'exprimer.

– Il n'y a pas besoin de mots, madame, ne vous inquiétez pas, s'est exclamé Lou.

Mme Williams a fait comme si elle ne l'avait pas entendu. Elle avait encore des choses à dire.

– Quand ils ont retrouvé Erica, je lui ai parlé. J'ai parlé à mon fils. Et j'ai décidé qu'il était temps de quitter Montgomery.

– Quitter Montgomery ? ai-je répété.

– On va aller vivre avec Nellie, notre cousine. Celle que vous avez rencontrée. Elle a une grande maison, il y a assez de place pour nous tous. Son mari peut aider Mace à trouver du travail.

– Et la scolarité des filles ? India vient juste de trouver une école. Ça va être dur de trouver une autre structure dans une petite ville comme ça.

– Civil. Vous avez assez fait. Vous êtes devenue comme une fille pour moi. Mais je suis assise ici, dans cette magnifique maison, et je vois bien que vous avez votre propre famille. Et ils ont de la chance de vous avoir.

J'ai secoué la tête. Ce n'était pas la première fois que Mme Williams me disait de me mêler de mes affaires, mais le faire devant tout le monde a fait déborder le vase.

– Est-ce que les filles n'ont pas leur mot à dire là-dessus ? me suis-je étonnée.

– C'est elles qui veulent y aller. Erica en a besoin. On le sait, vous et moi.

Erica avait parlé de déménager mais c'était sous le coup de l'émotion. Elle n'était qu'une enfant.

– Mace ? Je me suis tournée vers lui, mais il fixait son assiette. Mace ?

Il n'a rien dit, et Erica aussi a évité mon regard.

Le dîner s'est poursuivi sans que je n'entende ni ne voie plus rien. Je n'avais plus faim et n'ai fait que remuer la nourriture dans mon assiette du bout de ma fourchette. Après le dessert, chacun a récupéré son manteau avant de se diriger vers la sortie. Les filles m'ont enlacée et je les ai serrées contre moi. *Je vous aime*, ai-je eu envie de dire. *Je vous aime. Je vous aime.*

– Accompagne-les à la voiture, m'a soufflé papa. Il a dû voir combien j'étais dévastée. Dehors, j'ai regardé les filles grimper dans la camionnette de Mace. Mme Williams est restée à mes côtés dans l'allée du garage.

– Civil, a-t-elle commencé. Je sais que c'est dur pour vous d'apprendre ça ce soir. Et j'aurais sûrement dû vous en parler avant d'annoncer la couleur à tout le monde. Pardonnez-moi.

Je n'ai pas desserré les dents.

– J'apprécie vraiment tout ce que vous avez fait pour nous. Mais je peux m'occuper de ma famille à partir de maintenant.

Ses paroles m'ont transpercée, et je n'ai pas pu le cacher.

– Comment ? Comment allez-vous faire ? Vous ne pouviez pas vous occuper de cette maison à la ferme.

Elle a plissé les yeux. Et d'une voix un peu sèche mais néanmoins tolérante elle a dit :

– Mace va rester ici et travailler. Quand il sera prêt et qu'il aura trouvé une place stable là-bas, il nous rejoindra.

– Vous allez laisser tomber l'appartement ? J'ai eu beaucoup de mal à le trouver, vous ne vous en rendez donc pas compte ? Et Nellie, elle est au courant de votre projet ?

– Allons, vous savez bien que j'en aurais pas parlé si elle ne l'était pas. Elle est contente qu'on vienne.

J'étais sur le point de dire autre chose mais je me suis ravisée en comprenant à quel point j'allais paraître stupide.

– Vous vous inquiétez pour les filles mais d'après l'assistante sociale quelqu'un pourra venir à la maison pour India.

– Vous avez une nouvelle assistante sociale ? Elle ne pourra jamais faire ce que Sœur LaTarsha et les autres religieuses font. Elles sont formées. Elles ont des jouets et des puzzles et tout ce qu'il faut pour qu'India puisse apprendre.

– Civil, ça va très bien se passer pour les filles.

Mace a démarré et la lumière des phares a éclairé la rue. Mme Williams s'est attardée dans l'allée du garage.

– C'était sincère ce que je disais. Vous êtes comme une fille pour moi. Je penserai toujours à vous et sachez que vous serez toujours la bienvenue si vous voulez voir les filles. Pas la peine de demander. Mais il faut poursuivre votre vie.

– Poursuivre ma vie ?

Je ne comprenais pas ce qu'elle disait. Comment pouvait-on poursuivre sans la famille ? Ne comprenait-elle pas qu'ils comptaient beaucoup plus pour moi que les liens du sang ? Nous avions vécu les mêmes choses, partagé la même histoire, la même douleur. Ces fillettes faisaient maintenant tout autant partie de ma famille que de la sienne.

– Vous voulez que je poursuive ma vie sans Mace, c'est ça ? ai-je demandé froidement.

Je ne distinguais pas clairement son visage mais j'ai compris que ma question ne la surprenait pas. Elle avait eu ses doutes probablement, et en voyant Mace me prendre la main au tribunal, ça n'avait fait que confirmer ses soupçons.

– Civil, vous êtes adultes avec Mace. J'ai rien à voir là-dedans. Je vais vous dire ce que je pense : vous nous avez aidés comme personne ne l'avait jamais fait. Et je vous en suis reconnaissante. Mais vous avez des choses dans votre cœur qu'il faut résoudre. Je le vois bien. Demandez à Dieu, Civil. Il vous répondra.

Et là-dessus, elle s'est dirigée vers la camionnette, a grimpé dans la cabine avec les filles et ils sont partis. Seule India s'est retournée pour me dire au revoir de la main, sa petite paume blanche contre la vitre.

QUARANTE-NEUF

Rockford
2016

Pendant des années après le départ de la famille, j'ai porté le fardeau de leur absence. Les disques qu'Erica aurait pu aimer. Une poupée qui aurait pu attirer l'attention d'India. Une glace qu'elles auraient toutes les deux adorée. Le fossé a continué de se creuser, encore et encore, et dix ans sont devenus vingt, trente, quarante ans. Et aujourd'hui, je suis dans leur salon, et je tiens la main d'India comme ça ne m'est plus arrivé depuis des années.

– Asseyons-nous, dis-je en l'accompagnant vers son fauteuil. Les deux femmes se déplacent lentement, et mon instinct de médecin prend le dessus.

– Comment ça va ?

Erica arrange le tissu de la robe d'India pour que celle-ci puisse s'asseoir confortablement. Puis elle s'installe dans son propre fauteuil.

– Elle a commencé son deuxième traitement. Avec l'aide de Dieu, ça sera fini dans quelques mois.

L'allusion à sa santé fragile me remue. Mes souvenirs sont inscrits en moi, et je ne peux envisager de la perdre. Je n'ai pas envie de continuer de jouer les médecins. Il y aura du temps pour ça, si elles le souhaitent. Mais j'ai décidé, avant d'entreprendre ce voyage, que je ne venais pas pour les sauver. J'ai déjà fait cette erreur auparavant, et il est hors de question que je la fasse à nouveau. Malgré tout, je ne peux m'empêcher de demander à mi-voix :

– Est-ce que la chimio la rend malade ?

– La première fois, oui. Ils espèrent qu'elle réagira mieux aux produits cette fois.

– Elle mange comme il faut.

– Elle adore le riz complet. Vous avez déjà mangé du riz complet ?

– Oui, j'aime bien ça.

– Comme India. Elle en a mangé pour la première fois à l'hôpital et maintenant elle peut plus s'en passer. Elle met un peu de beurre dedans.

– Tant mieux, Erica. Je suis contente que vous preniez soin d'elle.

– Et vous, docteur Civil ? Alicia nous a dit que vous étiez un vrai médecin maintenant. Parlez-nous de votre mari et de votre famille.

Je m'enfonce dans les coussins du canapé. Le mariage n'est pas mon sujet de conversation de prédilection mais nous sommes là pour rattraper plusieurs décennies, je ne peux donc pas y échapper. Je raconte que j'ai pris soin de ma mère et élevé ma fille seule. Je ne précise pas que pendant des années j'ai été celle sur laquelle comptaient tous les médecins chefs de famille pour que je les relaie. Pour eux, j'étais toujours celle qui n'avait rien de prévu le vendredi soir. Et durant des années, ils ont eu raison. Quand mes règles ont commencé à s'espacer et que ma gynécologue m'a confirmé que j'étais en préménopause, j'ai entamé une psychothérapie pour la première fois de mon existence. Je croyais que ce serait une libération de me débarrasser enfin de ce désagrément mensuel, en particulier parce que c'était une chose que je n'avais jamais désirée, tout comme je n'avais jamais désiré l'ovule que ça produisait, mais je n'arrêtais pas de penser aux filles. Alors que la possibilité d'une grossesse s'amenuisait pour moi, je ne regrettais en rien la disparition de ces années de serviettes hygiéniques souillées, ni de la tache rose révélatrice sur un coin de papier toilette. Je ne regrettais pas de ne pas avoir donné naissance physiquement à un enfant. Je pensais seulement aux sœurs et à leurs cycles menstruels, à leur déception mois après mois, année après année, durant des décennies. Et après un an de séances avec ma thérapeute, j'ai compris que j'avais changé. Je ne percevais plus la maternité comme un piège ou une punition. Je n'avais plus besoin, vis-à-vis de ces petites, de m'interdire d'avoir un enfant. Je n'étais pas ma mère, que la maladie avait perturbée dans son rôle de mère.

Au lieu d'évoquer mon passé torturé, je me contente de raconter à Erica comment, à quarante-huit ans, quelque chose s'est métamorphosé en moi, ce qui m'a incitée à entamer une procédure d'adoption. Je tends mon téléphone à Erica pour lui montrer une photo de toi. Elle passe l'appareil à India.

– Elle est ravissante. Quel âge a-t-elle déjà ?

– Vingt-trois ans.

Je n'oublie pas que je parle à deux femmes qui n'ont jamais eu d'enfant, non pas parce qu'elles ont choisi de ne pas en avoir mais parce qu'on les en a empêchées. J'ai eu le choix, moi, et ça fait toute la différence. Même en tant que mère célibataire, j'ai pu adopter grâce à mon statut de médecin. Pour Erica et India, le processus aurait été plus difficile. Le juge examine beaucoup plus ton dossier si tu es pauvre. Handicapée. Ou non mariée. Il y a encore du travail à faire dans ce monde, j'en suis toujours aussi convaincue.

Après m'avoir rendu mon téléphone, Erica m'observe à nouveau avec une expression sérieuse et responsable, ce qui m'agace parce que j'ai l'impression que c'est moi l'enfant à présent et elle l'adulte.

– Je vais chercher le gâteau.

Elle revient avec deux soucoupes.

– J'ai été serveuse, vous le saviez ?

Je secoue la tête. C'est une génoise nappée de fraises. La fraise, c'est le fruit préféré d'India, explique-t-elle. Le gâteau est parfait ; son goût, sa texture ; c'est léger, aéré ; un pâtissier professionnel aurait du mal à faire mieux. Elle me demande si je veux un café et j'accepte avec plaisir. Tandis que je mange, je me souviens du premier jour où j'ai rencontré la famille, la fois où Mme Williams m'a donné une tasse de bouillon qui mijotait au-dessus d'un trou dans le sol. Je n'avais jamais vu quiconque cuisiner ainsi. Les Williams avaient toujours nourri mon âme, même quand je n'avais pas conscience d'avoir faim. Une pensée me vient à l'esprit : jamais je n'aurais pu leur offrir autant que ce qu'ils m'ont donné.

Nous parlons sans discontinuer. Nous nous remémorons la fois où leur grand-mère vaquait dans la maison avec de la farine sur le bout du nez sans que personne ne le lui dise, la fois où à Kmart j'avais dépensé une petite fortune en piécettes pour qu'India puisse faire plusieurs tours de cheval, le jour où India avait fait rentrer le berger allemand blanc dans l'appartement et que Mme Williams l'en avait chassé à coups de balai, et la fois où à l'océan Mace avait gardé ses chaussettes, ce qui nous avait bien amusées. Elles se souviennent.

Je pose la soucoupe vide sur la petite table, et remercie encore Erica.

– Arrêtez de me dire merci, d'accord ? Allons, docteur Civil, parlons peu mais parlons bien. Je suis contente de vous voir et tout. Votre visite compte vraiment beaucoup pour nous. Pourquoi venir après toutes ces années ? Je ne veux pas être impolie mais quand j'ai compris que vous veniez nous voir, je me suis demandé si tout allait bien de votre côté. C'est pas pour nous annoncer une mauvaise nouvelle que vous êtes là au moins ?

J'ai fait non de la tête avant de siroter mon café. Elle pense que c'est un voyage d'adieu. Et pourtant, je ne sais pas vraiment comment répondre. Alicia m'a posé cette même question et il est temps pour moi de cracher le morceau. Je me suis minutieusement efforcée d'examiner mes intentions. Ce n'est pas facile de tout mettre à plat. Demander pardon à ces deux femmes après toutes ces années semble dégradant d'une certaine manière. Ça présuppose que j'ai été le centre de leur existence. Je ne veux surtout pas non plus qu'elles pensent que je les prends en pitié. Elles ont surmonté cette épreuve pour vivre pleinement leur vie, solidaires l'une de l'autre, dans cette maison confortable, en faisant toujours passer d'abord la famille. Et elles ont gagné un procès contre le gouvernement américain. Elles sont tellement plus que deux petites filles abusées par le système.

Je parle doucement, et malgré toutes mes bonnes intentions, ce sont des excuses qui me sortent des lèvres.

– Je voulais vous dire que je regrettais. Je regrette tellement, Erica. Je voudrais, je voudrais…

– Mademoiselle Civil, ça sert à rien tout ça, vous m'entendez ? Ça sert à rien.

Avant que je puisse répondre, India se met à faire un bruit. Erica prend l'assiette vide de sa sœur.

– Je vais lui resservir du gâteau. Et quand je reviens, on va regarder mon émission parce que ça commence dans une minute. Enlevez vos chaussures et faites comme chez vous, d'accord ?

Alors qu'elle me sourit en quittant le salon, je m'enfonce dans mon fauteuil. Je ne les ai plus vues depuis plusieurs dizaines d'années mais elles restent ma famille, et moi la leur. J'ai lutté pour savoir comment rattraper le temps perdu mais maintenant je sais que le temps n'a pas du tout été perdu. Il a passé, c'est tout. Heureusement, il nous en reste à partager. Pas autant que je le voudrais, mais il nous en reste.

CINQUANTE

Montgomery
1973

La semaine qui a suivi Thanksgiving, Tante Ros est partie et maman a filé dans son atelier, mais uniquement les matinées. Ensuite elle sortait déjeuner et pendant tout l'après-midi. Elle a passé une petite annonce pour donner des cours d'aquarelle et dès le premier jour trois personnes se sont inscrites. Le soir, elle s'est mise à acheter de quoi dîner, à déballer les plats pour les disposer dans des assiettes qu'elle plaçait ensuite sur la table comme si c'était elle qui avait cuisiné. Chaque soir, nous nous installions tous les trois à table comme nous ne l'avions plus fait depuis longtemps.

Le soir, quand mes parents partaient se coucher, je m'asseyais seule sur mon lit. L'hiver s'était installé et il faisait froid dehors. La femme de Lou avait accouché depuis peu et je n'osais pas téléphoner à ce dernier. Mais vers la fin de l'année, j'ai décidé d'agir. J'ai pris ma voiture un midi et je suis allée dans le quartier où se trouvait son bureau. Au troisième tour du pâté de maisons, Pamela, sa secrétaire, m'a repérée en descendant les marches du perron. Je me suis penchée pour baisser la vitre côté passager.

– Comment allez-vous, Civil ? a-t-elle lancé en me faisant un signe de la main.

– Bien. Et vous ?

– On travaille beaucoup.

– Lou est par là ?

– Oui, il est là-haut.

– Ah très bien. Je vais m'arrêter lui dire bonjour.

– Entendu. À bientôt !

Lorsque Lou a ouvert, je me suis exclamée :

– Quand avez-vous commencé à fermer à clé ?

– Quelqu'un a vandalisé ma voiture. C'est peut-être un hasard, mais on n'est jamais trop prudent.

Il a verrouillé la porte derrière moi. Je l'ai suivi dans l'escalier.

– Quand ?

– Juste après la fin du procès. Je ne vous ai rien dit parce que tout le monde était bien trop occupé à chercher Erica.

Les papiers avaient disparu. Les bureaux étaient propres. Quatre boîtes d'archives étaient alignées contre le mur. Il a ouvert un paquet de chips Lay's et me l'a tendu.

– Non, merci. Ne me dites pas que vous continuez à manger n'importe quoi au déjeuner.

Il a enfourné une poignée de chips.

– Pamela est partie me chercher quelque chose. Mais je tiens avec ces chips.

– Vous êtes sur une nouvelle affaire ? Je pensais que vous seriez chez vous avec votre bébé.

– Oh, j'embrasse ce bébé dès que je peux. En plus, c'est mon épouse qui m'a poussé à prendre ce dossier : deux femmes qui se sont présentées pour devenir agents de police ici dans l'Alabama. Et elles ont été toutes les deux recalées.

– Et vous avez accepté de vous embarquer là-dedans ?

– Vous croyez que je n'aurais pas dû ?

– Je crois que vous êtes fou !

Il a ri. Son étrange rire m'avait manqué. Sous mes yeux, Lou avait acquis une profonde sagesse, il était devenu une vieille âme comme les gens disaient autrefois. À Thanksgiving, tante Ros avait décrété : *ce Lou Feldman en a vu d'autres*. Et elle avait raison. C'était difficile de ne pas sentir la lumière en sa présence. Je n'avais qu'une envie : retrousser mes manches, lui prendre le bloc-notes des mains et commencer à consigner tout ce qu'il fallait à propos de cette affaire d'agents de police. Non pas parce que j'avais envie de devenir avocate mais parce que le sens du bien et du mal de Lou me donnait de l'énergie.

– Et vous, Civil ?

Il s'était exprimé avec sérieux. Je n'aimais pas ce ton. Tout le monde avait de telles attentes à mon sujet. J'aurais voulu qu'on me laisse tranquille.

– Je ne sais pas ce que je veux.

J'aurais pu aller travailler pour mon père mais je ne savais pas sur quel pied danser.

– Vous allez finir par savoir.

– Je peux voir ce bloc-notes.

– Non, vous ne pouvez pas.

– Est-ce que les femmes qui veulent être agents de police sont noires ?

– Ce ne sont pas vos affaires.

– Vous vous trompez, Louis Feldman.

Je ne m'étais pas assise. Mon sac pendait à mon épaule. Il était temps de partir, je le savais, mais je savais aussi qu'en passant la porte je franchirais un point de non-retour inédit jusqu'alors. Je n'avais aucune envie de le faire. S'il avait tenté de me pousser dehors, j'aurais résisté. Mais il s'est abstenu. Il a tout bonnement continué de grignoter ses chips.

– À bientôt alors, ai-je fini par dire.

– Oui, faites attention à vous, Civil Townsend.

J'ai quitté son bureau en me demandant si j'étais la seule à sentir le vide en moi depuis la fin du procès. J'étais tellement perdue dans mes pensées que je n'ai pas vu Mme Seager passer devant moi. Le temps que je replace dans mon esprit ses imposants cheveux rouges, elle avait déjà parcouru une dizaine de mètres de plus. Je me suis arrêtée devant ma voiture, le vent me mordant le cou, et je l'ai regardée s'éloigner tout en écoutant le son de ses talons sur le trottoir. J'ai eu envie de l'appeler pour voir si elle allait se retourner et me parler ou si elle m'en voulait encore. J'avais besoin de lui dire que je comprenais, que parfois on voulait tellement bien faire qu'on en arrivait à oublier que les personnes dont on s'occupait avaient leurs propres vies.

CINQUANTE-ET-UN

J'ai commencé à travailler pour mon père début 1974. C'était la semaine juste après les fêtes et la salle d'attente de son cabinet était bondée. En traversant la pièce pleine de patients que je connaissais depuis que j'étais petite, j'ai songé aux liens qui nous unissaient tous. Mme Cooper de l'église. M. Jones du bureau de poste. Dena de la quincaillerie. Ils attendaient tous pour voir mon père, un homme capable de traiter leur douleur, un homme dans lequel ils avaient confiance. Ce n'était pas ce que je voulais mais il y avait une certaine logique. Papa avait besoin d'aide au cabinet, et ça m'occupait. En plus, j'aimais ce travail. Je m'entendais très bien avec son nouvel assistant et contre toute attente, les patients ne me traitaient pas différemment parce que j'étais sa fille, ils semblaient au contraire d'autant plus à l'aise avec moi. Parfois, alors que je mesurais la pression artérielle, la personne se mettait à me parler. J'écoutais, prenais des notes dans le dossier, et en parlait ensuite avec mon père. Il opinait du chef et s'étonnait : « Il t'a dit ça ? » Même lui paraissait surpris de la vitesse avec laquelle les patients se confiaient à moi. Il y avait de la joie dans ce cabinet. Une simplicité associée à une nouvelle souplesse de ma psyché.

– Papa, j'ai mis M. Jones dans la salle 1.

– Il va falloir lui faire une prise de sang aujourd'hui, a dit mon père. Tu peux préparer le matériel ?

Papa avait une capacité incroyable à se souvenir de chaque détail sur ses patients. Il arrivait de bonne heure, lisait les dossiers de ceux du jour. Les gens appréciaient qu'on se souvienne d'eux. Ils réagissaient mieux quand on leur demandait : « Avez-vous toujours des douleurs à la poitrine ? » J'avais travaillé pour papa quelques semaines seulement mais j'avais déjà appris beaucoup.

Plus tard cet après-midi-là, j'ai aidé à ranger le cabinet et j'en ai profité pour papoter avec Glenda tandis qu'elle éteignait les lumières. Ma mère avait déposé une nouvelle toile un peu plus tôt et nous ne savions pas où l'installer. Ce n'était pas la meilleure mais elle était d'un beau bleu clair et pas trop complexe. Parfaite pour un cabinet de médecin.

– C'est trop bleu. En la regardant, les gens vont avoir l'impression de tomber dans le vide du ciel.

– Glenda, je vais répéter à ma mère ce que tu dis.

– Vas-y. Je m'en fiche.

Nous avons ri.

– Je vais fermer.

Comme je prenais la clé au crochet au-dessus de son bureau, Ty a surgi.

– Salut.

– Mais qu'est-ce que vous faites là, mon garçon ? Vous êtes malade ?

Glenda l'a dévisagé à travers la vitre placée devant sa table de travail.

– J'ai l'air malade ?

– Il a toujours l'air malade, ai-je déclaré.

– Non, c'est juste ma beauté naturelle. Civil, tu as parlé aux Williams récemment ?

– Non. Pourquoi ?

– Je suis passé pour te dire que Mace déménage demain.

Je savais que Mme Williams et les filles étaient déjà parties s'installer à Rockford mais je n'avais plus de nouvelles de Mace. J'avais essayé de laisser de l'espace à la famille et les filles me manquaient déjà ; j'étais triste de ne pas avoir eu l'occasion de leur dire à nouveau au revoir.

– Tu étais en contact avec lui ? ai-je demandé, en m'efforçant de dissimuler que l'idée qu'ils se parlent tous les deux derrière mon dos ne me plaisait guère.

Ty a acquiescé.

– Il a enfin trouvé un boulot là-bas, donc il quitte l'usine de cornichons. Il rend ses clés demain. J'ai pensé que tu voudrais le saluer avant son départ.

– Je ne vois pas pourquoi tu t'es dit ça.

Il a incliné la tête et je lui en ai voulu de me connaître si bien. J'ai effleuré le bord du tableau de maman, qui était appuyé contre le mur. Glenda avait raison : j'avais effectivement l'impression de tomber dans le vide du ciel.

Le lendemain matin, Ty m'a accompagnée jusqu'à Dixie Court et m'a attendue dans la voiture.

– Je n'en ai pas pour longtemps, lui ai-je promis tandis qu'il se frottait les mains pour se réchauffer.

La porte était grande ouverte. À l'intérieur, l'appartement était vide et ça m'a fait de la peine. Je me suis obligée à ne pas me souvenir de tous les meubles que nous nous étions appliqués à choisir, le coin où Mme Williams s'asseyait dans son fauteuil, le canapé avec son plaid. Le salon sentait vaguement la sueur et il y faisait frais. Le chauffage était déjà éteint.

Mace est venu à ma rencontre, un carton dans les mains. Il m'a regardée, avant de poser délicatement son fardeau par terre. Il s'est approché de moi et m'a prise par la taille. J'ai frémi, sans savoir si c'était parce que j'avais froid ou parce que j'étais nerveuse. Il a collé ses lèvres à mon oreille.

– C'est Ty qui vous a amenée ici ?

J'ai fait oui de la tête.

– Ce garçon vous aime depuis toujours. Vous le savez, pas vrai ?

Je n'ai pas pu répondre. Mace m'a caressé la joue, à plusieurs reprises.

– Civil Townsend. Vous m'avez rendu ma famille. Est-ce que je vous ai donné quelque chose, moi ?

Comment pouvait-il me poser cette question ? C'était moi qui avais provoqué tout ce cataclysme. Pendant des années, j'allais regretter de ne pas avoir répondu à cette question, de ne pas lui avoir dit combien le temps passé avec lui avait été important pour moi. Mais j'étais complètement nouée ce jour-là. Je ne pouvais pas du tout savoir que ce serait la toute dernière fois que je le verrais, mais je crois que je l'ai pressenti.

– Pourquoi est-ce que vous partez ? a été tout ce que j'ai trouvé à dire.

Après la mort de Mace, Alicia avait fait le voyage pour aller écouter l'éloge funèbre du pasteur au cimetière, parce qu'ils n'avaient pas pu s'offrir de service religieux à l'église. Ils avaient eu juste assez pour l'enterrer dans un cercueil en pin. Mais Alicia m'a rapporté que l'enterrement avait eu lieu par une magnifique journée d'automne et que le pasteur avait raconté que Mace aimait tellement lire qu'il avait fini par rendre tout le monde dingue à force de citer sans cesse des bribes d'articles de journaux. Erica et India étaient assises l'une à côté de l'autre, deux jeunes femmes au dos droit, l'une enfermée dans le silence, l'autre attentive et bienveillante, réajustant le chapeau de sa jeune sœur. Mme Williams avait eu du mal à grimper la colline pour rejoindre sa place, mais elle s'était appuyée sur le bras de son nouveau mari, un veuf à la retraite qui lui avait offert une vie simple dans une maison petite mais bien tenue, la maison que les sœurs habiteraient après la disparition du couple, la maison dans laquelle je me suis rendue des années plus tard, et où j'ai mangé une génoise aux fraises.

Mais ce jour-là à Dixie Court, ce jour où il m'a caressé la joue, Mace était encore bien vivant.

– Vous êtes libre, Civil. Servez-vous de votre liberté pour changer autant de vies que vous pouvez.

Il m'a confié la charge de rendre la clé, et par la fenêtre je l'ai regardé démarrer sa camionnette. Le moteur a toussé, craché quelques gaz d'échappement, et le véhicule s'est lentement mis en branle, le plateau à l'arrière chargé d'affaires. J'ai attendu pour voir si Mace allait se retourner. Mais non.

J'ai fermé la porte à clé et descendu l'escalier. De l'autre côté de la rue, Ty attendait dans sa voiture. Je ne distinguais pas son visage à cause des reflets de la vitre. Tandis que je me dirigeais vers le bureau de location, j'ai pensé au premier jour, quand Mace et moi avions suivi la dame de l'accueil pour visiter l'appartement. Les Williams n'y étaient même pas restés un an, mais il y avait tellement de demandes pour ces appartements de Dixie Court qu'une autre famille était déjà probablement en lice.

Autour de moi, les familles s'installaient, heureuses de bénéficier de l'aide publique, les enfants couraient dans l'aire de jeux en criant.

CINQUANTE-DEUX

Montgomery
2016

Le lendemain matin de ma visite aux sœurs Williams, j'enfile la plus belle tenue que j'ai emportée avec moi et je règle ma note d'hôtel. En regardant dans le rétroviseur, quelque chose ne va pas. Je m'arrête à la pharmacie. À l'intérieur, sous la lumière criarde des néons, je parcours les rayons des cosmétiques, sans trop savoir quoi choisir. Aurais-je l'air ridicule avec du rouge à joues ? Mes sourcils ont-ils besoin de mascara ? Ai-je des poils au menton que je devrais épiler ? J'opte finalement pour un rouge à lèvres couleur prune. Juste avant de payer, je prends aussi une paire de boucles d'oreilles argentées exposées près de la caisse.

Une fois dans ma voiture, j'appelle Ty. Je sais qu'encore une fois je n'ai pas mis un terme à notre relation comme il le fallait. Ce qu'il y a entre lui et moi n'est pas réglé et refuse de disparaître. Il répond immédiatement.

– Je suis en route pour Birmingham.

Ma voix tremblote un peu.

– Il te faut combien de temps pour y aller ? demande-t-il, comme si c'était la chose la plus naturelle du monde que je lui téléphone à huit heures du matin pour lui dire que je m'en allais. J'ai l'impression qu'il comprend aussitôt que je vais passer le voir.

Je lève les yeux vers le ciel, et je revois Ty jeune homme : quand il arrosait les plantes de sa mère, qu'il m'accompagnait à Tuskegee en voiture, qu'il m'offrait un cadeau, me charriait. Ty – le gamin aux longues jambes et aux genoux terreux qui m'a volé mes stylos à l'école primaire, le gamin qui est devenu un très beau jeune homme, généreux et courageux. Même si je ne m'en étais pas rendu compte à l'époque, le sort de ces deux fillettes l'avait préoccupé autant que moi.

Et je suis là, moi aussi. J'ai vingt-trois ans. Pressée de montrer à mon père qu'il se trompe. Inquiète pour ma mère qui est malade. En quête d'amour. Désireuse de laisser une empreinte dans le monde. La jeune Civil, souriante et timide, peu sûre d'elle mais cependant pleinement convaincue d'avoir l'avenir devant elle.

Maintenant je sais pourquoi j'ai entrepris ce voyage. Il fallait que je fasse la paix avec moi-même. Rien ne vaut la paix intérieure, Anne. Rien.

Tandis que je roule vers le nord, sur cette portion de l'autoroute I-65, le ciel de l'Alabama est d'un bleu limpide, aussi lumineux qu'une toile de ma mère. Je me sens protégée sous ce bleu, pleinement, tous ces fragments de moi-même. C'est merveilleux de contempler ces terres, ce pays divin. Mon père flotte quelque part, il me chuchote que tout va bien se passer, caresse mon front de ses doigts épais. Il a toujours été à mes côtés, et il l'est encore aujourd'hui.

À l'horizon derrière moi, il y a ma communauté – Montgomery, Centennial Hill, mes amis et mes proches –, tous là dans cet endroit qui m'a vue naître. Tel est ton héritage, ma chère enfant, ton histoire. C'est plus puissant que les liens du sang. L'histoire de ces sœurs et de ce qui s'est produit à Montgomery en 1973 est une histoire que tu partages avec des personnes que tu n'as même pas connues. Elles font partie de ta famille tout autant que moi.

Tu as désormais l'âge que j'avais à l'époque, et j'espère que tu profiteras des leçons que nous avons tirées de nos erreurs. Ce savoir, cette victoire, peuvent, à condition de le vouloir, nous rendre tous plus forts.

À condition de le vouloir.

NOTE DE L'AUTEUR

Ce roman est une œuvre de fiction qui s'inspire librement de l'affaire des sœurs Relf. En juin 1973, Minnie Lee et Mary Alice Relf, deux sœurs âgées respectivement de douze et quatorze ans, ont été stérilisées à leur insu à Montgomery en Alabama par un organisme financé par des fonds publics. Révoltée par cette terrible atteinte à leur liberté individuelle, leur assistante sociale, Jessie Bly, est allée voir un avocat de la ville et lui a raconté les faits. Pour finir, l'affaire a été portée devant les tribunaux de Washington, DC. L'avocat des plaignantes s'appelait Joseph Levin Jr ; il était membre fondateur du Southern Poverty Law Center. Cette affaire est considérée aujourd'hui comme un moment majeur dans l'histoire des injustices en matière de procréation, en ce qu'elle a permis de révéler à l'opinion publique que des milliers de pauvres femmes de couleur étaient stérilisées de force partout dans le pays, et ce dans le cadre de campagnes de santé publique.

Lorsque j'ai entendu parler pour la première fois de cette histoire, une chose m'a particulièrement choquée : les faits s'étaient produits juste un an après que l'Associated Press avait dénoncé la manière dont le gouvernement fédéral des États-Unis avait laissé sans soins des centaines d'hommes noirs issus de milieux ruraux et infectés par la syphilis, dans le cadre d'une étude clinique à Tuskegee, étude qui avait duré quarante ans. Certes les deux affaires avaient déclenché des débats sur l'éthique médicale et le racisme, mais comment de tels actes avaient-ils pu se produire au grand jour ? J'ai commencé à réfléchir sur la culpabilité et le silence, deux notions dont il n'était jamais question dans les documents de l'époque, et j'ai décidé de creuser.

Obsédée par ces interrogations, j'ai fini par faire trois ans de recherches et, en définitive, ce roman. Parce que je voulais en savoir plus, je me suis rendue à Montgomery pour échanger avec Joseph Levin et Jessie Bly, qui tous deux se sont montrés très généreux avec moi en m'accordant beaucoup de temps. Toujours guidée par mon désir de mieux comprendre, je me suis interrogée sur les infirmières qui travaillaient à la clinique du Planning familial de Montgomery. Comment avaient-elles vécu ce qui s'était produit sous leur responsabilité ? Dans la mesure où je n'ai pas pu trouver d'infirmières ayant travaillé là-bas, prêtes à me faire part de leur expérience, j'ai décidé d'imaginer comment c'était de travailler dans cette clinique à l'époque. En ce sens, j'ai créé les personnages de Civil Townsend et des autres infirmières.

Il est important de souligner que *Prends ma main* n'est pas le récit des événements qui se sont produits. Je me suis plutôt inspirée d'archives et de documents historiques pour imaginer l'impact émotionnel qu'ont pu avoir ce moment ainsi que d'autres moments similaires.

Les questions d'éthique médicale et de morale que j'explore dans *Prends ma main* demeurent essentielles aujourd'hui. En 2013, le Center for Investigative Reporting a révélé qu'entre 2006 et 2010 près de cent cinquante femmes détenues dans les prisons d'État californiennes ont été stérilisées de force. Un an plus tard, l'Associated Press a rapporté qu'à plusieurs reprises des procureurs de Nashville dans le Tennessee avaient proposé la stérilisation à des prévenus en échange de réductions de peine. En 2020, un lanceur d'alerte a affirmé que des immigrées détenues par l'Immigration and Customs Enforcement se faisaient stériliser à leur insu dans des centres de détention américains. En vérité, la stérilisation systématique des personnes jugées « inaptes » et détenues dans les institutions publiques est encore protégée au niveau fédéral par le *Buck vs. Bell*, un décret de la Cour suprême des États-Unis datant de 1927.

La notion de *justice reproductive*, une expression créée par les féministes noires lors d'une conférence en 1994, demeure insaisissable pour les femmes afro-américaines qui continuent d'avoir du mal à accéder aux soins médicaux en raison de leurs difficultés sociales et économiques. Les femmes noires se font avorter environ trois fois plus que les femmes blanches. Les Afro-Américaines risquent trois ou quatre fois plus de mourir en couches que les Blanches. En outre, les problèmes de santé qui affectent de manière disproportionnée les femmes noires, comme par exemple les fibromes utérins, font très peu l'objet de recherches financées par l'État. J'espère que ce roman provoquera de nouveaux débats sur la culpabilité dans une société qui juge encore que les pauvres, les Noires et les handicapées sont des femmes incapables de devenir mères. Dans un monde qui croule sous l'information au sujet de ces tragédies et de bien d'autres, je continue de croire passionnément qu'un roman (et ses lecteurs !) a le pouvoir de tirer la sonnette d'alarme, d'influencer les cœurs et d'impacter des vies.

REMERCIEMENTS

Je tiens tout d'abord à vous remercier – vous, mes lecteurs – d'attendre avec une telle impatience mes livres. Vous avez été si nombreux à me faire signe depuis la publication de mon premier roman, *Wench*. Vos encouragements m'ont soutenue beaucoup plus que vous ne pouvez l'imaginer. Votre passion pour l'Histoire m'inspire. Votre soif d'un autre livre à sélectionner pour vos clubs de lecture me motive. Je vous dois tellement. Sachez que vous occupez toujours une place de choix dans mon esprit et dans mon cœur.

Tout le monde n'a pas la chance de travailler avec le même agent littéraire depuis quinze ans. Je fais partie de ces auteurs fortunés qui ont trouvé non seulement un agent, mais en l'occurrence une amie, une sœur et une muse en la personne de Stephanie Cabot de Susanna Lea Associates.

Ce livre n'aurait jamais été écrit sans la bienveillante générosité de Joseph Levin Jr. et de Jessie Bly. Vous avez tous deux partagé avec moi vos souvenirs, et je vous en suis extrêmement reconnaissante. J'ai pris des libertés avec l'Histoire, naturellement, comme n'importe quel romancier digne de ce nom l'aurait fait, mais vos réponses à mes questions m'ont ouvert les yeux sur la gravité de ce moment. Vous êtes deux des personnes les plus exceptionnelles que j'ai eu l'occasion de rencontrer.

Merci au Southern Poverty Law Center d'avoir défendu les sœurs Relf, et merci à tous ceux qui au fil des ans ont œuvré de près ou de loin pour réparer les injustices commises dans notre nation.

Avec le plus profond respect, je veux ici m'incliner devant toute la famille Relf, en particulier Minnie Lee et Mary Alice Relf. Que Dieu continue de vous bénir.

J'ai interrogé sans relâche mes amis avocats sur le vocabulaire et les procédures juridiques, de sorte que si des erreurs perdurent j'en assume l'entière responsabilité : merci à Kathy Smith, Milton Brown, Rashida LaLande, Tasha Hutchins, Tracy Colden, Jessica Waters, David Valdez. Merci à Nyoka Beede pour son soutien inébranlable. Merci à Sharony Green de me transmettre certains pans de l'histoire de l'Alabama et de toujours enseigner mes livres. Merci à Regina Freer d'être mon oreille critique intellectuellement parlant. L'esprit généreux de Terry McMillan's est un océan vaste et profond. Les premiers lecteurs des toutes premières versions de ce roman ont été Sarah Braunstein et Sarah Trembath. Et à mon avis, ce n'est pas un hasard si deux Sarah m'ont aidée à comprendre quelle histoire j'essayais de raconter. Ce livre, tel qu'il est aujourd'hui, est certainement très différent des manuscrits que vous avez lus, et c'est en grande partie parce que, grâce à vous, j'ai pu mieux appréhender ma propre vision des choses. Ces quelques dernières années, je n'ai cessé de puiser chez ces écrivains inspiration et soutien : Tina McElroy Ansa,

Naomi Jackson, Lauren Francis-Sharma, Marita Golden, Lalita Tademy.

Un merci tout particulier aussi au regretté Randall Kenan, qui voici des années m'a poussée à écrire sur les dynamiques de la classe noire dans le sud des États-Unis. Randall, tu me manques.

Dorothy E. Roberts, autrice de *Killing the Black Body*, a été une voix essentielle dans l'enseignement du concept de justice reproductive. Je dois énormément à son travail et à celui de beaucoup d'autres.

Je suis profondément reconnaissante envers mes amis, mes alliés, mes collègues et les étudiants du département de littérature de l'American University, qui tous constituent une communauté qui m'a offert un soutien que je n'avais jamais rencontré au sein de l'académie. Merci au Rowland Writers Retreat – et Pleasant Rowland – pour avoir mis à ma disposition un lit confortable, une vue spectaculaire et du thé à volonté tandis que j'écrivais ce manuscrit.

Je n'exagère pas en proclamant que Berkley Books est une équipe de rêve : Ivan Held, Claire Zion, Craig Burke, Jessica Plummer, Lauren Bernstein, Sareer Khader, Jeanne-Marie Hudson, Jin Yu, Dache' Rogers et Elisha Katz. Et, bien sûr, je dois remercier tout particulièrement mon éditrice, Amanda Bergeron. Merci, Amanda, de croire en moi, de croire en ce livre et en cette histoire ; j'adore travailler avec toi.

Pour finir, je veux remercier ma famille : ma mère, Barbara, qui a été la première à me soutenir ; mon défunt père adoré qui m'a toujours encouragée à faire fonctionner mon esprit ; mon frère, Harry, toujours prêt à m'aider et me défendre ; mon beau-frère, Roscoe, toujours présent et loyal. Et ma sœur chérie, Jeanna : tu resteras à jamais mon ange, mon amour, ma meilleure amie et tu me manques. Une bonne partie de la famille Jones – nièces, neveux, tantes, oncles, cousins – me permet de rester ancrée dans le riche territoire de Memphis. Ma famille Aparicio à Los Angeles nourrit mon âme. Enfin, les mots ne suffisent pas à exprimer ma gratitude envers mon mari et partenaire de vie, David, qui écoute patiemment chaque instant de frustration, chaque idée d'histoire, chaque obstacle, chaque victoire. Tu es mon roc. Samanta, Monica, Ana et Paty : merci de vous occuper de mes filles. Et à propos de mes filles, Elena et Emilia, j'espère que vous porterez cette histoire dans vos cœurs. Cet héritage vous appartient aussi.

RÉALISATION : NORD COMPO À VILLENEUVE-D'ASCQ
ACHEVÉ D'IMPRIMER SUR ROTO-PAGE
PAR L'IMPRIMERIE FLOCH À MAYENNE
DÉPÔT LÉGAL : FÉVRIER 2023. N° 150192-2 (101660)
Imprimé en France